Nuova Narrativa Newton

1391

Questa è un'opera di finzione. I nomi, i personaggi, i luoghi, le organizzazioni, gli eventi e gli avvenimenti sono frutto dell'immaginazione dell'autrice o sono usati in modo fittizio.

Titolo originale: *The Family Guest*

First published in Great Britain in 2023 by Storyfire Ltd trading as Bookouture.

Traduzione dalla lingua inglese di Beatrice Messineo
Prima edizione: aprile 2024

ISBN 978-88-227-8113-0

www.newtoncompton.com

Realizzazione a cura di Caratteri Speciali
Stampato nell'aprile 2024 presso Puntoweb s.r.l., Ariccia (Roma)

Nelle Lamarr

L'ospite perfetta

Newton Compton editori

Alla mia famiglia

Prologo

Non volevo che morissero.
È stato un incidente.
L'ho detto anche alla polizia.
E lo ripeto tuttora a me stessa.
Ma non ci credo neanche un po'.
Sono intrappolata in una fitta ragnatela di segreti e bugie.
E non ce la faccio più a vivere così.
Questa storia deve finire.
Ho intenzione di confessare.
Tutto.
Ogni.
Singolo.
Peccato.
E poi potrò soltanto implorare perdono.

Uno
Paige

«Eccola là!». La mamma puntò il dito verso la ragazzina con il berretto rosa in piedi davanti al terminal degli arrivi internazionali. Poi scese trafelata dall'auto, tutta vestita di bianco – pantaloni al ginocchio, felpa oversize, ciabatte griffate –, portandosi dietro il cartellone che aveva disegnato e che, tra un mucchio di cuori rossi fatti con il pennarello, diceva: "Benvenuta a LA, Tanya!". Così pacchiano che mi veniva la nausea solo a guardarlo.

Reggendolo in alto con entrambe le mani, iniziò a chiamare Tanya a perdifiato per attirare la sua attenzione, mentre papà parcheggiava e scendeva dall'auto al suo seguito. Senza il minimo entusiasmo, spalancai anch'io la portiera e scesi sul marciapiede insieme ai miei genitori. L'aeroporto era intasato di veicoli e viaggiatori, ma noi eravamo riusciti a trovare un angolino proprio vicino al terminal. Per me, avremmo potuto parcheggiare pure a un chilometro di distanza. O a dieci. Non morivo dalla voglia di incontrare la studentessa dello scambio culturale che avremmo ospitato.

La osservai mentre si accorgeva di noi. Ci venne incontro tra la folla con un gran sorriso, sventolando la mano. Noi non potevamo allontanarci tanto dall'auto. Nella foto che mi aveva mostrato la mamma portava i capelli più corti, di un biondo più scuro ed era un po' più in carne. La ragazza che avevo di fronte invece era magra come un chiodo, aveva una lunga chioma platino e vestiva alla moda, con un paio di jeans skinny, una felpa con il cappuccio e un paio di scarpe da tennis bianche nuove di zecca. Nonostante lo zaino pesante e il trolley gigantesco che si portava dietro, aveva il passo fluido e ancheggiante di una supermodella. Da lontano, assomigliava vagamente a mia sorella Anabel, solo più alta, più snella e più bionda. Ma devo ammettere che per me le bionde sono tutte uguali, soprattutto da queste parti, nel Sud della California. È piuttosto raccapricciante, a dirla tutta.

Forse la mamma aveva inconsciamente cercato una sostituta quando aveva scelto di ospitare Tanya. Il trauma, secondo la nostra terapista, poteva manifestarsi in modi bizzarri in ciascuno di noi. "Noi", a proposito, eravamo io, la mamma, il papà e mio fratello minore, Will, che era via per non so quale imperdibile conferenza interstatale di robotica. Aveva dodici anni ed era un nerd. Geek Squad, tavolo per uno, grazie.

Anche io avevo un sacco di cose urgenti da fare, tipo salutare la mia migliore amica Jordan, che sarebbe partita per Berkeley il giorno seguente, e uscire con Lance, il mio ragazzo, che era stato via per tutta l'estate. Ma la mamma aveva insistito tanto perché ci fossi. Proprio non se ne accorgeva. Io non avevo la minima voglia di avere una nuova persona in famiglia, anche solo temporaneamente.

Anabel, quindici mesi più vecchia di me, era morta da due anni, e io ero contenta di essere l'unica figlia femmina. Io e mia sorella non eravamo mai state molto unite. Era la preferita della mamma, e io non ero mai stata alla sua altezza. Non ci andavo nemmeno vicino. «Questa è mia figlia Anabel», diceva sempre mia madre. «E lei è *l'altra*, Paige». Ero sempre stata *l'altra* figlia, e tale ero rimasta.

Solo per mio fratello ero la numero uno. Adoravo Will, non potevo neanche pensare di perderlo. Se mai gli fosse capitato qualcosa di brutto, avrei dato di matto, poco ma sicuro.

Facendosi strada fra il fiume di gente guardinga appena tornata a LA o in visita alla Città degli Angeli (soprannome ridicolo per una città che è una fucina di criminali), Tanya accelerò il passo trascinandosi dietro il trolley. Era uno di quei modelli rigidi e levigati, di un lucido borgogna.

Era ormai a un paio di metri da noi. Posando a terra il suo cartello, la mia estroversa madre spalancò le braccia per accoglierla. L'ospite di famiglia lasciò andare la valigia e si tuffò nell'abbraccio. Si strinsero come due vecchie amiche che non si vedevano da anni. Ci misero un po' a staccarsi.

«Sono così felice di essere qui, signora Merritt!».

«È da tanto che aspetti? Siamo arrivati in ritardo, mi dispiace».

«Non si preoccupi. Non è colpa vostra. L'aereo è atterrato con mezz'ora d'anticipo. Ho superato la dogana in un lampo. Un sorriso e un saluto allegro e l'agente mi ha fatto passare». Aveva un elegante accento inglese che ricordava molto la parlata di Emma Watson, e un sorriso degno di una diva del cinema. Andava da guancia a guancia ed era corredato da una dentatura perfetta e bianchissima. Be', tralasciando il piccolo spazio tra gli incisivi superiori.

Mentre sorrideva, gli occhi le brillavano. Me li aspettavo di un blu tendente al verde come quelli di mia sorella, e invece mi sorprese scoprire che erano marroni come quelli di papà. A vederle le sopracciglia spesse color liquirizia (a loro volta simili a quelle di papà) mi venne da chiedermi se fosse una finta bionda. Non che facesse tanta differenza. Con quel corpo slanciato e l'aria esotica, c'era solo una parola per descriverla: bellissima.

«Com'è andato il volo, cara?», chiese la mamma, gli occhi ancora incollati su di lei. «E comunque chiamami Natalie, dammi del tu, ti prego».

Almeno non aveva detto "mamma". O Nat, che era un'esclusiva di mio padre. Papà, a proposito, non aveva ancora detto una parola.

«Bene, ma lunghissimo, signora Merritt». E subito, correggendosi con una risatina: «Natalie. E comunque sei stupenda. *Ancora* più bella di persona!».

Che leccaculo.

«Oh, finiscila. Sei troppo gentile!». La mia mamma – un'ex modella che portava la trentotto, aveva i capelli biondi e gli occhi azzurri – arrossì. E in quell'attimo, fu come se lei e Tanya si fossero legate per la vita.

Mi sforzai di salutarla anch'io, cercando di catturare un po' dell'attenzione che la mamma stava concentrando su di sé.

La nostra ospite si girò verso di me e mi sorrise. «Tu devi essere Paige. Tua madre mi ha parlato tanto di te».

Dentro di me, rabbrividii. *E cos'ha detto? Che preferisco comprare ai mercati vintage anziché nei negozi firmati? Che porto le Birkenstock con i calzini? Che mangio roba strana e dovrei perdere come minimo cinque chili? Oh, cielo, mi crede pure vergine.*

«Che bello». Le rivolsi un sorriso educato. Palesemente finto.

Sapevo che la mamma le aveva spedito qualche mia foto, ma a *me* non disse che ero molto più bella di persona. Forse perché non era vero. Non avevo ereditato neanche un briciolo della bellezza disinvolta di mia madre. A parte gli occhi tondi e blu come due zaffiri. Ma per il resto, se consideriamo i capelli scuri e rivoltosi, la mascella squadrata e le ossa grandi, somigliavo molto di più a papà. Ma se lui aveva un'aria da bello e impossibile, gli stessi geni classici non producevano un effetto simile su di me. *Lost in translation.* Certe ragazze avevano la fortuna di nascere già belle, ecco tutto. Provai una sottile fitta di invidia, ma poi la voce acuta di Tanya mi riportò con i piedi per terra.

«Non vedo l'ora di andare in giro insieme a te. Magari per negozi».

Suonava più come un ordine che come una proposta.

Risparmiandomi la fatica di rispondere, la mamma le presentò Matt, mio padre. Già, proprio così. Ecco i miei, Matt e Nat. Ho sempre detto che dovevano aprire una rosticceria – Matt' and Nat's. Pure per una lavanderia suonerebbe bene.

Papà, da serio uomo d'affari qual era, tese una mano lunga e grande. (Un'altra cosa che ho ereditato io. Insieme alla propensione allo sport, che mi ha reso la giocatrice più forte della mia squadra di basket). Miss Lecchina la strinse con grazia, rispondendo con l'ennesimo sorriso melenso.

«Piacere di conoscerla, signor Merritt».

«Benvenuta a Los Angeles, Tanya». La guardò un po' più a lungo del dovuto, e in quell'attimo di indugio sono certa che registrò la somiglianza tra lei e Anabel. Oltre che l'abbondanza delle sue tette. Impossibile non notarle.

«Siamo tutti entusiasti di averti con noi per il tuo ultimo anno di liceo».

Parla per te, papà. Tanya non era una mia idea. Le cose erano quasi tornate alla normalità (o qualcosa di molto simile alla normalità) e ora un nuovo membro veniva a rompere l'equilibrio della nostra equazione. Una variabile incognita.

Tanya ringraziò mio padre e aggiunse subito: «È la mia prima volta a Los Angeles».

Essendo la figlia di un diplomatico, doveva averne visti di posti. Eppure la sua valigia non aveva nemmeno un graffio. Non un segno di usura. Forse era nuova, e l'aveva fatta incellofanare a Heathrow, anche se non trovai nessuna etichetta di imbarco. Poteva darsi che l'avesse strappata, lo facevo sempre anch'io.

Chissenefrega. Papà rispose: «Sono certo che mia moglie e Paige saranno felici di mostrarti la città».

«Non vedo l'ora di andare da Urban Outfitters!».

Mi caddero letteralmente le braccia. Considerata la vasta gamma di attrazioni che LA offriva, dai musei di fama mondiale a Hollywood, passando per Disneyland e le spiagge da sogno, un negozio in franchising da cui si poteva acquistare anche online e che probabilmente aveva una sede pure a Londra sarebbe stato negli ultimi posti della mia lista. Evidentemente avevamo interessi diversi.

Papà allungò il collo verso la macchina. Era ancora lì dove l'avevamo lasciata, ma poco più in là c'era una pattuglia di sicurezza dell'aeroporto. «Meglio andare prima che ci facciano la multa. Qui sono intransigenti sulle soste».

Si offrì di prendere la valigia di Tanya, ma lei rispose che ce la faceva da sola. Tornammo di corsa all'auto, appena in tempo per evitare la multa. Guardai papà abbassare il manico del trolley e caricarlo nel bagagliaio della sua BMW 750i nera e lucente.

Mi sorprese la facilità con cui sollevò la gigantesca valigia borgogna. Certo, era alto un metro e novanta, andava a correre, nuotava e faceva regolarmente pesi, ma l'alzò come se fosse mezzo vuota. Poi aiutò Tanya a sfilarsi lo zaino e grugnì come se si fosse stirato un muscolo.

«Gesù, cosa c'è in questa borsa? Pesa una tonnellata».

«Oh, solo il mio computer, i trucchi e qualche oggetto personale».

Senza aggiungere altro, Tanya sorrise e mi seguì a bordo dell'auto. Mentre papà ripartiva, io mi chiedevo: *Perché ho un brutto presentimento su questa ragazza?*

Due
Natalie

«O mio Dio! Questa casa è *davvero* stupenda. Sembra uscita da una rivista di design».

Risposi alle lusinghe esagerate di Tanya con un sorriso e imboccai il vialetto. Sì, era proprio una casa stupenda. Costruita in stile italiano nel 1926, era più di cinquecento metri quadri e si trovava in una delle migliori vie di Hancock Park. Pur non essendo una di quelle magioni regali di Beverly Hills dove abitavano le star di Hollywood e i nuovi ricchi, era la casa dei miei sogni, con cinque camere da letto, soffitti altissimi, un ingresso maestoso e un'ampia scalinata di marmo. Quasi tutte le finiture interne erano ancora quelle originali, e l'arredamento in stile Art Deco veniva da una meticolosa quanto estenuante ricerca da parte mia. Alcuni pezzi non erano originali, ma risalivano comunque a quel periodo. Dopo essere guarita dal mio esaurimento nervoso, avevo ridipinto le mura esterne di un elegante sfumatura lavanda e rinvigorito l'enorme cortile principale con file su file di rose inglesi. Adesso appariva più maestosa che mai. Il nostro piccolo castello a LA.

Mentre Matt parcheggiava, sbirciai dallo specchietto retrovisore la nostra nuove ospite. Ora che portava il cappello al contrario, riuscivo a vederle meglio il viso. Gli occhi scuri sormontati da ciglia lunghe, labbra carnose e socchiuse, zigomi alti, una fossetta pronunciata sul mento.

L'espressione meravigliata mi ricordava tanto quella di Anabel, pervasa da una costante *joie de vivre* in netto contrasto con la sua morte violenta. Chiusi forte gli occhi, e cercai di ricacciare quegli orribili ricordi in un angolo remoto della mia mente.

Con la sua bellezza e la sua allegria, Tanya avrebbe portato una ventata d'aria fresca in casa nostra. Ne ero sicura.

Slacciammo la cintura di sicurezza quasi contemporaneamente. Tutti tranne Paige, che era rimasta seduta con le gambe accavallate a leggere un libro sugli scultori del Rinascimento. Mentre io e Tanya avevamo parlato con entusiasmo di Los Angeles, di tutti i posti da visitare, delle cose da fare e dei negozi in cui andare, Paige aveva passato l'intero viaggio di ritorno con il naso immerso fra le pagine. Era sempre stata una ragazza introversa, ma dalla morte della sorella si era chiusa ancora di più in sé stessa. Era un argomento di cui non parlava mai. Almeno con *me*. Anche se, a essere sinceri, probabilmente era colpa mia: non le avevo dato modo di farlo quando ne aveva avuto più bisogno.

Mi sporsi a guardare mia figlia. «Paige, siamo arrivati. Metti via il libro, per favore, e slaccia la cintura».

Limitandosi a sollevare a malapena lo sguardo, mi rispose che preferiva finire di leggere e andare con il padre a prendere Will.

«Va bene». Strinsi le labbra in una linea sottile. Non volevo mettermi a discutere di fronte a Tanya, non proprio il giorno del suo arrivo. E, in fin dei conti, era l'occasione giusta per ritagliarmi un po' di tempo da sola con la nostra nuova ospite e provare a conoscerla meglio.

Matt scese per primo dall'auto, seguito da me e Tanya. Portò i due bagagli fino alla porta, e io feci scivolare distrattamente lo sguardo sul suo fisico snello e atletico. Pure di schiena la sua silhouette era perfetta, messa in risalto dai jeans firmati e dalla camicia aderente. Era alto, con spalle muscolose e ampie, un dorso scolpito, gambe lunghe e forti: il suo corpo era il suo tempio, e lo curava con una devozione religiosa. Il viso era quello di un attore. I lineamenti decisi e scolpiti, sopracciglia folte da fare invidia a chiunque e capelli mossi di un castano ramato che iniziavano a sbiancare qua e là, conferendo ulteriore fascino alla sua bellezza.

E poi era ricco. Non miliardario, ma abbastanza benestante da spendere cinque milioni di dollari per questa casa, garantirci auto di lusso, vestiti firmati e viaggi in prima classe. Tutti i nostri figli avevano frequentato le migliori scuole private della zona e a me aveva concesso di fare la vita delle mogli altolocate di Beverly Hills: giornate scandite da SoulCycle o pilates, shopping a Rodeo Drive, pranzo con le amiche, un ritocchino qua e là e l'attività filantropica del giorno. Le mie amiche dicevano sempre che avrebbero ucciso per trovare un marito come Matt. Il marito perfetto.

Non proprio. Ma neppure io ero la moglie perfetta. Se avesse conosciuto tutta la verità sul mio conto, sarebbe scappato via a gambe levate, ne ero certa.

E invece a lasciarmi era stata Anabel.

Accantonai quei pensieri tetri ed entrai in casa.

Tanya si mise a strillare: «Dentro è persino più bella! La adoro! Sento che potrei vivere qui per sempre!».

Lo sentivo anch'io, pensai tra me e me, vedendo Matt che risaliva in macchina. Chiudendo la porta, lanciai un'occhiata a Paige, ancora incollata al suo libro. Non aveva mai incrociato il mio sguardo, nemmeno per un attimo.

Certe volte credevo che mi odiasse.

Ma ogni tanto mi odiavo anch'io.

Un improvviso frastuono fatto di latrati e unghie sul pavimento di legno mi riportò al presente.

Un'enorme bestia pelosa ci correva incontro scodinzolando. Si fiondò dritto su Tanya, saltando in piedi e posandole le zampe anteriori addosso. Abbaiava come un matto, e per poco non la rovesciò a terra.

Mantenendo l'equilibrio a fatica, Tanya si mise a gridare, gli occhi sgranati e impanicati.

Era innocuo, e quei latrati erano soltanto il saluto sovreccitato che riservava a ogni ospite. Ma se fossi stata in lei, anch'io mi sarei spaventata a morte. Quel bestione nocciola sembrava minaccioso.

Tanya andò sempre di più nel panico, il viso era completamente sbiancato. «Mandalo via! Ho paura dei cani».

«Non preoccuparti. È un coccolone!».

«Ti prego, via!», supplicava disperata, la voce quasi rotta.

Lo afferrai subito per il collare rosso, trascinandolo lontano da lei. Quasi cinquanta chili gravavano sulle spalle di Tanya: era una vera forza contro cui combattere, persino a nove anni di età.

«Orso! Scendi *giù!*», ordinai, e lui subito obbedì. «Bravo cagnone!».

«Grazie...», balbettò Tanya, ancora evidentemente scossa.

Mi sentii terribilmente in colpa. La nostra ospite non aveva fatto in tempo a mettere piede in casa, che subito era stata assalita. Avevo chiesto ai ragazzi di chiudere Orso nel cortile sul retro, ma a quanto pareva l'avevano dimenticato. O forse l'aveva fatto entrare Blanca, la nostra storica domestica. Aveva un debole per quel cagnone, e già altre volte gli aveva concesso di venire dentro cedendo ai suoi occhioni dolci.

Piegata su di lui, con la mano ancora stretta intorno al collare, presentai a Tanya il cane di famiglia. «Non avere paura, tesoro. È buonissimo. Un enorme orso di peluche, davvero».

I ragazzi – tranne Anabel, che non voleva saperne di portarlo a spasso o ripulire i suoi bisogni – ci avevano messo in croce per adottare un cane. L'idea non andava a genio neanche a Matt, ma quando nel quartiere cominciarono a verificarsi numerosi furti con scasso cedette, a patto che fosse un cane da guardia. Così eravamo andati tutti al canile con l'intenzione di prendere la bestia più grossa che avremmo trovato. Ma la più grande, guarda caso, era anche la più tenera. Ci era bastato guardare quegli occhioni marroni che imploravano di essere adottati per sentirlo già nostro. Era stato Will, che all'epoca aveva quattro anni, a dargli il nome, innamorato perso. «Sembra un enorme orso di peluche, mamma». E da lì tutti cominciammo a chiamarlo Orso. Non dimenticherò mai la scena di lui che lo abbracciava stretto, e il nostro nuovo cane che lo riempiva di baci caldi e bavosi.

Matt aveva chiuso un occhio, per non spezzare il cuore di nostro figlio. Ma più tardi, quello stesso giorno, avevo scoperto con orrore che aveva comprato una pistola. Qualcosa che facesse *davvero* la guardia. La teneva chiusa nella cassaforte. Carica, ovviamente. Io sperai che non dovessimo mai usarla.

Tanya, ancora scioccata, non si lasciò convincere dalle mie parole. «Puoi tenermelo lontano, Natalie? Per favore».

«Ma certo. Vado a metterlo fuori». Per fortuna al nostro cagnone piaceva scorrazzare in lungo e in largo per il cortile, e il tempo lo permetteva. Gli avevamo persino costruito una bella cuccia.

Quando rientrai, Tanya non c'era più.

Pensai che fosse andata in cucina, forse a prepararsi una tazza di tè.

Sbagliato. La trovai nel soggiorno. Che si versava un bicchiere di costosissimo cabernet dalla nostra cantina.

«Cosa stai facendo, cara?», le chiesi mentre versava una generosa quantità di liquido rosso e denso nel calice di cristallo. Lo riempì quasi fino al bordo.

«Spero che non ti dispiaccia. Mi serve per calmare i nervi dopo Orso». Avvicinò il bicchiere alle labbra e ne bevve un bel sorso. «Ne verso uno anche a te?».

Misi a tacere il bisogno di sgridarla. *E anche* il bisogno di rispondere: sì. «Tuo padre ti lascia bere?». *E a quest'ora del pomeriggio?* Non erano nemmeno le tre.

Un altro bel sorso. «In Inghilterra a diciassette anni si può bere sotto la supervisione dei genitori».

«Mmm. Non lo sapevo».

Il senso di colpa mi strinse il petto per un istante. Di tanto in tanto bevevo un bicchiere di vino in compagnia di Anabel. Con il senno di poi rimpiango di averlo fatto. Magari sarebbe stata ancora con noi.

«Comunque sia, Tanya, preferirei che mettessi via il bicchiere e lasciassi stare la bottiglia». Aggrottò la fronte, ma obbedì lo stesso. «Ora vieni, ti mostro la tua stanza».

Il volto le si illuminò di nuovo. «Sì! Non vedo l'ora!».

Provai una morsa allo stomaco. Adesso quasi mi pento di non avere accettato quel bicchiere di vino. Erano più di due anni che non entravo in *quella* stanza. Di giorno, quanto meno. Feci un respiro profondo, radunando tutte le mie forze, e guidai la nostra ospite lungo l'immensa scalinata di marmo.

«Sta' attenta». Lanciai un'occhiata dietro di me, con la voce tremante. Tanya, che adesso era sotto la mia tutela, aveva deciso di trasportare i suoi bagagli ingombranti al piano di sopra da sola. Considerata la destrezza con cui saliva gli alti scalini, sembrava piuttosto in forma, ma io mi sentivo lo stesso nervosa. «Reggiti alla ringhiera. Non voglio che cadi dalle scale appena arrivata». Il solo pensiero mi raggelò il sangue.

«Non si preoccupi, signora Merritt. Ops! Volevo dire: non preoccuparti, Natalie. Ce la faccio».

Fui sollevata quando la vidi stringere la mano libera all'intricata ringhiera in ferro battuto, un altro pezzo originale della casa. E non appena arrivate al pianerottolo, ripresi a respirare.

Tanya spostava lo sguardo da un lato all'altro.

«Dov'è la mia stanza?»

«A destra».

La guardai girarsi senza esitazioni e trasportare il trolley lungo il corridoio. Scivolava con facilità sul lucido pavimento di quercia. E non potei fare a meno di notare la camminata leggiadra di quella ragazza slanciata e con le gambe lunghe. Una gazzella.

«Dimmi quando fermarmi», gridò.

Superammo la camera di Will, il suo bagno, la stanza di Paige e un altro bagno ancora. Quando arrivammo all'ultima porta, dissi: «Stop!». La sorpassai e girai la maniglia d'ottone. Aprii la porta e mi lasciai assalire da un'accecante esplosione di luce e sfumature di rosa. Ebbi un capogiro. Un'ondata di nausea.

«Tutto bene?», chiese Tanya, percependo il mio disagio.

«S-sì. Sono solo senza fiato per la salita», mentii. Tra il pilates e il Soul Cycling, non ero mai stata così in forma.

Lasciai entrare Tanya per prima, e restai sulla soglia a riprendere fiato.

Lei era senza parole, si guardava intorno con uno sguardo stupefatto. «O mio Dio, la *adoro!* Sembra la camera di una principessa».

E lo era stata, infatti. Non era cambiato nulla dall'ultima volta che l'avevo visitata. Avevo detto a Blanca di lasciare tutto esattamente com'era con Anabel. Guardai per un attimo l'elaborato letto a baldacchino con sopra tutti i suoi preziosi animaletti di peluche, i mobili bianco panna, i poster di Justin Bieber, i trofei da cheerleader e tutte le foto incorniciate su cui si leggeva la breve storia della sua vita. Ogni cosa era al suo posto. Come se Anabel potesse rientrare da un momento all'altro.

Mollando la valigia sulla moquette rosa, Tanya saltò sul letto, spaparanzandosi a gambe e braccia aperte sulla coperta. Lanciò un'occhiata al baldacchino e si lasciò scappare un sospiro sognante.

«Potrei dormire in questo letto per sempre. È così morbido!». Prese uno dei peluche di Anabel e se lo strinse al petto. Per un attimo, la mente mi giocò un brutto scherzo. Quella davanti ai miei occhi non era più Tanya, ma mia figlia. Fu il suo accento a scacciare via l'allucinazione.

«Non posso credere che abbiate preparato questa stanza apposta per me. C'è tutto quello che avrei mai potuto desiderare».

Mi si strinse il cuore. Dopo un attimo di esitazione, dissi: «A dire il vero, questa era la stanza dell'altra mia figlia». Una breve ma dolorosissima pausa. «Anabel».

La nostra nuova ospite si tirò su, sedendosi sul bordo del letto con le gambe ciondolanti. Con ancora il peluche in mano, un adorabile koala, mi rivolse un'occhiata sorpresa.

«Hai un'altra figlia? Non lo sapevo».

«Avevo», la corressi con le lacrime agli occhi. «È morta un paio di anni fa».

«Oh, mi dispiace tanto!».

«Avrei dovuto dirtelo, io...».

«Quanti anni aveva?»

«Sedici». Un'età così bella.

Tanya si coprì la bocca con una mano. «Oddio! Così giovane. Posso chiederti com'è morta?».

Il cuore mi sprofondò nel petto. «Preferirei non parlarne».

«Capisco. Dev'essere ancora molto dura per te».

Grata per quel commento sensibile, accantonai i ricordi da incubo e tornai a concentrarmi sulla nostra nuova coinquilina. «Sentiti come a casa tua, qui. Dico davvero, cara».

Tanya abbandonò il koala sul letto e si mise subito a ispezionare la stanza. «Posso cambiare qualche cosa qua e là? Sai, per fare posto alla mia roba».

Con il senno di poi, forse avrei dovuto spostare gli effetti personali di Anabel. Tutte le sue foto, i suoi poster, i peluche di cui era tanto gelosa. Quelli, in particolare, custodivano dei ricordi molto dolci per me: ogni anno, gliene regalavo uno per il suo compleanno. Il koala, purtroppo, era stato l'ultimo.

«Certo», risposi, «a patto che non sposti i mobili. Metti pure i tuoi vestiti nei cassetti, sono vuoti. Il resto infilalo nell'armadio. Ci sono ancora alcuni dei suoi vestiti dentro, spero che non ti dispiaccia. C'è comunque molto spazio per i tuoi».

«Nessun problema. Non ho portato molto. Posso prenderne in prestito qualcuno?».

Esitai per un istante, ma poi dissi di sì. Non volevo che la nostra nuova ospite mi prendesse per una svitata ossessiva. La verità? Lo ero eccome. «Dovresti avere anche la sua taglia. Basta che li tratti con cura».

«Certamente». Si sfilò il cappellino e passò le dita tra i ciuffi platino. «Natalie, magari in settimana potresti portarmi a fare shopping, che ne dici? Ho proprio bisogno di qualche outfit stile LA».

Le sorrisi. «Perché no, mi piacerebbe. Facciamo domani dopo la scuola?»

«Grande! Grazie. E, oh, Natalie, un'ultima cosa… Dovrei proprio andare al cesso». Rise e si corresse subito. «Volevo dire, al *bagno*. Puoi dirmi dov'è?».

Le indicai una porta. «Si entra da lì. E comunica con la stanza di Paige».

Aggrottò la fronte, le sopracciglia scure che quasi si toccavano. «Cosa?! Dici davvero? Devo dividere il bagno con *lei?*».

Il suo tono mi lasciò di stucco, ma forse era stanca e le serviva soltanto qualche parola di conforto. «Sì, tesoro, ma non devi preoccuparti. Ci sono due lavandini e Paige è molto ordinata. Sono sicura che andrete d'accordo, voi due».

«Immagino di sì». Il viso si rilassò, ma non sorrideva più.

Neanche ad Anabel era mai andato a genio di dividere il

bagno con Paige. Lo monopolizzava quasi sempre lei. Speravo che con Tanya sarebbe andata diversamente.

«Ti lascio alle tue cose, allora. Ambientati un po', fa' pure una doccia e una bella dormita se ne senti il bisogno. Basta che ci raggiungi per cena alle sei e mezzo, di sotto».

«Perfetto!». Tornò a sorridere. «Non vedo l'ora».

Venne dritto verso di me e mi abbracciò forte. «Grazie ancora per questa incredibile opportunità, Natalie. Prometto che sarò...». Fece una piccola pausa a metà frase. «Un'ospite perfetta. Come un membro della famiglia».

Le sue parole mi intenerirono. E sentire le sue braccia calde che mi stringevano mi era di conforto. Mi concessi di provare una punta di ottimismo. Mi avrebbe fatto bene avere un'altra adolescente in giro per casa.

Mentre il suo abbraccio si intensificava, avvertii un tuffo al cuore e fui scossa da un brivido.

Il fantasma di Anabel sarebbe tornato a tormentarmi?

Tre
Paige

In macchina, mentre andavamo a prendere mio fratello, mi ero ripromessa di dare una possibilità a Tanya. Sembrava un po' frivola, ma abbastanza a posto. Non montata come mia sorella. E nemmeno così vanitosa. Il minimo che potevo fare era darle una possibilità… ma *questo?*

«Che ci fai in camera mia?», domandai, sforzandomi di tenere la voce sotto controllo.

«Oh, ciao!», rispose in tono allegro, senza nemmeno sollevare lo sguardo.

La nostra nuova ospite si stava mettendo lo smalto ai piedi, seduta sul mio letto. Già dovevo dividere il bagno con lei, e okay, ma questo era inaccettabile. Non mi aveva neanche chiesto il permesso. Cercai di mantenere la calma, ma era difficile.

Aveva una stanza tutta sua – la stanza di mia sorella – dall'altro lato del bagno. La "Jack and Jill suite", ecco come l'avevano chiamata: uno dei "dettagli fascinosi" che avevano fatto innamorare mia madre di questa casa. Era convinta che avrebbe aiutato me e mia sorella a legare. Anabel aveva tredici anni quando ci eravamo trasferiti, ed era già alta e snella e con la pelle di pesca. Io ne avevo dodici, ed ero ancora intrappolata in un corpo da bambina, con i brufoli e l'apparecchio ai denti. Avevamo gli ormoni impazziti, e la odiavo tanto quanto lei odiava me. La mamma si sbagliava. Si sbagliava di grosso.

Dividere il bagno con mia sorella era l'ultima cosa che volevo. Passava più tempo davanti allo specchio di qualsiasi altra ragazza avessi mai conosciuto. E poi faceva bagni lunghissimi e docce che parevano non finire più. Avevo sempre l'impressione di dover prendere un appuntamento per fare la pipì, la cacca o la doccia in santa pace.

A volte volevo strangolarla, e glielo dicevo dritto in faccia. Anche se non ho mai desiderato *davvero* la sua morte, avere il bagno tutto per me era bello. Avevo insistito perché la mamma desse alla studentessa che dovevamo ospitare la stanza degli ospiti che lei usava come ufficio, ma aveva risposto no e poi no, affermando che con la stagione dei gala dietro l'angolo le serviva spazio, una "stanza tutta per lei". Faceva parte dei direttivi di numerosi associazioni culturali ed enti di beneficenza, ed era sempre presa dall'organizzazione di questa o di quell'altra raccolta fondi. A differenza mia, che amavo la solitudine, lei era un animale sociale. Più simile a mia sorella.

Con le braccia incrociate sul petto, aspettavo una risposta. «Allora?», la incalzai, alzando la voce.

Iperconcentrata sulle unghie, ancora non si degnava di guardarmi e parlava masticando la gomma a bocca aperta. «A te che pare? Sto mettendo lo smalto. Ti piace questo colore? L'ho trovato nella mia stanza».

La *mia* stanza. L'uso del possessivo mi trafisse come una freccia in pieno petto. Quella non era la sua camera. Era la camera di mia sorella. In effetti, non c'era nulla di suo nella nostra casa. Non avevo trascorso neanche un'ora con questa ragazza, e le possibilità che mi piacesse erano già crollate verso lo zero.

«Scendi. Dal. Mio. Letto».

«Wow! A qualcuno serve un calmante». Fece scoppiare il palloncino di gomma da masticare. «Pensavo di chiacchierare un po', di divertirci. Di conoscerci meglio. Ma non preoccuparti. Ho quasi finito».

Fumante di rabbia (dovevo calmarmi sul serio), la guardai spostare il pennellino da un'unghia all'altra. Non potei fare a meno di notare i suoi piedi sottili e lievemente arcuati, le dita affusolate. Lo smalto rosso metallico faceva risplendere le unghie come pietre preziose, come per mia sorella e mia madre. Io avevo ereditato anche i piedi da mio padre, e le dita sembravano dei piccoli salsicciotti. E tra le partite e gli allenamenti di basket, le unghie erano ridotte a un macello. Scheggiate, persino rotte. Alcune incarnite. La mamma mi diceva sempre di prendermi più cura dei miei piedi e continuava a invitarmi alle sedute mani-piedi della sua estetista, appuntamento fisso ogni settimana per lei e Anabel.

No, grazie tante.

Mi sentivo ribollire di rabbia vedendo Tanya applicare lo smalto con tutta la calma del mondo. Avevo l'insana voglia di sfilarle la coperta da sotto il sedere, e strinsi i pugni lungo i fianchi per impedirmelo. La gestione della rabbia non era uno dei miei punti forti, poco ma sicuro. Un'altra caratteristica ereditata dal mio irascibile padre. O così pensavo.

Muovendo il pennellino con una mano, con l'altra Tanya si spostò un ciuffo di capelli dietro l'orecchio. «Ho trascorso un po' di tempo con tua madre, siamo state bene. Prima che mi accompagnasse in stanza, abbiamo bevuto un bicchiere di vino. Un ottimo cabernet della Cali…».

Non la feci finire. «La mamma ti ha lasciato bere alcol? Non hai ventun anni, o sbaglio?».

Fece un altro palloncino con la gomma da masticare e me lo scoppiò in faccia. «Ne ho diciassette, ma in Inghilterra si può bere in presenza di un adulto. Io e papà lo facciamo sempre quando è in città».

I miei mi avrebbero messo in punizione a vita se mi avessero beccato a bere – con loro o senza. O anche solo ad aprire l'armadietto degli alcolici come uno dei personaggi straviziati di *Gossip Girl.* Mi ero sempre chiesta se si fossero mai accorti che Anabel, già alla tenera età di tredici anni, rubava vodka e Jack Daniel's dalle riserve di mio padre. E se sì, perché glielʼavevano fatta passare liscia?

Tanya mise a tacere i miei pensieri. «Comunque, mi ha raccontato molte cose su di voi».

Non volevo sapere cosa. La famiglia perfetta. La bugia perfetta. Il vino faceva questo effetto a mia madre. La faceva straparlare. Come lo Xanax e l'agenda traboccante di impegni che usava per riempire la sua vita insulsa.

«Cosa fa esattamente tuo padre?», mi chiese.

«Consulente finanziario».

In realtà non avrei saputo spiegare che lavoro facesse mio padre. Stando a lui investiva i soldi degli altri, e la sua rosa di clienti comprendeva celebrità e magnati. Vincevano tutti. Guadagnavano loro, guadagnava lui. E noi potevamo permetterci di vivere in questa casa gigantesca, partire per lunghe vacanze di lusso e fare le stesse cose che facevano i ricchi. Ma i soldi, sebbene tanti, non potevano riportare indietro mia sorella. Il domani, avevo imparato, non era garantito a nessuno.

«E il tuo?», chiesi a Tanya, fingendo di non sapere.

«Tua madre non te l'ha detto?»

«No», mentii. «In realtà non so quasi niente di te». Questo almeno era vero.

Continuava a tenere gli occhi inchiodati ai piedi. «Papà è un diplomatico. È sempre in viaggio per il mondo. Per questo mi ha messo in collegio».

«E tua madre?».

Strinse le spalle. «È morta. Di parto, quando sono nata io».

«Mi dispiace». Furono le uniche parole che mi vennero in mente. Una gentilezza di livello base.

«Tranquilla, non l'ho mai conosciuta». Una frazione di secondo, e poi: «Non è come con tua sorella. Quello dev'essere stato orribile».

«Che ne sai tu?»

«Me l'ha raccontato tua madre».

Mi si raggelò il sangue. Quali assurde bugie le aveva rifilato? Neanche io sapevo la verità sulla morte di mia sorella. «Cosa ti ha detto?».

Tanya stava controllando le unghie; un piede era finito. «Non ha voluto parlarne».

Bene, perché non andava nemmeno a me. Se fosse sopravvissuta, mia sorella sarebbe rimasta tetraplegica, paralizzata dal collo in giù. Bloccata su una sedia a rotelle e totalmente dipendente dagli altri. Per lo spirito libero e l'animale sociale che era, finire così sarebbe stato peggio che morire. Quindi andarsene era stata una benedizione, forse. Una benedizione sotto mentite spoglie.

Grazie al cielo, Tanya cambiò subito argomento impedendomi di rivivere quel giorno fatale. «Non vedo l'ora di conoscere tuo fratello».

«È una rottura», risposi. Non volevo dividerlo con lei. Neanche un pochettino.

Con un movimento fluido ed esperto, finì di smaltare il mignolino sinistro. «Sarà così bello fare parte della famiglia. E avere una madre per la prima volta in vita mia».

Avrei voluto dirle che *non* era sua madre. Ma tenni la bocca chiusa, contenta di vedere che aveva finito.

«Vuoi che lo metta anche a te?», mi chiese melensa.

«No, grazie».

«Fa niente. Magari la prossima volta».

Posò con cura lo smalto sul mio comodino e scese dal letto con i talloni, le punte dei piedi sollevate da terra.

«Ehi, hai mica delle infradito da prestarmi? Non voglio rovinare le unghie».

Di sicuro ne avevo un paio nascoste da qualche parte, ma non volevo condividere nient'altro con lei. Perciò dissi di no.

«Amen. Le aggiungerò alla mia lista di cose da comprare». La guardai camminare sui talloni e andare verso la porta del bagno che collegava le nostre due stanze.

«Vado a farmi una dormita. Non voglio arrivare a cena stanca per il jet-lag. La mia prima cena di famiglia da secoli!». Mi salutò oscillando le dita. «Ta-ta. A dopo».

Non appena scomparve dietro la porta, corsi a chiuderla a chiave. *Clic.* Non volevo rischiare che si avventurasse di nuovo in camera mia. Mi fiondai verso l'altro ingresso e provai a bloccare anche quello. Ma lo stupido chiavistello non funzionava. Probabilmente era vecchio e decrepito come l'intera casa. Will l'avrebbe aggiustato. Lui sapeva aggiustare tutto. Ero pronta a scommettere che poteva persino montare una maniglia, così da permettermi di chiuderla a chiave anche dall'esterno. Avrei dovuto portarlo al negozio di ferramenta di Larchmont Village il prima possibile.

E non avrei comprato soltanto una maniglia.

Un sorriso malizioso mi incurvò le labbra.

Quattro
Natalie

Per la prima volta dalla morte di Anabel, mi gustai la cena in famiglia. Anche se ormai la maggior parte delle famiglie mangiava in cucina, io preferivo apparecchiare nella sala da pranzo formale. Ce l'avevamo, tanto valeva usarla. Per via delle nostre giornate intense e fitte di impegni, la cena era l'unico pasto che consumavamo insieme, sebbene sia Paige sia Will avrebbero preferito di gran lunga mangiare nella propria camera. Ma non se ne parlava. Senza se e senza ma, e per questo potevo contare sull'appoggio di mio marito.

Cucinare per me era un rituale. Pianificavo i pasti in anticipo, e tornavo sempre a casa per le cinque così da mettermi all'opera. Era un modo come un altro per rilassarmi, e inoltre mi piaceva sperimentare nuove ricette mentre bevevo un calice di vino. Una volta lessi da qualche parte che un pasto cucinato in casa è segno d'amore verso la famiglia. Mia madre, che di me se ne fregava, non mi aveva mai preparato nulla, quindi la teoria mi sembrava stare in piedi.

Non sapevo però se l'amore per i miei familiari fosse corrisposto o meno. Non si complimentavano mai con me per quello che mettevo in tavola, a prescindere da quanto mi impegnassi. Paige e Will parlavano solo se interpellati, rispondendo alle domande con il minor numero di parole possibili. Ovvero una.

«Com'è andata la giornata?».

Bene.

«Che cosa avete fatto a scuola?».

Niente.

«Non hai nulla da raccontare?».

Nah.

Quando c'era Anabel adoravo le cene in famiglia perché, nonostante Paige fosse maldisposta e Will silenzioso, a tavola si respirava sempre un'aria positiva. Estroversa com'era, Anabel ci raccontava ogni secondo della sua giornata e chiedeva sempre com'era stata la mia. Riusciva a coinvolgere nelle conversazioni anche il padre lavoro-dipendente, e si lasciava scorrere addosso i commenti pungenti della sorella. Insieme a lei, erano morte pure le chiacchiere a tavola.

Ma quella sera si respirava un'aria diversa. Come ai vecchi tempi. Tanya era emozionata e allegra. Divorava le mie costolette d'agnello alla griglia, cotte con aglio e rosmarino, come se non mangiasse da secoli. E forse era così. Sembrava un po' deperita. Probabilmente la mensa del collegio non era granché.

«È tutto buonissimo, signora Merritt... voglio dire, Natalie». Con un bel sorriso, infilzò un altro boccone di tenera carne cotta al sangue.

«Grazie. Sono felice che ti piaccia. La carne viene dal mio macellaio di fiducia, all'Original Farmer's Market. È un posto che devi visitare assolutamente, risale agli anni Trenta e si trova vicino al Grove, un centro commerciale all'aperto, uno dei miei preferiti. Ci sono sia Nordstrom sia Sephora, e poi un mucchio di altri negozietti e ristoranti. Non vedo l'ora di portartici».

Le brillava lo sguardo dall'emozione. «E io non vedo l'ora di andare! Sembra fantastico».

Contenta, bevvi un altro sorso di pinot nero e mi accorsi che Paige non aveva toccato le sue costolette. Mangiava soltanto l'insalata di cetrioli, i fagiolini con le mandorle e il riso pilaf. Mi rivolsi a lei.

«Che cosa c'è che non va, Paige? Non ti piacciono le costolette?».

Ma lei rispose alla mia domanda con un'altra domanda. «C'è il burro nel riso e nei fagiolini?»

«Certo, è quello che gli dà sapore».

Sputò subito il boccone di riso nel piatto, con la faccia schifata. «Bleah! Sono vegana, te l'ho detto un centinaio di volte. Non mangio derivati degli animali».

«Wow! È una scelta davvero nobile», commentò Tanya, continuando a tagliare la carne. «Io non ci riuscirei mai».

Paige la guardò a occhi stretti, poi si voltò verso il resto di noi. «Siete dei cannibali. Vi mangereste gli uni con gli altri, se solo poteste».

La rimproverai con lo sguardo. «Basta così, Paige. Mangia pure quello che ti pare, ma non giudicare gli altri. E non venirmi a dire che hai fame tra un po'».

Senza dire un'altra parola, tornò a piluccare la sua insalata. Speravo soltanto che non fosse l'inizio di un disordine alimentare, quello.

Con mio grande sollievo, ci pensò Tanya a cambiare argomento. «Signor Merritt...».

«Dammi del tu e chiamami Matt».

Lei sorrise e un leggero rossore le colorò le guance. Aveva degli zigomi incantevoli. Anche se non erano alti come i miei o quelli di Anabel.

«Matt...». Il nome suonava dolce sulle sue labbra. «Paige mi ha detto che sei un consulente finanziario. Sembra affascinante».

Felice di essere al centro dell'attenzione, mio marito s'illuminò in volto. Nel corso dei venti minuti seguenti, lui e Tanya intrattennero un botta e risposta fatto di domande e spiegazioni durante il quale persino io scoprii cose che non sapevo sul lavoro di mio marito. Mi versai il secondo bicchiere di vino mentre loro continuavano a conversare. Tanya aveva gli occhi sgranati e sembrava pendere dalle labbra di Matt, come se ogni parola fosse la parola di Dio.

«Che college hai frequentato?»

«Mi sono laureato a Stanford, poi ho frequentato la business school».

«Davvero? È quello che voglio fare anche io!».

A Paige si drizzarono le orecchie, e mio marito si pulì la bocca con il tovagliolo.

«È una scuola portentosa. Tra le migliori del Paese. Anche Paige farà domanda d'ammissione, una domanda anticipata».

Mia figlia infilzò il padre con lo sguardo. «Non voglio andare a Stanford, lo sai. Voglio andare al RISD».

Si pronunciava Ris-Di, e stava per Rhode Island School of Design. La scuola che sognavo di frequentare anch'io, per diventare un'illustratrice. Ma non era mai successo.

Contraendo le sopracciglia folte, Matt rispose all'offensiva. «Non se ne parla. Nessuno dei miei figli frequenterà un'accademia da artisti falliti. Serve una vera preparazione per farcela in questo mondo. Tanya l'ha già capito».

Sentendosi tirata in ballo, la nostre ospite s'illuminò come una lanterna. Continuava a guardare mio marito come se fosse il messia.

Ma gli occhi scuri di Matt erano fissi su nostra figlia, freddi e ridotti a due fessure. Sbatté le posate sul tavolo di legno satinato. Almeno non l'aveva pugnalato. La sua irascibilità era peggiorata negli ultimi tempi. «Farai domanda a Stanford, Paige. Fine della questione. E sarà meglio per te che i tuoi saggi non facciano schifo, la scadenza è fra poco».

«Come funziona la domanda anticipata, Matt?», domandò Tanya, inclinando il viso mentre Paige metteva il muso. «Non ho familiarità con il sistema accademico americano».

Matt tornò a rivolgersi a lei. «Fai domanda soltanto per un college, e se ti ammettono subito devi garantire che ci andrai». Tagliò un altro boccone di costolette. «Se vuoi davvero frequentare Stanford, Tanya, dovresti farlo anche tu. Può aiutarti Paige a scaricare la domanda da internet, e se lei non lo fa, chiedi pure a me. O a Will, è un genio dell'informatica».

Will si passò una mano nel cespuglio di riccioli castani che aveva in testa, sbarrando gli occhi. «Figurati. Non è così difficile. Può farcela pure una ragazzina idiota».

Non pronunciava una frase così lunga a tavola da secoli. Colsi Paige che rideva sotto i baffi, mentre Tanya sembrava essersi offesa. Non che la biasimassi. Per fortuna decise di non rispondere alla frecciatina. Non ero dell'umore per una litigata a tavola.

«A proposito di scuola, siete emozionati per domani? È il primo giorno».

Paige e Will mi guardarono come se gli avessi appena chiesto di ripulire il bagno o la cacca del cane. E sentendosi forse tirato in ballo, Orso si mise ad abbaiare.

Will staccò lo sguardo dal piatto con un'espressione perplessa. «Perché Orso è ancora nel cortile sul retro?»

«Tesoro, Tanya ha paura di lui. Dovremo tenerlo fuori quando lei non è nella sua stanza».

Mio figlio aggrottò la fronte. «Non è giusto!».

«Per niente!», rincarò la dose Paige. Appoggiava sempre il fratello, a prescindere. «Fa parte della famiglia e dovrebbe stare dentro con noi. Non può stare in camera con Will quando lei è in giro?»

«Immagino di sì». Mi voltai verso Tanya. «Per te va bene, cara?»

«D'accordo». Percepii una nota di risentimento nella sua voce, ma per fortuna nessuno disse altro. Risolto il problema, battei le mani. «Allora, adesso mi rispondete? Siete emozionati o no per il vostro primo giorno di scuola?».

Paige e Will abbassarono di nuovo lo sguardo sui loro piatti, sprofondando nell'abituale mutismo a tavola. Certe volte mi veniva voglia di prenderli e scuoterli fino a farli parlare.

«Io sì!», cantilenò Tanya. «La Coldwater Academy sembra un posto strepitoso!».

Matt annuì e alzò il pollice in segno di approvazione. «È la scuola privata più prestigiosa di tutta Los Angeles. Forse addirittura di tutta la California. I miei figli dovrebbero essere grati di ricevere un'istruzione all'avanguardia, e invece non lo sono affatto. Certe volte penso che dovremmo ritirarli da lì e mandarli alla scuola pubblica. Una bella dose di realtà gli farebbe bene».

«Matt, finiscila!», lo supplicai. «Sono certa che apprezzano tutto ciò che ricevono da noi».

«Posso andare in camera mia, per favore?», domandò Paige.

«Anch'io», si unì Will. «Porto Orso su con me».

Senza aspettare il permesso, si alzarono su di scatto e uscirono dalla sala da pranzo praticamente a passo di marcia, come un esercito composto da due persone. A volte pensavo che se avessero posseduto una pistola, l'avrebbero scaricata volentieri su me e Matt. Avevo letto storie raccapriccianti di genitori uccisi dai figli, e quelle storie mi accendevano ancora di più quando si trottava di lottare con mio marito: volevo che si sbarazzasse della sua arma. Ma sapevo anche che non avrei mai vinto quella battaglia.

«Natalie», disse Tanya, riportandomi al presente, «è stata la cena migliore della mia vita. Posso aiutarti a sparecchiare?».

Rimasi piacevolmente sorpresa dalla sua proposta. Paige e suo fratello non mi avevano mai offerto il loro aiuto. E neanche mio marito, sempre troppo preso dal lavoro, che lo richiamava in ufficio per un'ora o due il secondo stesso in cui finiva di mangiare. Le risposi con un sorriso affettuoso.

«Sei davvero gentile, tesoro, ma non ce n'è bisogno».

«Sicura?»

«Sicurissima. Perché non sali di sopra e stai un po' con i ragazzi? Oppure va' a riposarti. Ti aspetta una giornata impegnativa domani».

Sorrise anche lei, e augurò la buonanotte a me e Matt, ringraziandoci a profusione per l'ospitalità.

«Che ragazza educata», commentò mio marito, una volta che se ne fu andata. «Forse la sua gratitudine e il suo buon senso contageranno anche Paige».

Risi e mi alzai per sparecchiare, ripensando a Tanya.

Cominciavo già a volerle bene come a una figlia.

Cinque
Paige

La sveglia del telefono mi rimbombò nelle orecchie. Cominciai ad aprire gli occhi mentre una nuova consapevolezza cominciava a farsi strada nella mia mente. Era il primo giorno di scuola. Il primo giorno dell'ultimo anno di liceo. Grazie a Dio. Ero pronta a voltare pagina. A trovare gente simile a me, e lasciarmi tutti i detrattori alle spalle. Ancora assonnata, mi tirai su e barcollai verso il bagno.

Girai la chiave nella toppa e spalancai la porta. La ventata d'aria calda che mi assalì portò via con sé ogni residuo di sonno. Sbarrai gli occhi. Il bagno strapieno di vapore era ridotto a un vero e proprio macello. C'era una pozzanghera d'acqua sulle mattonelle bianche, con accanto una pila di asciugamani umidi e accartocciati. La tazza era otturata da chissà cosa e il mio asciugacapelli, ancora bollente, era appoggiato in precario equilibrio sopra di essa. Aveva usato ogni mio singolo prodotto di igiene e bellezza. Dal dentifricio al deodorante, dalla crema per il viso al balsamo. E non aveva messo a posto niente, neanche una cosa. Aveva persino usato il mio lavandino, che era ricoperto di roba appiccicosa e lunghi capelli dorati. Che schifo! E come se questo non fosse più che sufficiente per farmi venire voglia di strangolarla a mani nude, ogni singolo centimetro quadrato di superficie di fianco al lavello era sporco di dentifricio e tappezzato di trucchi e prodotti di bellezza. Mascara. Eyeliner. Lucidalabbra e altra roba. Molta altra roba. Un reparto di cosmetica dopo un terremoto di magnitudo sei. Un disastro totale.

Dannata Tanya!

Accecata dalla rabbia, imprecai ad alta voce e spinsi la porta della sua camera con così tanta forza che per poco non inciampai dentro. *'Fanculo pure Jack and Jill.* I fratellini della stupida canzone per bambini potevano marcire all'inferno, per quanto mi riguardava. E poi, perché mai dare a una suite un nome tanto idiota?

«Buongiorno!», cinguettò Tanya mentre io cercavo di calmarmi. Aveva la voce limpida come un raggio di sole, mentre la mia era scura come un cielo in tempesta.

«Come *osi* lasciare il bagno in quelle condizioni!».

Non ero per niente una maniaca dell'ordine, ma lasciavo sempre tutto pulito e al suo posto. Proprio come la mia narcisistica sorella. Non avevo mai visto un bagno ridotto così. E mi sentivo violata sapendo che aveva usato tutte le mie cose senza chiedere il permesso. Aveva persino addosso la mia vestaglia di velluto blu! E si stava pettinando con la mia spazzola districante. Ora c'erano i pidocchi, per quanto mi riguardava.

«Mi dispiace, Paige. Volevo sistemare, ma non me ne hai dato il tempo. Non pensavo che ti svegliassi così presto».

«Pulisci subito!», ordinai, rimpiangendo di non avere scattato una foto con il telefono. «E smettila di usare la *mia* spazzola!». Anche se in fondo non importava più tanto, perché avrei dovuto comprarne una nuova.

«Certo». Sculettò verso il bagno con me alle spalle, ma io tirai dritto verso la mia camera sbattendo la porta. La sentivo cantare una delle canzoni preferite di mia sorella, *Oops!... I Did It Again* di Britney Spears. Stonata come una campana. E poi il rumore dello scarico. Mi rivoltava l'idea di dovere usare la sua stessa tavoletta. Poteva benissimo avere qualche malattia sessualmente trasmissibile, che ne sapevo io?

Avrei voluto spedire via con lo sciacquone pure lei, con un bel cumulo di carta igienica in bocca.

Mezz'ora dopo, ero pronta per il primo giorno di rientro a scuola. Anche se non proprio alla perfezione, Tanya aveva pulito il bagno piuttosto bene e la doccia calda aveva lavato via gran parte della mia rabbia. Controllai un'ultima volta il mio riflesso nello specchio del comò, e ne fui soddisfatta. Mi ero truccata quel poco che bastava, i capelli non erano gonfi e i jeans strappati e la maglietta *tie-dyed* (due chicche scovate da Goodwill) mettevano in risalto il mio fisico atletico. Con lo zaino su una spalla, andai in corridoio dove mi attendeva il secondo shock della mattinata.

Stavolta mi si fermò il cuore.

«Perché hai addosso i vestiti di mia sorella?», sbottai quando il battito tornò regolare.

Tanya si era messa la minigonna bianca a balze di Anabel, che lasciava scoperte le gambe abbronzate, e sopra il suo top incrociato rosso corallo che metteva in mostra le braccia toniche e le clavicole. Portava persino il braccialetto d'argento di mia sorella, quello con i pendenti che la mamma le aveva regalato a Natale. Anche se dalla morte di Anabel non ero più entrata in camera sua, sapevo che mia madre aveva lasciato tutto intatto. I vestiti erano ancora lì. Custodiva la stanza rosa principessa con il letto a baldacchino come un altare. Certe volte, a notte fonda, la sentivo piangere dentro. Implorare perdono.

Aggiustandosi lo zaino sulla spalla, Tanya mi rifilò un'occhiata perplessa. «Hai la faccia di una che ha appena visto un fantasma».

Più o meno. Per una frazione di secondo mi era sembrato di trovarmi di fronte ad Anabel. Come se fosse tornata dal regno dei morti. Forse per via dei capelli biondi e del fisico atletico. Anche se la somiglianza era solo superficiale, ero sempre più convinta che mia madre avesse scelto Tanya come rimpiazzo. Ribelle, impertinente e scapigliata com'ero, non avrei mai potuto sostituire la figlia dai capelli d'oro per cui stravedeva. Per cui aveva pianto fino all'esaurimento nervoso.

Io non valevo niente per mia madre.

Inspirai a fondo, calmando i nervi. «Mi ha sconvolto vederti addosso gli abiti di mia sorella».

Lei mi rispose con un sorriso melenso. «Tua madre ha detto che potevo prenderli in prestito finché non fossimo andate a fare shopping».

«E tutti i vestiti che ti sei portata dietro?».

Tanya liquidò la domanda con un gesto della mano. «Ah, la valigia è grande, ma è mezza vuota. Ho lasciato quasi tutta la mia roba a casa. Ho solo uniformi terribili, niente che sia adatto a LA. Maglioni pesanti, per il clima di Londra, hai presente? Tutta roba *così* insulsa. La figlia di un diplomatico non può indossare niente di troppo osé: finirei su tutti i tabloid».

Mentre parlava ricordai la facilità con cui papà aveva infilato la valigia nel portabagagli. Probabilmente stava dicendo la verità.

«Papà ha detto che potevo rifarmi il guardaroba qui, e mi ha preso una bella valigia grande per infilarci dentro tutti i vestiti nuovi».

Ecco perché sembrava nuova di zecca. Dato che non vedevo il motivo di essere tanto puntigliosa, le dissi che era ora di scendere al piano di sotto. «Will ci starà già aspettando. Non voglio fare tardi il primo giorno di scuola».

Ad aspettarmi in fondo alle scale c'era il terzo shock della mattinata. No, non il povero Orso che guaiva rinchiuso nel cortile sul retro e grattava contro le portefinestre. Insieme ai miei e Will in cucina c'era un'altra persona…

Lance, il mio ragazzo.

Rimasi di sale. I nostri occhi si incontrarono.

«Ehi!», mi salutò.

«Ehi!», feci eco io, scrutandolo a fondo.

Non lo vedevo da tutta l'estate. Era partito per degli scavi antropologici nelle Galapagos ed era tornato soltanto il giorno prima. Aveva un'aria diversa. Sembrava più alto. Più abbronzato. Più muscoloso. I capelli biondo sabbia erano più lunghi e più chiari. Era bellissimo – un uomo – e solo a guardarlo sentivo il corpo surriscaldarsi e il battito accelerare. Non riuscivo a staccargli gli occhi di dosso, e volevo baciarlo così tanto che già mi faceva male la mascella. Ma non ero il tipo che si lasciava andare a effusioni in pubblico. Soprattutto non davanti ai miei genitori.

Ci eravamo sentiti per messaggio, e non mi ero persa neanche una delle foto o dei video che aveva postato su Instagram, contenuti che riguardavano perlopiù gli scenari esotici in cui si era trovato a scavare e la fauna selvatica che aveva avuto modo di vedere. Il mio telefono scoppiava delle sue foto da esploratore socialmente responsabile. Aveva letto da qualche parte che i college controllano le pagine social degli applicanti, ed era convinto che una telecronaca dettagliata del suo impegno per l'ambiente contro il riscaldamento globale l'avrebbero fatto entrare subito alla Brown. Ecco un'altra ragione per cui desideravo frequentare il RISD: perché si trovava a Providence, nel Rhode Island, cinque minuti a piedi dalla Brown.

Con la lingua impastata e un formicolio su tutto il corpo, non potevo fare a meno di guardarlo con desiderio. Volevo dirgli qualcosa del tipo, "Stai benissimo" o "Mi sei mancato", ma i suoi occhi erano puntati altrove. Su Tanya.

«Ehi, chi è la tua nuova amica?».

Nella sorpresa, mi ero completamente scordata di lei. E ora più che mai, desideravo che quella bellezza in minigonna svanisse davanti ai miei occhi.

«Oh, Lance», cinguettò mia madre, risparmiandomi la fatica di presentargliela, «lei è Tanya Blackstone. La studentessa straniera che ospiteremo per il programma di scambio. Sarà ospite a casa nostra per tutto l'anno... be', almeno fino alla fine della scuola».

«Ciao», le disse, con un sorriso ammaliante. Nei suoi occhi si era acceso un luccichio che un attimo prima non c'era. «Paige mi ha parlato molto di te».

Già. Di quanto fossi incazzata con la mamma per averla invitata a stare da noi.

Tanya sorrise. Lo stesso sorriso civettuolo della sera precedente a cena. «Ciao. Tu sei il ragazzo di Paige?».

Lance arrossì. «Una specie».

Cosa!? *Era* il mio ragazzo, punto. Ancora non l'avevamo fatto, ma a scuola tutti sapevano di noi. Giocherellai con la collana che mi aveva regalato prima di partire. Il ciondolo, un piccolo cuoricino dorato, era freddo tra le mie dita.

Lance continuava a tenerle gli occhi incollati addosso. «Sei inglese, vero?».

Tanya sorrise ancora di più, scoprendo lo spazio tra gli incisivi. «Proprio così».

«Fico. Benvenuta a LA, allora. Hai già visto tutto?».

Lei scosse la testa. «No. Sono arrivata soltanto ieri».

«Be', allora dovremo portarti a fare un giro».

Come no. Doveva passare sul mio cadavere.

«Magari! Mi piacerebbe tanto». Tanya inclinò il viso, e si passò una mano fra i capelli scintillanti. Sembrava l'audizione per uno spot della L'Oréal. Ma forse era per lui che stava facendo un'audizione.

Decisi di darci un taglio. Alla conversazione, non ai suoi capelli.

«Meglio andare, o facciamo tardi». Presi una barretta d'avena dal bancone della cucina. E Tanya mi seguì a ruota.

«E il pranzo?», chiese la mamma.

«Compriamo qualcosa al chioschetto». Scartai la barretta e diedi un morso, poi proposi di andare con la mia auto.

Be', l'auto di mia sorella, tecnicamente. Una Jeep Cherokee di alta gamma che lei aveva avuto a malapena l'occasione di guidare. Se dovevo essere onesta, ero contenta che adesso fosse mia. La tenevo nel garage annesso, sempre immacolata. L'idea che Tanya salisse a bordo e la contaminasse non mi piaceva affatto.

«Non serve», disse Lance. «Mio padre mi ha lasciato l'Escalade. Ci entriamo tutti».

Cinque minuti dopo, io e Will ci ritrovammo strizzati nel sedile posteriore. Tanya mi aveva battuta sul tempo e si era seduta davanti, e adesso non faceva che blaterare con Lance. Il primo giorno di scuola era già rovinato.

Volevo strozzarla.

E sapevo bene che le cose non potevano che peggiorare.

Sei
Natalie

Il lunedì era sempre una giornata intensa per me. Quel lunedì in particolare era iniziato alle nove con una lezione privata di pilates seguita dalla messa in piega settimanale dalla mia parrucchiera, poi riunione del direttivo al Getty Center e pranzo con Gloria Zander, la fondatrice di Gloria's Secret, colosso di lingerie, e di Girls Like Us, piccola no-profit che forniva supporto alle ragazze vittime di abusi. Era proprio di questo che voleva parlarmi: le serviva il mio aiuto per far crescere la GLU.

Il pranzo durò due ore, e fu una meraviglia. Ammiravo Gloria, una donna strepitosa che si era fatta strada dal niente, proprio come me. Mi aveva offerto un lavoro, ma io le dissi che dovevo pensarci. Onestamente non ero sicura che Matt avrebbe approvato.

L'incontro con Gloria finì molto più tardi del previsto, ma feci comunque in tempo ad andare a prendere Tanya a scuola per portarla a fare shopping. Avevo scritto a Paige di venire con noi, ma mi aveva risposto che era già impegnata con qualche sorta di attività pomeridiana, e così anche Will. Mentre guidavo su Coldwater Canyon, mi chiedevo come doveva essere stato il primo giorno di scuola della nostra ospite. Ricominciare daccapo in un nuovo istituto, in un altro paese per giunta, non doveva essere per niente facile. Soprattutto alle superiori. Per fortuna c'era Paige a darle una mano. E forse anche Lance.

Non vedevo l'ora di sentire cos'aveva da raccontarmi, e già pregustavo il nostro giro per negozi. Era da tanto che non passavo un pomeriggio madre-figlia: Paige preferiva comprare online o scavare nei negozi dell'usato o ai mercatini delle pulci, che a me davano il voltastomaco. Goodwill apparteneva al mio passato, un passato che non volevo a rivivere.

Mentre procedevo spedita verso la scuola, una sola cosa mi preoccupava. Incontrare Alexa Roth, la madre di una compagna di classe di Paige. Dire che avevamo litigato sarebbe l'eufemismo del secolo. Mi aveva quasi rovinato la vita.

Ma ogni timore si dissolse quando parcheggiai di fronte alla Coldwater: nemmeno l'ombra di Alexa o della Bentley rossa e pacchiana che andava guidando. Sorrisi e cercai Tanya con lo sguardo. Anche se non era sangue del mio sangue, avevo sentito una connessione immediata con lei e già adoravo trascorrere del tempo in sua compagnia. Era una ventata d'aria fresca. La campanella suonò e, nonostante il fiume di adolescenti che si riversò fuori dall'edificio, la vidi subito. Alta, bella e bionda com'era, si distingueva dalla massa. Suonai il clacson e la chiamai, salutandola con una mano. Non appena mi vide, sorrise piena di gioia e mi corse incontro.

«Ciao», salutò allegramente aprendo la portiera. Prese posto sul sedile accanto a me e appoggiò zaino e computer ai suoi piedi. «O mio Dio! Adoro questa macchina. È la prima volta che salgo su una decappottabile. Non sapevo che ne avessi una».

In estasi totale, si mise a esaminare tutte le finiture di lusso, accarezzando il bracciolo di pelle color crema. «È favolosa! Avevo dato per scontato che guidassi uno di quei mostri che guidano tutte le mamme».

Scoppiai a ridere. «E infatti la guidavo, ma quando Anabel ha preso la patente e le abbiamo comprato l'auto, ho pensato che non mi serviva più».

Odiavo la mia Range Rover, anche se era la Rolls-Royce di tutti i SUV. Mi faceva sentire vecchia e antiquata, e parcheggiare quell'abominio era un incubo ogni volta. Il giorno dopo il sedicesimo compleanno di Anabel, l'avevo venduta per l'auto dei miei sogni. Una Mercedes SL Roadster blu, una sfumatura scura e metallica che si abbinava ai miei occhi. Purtroppo era stata ferma nel garage per quasi un anno dopo la morte di mia figlia, a seguito del mio esaurimento. Ma ora che mi ero ripresa, ero tornata con piacere al volante. E ogni volta che andavo in giro con la cappotta abbassata e il vento che mi sferzava il viso, ero libera, diversa. Come Grace Kelly in *Caccia al ladro*, nella scena in cui guida tra le curve della Costa Azzurra.

«Mi sento una diva del cinema in quest'auto», scherzò Tanya, infilandosi la cintura. «Che emozione».

«Vedrai, ti piacerà andare in giro a bordo di questa piccolina». Le dissi che nel cruscotto c'erano un paio di occhiali da sole. Sistemandosi sul sedile, aprì lo scompartimento e se li provò subito. Il modello a goccia della Ralph Lauren le calzava a pennello, e glielo dissi subito.

«Com'è andato il tuo primo giorno alla Coldwater?», chiesi uscendo dal parcheggio e imboccando la discesa verso Ventura Boulevard.

«Alla grande. Frequento le stesse lezioni di Paige, più o meno. E qualcuna con Lance, che oggi mi ha fatto da fratello maggiore. Mi ha mostrato la scuola e mi ha persino presentato i suoi amici. Alcuni sono carini, ed è molto carino anche Lance».

«È cresciuto davvero tanto quest'estate», dissi ricordando lo stupore nel vederlo, quella mattina. Per poco non l'avevo riconosciuto. Abbronzato e muscoloso, era diventato proprio un giovane uomo attraente. Mi vergognavo a pensarlo, ma proprio non capivo cosa ci trovasse di speciale in Paige. Forse però vedeva qualcosa in lei che io non riuscivo a notare. Realizzare che praticamente non conoscevo la mia secondogenita era doloroso. Un'altra cosa di cui andavo poco fiera.

«Da quanto tempo stanno insieme lui e Paige?»

«Quasi due anni. Hanno iniziato a frequentarsi all'inizio della seconda. Lui era appena arrivato da un'altra scuola privata». Feci una breve pausa. «E lei aveva appena perso la sorella... Qualche mese prima, a maggio».

«Dev'essere stato terribile. Affrontare la morte di una figlia».

«Sì, lo è stato». Dovevo cambiare argomento. Con il vento in faccia e una piacevole compagnia accanto, stavo vivendo un momento felice. E volevo che restasse tale.

«Allora, emozionata all'idea di andare per negozi?»

«*Super*emozionata! Non ho mai avuto una mamma con cui fare shopping».

Mi si strinse il cuore. Sapevo bene anch'io quanto fosse dura crescere senza una madre. La mia era come se fosse morta.

Qualcuno alle mie spalle si attaccò al clacson, spaventandomi a morte e riportandomi di colpo alla realtà. Il semaforo rosso a cui ci eravamo fermate era appena diventato verde, e io non mi ero mossa. Il tipo dietro di me strombazzò di nuovo.

«Finiscila, cretino!», strillai.

«Sì, finiscila, *cretino!*», ripeté Tanya con il suo affascinante accento inglese.

Quando ci superò, gli mostrammo il medio contemporaneamente e scoppiammo a ridere svoltando verso Ventura. Mentre ci avvicinavamo a Hollywood, le indicai le varie attrazioni visibili dalla macchina. L'Hollywood Bowl, che superammo subito, e la famosa scritta sulla collina che si vedeva in lontananza. Tanya, per niente colpita, disse che la credeva più grande.

Urban Outfitters si trovava su Melrose Avenue, una via modaiola a cinque minuti da casa nostra. Trovai subito parcheggio in una stradina secondaria e camminammo sottobraccio verso il famoso negozio. Mi sentivo come Dorothy nel *Mago di Oz*.

C'era uno Starbucks dall'altra parte della strada. «Vuoi prendere un caffè, prima?»

«No, sto bene. Non vedo l'ora di iniziare lo shopping».

«Cosa ti serve?»

«Tutto!».

Mi misi a ridere. Anche se presumevo che avesse una carta di debito e che il padre, diplomatico, l'avesse mandata qui con una bella cifra da spendere, avevo intenzione di coccolarla un po', regalandole un armadio nuovo. Non avremmo sentito la mancanza di quei soldi, e a me avrebbe fatto enormemente piacere.

Uscimmo un'ora dopo, entrambe con due grosse buste di carta stracolme di vestiti e accessori. Io avevo preso anche un completino sexy: mi aveva convinto Tanya a comprarlo mentre davo uno sguardo all'intimo di pizzo. «Scommetto che a Matt piacerà molto», mi aveva bisbigliato all'orecchio.

Il sesso passionale che un tempo facevamo io e Matt era morto insieme ad Anabel. E ora la nostra vita sessuale era pressoché inesistente.

Ma forse questo spirito libero di ragazza aveva ragione.

Era giunto il momento di riaccendere la fiamma.

Sette
Paige

Per la quarta volta nell'arco della stessa giornata, gli occhi mi schizzarono fuori dalle orbite. Mollato lo zaino pesante e pieno zeppo di libri sul pavimento dell'ingresso, sollevai lo sguardo e vidi Tanya che scendeva le scale verso l'atrio. Aveva addosso una salopette color cachi, una T-shirt bianca e le Dr. Martens che avevo ordinato online da Urban Outfitters. I fondamentali per il rientro a scuola. Il pacco doveva essere consegnato nel fine settimana, ma a quanto pareva era arrivato prima. E lei lo aveva aperto! Che nervi!

«Ciao», mi salutò allegra, raccogliendo i capelli in uno chignon spettinato. «Com'è andata la riunione del Club di sca...».

La interruppi subito. «Come ti permetti di aprire un pacco indirizzato a me!».

Mi guardò cadendo dalle nuvole. «Di che stai parlando?».

Gli puntai l'indice addosso. «La salopette! È mia! L'ho comprata online da Urban Outfitters».

«Rilassati. Questa è mia. Me l'ha regalata tua madre. Siamo andate da Urban insieme questo pomeriggio. Ci siamo divertite un mondo!». Mi fluttuò accanto, superandomi. «Possiamo metterle insieme per andare a scuola, così sembreremo gemelle».

Digrignai i denti. *Neanche morta.* Con la salopette addosso, lei sembrava pronta per la copertina di «Seventeen». Di fianco a lei, probabilmente sarei sembrata grassa e sciatta. Con il sangue che mi ribolliva nelle vene, raccolsi lo zaino e marciai verso le scale salendole due alla volta. Tanya mi chiamò dal piano terra.

«Ehi, vuoi vedere cos'altro mi ha comprato? Posso mettere su una sfilata».

Decisamente no, grazie! Non mi avrebbe sorpreso scoprire che in qualche modo era riuscita ad accedere al mio account di Urban Outfitters – magari quella mattina stessa, mentre ero sotto la doccia – e aveva deciso di comprare gli stessi vestiti che avevo messo nel carrello. Giusto per farmi arrabbiare. Giunta al pianerottolo del secondo piano, tirai fuori il cellulare e cancellai l'ordine prima che lo spedissero.

«Vado ad aiutare tua madre con la cena», la sentii dire mentre rimettevo in tasca il telefono, che ora dovevo custodire gelosamente insieme al computer. «Poi mi aiuteresti con i compiti di aritmetica?».

Senza neanche risponderle, mi fiondai in camera e chiusi a chiave la porta che dava sul corridoio e quella del bagno che condividevamo. Mi serviva urgentemente una nuova maniglia, una che mi avrebbe permesso di chiudere a chiave anche dall'esterno. L'avrei comprata domani. O magari potevo chiedere a Will di andare al negozio in bici. Lui avrebbe saputo esattamente cosa acquistare.

Almeno adesso ero al sicuro da lei. Non poteva intrufolarsi in camera mia. Avrei dovuto iniziare i compiti, ma anche volendo non sarei riuscita a concentrarmi. Tanya mi era entrata in testa e divorava tutti i miei pensieri. Odiavo il modo in cui leccava il culo di mia madre, mio padre e *pure* del mio ragazzo. Lance le aveva fatto fare l'intero tour della scuola oggi, e già questo era stato tremendo, ma quando li avevo visti dividere un panino al tonno avevo quasi dato di matto.

Sfilai le Birkenstock e andai a sedermi sul letto. Papà diceva sempre che bisogna conoscere i propri nemici per avere successo negli affari. Chiaro e semplice. Tanya poteva anche fare la sdolcinata quando eravamo insieme, ma in *realtà* era mia nemica.

E io cosa sapevo di lei?

Praticamente... niente. Soltanto che era inglese. Nata a Londra, e figlia unica. Il padre era un diplomatico che viaggiava spesso. E la madre era morta dandola alla luce. Ah, sapevo anche che aveva diciassette anni e che aveva frequentato un prestigioso collegio da snob. A ricreazione l'avevo cercata sui social, ma non l'avevo trovata. Niente Facebook, Instagram, Snapchat o TikTok. Tutte le ragazze che conoscevo erano su IG, persino io. Come mai lei no? Forse il padre diplomatico gliel'aveva proibito.

Presi il PC dallo zaino insieme a un quadernino ad anelli e una matita. La mamma aveva ordinato una valanga di articoli di cartoleria per me e Will, e pure per Tanya, così da risparmiarci le compere all'ultimo momento da Staples tra le orde di ritardatari. Era sempre stata una donna previdente, tranne nel periodo in cui si era sepolta nella propria camera, dopo la morte di Anabel. Previdente, accurata e metodica. E per me era arrivato il momento di imitarla un po'. Dovevo pensare strategicamente. Essere accurata e metodica.

Conoscere il mio nemico.

Presi la prima pagina del quaderno e scarabocchiai una lista:

Nome completo del padre
Nome della madre
Nome del collegio e relativi contatti
Ricontrollare i social
Frugare tra i suoi effetti personali
Trovare il suo passaporto. Il visto studentesco. La patente?
Trovare il biglietto di ritorno/carta d'imbarco della British Airways
Controllare il suo telefono
Controllare il suo computer

Gli ultimi due obiettivi della lista sarebbero stati difficili da raggiungere, dato che molto probabilmente entrambi i dispositivi erano protetti da password. Ma forse Will poteva aiutarmi. Era un genio informatico e poteva forzare qualunque account.

Pensai se intrufolarmi subito in camera sua, ma non c'era abbastanza tempo. E di certo non volevo farmi beccare a curiosare tra le sue cose. Dovevo trovare un modo per farla uscire di casa per un paio d'ore. Magari Will poteva aiutarmi anche in questo.

Decise queste cose, iniziai le mie ricerche online googlando "Blackstone diplomatico inglese". Ottenni un mucchio di risultati che rimandavano a una società di private equity (qualunque cosa fosse) chiamata Blackstone, ma niente che facesse al caso mio. Scrollando la pagina per un minuto, trovai una possibile pista: Sir Warren Blackstone. Cliccai senza perdere tempo e lessi tutto d'un fiato la breve descrizione della sua brillante carriera diplomatica. Una cosa mi colpì in modo particolare: era morto. Cinque anni fa, schiantandosi con il suo jet privato. Non citava alcun parente prossimo, nessun sopravvissuto. Strano.

L'auto di mio padre imboccò il vialetto, e guardai l'ora. A casa alle sei precise, puntuale come un orologio svizzero. Prima una doccia, poi un bicchiere di scotch e, mezz'ora più tardi, alle sei e trenta spaccate, ci avrebbe chiamati tutti a tavola.

Mi restava poco tempo per indagare. Decisi di concentrarmi sui social. Ancora una volta, Facebook, Snapchat e TikTok non diedero risultati utili ma, con mia grande sorpresa, scoprii che aveva aperto un profilo Instagram. Il suo nickname: @ TanyaBDreamer. Aveva postato qualche foto della camera di mia sorella, con gli hashtag #thinkpink, #casadolcecasa e #quiviveunaprincipessa... E poi numerosi selfie con i suoi nuovi outfit, con sotto scritto #supermodel, #urbangirl e #LAgirl... Qualche scatto del pomeriggio di shopping con mia madre, con gli immancabili cancelletti #malatedishopping, #fashionistas e #talemadretalefiglia... Fino ad arrivare all'ultima foto... insieme a Lance, con sotto scritto #hottie, #boyfriendmaterial e #ColdwaterAcademy. L'ultimo hashtag in particolare avrebbe attirato l'attenzione di tutti gli studenti. C'erano già commenti tipo "Fatti avanti!", "Sareste bellissimi insieme!", "Levagli quell'aria da duro!". Orribile. E chissà cosa mi avrebbero detto in faccia domani. Tanya era senza vergogna! E la cosa peggiore era che Lance seguiva il suo profilo! Aveva già centinaia di follower e la cifra sembrava aumentare di minuto in minuto.

«La cena è pronta!», chiamò mia madre.

Ero così furiosa che mi era passato l'appetito.

E una domanda continuava a tormentarmi: perché Tanya non aveva mai postato niente su Instagram prima di allora?

Otto
Natalie

Non vedevo l'ora di cenare di nuovo tutti insieme.

Avevo fatto il salmone in crosta di odori, una semplice ricetta del mio libro di cucina preferito, *The Barefoot Contessa.* Come contorno, avevo preparato una deliziosa insalata gentilina con cuori di palma e fragole, condita con limone e vinaigrette, nonché un'enorme ciotola di pasta con pomodorini freschi, basilico e olio d'oliva. Stavo prestando più attenzione al nuovo regime alimentare di Paige – avevo persino comprato qualche libro di ricette vegane online – e anche se con ogni probabilità avrebbe schifato il salmone (grazie a Dio era un filetto, non un pesce intero con tutti gli occhi), poteva sempre ripiegare sull'insalata e la pasta. Era stato divertente avere un'aiutante come Tanya in cucina. Aveva un talento naturale per l'impiattamento. Come me e le mie figlie, aveva delle doti artistiche.

Matt, per la prima volta dopo secoli, si era complimentato per la cena e io gli avevo risposto che mi aveva aiutato Tanya a prepararla, omettendo il fatto che avevamo svuotato un'intera bottiglia di sauvignon blanc nel mentre. Annuendo, Matt domandò alla nostra ospite com'era andato il suo primo giorno di scuola. Tanya gli raccontò tutto in ogni singolo dettaglio, parlando in maniera animata. Era contento che fosse andato tutto per il meglio. Quando fece la stessa domanda a Paige e Will, loro risposero in coro con la solita monotona parola: «Bene».

Paige teneva la testa bassa mentre piluccava l'insalata e arrotolava gli spaghetti intorno alla forchetta.

«Va tutto bene, Paige?»

«Non ho fame».

«Credo che tu non stia mangiando a sufficienza».

«Non sa che si perde», s'intromise Tanya, facendo il bis. «Qualcuno mi passa la pasta, per favore?».

Matt le avvicinò la ciotola, complimentandosi per i nuovi vestiti che aveva addosso. Paige fece una smorfia, mentre la nostra ospite rispondeva con lo sguardo acceso e un sorriso a trentadue denti.

«Grazie, signor Merritt... Voglio dire, Matt. Natalie mi ha portata da Urban Outfitters dopo la scuola. Ci siamo divertite un mondo. Abbiamo comprato un sacco di cose, pure qualcosa per te».

Matt sollevò di scatto le sopracciglia. «Ah, davvero? Che cosa?».

Tanya gli fece l'occhiolino. «Dovrai scoprirlo da solo».

Mio marito si voltò a guardarmi e, per la prima volta dopo non so quanto tempo, provai una punta d'eccitazione. Con addosso la lingerie sexy che avevo comprato quel pomeriggio, strinsi forte le gambe per sedare il formicolio. Cielo, che bella sensazione! Mi tornarono in mente i vecchi tempi, e il giorno in cui ci eravamo conosciuti.

Quasi mi avesse letto nel pensiero, Tanya chiese: «Come vi siete incontrati, voi due?».

Il respiro mi si fermò in gola. Bevvi un lungo sorso di vino, e così fece anche Matt. Gli occhi gli brillavano di desiderio, e la bocca si contorse in un sorrisino malizioso. Stava ricordando il nostro primo incontro, ne ero certa.

«Avanti!», ci incalzò Tanya. «Raccontate. Sono curiosa. Scommetto che è stato romantico».

Paige e Will si scambiarono un'occhiata esasperata. «Non ci toccherà sentire questa storia un'altra volta?», chiese Paige.

L'avevamo raccontata all'infinito. A ogni pranzo di festa. Ai party. Ai picnic di famiglia. Anabel, la romantica, non ne aveva mai abbastanza. Paige, la cinica, non ne poteva più. A Will, francamente, non importava granché.

«È stato amore a prima vista», cominciò mio marito, posando il calice e ignorando le proteste di Paige.

«Davvero?», fece Tanya con gli occhi sognanti.

«Sì», risposi io.

Desiderio a prima vista, a voler essere precisi.

«Dove vi siete incontrati?».

Fu Matt a rispondere. «Qui, a Los Angeles. A una... ehm... fiera di giocattoli».

Anche se per fortuna non l'aveva detto, in realtà era un festival erotico. Pieno di stand di giocattoli sessuali.

«Siete entrambi di LA?»

«No», rispose Matt. «Io sono di San Francisco... Nob Hill».

«Snob Hill», lo presi in giro prima di lasciarlo continuare.

«I miei genitori vivono ancora là. Nat invece è di Palm Springs».

A lui avevo detto così. E anche ai ragazzi. Non era troppo lontano dalla verità.

«E come vi siete conosciuti?»

«Nat curava lo stand di un'azienda in cui volevo investire. Faceva le dimostrazioni del loro prodotto di punta. All'epoca ero nel VC».

«Venture capitalism», spiegò con orgoglio la nostra ospite.

Matt sembrava colpito. «Sei una tipa sveglia, Tanya. Scommetto che Paige e Will non ne avevano idea».

Seduti l'una accanto all'altro, Paige e Will si scambiarono un'occhiata comunicando telepaticamente. Era una cosa che facevano spesso, e che mi mandava ai matti. Senza badare a loro, Tanya continuò.

«Ho letto la sigla sul tuo profilo LinkedIn e ne ho cercato il significato».

Mi metteva un po' a disagio sapere che Tanya aveva fatto ricerche su di noi, ma supposi che qualsiasi studentessa in gamba avrebbe cercato informazioni sulla famiglia in cui avrebbe vissuto per un lungo anno. Scommetto che aveva googlato anche me. Doveva aver letto delle mie attività filantropiche e visto le miriadi di foto che mi ritraevano insieme a Matt agli eventi di beneficenza da cinquecento dollari al piatto che avevo organizzato. Grazie al cielo, non poteva scoprire niente su chi ero prima del matrimonio. Ero riuscita a seppellire il mio passato sotto un fitto strato di bugie. Se Matt ne fosse stato al corrente, non sarei mai stata dov'ero ora. E chissà cosa ne sarebbe stato della mia vita? Il vissero per sempre felici e contenti era un finale spesso precluso a chi cresce a pane e ceffoni, soprattutto a quelle come me.

«Lavoravo come modella, e spesso mi chiamavano per fare la hostess nelle fiere», intervenni, riportando l'attenzione sulla storia. Qualche volta mi capitava di esibirmi nelle dimostrazioni per "adulti", la paga era troppo buona per rifiutare anche se odiavo ogni secondo del lavoro. I soldi mi erano serviti per trasformarmi. Avevo raddrizzato i denti. Schiarito i capelli. Comprato vestiti decenti. Trovato una casa tutta mia lontano da dov'ero cresciuta.

Di tutto questo, Matt non sospettava nulla.

Tanya sgranò gli occhi. «Wow! Davvero facevi la modella? Perché online non ho trovato niente, nessuna foto di sfilate o copertine».

Mi lasciai scappare una risatina nervosa. «E perché dovrei mentire?». L'ipocrisia delle mie stesse parole mi divorava dentro. Ero una bugia vivente, ventiquattr'ore su ventiquattro, sette giorni su sette.

Tanya non mollava. «Forse dovevo cercarti con il tuo cognome da nubile?»

«Probabilmente sì. Natalie Taylor». *Un'altra bugia.* Per fortuna neanche Natalie Taylor aveva una presenza online. *Quella* Natalie Taylor, almeno. Ultimamente su TikTok era andata virale una cantante mia omonima.

Matt continuò il racconto, e dovevo ammettere che sentirlo parlare di me – di noi – mi stava riaccendendo dentro la fiamma del desiderio. Mi scioglievo sulla sedia mentre lo ascoltavo descrivere a Tanya il momento in cui c'eravamo incontrati, tralasciando i particolari grafici della dimostrazione del "giocattolo".

Com'ero stata animata.

Com'ero stata convincente.

Com'ero stata seducente.

Non gli avevo venduto soltanto il prodotto dell'azienda che reclamizzavo, ma anche me stessa. Mi aveva invitata fuori a cena, usciti dal ristorante mi aveva chiesto di andare in camera sua per un ultimo bicchiere e il resto era storia. Un uragano di romanticismo al termine del quale mi aveva chiesto di sposarlo. Eravamo scappati a Las Vegas per sfuggire alla madre possessiva e, nove mesi più tardi, era nata Anabel.

Per la prima volta da anni, Matt anticipò i ragazzi e disse che potevano andare di sopra senza aspettare che lo chiedessero loro. Paige e Will si alzarono all'istante, ma Tanya insistette per aiutarmi con i piatti.

«Non ce n'è bisogno, Tanya», rispose Matt. «Ci penso *io* a mia moglie, stasera».

Con un sorrisino timido, si dileguò anche lei. Rimasti soli, io e Matt ci guardammo negli occhi. Dopo qualche breve momento di silenzio imbarazzante, mi alzai e cominciai a sparecchiare la tavola.

«Ferma», ordinò. Non ricordavo l'ultima volta che gli avevo sentito quella voce. La voce dell'uomo determinato che avevo sposato. «Andiamo nel mio ufficio».

Cinque brevissimi minuti dopo, eravamo nello studio con la porta chiusa a chiave e le luci soffuse.

«Spogliati». Senza dire una parola, obbedii mostrandogli la nuova lingerie di pizzo nero. Il suo sguardo vagava sul mio corpo, portandosi dietro una scia di brividi.

«Cristo. Sei ancora bellissima, Nat. Il pizzo ti dona davvero».

Cinque lunghissimi, eccitatissimi minuti dopo, ci ritrovammo ansimanti e disfatti. Mi aveva preso sulla scrivania. Contro il bordo. Come non capitava da secoli. Era da tempo che non mi sentivo così. Completamente abbandonata. Completamente sua.

Per la prima volta dalla morte di Anabel, il nostro matrimonio aveva ripreso a funzionare, a vivere.

Allacciandosi la patta, mio marito mi baciò sulle labbra.

«Ti amo, piccola», mormorò.

«Ti amo anch'io».

Più tardi, al piano di sopra, continuammo quello che avevamo iniziato di sotto e ci addormentammo sfiniti e soddisfatti l'una nelle braccia dell'altro. Non passavo una notte così bella con mio marito da non sapevo neanche quanto tempo.

Tanya aveva avuto ragione. Era bastato solo riattizzare la fiamma.

Nove
Paige

Bussai alla porta di Will, fissando il cartello che penzolava davanti alla mia faccia. ACCESSO VIETATO! La scritta era corredata da un eloquente teschio con le tibie incrociate.

Will amava la sua privacy, e io la rispettavo. Il sentimento era reciproco.

Bussai di nuovo sul legno massiccio. «Willster, sono io. Posso entrare?»

«Vieni».

Girai la maniglia, sorpresa di non trovarla chiusa a chiave.

Will era seduto a gambe incrociate sul suo letto a castello, il PC sulle ginocchia. Non era solamente un letto, in realtà. Si trattava di una gigantesca struttura in legno chiaro che sulla parte superiore ospitava il materasso e in quella inferiore una scrivania e numerose mensole a incasso piene zeppe di Lego, libri di Harry Potter, *action figure* di Star Wars e robot di varie dimensioni che aveva costruito lui stesso. Degli scalini portavano al materasso. Sembrava una specie di fortezza. Il castello del nerd, lo chiamavo io. Il mio geniale fratellino se l'era costruito tutto da solo. Orso era accucciato sul pavimento lì sotto, sopra il tappeto a tema universo, accanto all'ultima creazione robotica di Will. Per fortuna avevamo trovato il modo di tenerlo in casa e lontano da Tanya. Orso non sembrava dispiaciuto di starsene rintanato nella stanza di Will. Il nostro cagnone gli era affezionatissimo e, a dire il vero, dormiva già con lui ogni notte. Almeno questo non era cambiato.

Mio fratello sollevò lo sguardo verso di me. «Che c'è, Pudge?».

Pudge era il nomignolo che mi aveva dato da piccolo. Se qualcun altro avesse provato a chiamarmi così, gli avrei tirato un pugno in faccia. Ma da parte di Will, era una dimostrazione d'affetto. Lo guardai negli occhi. «Hai un attimo?».

Chiuse subito il portatile. «Sì, certo».

Dopo qualche istante, ero seduta sul letto di fronte a lui. Sulla parete accanto, campeggiava un poster di *Star Wars*.

«Che ne pensi di Tanya?».

Will fece spallucce. «Non saprei. Mi pare okay».

Era più facile estrarsi una spina dal dito che cavare un'opinione da Will. Ma tutti i dodicenni erano così. E più erano nerd, più era tosta. Ma dovevo ammettere che con i suoi riccioli castani, il nasetto a patata e la spruzzata di lentiggini, Will era davvero adorabile. Ci somigliavamo un sacco, ed ero certa che crescendo sarebbe diventato bello come nostro padre. Una vera calamita per le femmine. Non che al momento gli interessassero minimamente. *Ovvio.*

«Non ti dà fastidio che odi Orso?»

«Finché può stare qui con me, non mi interessa».

«Ma non ci trovi niente di strano in lei?»

«Tutte le ragazze sono strane».

«Io no, giusto?». Feci una mezza smorfia che di solito riusciva sempre a strappargli una risata.

«No, tu sei abbastanza a posto per essere una ragazza».

«Grazie». Gli diedi un buffetto. Io e Will eravamo sempre stati uniti, avevamo i nostri codici per comunicare, spesso incomprensibili agli altri. E la morte di Anabel ci aveva unito ancora di più. Non avrei mai potuto dimenticare come ci eravamo tenuti per mano mentre la bara di nostra sorella veniva adagiata nella fossa. Eravamo entrambi vestiti di nero, io con un orribile abito sotto il ginocchio che la mamma mi aveva costretto a indossare e Will, che all'epoca aveva solo dieci anni, con un completo giacca e cravatta di due taglie più grandi. Mentre la mamma aveva singhiozzato dall'inizio alla fine, noi due non avevamo versato neanche una lacrima. Will non era molto legato ad Anabel che, nella sua fitta vita sociale, non aveva mai avuto tempo per gli interessi da mocciosi. Lego, videogiochi e robot non trovavano posto nel suo mondo egoriferito. Per lei, il fratellino era solo un fastidio.

Io, di contro, adoravo aiutarlo a costruire roba con i Lego – dai cagnolini ai robot Mindstorms, fino ad arrivare ai paesaggi urbani più intricati e alle stazioni spaziali – forse perché in fin dei conti non era tanto diverso dallo scolpire. E la scultura era la mia passione, l'altra ragione per cui volevo frequentare il RISD e i suoi corsi d'arte avanzati. Erano i migliori di tutto il Paese. Per fortuna avevo un laboratorio nel giardino sul retro. Il posto in cui ero felice. E – di questo ringraziavo ogni granello di argilla – la mamma non mi aveva chiesto di sgombrarlo per fare posto alla studentessa che aveva deciso di ospitare.

Sapendo che non avrei avuto l'attenzione di Will ancora per molto, decisi di tagliare corto. «Tanya non ti ricorda nessuno?»

«Sì, Anabel. Un po'».

«Un *bel* po'», lo corressi. Non c'era bisogno di scomodare Sigmund Freud per capire che mia madre stava cercando un rimpiazzo. E che Tanya si era letteralmente calata nei panni di mia sorella. «Non è stato inquietante vederla con i vestiti di Anabel ieri?»

«Portava i vestiti di Anabel?».

Ragazzi. Alzai mentalmente gli occhi al cielo. Era ora di andare al sodo.

«Ho una brutta sensazione su Tanya, Willster».

«Cioè?»

«Non sono certa che sia chi dice di essere».

Will inclinò la testa. «Perché lo pensi?»

«Be', tanto per cominciare, mi ha detto che suo padre è un diplomatico inglese ma non sono riuscita a trovare niente su di lui online. L'unico tizio che corrispondeva alla descrizione è morto».

«Questo è strano…».

«Parecchio strano. E fino a oggi non era su nessun social. Non conosco una sola ragazza delle superiori che non abbia un account Instagram. Ce l'ho persino io. E invece lei, prima di oggi, niente. Guarda».

Presi il telefono dalla tasca e aprii subito l'app, selezionando il profilo di Tanya. Gli mostrai le foto che aveva postato. Aveva già oltre un migliaio di follower, assurdo. Millesettantacinque, per l'esattezza.

Will sgranò gli occhi mentre scrollavo. «Che ci fa una foto di Lance lì?»

«Già, questa mi ha fatto proprio incazzare. L'ha fatto sembrare il *suo* ragazzo».

«Che rottura».

«Puoi dirlo forte».

Will mi prese il telefono di mano e continuò a scrollare, ma un certo punto fece una faccia schifata. «Puah!».

«Che c'è?».

Le lentiggini gli erano quasi schizzate via dal viso, e mi riconsegnò subito il telefono allontanando lo sguardo dallo schermo. Vidi subito cosa l'aveva disgustato.

«O Cristo santo!». C'erano una valanga di foto di Tanya con addosso uno dei bikini più striminziti che avessi mai visto, il corpo da urlo completamente in bella mostra. Mentre io me ne stavo seduta qui con mio fratello, lei era in camera di mia sorella a scattarsi selfie mezza nuda. I commenti dei ragazzi della mia scuola spuntavano già come funghi. "Super sexy!". "Sposami!". "Sei una bomba!". E poi una valanga di emoji: fiamme e visi con occhi a cuore. Mi prese il panico: e se Lance le avesse viste? Dovetti ricorrere a tutto il mio autocontrollo per non dare di matto di fronte al mio fratellino.

«Dovrei farle vedere a mamma e papà, secondo te?».

Will, il pensatore, rifletté per bene sulla domanda. «Nah».

«Perché no?»

«Scenario migliore: le farebbero una ramanzina, forse le confischerebbero il telefono per qualche giorno. Scenario peggiore: Tanya renderebbe il profilo privato».

Soppesai le sue parole. Aveva ragione. Non potevo rischiare di perdere l'accesso al suo profilo Instagram. Quello che postava poteva rivelarsi utile. E chissà come avrebbe deciso di vendicarsi, poi. Sembrava già che stesse cercando un modo per scoparsi Lance di fronte ai miei occhi.

«E va bene, Einstein. Cosa facciamo?»

«Devi seguirla».

«Be', non è che posso starle incollata ogni minuto della giornata».

«No, scema. Intendo su Instagram».

«Ma poi capirà che la sto spiando».

Will mi guardò con un'aria esasperata, sbuffando. «Crea un account falso e seguila. Non se ne accorgerà mai».

Cielo, adoravo mio fratello. La mente della famiglia. Aveva persino saltato un anno di scuola, e l'anno prossimo sarebbe andato dritto alle superiori.

«Geniale!», dissi, uscendo dal mio profilo.

Mi guardò con un sorriso. «Avresti potuto pensarci da sola, ma sei una femmina scema».

Sapevo che non diceva sul serio, mi stava solo stuzzicando. Decisi di stare al gioco.

«Sono una zuccona, lo ammetto, ecco perché mi serve il tuo aiuto. La situazione è la seguente: ci ritroviamo con questa orribile estranea in casa. E di lei non sappiamo praticamente niente. Voglio scoprire tutto, anche a costo di hackerarle il computer».

Will s'illuminò in volto. «A questo ci penso io». Schioccò le dita come un mago che volesse fare scomparire un coniglio. «Detto fatto».

«Dobbiamo solo prenderlo».

«Ci sarà un modo».

Sorrisi. Gli dicevo sempre: "*Will*-ere è potere".

Era ufficiale: avevo trovato un socio. E la nostra missione segreta aveva un nome: "Operazione Tanya".

«Un'ultima cosa. Devi aiutarmi a montare una nuova maniglia alla porta: voglio chiudere a chiave sia dall'interno sia dall'esterno. Non mi va che possa entrare in camera mia. È già tremendo dividere il bagno con lei… nel caso te lo stessi chiedendo, è una scrofa».

Will grugnì e io scoppiai a ridere.

Qualche minuto dopo, ero di nuovo nella mia stanza.

E @TanyaBDreamer aveva una nuova follower su Instagram.

Guardai con orgoglio il profilo falso che avevo creato. Portava un vestito da supereroina, con tanto di maschera e cappello. Mi ero fatta ispirare da uno dei personaggi preferiti e cazzuti della mia infanzia.

@SpyGirl2.

Dieci
Natalie

«Cosa fai, Natalie?».

Pur riconoscendo la voce, mi spaventai a morte. Tanya. Saltai sulla sedia, finendo quasi per rovesciare il bicchiere di vino. Sollevai lo sguardo e la fissai.

«Ah, ciao, tesoro. Non ti aspettavo a casa così presto».

Con ancora lo zaino sulla spalla e il portatile in mano, Tanya fluttuò verso di me e si mise a osservare i numerosi sottobicchieri tondi che avevo sparso per il tavolo.

«Cos'è?»

«Sto organizzando i tavoli per una serata di gala che terrò a ottobre. Un evento di beneficenza per la FAFAK».

Mi guardò confusa. «FAFAK?»

«Free Arts For Abused Kids. Si tratta di un'organizzazione no-profit che mi sta particolarmente a cuore. Faccio parte del consiglio e presiedo il gala annuale che raccoglie centinaia di migliaia di dollari».

«Fico. Posso aiutarti?»

«Certo. Posa la borsa e vieni a sederti». Tanya lasciò lo zaino sul tappeto cinese vintage e scivolò sulla sedia accanto alla mia: erano i posti centrali, da cui potevamo tenere sotto controllo l'intero tavolo di due metri e mezzo.

Abbassò lo sguardo sul mio bicchiere quasi vuoto.

«Natalie, posso avere un po' di vino anch'io?».

Anche se avevamo già bevuto insieme, di nascosto, in quel momento mi sentivo restia a darle il permesso. Era un giorno come tanti, non c'era nulla da festeggiare.

«Meglio di no. Non voglio che qualcuno ti veda bere». *Soprattutto Paige.* «Che ne dici di una bella tazza di tè?».

Fece una smorfia di disgusto. «Stai scherzando?».

La sua reazione mi lasciò di stucco. Tutti gli inglesi bevevano tè, no? Lo mettevano pure nei biberon, da quel che sapevo io.

Cominciò a giocherellare distrattamente con un sottobicchiere, tracciandone i bordi. «Ho un'idea. Potresti metterlo in una di quelle tazze tribali che hai nella credenza. Così nessuno può vedere cosa c'è dentro».

Aveva detto che in Inghilterra le era permesso bere, ma io non mi sentivo ancora del tutto a mio agio con la questione. Solo che non volevo sembrarle troppo severa. E poi ero certa che pure i compagni di classe di Paige bevessero già, con o senza il permesso dei genitori.

«Va bene, soltanto un goccio, però», cedetti. Andai in cucina e tornai qualche momento dopo, con la tazza semipiena di sauvignon blanc.

«Questa tazza è bellissima», disse Tanya prendendola in mano. Ero contenta che non si fosse lamentata per la quantità.

Le feci un sorriso. «Lo so. L'ha scovata Matt durante una vacanza alle Hawaii. L'ha colpito il fatto che avesse la forma di un tiki e che ce ne fossero di colori diversi. Come accade sempre con lui, ha deciso che non ne potevamo più fare a meno. Non hai idea di quanta roba inutile abbiamo, tutte cose che non abbiamo mai usato. Potrei aprire un negozio».

Tanya bevve un sorso di vino e si mise a ridere. Aveva il mio stesso senso dell'umorismo, ed era una cosa che adoravo. Anche Anabel rideva spesso alle mie battute, mentre Paige non faceva che alzare gli occhi al cielo e scuotere la testa.

Bevve un altro sorso. «Avete visto le Hawaii, che fortuna. Io non ci sono mai stata».

«Forse ci andremo di nuovo a Natale. A Maui, stavolta».

«Quanto *vorrei* venire con voi!».

Ero più sorpresa che lusingata. «Ma come, tesoro, non vuoi tornare in Inghilterra dalla tua famiglia per le vacanze?».

Tanya fece spallucce. «In realtà no. Papà non c'è mai a Natale, e a Londra fa un freddo cane». Il viso le si rabbuiò. «Ti fa sentire sola».

Povera piccola! Mi si strinse il cuore all'idea di saperla sola a

Natale. «Be', se le cose stanno così, certo che puoi venire con noi».

«O mio Dio! Davvero?». Il suo volto tornò a illuminarsi come un albero addobbato.

«Certo. Non sei solo un'ospite. Ora fai parte della famiglia... Comunque, concentriamoci sul gala. Mi resta un'ora, poi devo iniziare a preparare la cena».

«Va bene». Guardò il tavolo ricoperto di sottobicchieri. «Dove si terrà?»

«Nel nostro giardino. È la prima volta che organizzo qualcosa da noi, ma ho fatto un'analisi dei costi – *senza* l'aiuto di Matt, ci tengo a sottolinearlo – e ho visto che se non spendiamo una cifra assurda per la location, riusciremo a raccogliere molti più soldi per quei ragazzini. Sono vittime di abusi, sai, e hanno davvero bisogno di qualcosa che migliori le loro vite, qualcosa come l'arte».

«È meraviglioso». Tanya fece una breve pausa, e poi: «Com'è stata la tua infanzia, Natalie?».

Ero così sconvolta dalla domanda, che all'inizio neanche risposi. Bevvi un sorso di vino e cercai di rallentare il vortice di parole che mi turbinava nella testa. *Scegline una.* «Ordinaria».

Tanya sembrò stupita della risposta. «Pensavo fossi cresciuta in una bellissima casa e avessi trascorso un'infanzia da fiaba».

«Assolutamente no». Per non dire nient'altro – già mi era sfuggito troppo – bevvi un lungo sorso di vino. «Perché non parliamo di qualcos'altro, cara?»

«Certo». Tanya si portò di nuovo la tazza alla bocca.

Ero contenta che non avesse cercato di ficcanasare oltre. C'era troppo in ballo. Matt non aveva idea di quello che avevo passato. E nemmeno la sua spocchiosa famiglia di Nob Hill. La mia vita sarebbe stata del tutto diversa, se avessero scoperto la verità.

Tanya appoggiò la tazza sul tavolo. «E questi ragazzi vittime di abuso, da dove vengono?»

«Vivono un po' ovunque. Molti sono finiti in affidamento dopo essere stati allontanati o abbandonati dai genitori».

«È così triste». Si morse un labbro. «Certe volte anche a me sembra di essere stata abbandonata».

La guardai dritto in faccia. «Perché?»

«Be', mia madre è morta e mio padre viaggia in continuazione per lavoro. Non riesco *mai* a vederlo. Vorrei che fosse più presente, come Matt. E vorrei che nella mia vita ci fosse una madre come te». Aveva gli occhi lucidi. «A volte mi sento così sola e trascurata che potrei morire».

Le sue parole mi colpirono come un pugno allo stomaco. Quante volte mi ero sentita così anch'io, soprattutto da ragazza.

«Poverina. Vieni qui, fatti dare un abbraccio». Mi protesi verso di lei e la strinsi. Tanya tirò su con il naso e mi avvolse le braccia intorno alle spalle.

«Tu e Matt mi avete dato già tanto. Per la prima volta in vita mia, mi sembra di avere *davvero* una famiglia. Paige e Will sono fortunati ad avervi come genitori».

Vero, pensai tra me e me. Ma da come si comportavano solitamente, pareva che non se ne accorgessero.

«Posso dirti un'altra cosa, Natalie?». Esitò per qualche istante. «Però prometti di non arrabbiarti?».

Con una punta d'esitazione, risposi di sì.

«A volte penso che mio padre meriti la galera».

Sollevai un sopracciglio. «E perché?»

«Perché abbandonare un figlio è un reato», disse guardandomi dritto negli occhi, e poi si sbrigò ad aggiungere, «almeno in Inghilterra».

Un brivido mi corse lungo la schiena. «Sì, è così anche qui». Buttai giù un bel sorso di vino. «Sono certa che non lo pensi davvero, tesoro. Dai, adesso rimettiamoci al lavoro».

«Grazie per avermi ascoltata, Natalie». Fui sollevata nel vederla tornare subito di buon umore. Era di nuovo l'allegra, instancabile Tanya di sempre. «Che posso fare?».

Ancora un po' scossa dalle sue parole, le passai un pennarello nero. «Perché non numeri i tavoli, voglio dire i sottobicchieri, mentre assegno i posti».

Presi i fogli stampati che avevo appoggiato sulla sedia accanto alla mia e su cui era scritta la lista degli invitati che avevano confermato la loro presenza. Trecento in totale. Il che voleva dire trenta tavoli da dieci posti l'uno. Stabilire chi andava fatto sedere vicino a chi era sempre il compito più arduo in queste occasioni. Gli ospiti che avevano sborsato diecimila dollari per un tavolo da dividere con i propri amici non erano molti, la maggior parte aveva acquistato biglietti singoli e – credetemi – mettere vicino gente che andava d'accordo e condivideva gli stessi valori non era affatto semplice. Bisognava tenere in considerazione le idee di ciascuno in un mondo così diviso dal punto di vista politico.

«È una festa a tema?», domandò Tanya muovendosi con agilità intorno al tavolo per numerare tutti i sottobicchieri.

«Il tema è soltanto il colore. Quest'anno sono il bianco e l'azzurro. Ancora non ho deciso che fiori usare come centrotavola».

Tanya si voltò a guardarmi. «Che ne dici dei nontiscordardimé? Sono azzurri, e potrebbero simboleggiare tutti i ragazzi vittime di abusi che esistono al mondo. Non bisogna dimenticare nessuno di loro».

«È perfetto! Grazie, tesoro».

«Prego». Sorrise e mi riconsegnò il pennarello. «Finito».

Controllai alla svelta i sottobicchieri. Perfetti.

«Dai, siediti ora. Abbiamo fatto abbastanza per oggi. Ho davvero apprezzato il tuo aiuto». Nella mia testa, una vocina mi faceva notare che Paige non mi aveva mai aiutato con i preparativi di un gala. Mi sforzai di zittirla e dissi a Tanya: «Vieni, finiamo il vino».

La ragazza tornò a sedersi vicino a me e mi raccontò del suo secondo giorno di scuola. Sembrava proprio che si stesse ambientando bene e che le lezioni procedessero alla grande.

«Ottimo! Sapevo che ce l'avresti fatta».

«Grazie! E invece, com'è andata ieri sera con Matt?».

Era una domanda che non mi aspettavo, e che mi fece arrossire. Il sesso epico della scorsa notte mi aveva lasciato addosso un piacevole formicolio per tutto il giorno.

«Noi, ehm, abbiamo trascorso una bella serata».

«Ne ero certa. Sei sempre bellissima, Natalie, ma oggi sembri proprio radiosa».

«Grazie». Mi posai una mano sul cuore. Lo stesso cuore che aveva ripreso a riempirsi d'amore verso mio marito.

«A proposito, cosa indosserai al gala?»

«Non ci ho ancora pensato ma dev'essere qualcosa di azzurro».

«Che ne dici dell'abito che hai messo lo scorso maggio alla serata di sensibilizzazione per la salute mentale? Era divino».

Si riferiva a uno dei miei Dior. Chiedendomi dove mi avesse vista, le dissi: «Che ne sai tu, di quell'abito?»

«Ho visto una foto online. Eri mozzafiato!».

«Oh, grazie», risposi, cercando di ricordare se ci fossero stati dei paparazzi all'evento blindato. «Ci penserò».

Tanya prese la borsa e si alzò in piedi. «Be', io vado a fare i compiti di sopra. Provo a scaricare la domanda per Stanford».

«Facci sapere se ti serve aiuto».

Tornò all'ingresso e si fermò sulle scale. «Ci vediamo a cena».

«Grazie ancora, cara, per il tuo aiuto».

Per tutto quanto.

Undici
Paige

Le indagini sul conto di Tanya non diedero grandi risultati nel corso delle settimane seguenti. Mi sentivo al colmo della frustrazione. Neanche una lumaca era così lenta.

Su consiglio di Will chiesi alla mamma, e non direttamente a Tanya, il nome del collegio che frequentava in Inghilterra. Secondo mio fratello domandarlo a lei avrebbe potuto destare qualche sospetto, e io ero d'accordo. La scuola si chiamava Briarwood, e attraverso Google scoprii che si trattava di un esclusivo collegio femminile situato nelle campagne fuori Londra. Mandai subito un'e-mail alla direzione, chiedendo se tra le loro studentesse ci fosse una certa Tanya Blackstone. Finsi di essere un'amica di Londra che voleva spedirle un regalo di compleanno. Ma, a quanto pareva, le pretenziose scuole scelte dagli aristocratici e dai diplomatici inglesi avevano la politica di non condividere nessuna informazione sui loro allievi. Dissero che avrei potuto spedire il regalo alla direttrice e che, in caso, ci avrebbe pensato lei a recapitarlo. Se Tanya fosse una loro studentessa o meno restò ambiguo.

Alla mamma chiesi anche se la nostra ospite sarebbe tornata in Inghilterra per le vacanze: la speranza era di sbirciare il biglietto aereo o il passaporto. E poi non vedevo l'ora che se ne andasse, anche se per poco. Ovviamente rimasi scioccata nello scoprire che avrebbe trascorso il Natale con noi, perché il suo fantomatico padre diplomatico non ci sarebbe stato. C'era mai?

Le feci qualche altra domanda riguardo il suo ritorno in Inghilterra, previsto per la fine dell'anno scolastico. La mamma disse che non c'era ancora nulla di deciso: Tanya le aveva confidato di voler visitare qualche altra città prima di rientrare, magari New York o Miami, e dunque non aveva ancora comprato il biglietto di ritorno. Le presi l'iPhone e, conoscendo già la password, provai a cercare tre le e-mail e i messaggi uno contenente i dettagli del volo della British Airlines con cui era arrivata. Con mio disappunto, non trovai niente di niente. Forse la mamma aveva segnato le informazioni importanti da un'altra parte per poi fare pulizia. Anche se eravamo passati a prendere Tanya di fronte al terminal degli arrivi internazionali, non c'era ancora alcuna prova che fosse arrivata a Los Angeles da Londra. E sapevo che la compagnia aerea non avrebbe mai divulgato a terzi informazioni sui propri passeggeri.

Per quanto riguardava il nome della madre, decisi di chiederlo direttamente a Tanya una mattina, mentre eravamo dirette a scuola. Presa lievemente alla sprovvista, invece di rispondere mi domandò: «Perché ti importa tanto?»

«Per curiosità».

«A che serve? È morta». Poi si era zittita e aveva preso a fissare lo smartphone. Con la coda dell'occhio la vidi scattarsi l'ennesimo selfie a labbra imbronciate e postarlo su Instagram insieme agli innumerevoli altri. Si stava avvicinando a quota cinquemila follower.

Viveva con noi da quasi un mese, e ancora non sapevo niente di Tanya Blackstone. Se non che era una reginetta di Instagram con una lingua lunga da fare invidia a Miley Cyrus. Con mio sommo fastidio, né io né Will eravamo ancora riusciti a intrufolarci in camera sua. Quando c'era, se ne stava sempre rinchiusa dentro e custodiva cellulare e portatile come se ne andasse della sua vita. Le appartenevano come due appendici.

Era diventata di punto in bianco la ragazza più popolare della mia classe. Tutte le nostre compagne volevano essere come lei. Tutti i nostri compagni la desideravano. Erano ammaliati dalle sue gambe lunghe, dal corpo da favola, dalla sua bellezza sbarazzina. Amavano il suo stile e impazzivano per l'accento inglese.

Dal punto di vista accademico, non era una cima. Faticava con i compiti a casa e stranamente sembrava non avere alcuna familiarità con i classici inglesi. Quando le chiesi se le piacesse George Eliot, mi rispose che *lui* era tra i suoi cantanti preferiti e si mise a canticchiare *Wake Me Up Before You Go-Go*. Pronta per Stanford, come no.

Ma, limiti scolastici a parte, la nostra ospite "inglese", tra virgolette, era molto furba. Aveva l'invidiabile capacità di passarla sempre liscia, e ogni volta che non sapeva fare qualcosa, convinceva gli altri a svolgere il compito al posto suo. E nessuno se ne accorgeva mai. Gli insegnanti maschi erano particolarmente indulgenti con lei, una roba da voltastomaco.

La cosa peggiore di tutte era che non avevo modo di sfuggirle. Oltre che frequentare le mie stesse lezioni, a parte chimica avanzata e scultura professionale, decise pure di provare a entrare nella squadra di basket. Tentai di convincerla a provare con il calcio, uno sport che in Inghilterra era in voga e che lei millantava di aver fatto, ma insistette per iniziare qualcosa di nuovo. E, con la sua altezza e l'agilità, si dimostrò un talento naturale. Ogni volta che tirava, faceva canestro. Con Jordan, la mia migliore amica e compagna di squadra, già alla Berkeley, c'era un posto vacante nel team. Posto che Tanya occupò immediatamente.

Per tutto settembre, ci allenammo ogni pomeriggio dopo la scuola in vista della prima partita contro la Huntley Hall, un vicino e prestigioso istituto privato rivale della Coldwater. E dunque mi toccò scarrozzarla a casa dopo l'allenamento ogni singolo giorno. Tanya era sempre logorroica e mi riempiva di domande sui miei genitori e soprattutto su Lance, il mio ragazzo. Io rispondevo a monosillabi e alla fine le dissi chiaro e tondo di farsi i fatti suoi e smetterla di impicciarsi della mia vita. Nulla di ciò che mi riguardava era affare suo. Lei si limitò a fare spallucce e rispondere: «Come ti pare», per poi fissare lo smartphone fino a casa.

Jordan mi mancava ogni giorno di più. Il suo nome completo era Jordan Jackson, ma tutte le nostre compagne di squadra la chiamavano Air Jordan, soprannome ispirato al mitico Michael Jordan dei Chicago Bulls. Io preferivo chiamarla Fly: parola che significava "volare" ma anche "fico", non solo perché sembrava avere le ali ai piedi ma per via della sua eleganza sul parquet che la rendeva unica. Avevamo una videochiamata su FaceTime in programma a breve. Morivo dalla voglia di aggiornarla e lamentarmi di Tanya, ma sapevo che si stava ancora abituando alla vita del college e non volevo scaricarle addosso i miei problemi.

Nonostante tutte le angosce che mi tormentavano, e nonostante la presenza di Tanya, una spina perennemente conficcata nel fianco, settembre volò via in un baleno. Il primo lunedì di ottobre sancì l'inizio ufficiale del campionato. Era arrivato il momento del tanto atteso match contro la Huntley. Anche se ormai avrei dovuto essere abituata alla giornata inaugurale della stagione, ogni anno mi trasformavo sempre in uno scattoso cumulo di nervosismo. Lo stomaco si contorceva e il mento si riempiva di brufoli: quelli sottopelle, dolorosissimi e che duravano all'infinito. A peggiorare le cose c'era Tanya, che volle venire in macchina con me fino al campus avversario.

«Non puoi scroccare un passaggio a qualcun altro?», sbottai, palesemente irritata dalla sua presenza. Quanto desideravo avere Fly accanto, al posto suo. Tanya aveva schiarito i capelli di recente, e adesso erano ancora più biondi. Con la coda alta e la divisa già addosso, pantaloncini e casacca bianchi e marroni, non potei fare a meno di notare come gli allenamenti le avessero scolpito i muscoli. Aveva sempre avuto delle braccia e delle gambe calamitiche, ma da quando si era unita alla squadra erano diventate qualcosa di spettacolare. Non mi avrebbe sorpreso trovarla sulla copertina di «Sports Illustrated».

Se ne stava davanti alla mia Jeep, con la mano ferma sulla portiera del passeggero aperta. «Neanche io muoio dalla voglia di venire in macchina con te e le tue ascelle pelose e sudate, Paige. Ma è più comodo. Non serve neanche che sposti la mia roba. E poi tutti i miei amici nella squadra, o quelli che verranno a vedere la partita, abitano a Beverly Hills o Sherman Oaks: non proprio di strada. Senza contare che se perdiamo, vorranno tornarsene subito a casa».

Anche se la tentazione di sgommare via e lasciarla lì era fortissima, cedetti. Anche se la sua presenza mi infastidiva e mi dava ai nervi.

«E va bene. Sali. Ma non parlarmi, devo concentrarmi sulla guida. E sulla partita». Con un sorrisino soddisfatto, saltò a bordo.

«Sta' tranquilla, vinceremo, me lo sento», gongolò allacciandosi la cintura. «E comunque, cos'è quel mostro che hai sul mento?».

Lanciai un'occhiata sullo specchietto retrovisore mentre uscivo dal parcheggio, e capii subito che si riferiva al brufolo che avevo schiacciato e tormentato finché non era diventata un'enorme bolla rossa. Aggrottai la fronte e feci una smorfia.

«È stato Lance? L'ha morso per succhiare via tutto il pus?»

«Sta'. Zitta».

«Ehi, siamo *nervosette* oggi?». Senza dire altro, infilò una mano nella borsa e prese il pacchetto di gomme. Le sue preferite: Trident original. Ne tirò fuori due, le scartò e se le cacciò in bocca, buttando le cartacce sul tappetino dell'auto. Come se non fosse abbastanza, iniziò a ruminare come una vacca. Era snervante, ma meglio che sentirla parlare.

Il breve viaggio fino alla Huntley sembrò infinito. L'unica cosa che migliorò il mio umore nero fu un messaggio di Jordan. "In bocca al lupo, Merritt!". Me lo diceva sempre prima di una partita, e poi batteva il cinque. Ci aveva sempre portato fortuna. Scendendo dalla macchina nel parcheggio riservato agli ospiti della Huntley, risposi alla svelta: "Crepi! Mi manchi! Ti voglio bene!". E aggiunsi un emoji che mandava un bacio. Lei si era firmata come F.L.Y. – *Forever Loving You.* Con un sorriso, mi rivolsi a Tanya.

«In bocca al lupo, Blackstone».

La zucca vuota rispose: «Grazie».

Che i lupi ti divorino.

La palestra della Huntley era piena zeppa di gente, gli spalti occupati da studenti e qualche genitore. I miei ovviamente non c'erano. La mamma aveva la giornata piena di riunioni circa il gala che stava organizzando e papà era in volo, di ritorno a casa dopo un incontro a Dallas con un cliente. Non c'era nemmeno Lance, bloccato dagli allenamenti di atletica. Era nella squadra di corsa campestre e in genere, dopo la scuola, correva per diversi chilometri per prepararsi alle gare.

I suoi amici, però, c'erano tutti. Era la prima volta che vedevo tanta presenza maschile a uno dei nostri match. E la ragione non poteva che essere una: la giocatrice numero 12, alta e snella, la bellezza fatta persona: Tanya Blackstone. Certo non erano curiosi di vedere come andasse a rimbalzo; al massimo aspettavano di vedere come rimbalzasse il suo petto durante le varie azioni. Per essere così magra, era proprio ben fornita. Forse si era fatta la plastica al seno.

La Coldwater e la Huntley erano rivali storiche. Nel campionato precedente non avevano una grande squadra, e le avevamo battute senza troppi sforzi. Ma erano migliorate. La palla saettava da una giocatrice all'altra, da un'area a quella opposta, così veloce da non farci capire niente. Io ero senza fiato e sudata marcia. Eravamo all'ultimo quarto, il punteggio inchiodato sul 45-45. Io e Tanya eravamo le migliori marcatrici dell'incontro, lei aveva segnato tre punti più di me. Considerando che non aveva mai giocato prima, dovevo ammettere che era molto brava e non potei fare a meno di notare che il tifo della Coldwater era tutto per lei, con un boato a ogni canestro.

Mancavano cinque minuti alla fine. Cinque minuti decisivi. La palla era nella nostra metà campo. Con un cenno del mento, invitai una mia compagna a passarmela. Ero a circa sei metri dal canestro, era un tiro che avevo in faretra. Tanya, concentratissima, con le ginocchia piegate e le braccia allargate, mi alitava sul collo.

«Fatti da parte!», gridai quando Claire lanciò la palla. «Lo prendo io questo tiro!».

«*No!* È mio! Fatti da parte *tu*, grassona!».

Non c'era tempo per discutere. La palla volò verso di noi ed entrambe ci posizionammo per prenderla. Tanya mi tagliò la strada e, mentre protendeva le braccia per agguantarla, io le diedi uno spintone. La palla ci superò, lei cadde sul parquet.

L'arbitro interruppe il gioco. Si fermarono tutti e tra i tifosi della Coldwater esplose un boato di fischi e insulti. Gli allenatori di entrambe le squadre corsero in campo. Mi voltai verso Tanya: era a terra e si teneva la caviglia destra.

«Mi hai spinta apposta!», gridò, mischiando il veleno delle parole alle lacrime.

«Tutto bene, Tanya?», domandò preoccupato il coach, il signor Whitney, un affascinante e popolare insegnante di letteratura inglese. Si inginocchiò accanto a lei e l'abbracciò, un po' troppo a dire il vero. Stravedeva per Tanya, era palese. Come tutti i Tom, Dick e Harry della mia classe.

«Ce la fai a camminare?», chiese il coach della Huntley, un genitore volontario altrettanto ammaliato da lei. *Che viscido!*

Tanya fece una smorfia. «Non lo so».

Restai a guardare mentre la tiravano su. La caviglia cedette e lei fece una smorfia di dolore.

«Stringiti a noi», disse coach Whitney, praticamente con la bava alla bocca.

«Ah, grazie», rispose Tanya con gli occhi da cerbiatta.

Una vera attrice. Era tutta una finta, ne ero certa.

Con le braccia intorno alle spalle dei due coach, Tanya si allontanò dal campo saltellando su un piede. Le mie compagne di squadra si unirono ai tifosi innamorati e applaudirono la nostra migliore marcatrice. Tanya, teatralmente, mandò loro un bacio e sugli spalti si alzarono tutti in piedi, intonando il suo nome sempre più forte. Sembravano fan in estasi a un concerto rock. Mi veniva da vomitare.

A peggiorare le cose, perdemmo la partita di soli due punti. E tutti incolparono me per aver monopolizzato la palla. Con il cuore pesante, guidai fino a casa da sola. Di Tanya non c'era più l'ombra.

Volevo che la sbranassero i lupi, e invece ero stata io a farle male, rendendola una martire. Avrei dovuto tenere a mente le sagge parole della mia cara nonna, che non sbagliava mai.

"Bisogna fare attenzione a ciò che si desidera".

Dodici
Paige

Tutte le luci erano accese quando tornai a casa. Parcheggiai la Jeep nel garage, accanto alle auto dei miei genitori, ed entrai dalla porta sul retro. Mi domandai se Tanya fosse rientrata e avesse già raccontato ai miei dell'incidente. Era troppo sperare che fosse stata centrata da un camion mentre la portavano al pronto soccorso?

Non mi fermai in cucina a prendere qualcosa da mangiare o da bere, ma mi trascinai in camera mia ed entrai in bagno. Se fossi andata lì per fare pipì, cacca o vomitare non mi era ancora ben chiaro, ma all'improvviso sentii delle voci provenire dalla stanza di Tanya. Visto che la sua porta del bagno era socchiusa, andai ad aprirla del tutto. Spalancai gli occhi e la bocca, e mi ci volle qualche istante per riprendermi.

«Lance, che ci fai qui?», chiesi imbambolata sulla soglia. Mi sentivo così rigida, che mi domandai se non fosse *rigor mortis.* Con la tuta di atletica ancora addosso, Lance sedeva sul letto di Tanya con la caviglia di lei poggiata sulla coscia muscolosa. Le teneva il ghiaccio sopra la fasciatura.

«Ah... ciao, Paige».

«Rispondi alla mia domanda».

«Ho finito gli allenamenti prima e sono venuto a vedervi alla partita. Ho incontrato Tanya fuori. Aspettava che tua madre venisse a prenderla. Stava male, e quindi mi sono offerto di portarla a casa subito. Era il minimo».

«Oh, e l'hai portata in braccio fino in camera, *Lanc-illotto*?». Immaginare la scena peggiorò la mia nausea. Se proprio dovevo vomitare, a quel punto sperai di rimettere addosso a quei due.

«Proprio così», rispose Tanya con una voce melensa. Rivolse a Lance un sorriso sdolcinato, che dal punto in cui mi trovavo sembrava più provocante che riconoscente.

Avrei voluto strapparglielo dalla faccia come un cerotto. E poi spiaccicarlo addosso a Lance. Ma prima che potessi fare o dire qualcosa di cui poi mi sarei pentita, la porta della sua stanza si aprì di scatto e mia madre entrò con un paio di stampelle in mano. Non credo che si fosse accorta della mia presenza, perché il suo sguardo addolorato era incollato su Tanya.

«Povero tesoro. Tieni, ho trovato queste in cantina. Le ha usate Anabel quando si è rotta il crociato ad Aspen, durante la settimana bianca. Siete più o meno della stessa altezza, quindi dovrebbero andare».

Sempre invisibile, guardai Tanya infilare le stampelle sotto le braccia e mettersi in piedi. Con una punta di esitazione, fece un passo avanti tenendo il piede sollevato. E subito un altro passo ancora.

La mamma sorrideva. «Sei bravissima, Tanya, vai già spedita. Anabel ci ha messo una settimana per imparare a usarle». Poi si voltò verso Lance. «Caro, non mi va proprio che scenda le scale da sola con le stampelle. È troppo pericoloso».

Un velo di preoccupazione le trasfigurava il volto. Probabilmente stava ripensando all'incidente fatale di Anabel. Poteva anche suonare cattivo, ma le auguravo esattamente lo stesso. *Ta-ta!*

La mamma mise fine al mio viaggio mentale. «Lance, tu che sei giovane e forte, pensi di poterla prendere in braccio e portare di sotto? E poi, ovviamente, ci farebbe molto piacere se restassi a cena».

«Certo, signora Merritt», rispose quel galantuomo del mio ragazzo, prendendo Tanya tra le sue vigorose braccia senza il minimo sforzo. Guardandomi negli occhi con un ghigno soddisfatto stampato in faccia, lei gli strinse le spalle.

Li seguii per le scale a pugni serrati.

Quanto sarebbe stato facile dargli una spintarella?

La volevo fuori dalla mia vita.

A ogni costo.

Tredici
Paige

I giorni seguenti furono un vero e proprio inferno. Tutti pendevano dalle labbra di Tanya, che se ne andava in giro saltellando di qua e di là con le sue stampelle. Pure gli alieni l'avrebbero trovata irresistibile, se fossero atterrati da queste parti.

C'era una sola eccezione: la vostra affezionatissima. Odiavo dovere fare le cose per lei solo perché aveva un piccolo impedimento. Lance, d'altro canto, avrebbe potuto trasferirsi direttamente da noi, perché i miei genitori gli facevano portare Tanya giù per le scale al mattino e poi di nuovo su la sera. A volte la prendeva in braccio come una principessa, altre volte a cavalluccio o ancora la caricava sopra una spalla come un cavernicolo. Non facevano che ridere tra di loro, quei due. Più di una volta desiderai buttarli giù dall'ondulata scalinata di marmo. Avrebbe potuto pensarci papà a portarla su e giù, ma la mamma temeva per la sua schiena, che di tanto in tanto risentiva ancora di un vecchio infortunio a tennis. E comunque, Lance era più che felice di aiutare. Pure *troppo*, per i miei gusti.

La vicinanza fisica tra Lance e Tanya mi divorava dall'interno come un batterio carnivoro. E non era limitata soltanto al trasporto per le scale. Lui l'accompagnava a scuola ogni mattina e poi di nuovo a casa, le portava i libri da una classe all'altra e, cosa che mi tormentava più di tutte, si chiudeva in camera sua per aiutarla con i compiti. Lui, che non era nemmeno in grado di svolgere i suoi.

Continuavo a chiedermi cosa facessero *davvero* là dentro. Se appoggiavo l'orecchio alla porta del bagno, spesso li sentivo ridere, la musica in sottofondo. Mi stavo preparando alla disfatta. Era inevitabile. Prima o poi avrei sentito gemiti e grugniti crescere d'intensità fino a diventare urla stridule e rauche. C'era una parola che descriveva le persone come me, l'avevo imparata a lezione di psicologia: masochista.

L'unica mia consolazione era Will. Seduta nel castello del nerd, durante il terzo giorno di questa follia, gli confidai il mio più grande timore: avevo paura di perdere Lance per colpa della nostra ospite manipolatrice.

«Glielo hai chiesto?», domandò Will.

«Sì. Ma lui dice che è solo la mia gelosia. Forse un pizzico di paranoia».

«E sei *sicura* di voler sapere cosa succede in quella stanza?».

Ci pensai su per qualche secondo. Lo volevo davvero? Sarei stata in grado di affrontare le conseguenze, se avessi scoperto che il mio ragazzo mi tradiva con Tanya? Mi stavo conservando per lui, ma forse Tanya mi aveva battuto sul tempo. Forse era stata lei la prima. Provai una fitta pungente di dolore allo stomaco e risposi alla domanda di mio fratello.

«Sì».

Will mi guardò con il suo goffo sorriso da ci-penso-io. Dopotutto, aveva già risolto il problema della porta, sostituendone la maniglia con una che si chiudeva automaticamente a chiave ogni volta che uscivo. Certo, mi serviva una chiave per entrare, ma era il piccolo prezzo da pagare per tenere Tanya alla larga. Lo guardai accendere il PC e premere i tasti. Le dita abili si muovevano sulla tastiera come quelle di un pianista. Alla fine girò lo schermo, mostrandomi quel che c'era sopra. Osservai l'immagine per qualche secondo.

«Che roba è?»

«Un microcamera. Se la ordino ora, arriverà entro domattina. Possiamo uscire da scuola un'ora prima e tornare qui a installarla. La colleghiamo tramite app al tuo telefono e al computer, così nel pomeriggio potrai guardare il *Lance and Tanya show*», disse, virgolettando con le dita.

Mi scappò da ridere. Lo faceva sembrare un talk show da due soldi. L'ennesimo orribile reality.

«Tu non ti unisci a me?».

Il mio fratellino fece una smorfia. «Assolutamente no. Che schifo!».

Risi di nuovo, ma Will mi guardò con un'espressione seria.

«C'è una condizione, però: se ti capita di vedere qualcosa che non avresti voluto vedere, non puoi venire a piangere da me. Se lo fai, ho chiuso con l'Operazione Tanya. Caput». Con aria melodrammatica, fece il gesto di ripulirsi le mani.

«Andata!». Sollevai la mano e gli battei il cinque. Il suo palmo schioccò contro il mio.

«Andata!».

Più tardi, mi fermai a riflettere sulle conseguenze. Da un lato non avevo niente da perdere.

Dall'altro potevo perdere tutto.

Il giorno seguente, io e Will saltammo l'ultima ora, ma non andò tutto come avevamo programmato. Trovammo traffico per dei lavori in corso, e impiegammo quarantacinque minuti più del normale per arrivare a casa. Ergo, ci restava poco tempo per istallare la spycam che ci attendeva nel vialetto. Will saltò giù dall'auto e andò a recuperare il pacco, mentre io parcheggiavo la Jeep in garage. Mamma e papà non erano in casa.

Speravo di curiosare un po' nella stanza di Tanya, stranamente in ordine, ma non ne ebbi il tempo. Will si mise al lavoro alla svelta, configurò la piccola telecamerina e la piazzò in un angolo del soffitto. La lente minuscola si muoveva di qua e di là, coprendo un'area che andava dalla scrivania al letto e oltre. Era bianca, e quindi si mimetizzava bene con il soffitto. Poteva passare benissimo per un rilevatore di fumo. La speranza era che la nostra egocentrica reginetta di Instagram non la vedesse neanche.

Mentre Will portava a termine il lavoro, mi parve di sentire delle voci in corridoio. Erano *loro*. Si stavano avvicinando. L'installazione finì giusto in tempo. La scampammo per un pelo, filando nella mia stanza attraverso il bagno comunicante. Will attese il momento giusto per tornarsene nella sua stanza.

Era l'ora dello show. Del *Lance and Tanya show*, episodio uno. Mi sedetti sul letto a gambe incrociate e accesi il portatile con i nervi a fior di pelle. Una grossa parte di me avrebbe voluto spegnere tutto subito. Continuavo a risentire la voce di mia nonna che sussurrava altre massime nelle mie orecchie – "A volte è meglio non sapere" –, ma ignorai anche quella.

Avevo il cuore in gola e gli occhi fissi sullo schermo, quando la porta di Tanya finalmente si aprì. Entrò lei per prima, saltellando sulle stampelle con Lance al seguito. Lui richiuse la porta della cameretta rosa confetto con un colpo di tacco, mentre Tanya prendeva un telecomando e accendeva la musica. Partì un remix lento di *I've Just Begun Having My Fun* di Britney Spears.

Mi sanguinarono gli occhi quando la vidi lanciare le stampelle sul letto e mettersi a ballare stretta a Lance. La sua caviglia stava *benissimo!* Senza riuscire nemmeno a sbattere le palpebre, tenni lo sguardo incollato allo schermo dove quei due oscillavano al ritmo di musica, in perfetta sintonia. Tanya gli posava la testa sul petto, gli occhi beatamente chiusi, e Lance sorrideva con un'aria sognante, le braccia strette intorno alla vita sottile di lei.

Un'esplosione di rabbia m'infuocò le vene. Ero sull'orlo dell'autocombustione. Saltai giù dal letto e, nella fretta, inciampai sul caricabatterie. Caddi a terra con un tonfo e provai una fitta di dolore alla caviglia destra. Forse quelle stampelle sarebbero servite a me, adesso. Sempre ammesso che non divenissero parte di una scena del crimine.

Con l'adrenalina in circolo, scattai su e mi fiondai fuori dalla stanza, più in fretta che potevo, senza badare al dolore che provavo al piede. Metà correndo e metà zoppicando, caricai verso la porta di Tanya che si aprì di colpo. Avevo il volto surriscaldato, le guance in fiamme. A un soffio dall'implosione, mi fermai sulla soglia.

«Non studiate troppo, mi raccomando!».

Tanya e Lance si paralizzarono sul posto. Lei mi guardò con un ghigno soddisfatto, mentre Lance diventò rosso come un pomodoro.

«Paige! Non è come sembra». Barcollò, sollevando i palmi come per arrendersi.

«Ce li ho gli *occhi*, sai». Zoppicai verso le stampelle e me le misi sotto le ascelle. Con una smorfia, fulminai Tanya con lo sguardo.

«Queste non ti servono più, o sbaglio?»

«Oh, il piede va molto meglio, grazie». Abbassò lo sguardo sulla caviglia ancora fasciata, ruotandola con un sorrisino insulso stampato in faccia. «E per *tua* informazione, stavo insegnando al tuo ragazzo come si balla un lento. È per il gala organizzato da tua madre: vuole che ci andiamo tutti. Con quei piedi da contadino che ti ritrovi, di certo non poteva chiederlo a te». Un battito di ciglia. «Non c'è di che, comunque».

Lance mi rivolse un'occhiata più tranquilla. «È la verità, Paige. Tanya ha proposto di insegnarmi a ballare per ringraziarmi dell'aiuto che le sto dando con i compiti».

«Aiuto che tu non *vuoi* darmi», aggiunse lei.

Dovetti respirare a fondo un paio di volte prima di parlare. «Credo che dovresti tornartene a casa, Lance».

Senza dire nient'altro, prese lo zaino e filò via.

Me ne andai anch'io, portandomi dietro le stampelle. Non mi servivano davvero, ma sarebbero state un'ottima arma di difesa contro Tanya all'occorrenza.

Decisi di dare a Lance il beneficio del dubbio, e di credergli. Ma non riuscivo a trovare una ragione al mondo per cui avrei dovuto fidarmi di Tanya.

La microcamera sarebbe rimasta là dov'era. Avrei guardato il *Tanya show* tutti i pomeriggi, controllando ogni sua mossa.

Prima o poi avrebbe commesso un passo falso.

E io l'avrei avuta in pugno.

Quattordici
Natalie

Quel venerdì ricevetti una visita inaspettata.

Mia suocera, Marjorie Merritt. Una metà della coppia che io Matt chiamavamo scherzosamente gli M&M's. Martin, il marito, era a La Jolla per un torneo di golf che si sarebbe tenuto nel fine settimana, e lei aveva pensato di fare una capatina a Los Angeles per salutare Paige e Will, i suoi unici nipoti, se non si contava Anabel. La verità era che Anabel non aveva *mai* contato. A Marjorie non era mai importato di lei, e non si era premurata di nasconderlo nemmeno mentre mia figlia era in vita.

Il rapporto che avevo con mia suocera era migliorato col tempo. All'inizio era fredda come un pezzo di ghiaccio. Quasi vendicativa. Era convinta che avessi raggirato Matt mettendogli in testa di sposarmi a Vegas, quando invece l'idea era stata *sua*. Marjorie mi incolpava di averle sottratto l'opportunità di organizzare un matrimonio sontuoso. E così all'inizio non mi degnava di un pizzico di fiducia – né di rispetto – e non mi riteneva altro che un'arrampicatrice sociale che aveva incastrato il figlio restando incinta. Ma poi, pian piano, le avevo dato prova che non era affatto così. Era colpita da tutti i miei sforzi filantropici, dal mio buon gusto e dai valori che cercavo di inculcare alla famiglia. Era una donna "vecchia scuola", una di quelle fermamente convinte che il posto di una moglie fosse a casa, che avesse il compito di mantenere l'ordine, badare ai bisogni del marito e dei figli e di usare il suo tempo libero per rendere il mondo un luogo migliore. Era giusto, secondo lei, chiudere un occhio sulle scappatelle degli uomini per il bene della famiglia. E forse aveva ragione, chissà. Forse avrei dovuto farlo anch'io.

Sebbene non potessi definirci intime, io e Marjorie mantenevamo quanto meno un rapporto cordiale. Per non essere d'intralcio, aveva deciso di alloggiare al Four Season più vicino e ripartire in mattinata per raggiungere il marito.

«Ti vedo bene, Natalie», disse, mentre bevevamo un gin tonic in salotto, sedute l'una di fronte all'altra sui divani damascati. Lei era tipa da drink – un gin tonic ghiacciato con uno spicchio di limone – mentre io avrei preferito di gran lunga un bicchiere di vino, ma decisi di assecondarla. Prese un sorso, e chiese: «Come vanno le cose tra te e Matthew?».

Marjorie chiamava il figlio di mezzo sempre e solo con il suo nome intero. E mai una volta aveva provato a chiamare me Nat.

«Meravigliosamente», risposi, posando il lungo bicchiere sul tavolino di legno tra noi. Marjorie mi aveva vista ridotta a uno straccio dopo la morte di Anabel, ed era venuta a stare da noi per badare alla casa e ai miei figli mentre io vegetavo a letto come un ortaggio in decomposizione. Non aveva idea di quello che era successo davvero. Il tragico incidente di Anabel era stato solo la punta dell'iceberg.

«E i ragazzi come stanno?».

Impazziva per Will e Paige, e di questo gliene ero davvero grata. Quando ero piccola, avrei voluto dei nonni amorevoli. E loro, insieme ai due fratelli di Matthew, creavano un senso di famiglia che per i ragazzi era davvero importante.

«Stanno bene. Paige è presa dalla domanda per il college e Will è immerso nei suoi soliti esperimenti robotici che io non capisco».

«Dov'è che farà domanda Paige?». Mia suocera nutriva un affetto speciale per la nipote. Forse perché si somigliavano, anche se adesso portava i capelli ormai imbiancati in un elegante caschetto. O forse perché condividevano gli stessi interessi, soprattutto la passione per l'arte.

«Come di certo saprai anche tu, Paige vuole davvero frequentare la Rhode Island School of Design, ma Matt ha deciso che inoltrerà la domanda anticipata a Stanford».

Mia suocera fece un'espressione contrariata. «Non serve che

tutti vadano a Stanford come Matthew e suo padre per lasciare un segno nel mondo. Paige deve poter frequentare il college che vuole: il successo è una conseguenza della felicità. E poi è così giovane. Prima di partire per La Jolla, domattina, scambierò due parole con Matthew».

Le rivolsi un sorriso riconoscente. «Lo apprezzerei davvero tanto. Magari a te darà ascolto».

Stavo per cambiare argomento, quando una voce deliziosa interruppe la nostra conversazione.

«Ciao, Natalie. Non ti ho trovata in cucina, e mi sembrava di avere sentito delle voci provenire da qui».

Tanya. Marjorie seguì la direzione del mio sguardo, che era puntato sulla nostra ospite.

«Oh, ciao, tesoro!». Vederla mi rallegrava sempre la giornata. Ed ero felice di scoprire che la distorsione alla caviglia fosse già guarita. Nel corso dell'ultima settimana avevamo stretto ancora di più, e si era rivelata una valida aiutante nell'organizzazione del gala, a cui mancavano solo poche settimane. Con l'evento così imminente, ero sollevata che Marjorie avesse deciso di pernottare in albergo. C'era troppo da fare, e mia suocera avrebbe voluto mettere bocca su tutto.

Marjorie studiava Tanya con le labbra imbronciate. «Natalie, lei è la studentessa inglese di cui mi hai parlato? Di Londra, giusto? Speravo proprio di incontrarla».

«Esatto, proprio lei». Sorrisi e feci cenno a Tanya di raggiungerci. «Vieni, tesoro. Ti presento mia suocera, Marjorie Merritt… la nonna di Paige e Will», aggiunsi mentre si avvicinava a noi. «Marjorie, lei è Tanya Blackstone».

Tanya tese la mano e mia suocera si alzò a stringerla. «Salve». Il gelo nella sua voce avrebbe fatto rabbrividire chiunque, congelando lo spazio.

«Dovrei darle un abbraccio?», chiese Tanya.

«Una stretta di mano è più che sufficiente».

Marjorie tirò subito via la mano, come se Tanya avesse la peste. Sistemandosi i pantaloni grigi di flanella, accavallò le gambe attirando l'attenzione sulle ballerine di Ferragamo che indossava sempre. Doveva averne un paio di ogni colore.

«Avanti, cara, siediti con noi», dissi a Tanya, battendo una mano sul morbido cuscino alla mia sinistra.

«Volentieri», rispose lei, accomodandosi accanto a me e posando lo zaino a terra. Guardò i bicchieri che stringevamo in mano. «Cosa state bevendo?»

«Un gin tonic». *E no, non puoi averne uno anche tu.*

Per fortuna non mi chiese di prepararle un drink o di versarle un bicchiere di vino davanti a quella criticona di mia suocera. Anzi, si stava già concentrando su di lei.

«Marjorie...».

«Signora Merritt per te». L'alterigia di mia suocera mi diede sui nervi, ma Tanya obbedì come se nulla fosse.

«Certo, signora Merritt. Volevo solo dirle che mi piace il colore del suo maglione. E anche le sue perle sono stupende».

Marjorie abbassò lo sguardo sul maglione di cashmere rosa salmone, abbellito da un girocollo di perle dei Mari del Sud e diamanti. Un cimelio di famiglia che valeva più di centomila dollari. Dopo di lei, voleva che le avesse Paige.

«Grazie», rispose, posando di nuovo lo sguardo su Tanya. «Dimmi, dov'è che vivi precisamente? Io e mio marito andiamo spesso a Londra. È una delle mie città preferite».

«Anche la mia! Io e papà viviamo a Belgravia».

Marjorie annuì. «Un'area incantevole. Abitate vicino al parco?»

«Non vicinissimi, ma neanche lontani».

«A quale parco, per l'esattezza?», continuò Marjorie. Dal tono, cominciava a sembrare un interrogatorio. «Ce ne sono così tanti».

«Kingsington Park». Raccogliendo lo zaino, Tanya si alzò in piedi in tutta fretta. «È stato davvero un piacere conoscerla, signora Merritt. Scusatemi, ma ho davvero un mucchio di compiti da fare».

«Certo, ci vediamo a cena».

«Va bene». Tanya sorrise e uscì dalla stanza in un baleno.

Una volta rimaste sole, presi un altro sorso di gin tonic. «È adorabile, non è vero, Marjorie? È una gioia averla in casa».

Mia suocera mescolò distrattamente i cubetti di ghiaccio nel suo bicchiere, poi mi guardò dritto negli occhi. «Come l'hai trovata?»

«Tramite un valido programma di scambio culturale».

«Che cosa sai di lei?»

«Be', la madre è morta di parto. Il padre è un diplomatico e lei frequenta un esclusivo collegio privato poco fuori Londra».

«Uhm». Marjorie aggrottò la fronte. «Può anche avere l'aspetto di un membro dell'*upper class* londinese, ma l'accento non è quello».

Inclinai la testa. «In che senso?»

«Chi viene da famiglie come la sua, parla *Queen English.* Il suo accento è strano. In effetti, non riesco proprio a riconoscerlo».

«Forse stando in mezzo agli americani l'ha perso», ribattei.

«C'è dell'altro. Ha pronunciato male il nome della zona di Londra in cui vive. Si dice Bel-grei-via, non Bel-gra-via. E poi non esiste il Kingsington Park. Si chiama Kensington... Gardens. Sono errori molto bizzarri e in qualche modo allarmanti. Ah... e poi si è complimentata per il mio "maglione", ma lo sanno tutti che gli inglesi questo lo chiamano "cardigan"».

«Forse era solo nervosa all'idea di conoscerti». A volte, scherzando con Matt, dicevo che avremmo dovuto chiamare Marjorie "Vostra Maestà". Matt non mi dava torto.

Marjorie terminò il drink. «Dico solo che non bisogna mai giudicare un libro dalla copertina». Si alzò in piedi con il bicchiere in mano e si offrì di aiutarmi a preparare la cena.

Per quanto apprezzassi il gesto, avrei di gran lunga preferito avere Tanya in cucina con me. Avremmo bevuto di nascosto un bicchiere di vino e ci saremmo fatte due risate. Avrei potuto parlarle di tutto senza sentirmi giudicata. Be', di quasi tutto. Certi segreti erano solo miei. E avrei dovuto sopportarne il peso da sola.

Se fosse esistito un premio per la donna più criticona del mondo, l'avrebbe di sicuro vinto mia suocera. Se avesse scoperto cosa nascondevo, mi avrebbe disconosciuto.

E non solo.

Quindici
Natalie

La cena fu più allegra del solito. Sia Paige sia Will erano elettrizzati all'idea di vedere la nonna. Anche se Marjorie e Martin non vivevano poi tanto lontano da noi – San Francisco era a sei ore di macchina e a una abbondante di volo – non li incontravamo così spesso. Circa tre o quattro volte l'anno, per il Ringraziamento, il compleanno dei ragazzi e di tanto in tanto per Natale. Ma ora, dopo la morte di Anabel e con il fitto calendario scolastico ed extrascolastico di Paige e Will, capitava ancor più di rado. Quindi una visita a sorpresa per loro era una sorta di bonus extra.

Vista la presenza della sua dispotica madre, Matt non poté monopolizzare la conversazione portandola sul lavoro o sulla politica. Fu Marjorie a scegliere gli argomenti, e stavolta al centro dell'attenzione c'erano i ragazzi. Fu felicissima di sentire che la squadra di robotica di Will era arrivata prima a una gara, guadagnandosi la partecipazione alle finali statali, ed era sorpresa di vedere quanto fosse cresciuto. «Diventerai più alto di tuo padre, vedrai. E *molto* più affascinante».

Will non la smetteva di sorridere, orgoglioso dei suoi traguardi. Avevo la sensazione che un giorno avrebbe studiato al MIT, diventando un bravissimo ingegnere. Spezzando la tradizione di famiglia che voleva gli uomini dedicarsi alla finanza.

Marjorie rivolse l'attenzione a Paige. «Cara, mi sembri dimagrita. Hai perso peso?». Non lo diceva come un complimento.

«Un pochino», rispose mia figlia, spizzicando l'insalata. Con l'aiuto di mia suocera, avevo preparato una cena adatta alle nuove sensibilità di Paige: penne al pesto, insalata di cavolo e quinoa e asparagi arrosto.

«Va tutto bene?», le chiese in tono apprensivo.

«È diventata vegana!», s'intromise Tanya, finora ignorata da mia suocera.

Marjorie la fulminò con lo sguardo. «Signorina, ti prego di scusarmi, ma non stavo parlando con te». Provai una fitta d'irritazione mentre tornava a rivolgersi a Paige come se niente fosse.

«Sì, nonna, va tutto bene. Sono diventata vegana».

«Raccontami».

Paige le spiegò dell'avversione che provava verso il cibo animale o derivato dagli animali. Con mia grande sorpresa, la nonna la appoggiava e si mise a raccontarle del suo recente coinvolgimento a favore dei diritti animali e contro il riscaldamento globale. «Abbiamo bisogno di più ragazzi come te per salvare il pianeta».

Bevve un sorso di vino. Per l'occasione, avevamo stappato un ottimo pinot grigio.

«E come va con il tuo ragazzo? Lance, giusto?»

«Sì, Lance. Che memoria, nonna». Guardò Tanya con la coda dell'occhio prima di rispondere. «Tutto bene».

Ma il tono era dubbioso. Avevo notato anch'io che Tanya e Lance trascorrevano sempre più tempo insieme. Annotai mentalmente di parlarne con Paige, anche se ero certa che non si sarebbe mai confidata con me. Lo scambio tra nonna e nipote andò avanti, su un altro argomento.

«E invece, tesoro, tua madre mi ha detto che sei impegnata con le domanda di ammissione. So che sei interessata alla Rhode Island…».

Matt interruppe subito la madre. «Farà domanda anticipata per Stanford, così potrai vederla quando vuoi. Palo Alto è solo a mezz'ora da San Francisco». Si rivolse a Paige. «A proposito, come va con la domanda di ammissione?».

Paige gli rifilò un'occhiata durissima. «*Non* va!».

«Che significa?», domandò mio marito, con una venatura di rabbia nella voce.

«Per l'amor del cielo, Matthew», sbottò Marjorie. «Lasciala in pace. Deve potere frequentare il college che vuole».

«Io voglio andare a Stanford!», esclamò orgogliosa Tanya.

Mia suocera si voltò a guardarla con espressione glaciale. «Francamente, mia cara, non potrebbe importarmene di meno. Tu *non* sei mia nipote».

«Marjorie!», esclamai. Avrei voluto chiederle di scusarsi per quella cattiveria gratuita. Ma era meglio di no. Sarebbe servito solo a innescare una spiacevole discussione da cui non sarei mai uscita vincitrice. Vostra Maestà non guardava in faccia niente e nessuno: sentiva di poter dire tutto quello che le passava per la testa. Era consapevole del suo potere e le piaceva ostentarlo.

Ero così affranta per la nostra ospite che quasi corsi ad abbracciarla. Con mio grande sollievo, Tanya restò a bocca aperta per un attimo, poi la chiuse di scatto e tornò a concentrarsi sul suo piatto. In qualche modo, non degnandola di una risposta, si era mostrata superiore. Mia suocera ora era concentrata sul figlio.

«Sentite qua. Ho un nuovo cliente, e si dà il caso sia un importante giornalista sportivo. Indovinate un po'? Mi ha regalato due biglietti per i Lakers, quelli più costosi, a bordo campo».

A Paige s'illuminò lo sguardo. Era la tifosa numero uno dei Lakers, la popolare squadra di basket di Los Angeles, e amava andarli a vedere dal vivo. In genere però avevamo posti pessimi, così lontani dal campo che serviva il cannocchiale. Quando il suo idolo sportivo, Kobe Bryant, e la figlia adolescente erano morti in quell'incidente in elicottero, ne era rimasta devastata. Aveva pianto per giorni e giorni, e aveva realizzato persino una scultura che lo ritraeva. La teneva ancora nel suo laboratorio, per ricordo.

«Wow, papà! Che *figata!* Quando c'è la partita?»

«L'ultimo sabato di ottobre. Ma porterò Tanya».

La bocca di Paige sfiorò quasi il pavimento. Una smorfia le deformò il viso. «Cosa!?»

«Sta' tranquilla, Paige. Ne capiteranno altri. Ho pensato che sarebbe carino dare a Tanya la possibilità di vivere un'altra esperienza americana mentre è ancora qui. Un'esperienza che di sicuro non dimenticherà mai!».

«O mio Dio! Che emozione!», squittì Tanya, mentre gli occhi di Paige si riempivano di lacrime. C'era rimasta malissimo.

Ricacciò indietro le sue emozioni, si alzò stoicamente in piedi e chiese il permesso di andare di sopra a finire i compiti. Salutò la nonna con un grande abbraccio. «Ti voglio bene. Fa' buon viaggio e salutami tanto il nonno. Non vedo l'ora di venire da voi per il Ringraziamento».

Dopo un'ultima occhiataccia al padre, volò di sopra. Seguita a ruota da Will.

«Ho detto qualcosa di sbagliato?», domandò Matt con un tono più confuso che colpevole.

«Perché non vai in ufficio, tesoro? Io sparecchio qui».

«Va bene». Si alzò dalla sedia e, senza perdersi in chiacchiere, andò a rintanarsi nel suo studio.

Eravamo rimaste solo noi tre. Io, mia suocera e Tanya.

«Natalie, vuoi una mano a riordinare?», chiese la nostra ospite.

Ma Marjorie rispose senza darmene il tempo. La voce era glaciale. «Tanya, vorrei trascorrere un po' di tempo con Natalie... da *sola*. Perché non vai di sopra anche tu?».

Tanya sembrò stizzita, ma poi si stampò in faccia un bel sorriso. «Capisco. Faccia buon viaggio. Spero di rincontrarla presto».

Mia suocera la guardò andare di sopra con un'espressione impassibile.

Niente baci.

Niente abbracci.

Avevamo finito di caricare nella lavastoviglie anche gli ultimi piatti.

«Ti va di bere qualcosa prima di tornare in albergo?», chiesi a mia suocera.

«Solo una tazza di caffè. Se ce l'hai, decaffeinato, grazie».

Lo preparai alla svelta con la nostra Keurig. Posai le due tazze fumanti sul bancone della cucina e prendemmo entrambe un cucchiaino di dolcificante dalla pregiata zuccheriera di porcellana. L'amore per il caffè era una delle poche cose che avevamo in comune. Bevemmo in silenzio qualche sorso bollente, poi fu Marjorie a parlare per prima.

«Sono preoccupata».

Alzai le sopracciglia. «Per cosa?»

«Per Paige. Sembra infelice».

Bevvi un altro sorso. «L'ultimo anno è tosto. Tra le domande per il college e il futuro da definire, può essere davvero stressante. La pressione si fa sentire».

«Sono d'accordo, ma c'è dell'altro».

Ero seduta di fronte a lei, e la guardai negli occhi. «Che cosa?»

«Sento che c'è un bel po' di frizione tra Paige e quella studentessa che ospitate».

«Non posso biasimarla se è dispiaciuta che Matt voglia portare Tanya alla partita dei Lakers al posto suo».

«Sembrava davvero amareggiata. Parlerò anche di questo con Matt».

«Buona fortuna. Lo conosci anche tu. Una volta presa una decisione, non torna mai indietro».

«È cocciuto. Tale e quale a suo padre». Bevve un altro sorso di caffè. «Vanno d'accordo?»

«Chi? Matt e Paige?».

Mi rifilò un'occhiata di rimprovero. «No. Paige e quella studentessa».

Esitai per un attimo. «Più o meno, sì. Non fila sempre tutto in modo perfetto. Sai come sono le ragazze a quell'età. Anche con Anabel era così».

«Odio doverlo dire, ma cerchiamo di essere onesti: sappiamo tutti che Anabel era una ragazzina viziata».

Le sue parole mi ferirono. Ma non potevo negarlo. Era vero, avevo viziato Anabel. Ma c'era una ragione: lo avevo fatto perché mi sentivo in colpa. Mi morsi la lingua per non dire nulla di cui potessi pentirmi. Nonostante i suoi difetti, avevo amato Anabel con tutto il mio cuore. E l'amavo ancora.

Marjorie vide che c'ero rimasta male. «Mi dispiace, Natalie, non lo dicevo con cattiveria. Io e Martin le volevamo bene come a Paige e Will, ma sembrava sempre incontentabile».

Ripensai a uno dei nostri primi Natali insieme. I nonni avevano regalato ad Anabel un triciclo meraviglioso, ma lei aveva avuto una crisi isterica perché era rosso e non rosa. E per il suo tredicesimo compleanno, quando le avevano preso un computer nuovo, lei glielo aveva restituito perché era un MacBook Pro e non un MacBook Air. E in effetti immagino che fosse colpa mia: il giorno in cui era nata, avevo giurato che le avrei dato tutto quello che io non avevo avuto. Tutto quello che desiderava. E Matthew lo aveva reso possibile.

Ripensando al passato, sentivo il rimorso crescermi dentro. «Anabel era una bambina esigente. Era nata così, immagino». Non volevo ammettere la verità di fronte a mia suocera.

«Io non credo che i bambini nascano già in un modo o nell'altro. Dipende tutto da *come* li cresci. Sono il prodotto dell'ambiente in cui vivono».

In verità, io ero fermamente convinta che alcuni bambini *nascessero* cattivi. Semi maligni che crescono e si trasformano in stupratori, assassini e serial killer. Per quanto i genitori cerchino di aiutarli, a volte è solo frutto della genetica. Ma non volevo discutere di queste cose con lei, e fui sollevata quando Marjorie controllò l'orologio e decretò che era ora di andare.

La guardai alzarsi e andare a versare nel lavandino i rimasugli del caffè. Aprì la lavastoviglie e infilò la tazza dentro. Solo allora si voltò verso di me. E mi guardò dritto negli occhi.

«Natalie, so che abbiamo avuto le nostre divergenze, ma credo che tu debba trascorrere più tempo con Paige. Quella dubbia studentessa che ospitate sta risucchiando tutto il tempo. Tua figlia ha la priorità».

Senza aggiungere altro, chiamò un Uber. Prima di andare mi sfiorò la guancia con le labbra, come se sapessi di veleno.

Aspettai fuori finché l'auto non si allontanò. Inspirando a fondo l'aria fresca della sera, incrociai le braccia al petto e ripensai alle sue parole.

"Tua figlia ha la priorità".

Un coyote ululò in lontananza, e una paura assurda mi fece rabbrividire.

Forse ero stata una pessima madre. Una era morta, l'altra mi aveva tagliata fuori dalla sua vita.

Mi strinsi nelle braccia per scacciare via i brividi. Paige era un dono prezioso. Ne avevo già perso uno, non potevo rischiare di perdere anche lei.

Non avevo pagato abbastanza per i miei peccati?

Sedici
Paige

Ero terrorizzata. Quella era la sera dell'esclusivo gala organizzato da mia madre.

Erano mesi che ne sentivo parlare *ad nauseam*, eppure lo spettacolo che mi si parò davanti mi lasciò completamente di stucco.

Il giardino era abbagliante. Gli alberi e le siepi erano attraversati da lucine scintillanti, e tutt'intorno c'erano tavoli apparecchiati con sfavillanti tovaglie bianche, sormontate da candele accese e vasi di cristallo colmi di meravigliosi fiori blu. Nontiscordardimé, mi avevano detto. Il ricavato della serata era destinato a finanziare un percorso di studi artistici per i ragazzi vittime di abuso. Non tutti avevano la fortuna e il privilegio di nascere in famiglie ricche come la mia, famiglie che potevano permettersi di iscrivere i propri figli in una scuola privata che vantava arte e musica tra le materie di studio. Io avevo persino un laboratorio tutto mio. Mi sembrava una causa nobile ed ero orgogliosa che mia madre la sostenesse. Mi sentii in colpa. Avrei dovuto aiutarla con i preparativi: dopotutto, era per un buon motivo.

Con *Le quattro stagioni* di Vivaldi suonata da un'arpa in sottofondo, mi feci strada tra gli invitati – uomini in smoking e cravatte blu e donne coperte di diamanti con addosso abiti patinati bianchi e blu zaffiro. Di colpo, cominciai a sentirmi fuori posto nel mio semplice abito blu. Ero l'unica che non indossava gioielli, a parte il ciondolo d'oro a forma di cuore che mi aveva regalato Lance e gli orecchini con gli zaffiri che mi aveva dato la nonna per il compleanno. Adoravo quegli orecchini, un tempo erano stati suoi.

Will si allontanò con un suo amico, e io andai a cercare Lance. Lo trovai in piedi vicino alla piscina, su cui galleggiavano candele accese e ninfee. Era di spalle.

«Ehi», lo salutai, bussandogli sulla spalla.

Lance si voltò con un fremito.

«Ehi!». Mi diede un'occhiata veloce, abbozzando appena un sorriso. «Sei carina».

Mi sprofondò il cuore. Anzi, calò a picco come il *Titanic*. "Carina"? Tutto qui? Per fare contenta la mamma, mi ero preparata con impegno. Avevo raccolto i capelli perennemente spettinati in uno chignon elegante, tolto l'argilla dalle unghie e messo lo smalto. E, a dirla tutto, stavo una favola con quel vestito aderente che mi fasciava il corpo sodo e scolpito. Senza darmi il tempo di rispondere, una voce acuta mi forò i timpani.

«Guarda, guarda. Il Diavolo veste Target».

Tanya. Ancora più mozzafiato del solito. Con il trucco impeccabile e i capelli lucenti e raccolti, sembrava una diva del cinema. Indossava un tubino turchese senza spalline, delle décolleté argentate con il tacco a spillo e un paio di orecchini luccicanti a goccia di diamanti che avevano un aspetto familiare. In mano stringeva una flûte di champagne a metà.

«Wow! Sei *pazzesca!*», esclamò Lance. Continuava a squadrarla dall'alto in basso, incapace di guardare altrove. Era come se avesse trovato la sua Cenerentola al ballo.

Tanya gli sorrise, seducente. «Grazie. Anche tu ti sei fatto carino, eh, Lance?». Mordendosi le labbra rosa e lucide, mi lanciò un'ultima occhiata. «Ora che ci ripenso, Paige… avrai mica pescato quello straccio in un negozio di seconda mano?».

L'avrei presa volentieri a schiaffi. «Per tua informazione, è un Marc Jacobs originale». La verità? Era un abito di qualche stilista sconosciuto che avevo comprato a prezzo stracciato su un sito di abbigliamento usato.

«Come no, ci hai provato». Prese un sorso di champagne. «Visto i miei orecchini?». Nel caso me li fossi persi, me li fece sventolare davanti agli occhi con un dito. «Me li ha dati tua madre».

«Gentile da parte sua prestarteli».

Un sorrisetto compiaciuto le comparve sul viso. «In realtà me li ha *regalati*, Paige. Per ringraziarmi dell'aiuto che le ho dato con i preparativi del gala».

I suoi preziosi diamanti di Tiffany in edizione limitata? Era un regalo d'anniversario di mio padre! Schiumavo di rabbia, tanto che glieli avrei volentieri strappati dai lobi. Adesso sì che mi dispiaceva *davvero* di non aver aiutato la mamma con i preparativi.

Tanya batté le lunghe ciglia impiastricciate di mascara. «Dai, Lancey. Prendiamo da bere. Mi serve un altro giro».

Lo prese per mano, trascinandolo via. Era riuscita ad accaparrarsi gli orecchini di mia madre, ma non le avrei permesso di portarmi via anche lui. Accecata dalla rabbia, allungai il piede.

Uno strillo. E l'ultima cosa che vidi fu Tanya che volava in piscina.

Nel lato profondo della piscina.

Diciassette
Natalie

La serata non poteva andare meglio. Il clima era divino, insolitamente mite per la stagione. Il giardino era una favola. L'effetto complessivo era incredibile e venni sommersa dai complimenti, sia per lo scintillante allestimento fiabesco sia per l'abito di Dior blu oceano che Tanya mi aveva costretto a indossare.

Per fortuna l'altra coordinatrice dell'evento non c'era. Alexa Roth. La stessa donna che aveva quasi distrutto il mio matrimonio, la mia famiglia *e* la mia vita. Quindi potevo rilassarmi e godermi i frutti di tutti quegli sforzi.

La festa era cominciata, stavo per annunciare l'inizio del banchetto ma qualcosa me lo impedì. Delle urla di puro terrore. La voce era quella di una donna, ma non riuscivo a riconoscerla.

«Aiuto! Non so nuotare!».

Cominciai a palpitare. O mio Dio. Veniva dalla piscina. Qualcuno era caduto in acqua?

«Aiuto!», gridò di nuovo quella voce.

Ero in piedi accanto a Matt, affabile come sempre in queste occasioni, e gli strinsi subito il braccio. «Matt, qualcuno sta affogando!».

«Cristo». Si allontanò di corsa, precipitandosi in piscina. Io ero dietro di lui, cercavo di correre ma era un'impresa impossibile con le Louboutin tacco dodici. Imprecai a mezza bocca, rimpiangendo di non aver dato retta all'organizzatrice di eventi e aver fatto di testa mia. Lei l'aveva detto, che era meglio chiudere la piscina. E se qualcuno fosse morto durante il mio gala? Ansia e rimorso mi divoravano, e pregai Dio che riuscissimo a tirare fuori in tempo chiunque ci fosse caduto.

Ero già senza fiato quando arrivai in piscina, eppure mi sentii mancare l'aria ancora di più. A sbracciare nell'acqua alta c'era la nostra ospite, Tanya. Tossiva e sputava, dimenandosi tra le grida, e faticava a stare a galla. Lance, il ragazzo di Paige, si era già tuffato per recuperarla e lo guardai con il cuore in gola mentre Matt si buttava a sua volta per dargli una mano. Insieme la trascinarono verso il bordo, poi la tirarono fuori. Stesa sulla schiena, prese a tossire e sputare circondata da un piccolo gruppetto di curiosi. Presi la giacca che Matt si era sfilato prima di tuffarsi e glieli misi intorno alle spalle per ripararla dal freddo.

«Tanya, tesoro! Stai bene?»

«Mi ha spinto lei!», disse, la voce rauca priva dell'accento inglese a cui ero abituata.

«Chi?».

Sollevò debolmente la mano, puntando il dito.

«Lei!», gracchiò.

Girai il viso, seguendo la direzione del suo braccio, e mi ritrovai per l'ennesima volta senza fiato. Stava indicando Paige.

Con il cuore che batteva a raffica, cercai di non farmi sopraffare dalle emozioni. Ma erano alla deriva totale. Alla fine ebbe la meglio lo shock.

«È vero, Paige? Hai spinto Tanya in piscina?». Cercai di mantenere un tono controllato.

Mia figlia mi guardò dritto negli occhi. «Non l'ho nemmeno toccata. Chiedi a Lance. C'era pure lui».

Bagnato fradicio, Lance confermò la sua versione. «Credo proprio che Tanya sia inciampata per via dei tacchi alti, signora Merritt».

Paige esibì un sorrisetto soddisfatto. «Esatto. In più era già alticcia».

Faticando a tirarsi su, Tanya si mise seduta e fulminò Paige con lo sguardo. Mi sembrava di vedere delle frecce infuocate partire dagli occhi sbafati di trucco. «Bugiarda schifosa! Ho bevuto giusto un bicchiere di champagne!». L'accento era tornato, ma la cattiveria nella sua voce mi lasciò di stucco.

«Se lo dici tu», rispose Paige, imitando il suo accento inglese. E poi aggiunse, tornando a parlare normalmente: «Assurdo che tu non sappia nuotare, comunque, considerato che il collegio da ricconi che frequenti ha una piscina olimpionica al coperto».

«Non ho mai imparato. E comunque non sono affari tuoi».

«Basta così, ragazze!». Ero più che seria. Non vedevo l'ora di tornare al mio gala, e non potevo permettere che questo sfortunato incidente rovinasse la serata. Lanciai un'occhiata alla folla crescente di spettatori. Un po' di melodramma piace a tutti. Ecco perché le auto rallentano quando superano un incidente, a costo di bloccare il traffico. Ma adesso era ora di sgomberare la strada.

«Cari ospiti, prego, accomodatevi pure ai vostri tavoli. La cena sta per essere servita». Aiutai Tanya a rialzarsi, tenendole la giacca di Matt intorno alle spalle.

La folla si disperse e lanciai un'occhiata a mio marito, zuppo d'acqua. «Matt, va' di sopra a cambiarti. E porta anche Lance con te, di certo puoi prestargli qualcosa da indossare».

Matt annuì.

«Io mi occupo di Tanya. Abbiamo più o meno la stessa taglia, troveremo qualcosa anche per te nel mio armadio».

Riacquistato quasi del tutto il fascino inglese di sempre, Tanya mi rivolse un sorriso riconoscente. «Grazie, Natalie». Si toccò i lobi. «Grazie al cielo non ho perso in acqua i meravigliosi orecchini di diamanti che *mi hai regalato*». Alzò la voce, in modo che Paige potesse sentirla. Senza dire niente, mia figlia girò i tacchi e se ne andò.

Mentre riaccompagnavo in casa la nostra ospite, iniziai a provare una strana sensazione. Ripensai alla conversazione con Marjorie avuta qualche settimana fa, sullo strano accento di Tanya e sulla pronuncia sbagliata dell'esclusivo quartiere di Londra in cui abitava. Anch'io, come Paige, trovavo bizzarro che non sapesse nuotare. Ma forse da piccola era rimasta traumatizzata dall'acqua?

E magari la parlata americana che le avevo sentito stasera era dovuta soltanto all'alcol. In fondo, abitava qui già da due mesi e giorno dopo giorno sembrava sempre più americana.

Mentre l'aiutavo a indossare uno dei miei couture di Versace, un morbido abito blu cobalto, accantonai tutti quei dubbi. Le dissi che era bellissima. Lei mi abbracciò forte e mi disse che mi voleva davvero un gran bene.

Tra me e me, ringraziai Dio che non fosse annegata. Non avrei potuto sopportare di perdere quella magnifica ragazza, che oramai iniziavo ad amare come una figlia.

Avevo già perso troppo.

Diciotto
Paige

Il laboratorio in fondo al giardino era il mio santuario. Un luogo speciale dove potevo stare da sola e liberarmi di tutto lo stress. Scolpire era un'attività salvifica. Adoravo immergere le mani nell'argilla grigia, umida e fredda, e poi plasmarla a mio piacimento in qualcosa di reale, come un busto, o di astratto. Amavo toccarla. Annusarla. Amavo il potere trasformativo che riuscivo a ricavarne.

Era come una droga.

Con il campionato di basket in pieno svolgimento, era da un po' che non trovavo il tempo per rifugiarmi lì dentro. In origine era il capanno degli attrezzi, era stato costruito insieme alla casa. Ma visto che i nostri giardinieri si portavano dietro tutta l'attrezzatura, non serviva più in quelle vesti, così convinsi mia madre a lasciarmelo trasformare in un laboratorio per scolpire in libertà. Lei aveva detto subito di sì, ed era la cosa più bella che avesse mai fatto per me.

Già da piccolissima avevo mostrato una propensione a giocare con l'argilla. Vera argilla, non il Play-Doh rosa shocking per cui andava matta mia sorella. Nel corso degli anni ero passata dal creare serpentelli e frittate a cose molto, molto più complesse. Avevo seguito numerosi corsi e letto un'infinità di manuali, inclusi quelli sugli scultori più famosi di tutti i tempi. Michelangelo, Rodin, Brancusi e così via. I miei eroi. Sognavo di entrare a far parte di quella nicchia, un giorno. Di tenere mostre tutte mie nelle gallerie più famose. O di esporre opere nei musei, vederle battute a un'asta di Sotheby's. Insomma, volevo diventare la nuova Louise Bourgeois, un altro mio idolo.

Lo studio era piccolo ma funzionale. Ben illuminato, la postazione di lavoro comprendeva tavolo, sgabello e varie mensole su cui avevo sistemato gli strumenti, i materiali e i manuali da seguire. C'era pure un lavandino che utilizzavo per mettere ad asciugare l'argilla e lavarmi le mani incrostate. Le pareti erano tappezzate di poster con le opere e le citazioni dei miei artisti preferiti, e in un angoletto avevo messo un forno portatile con cui cuocevo le mie creazioni trasformandole in statue di ceramica.

Quella sera avevo proprio bisogno di una fuga. Papà aveva portato Tanya alla partita dei Lakers, e io non volevo nemmeno pensare a quanto si stessero divertendo con i loro posti a bordo campo. Dovevo liberarmi della rabbia e dell'invidia. Canalizzare tutte le emozioni nell'argilla.

Con le AirPod alle orecchie e il *symphonic metal* in sottofondo, ero riuscita a calarmi completamente nel momento. Lavoravo al busto di mia madre, una sorpresa che volevo donarle per il suo quarantesimo compleanno in arrivo tra poco. Era impazzita quando aveva visto quello che avevo regalato alla nonna, l'unico altro membro della famiglia – a parte mio fratello – che appoggiava il mio sogno di diventare una scultrice professionista. Il forno me l'aveva regalato lei, e costava il doppio del mio MacBook Pro.

Il busto prendeva forma ed ero davvero soddisfatta della somiglianza, anche se serviva ancora qualche ritocco. La scultura richiedeva pazienza, ma il risultato finale – e la soddisfazione che ne ricavavo – valeva tutto il tempo e gli sforzi impiegati. Kobe Bryant una volta disse che il successo è frutto di duro lavoro e perseveranza, e io gli credevo. Ero stata fortunata a vederlo giocare dal vivo, più di una volta. Guardarlo attraversare il campo con agilità, grazia e rapidità era stato magico. Ogni tiro, un canestro. Il tragico incidente in cui lui e la figlia Gianna avevano perso la vita mi aveva sconvolto. Perché le cose brutte accadono sempre ai buoni? Lo avevo ritratto in una scultura, come tributo, immortalandolo in un salto con la palla in mano. Mi aveva aiutato a elaborare il dolore. Un giorno speravo di donare la statuetta alla sua famiglia. Magari il nuovo cliente di mio padre avrebbe potuto metterci in contatto.

Posizionata sul tavolo accanto a me e illuminata da una semplice lampada, la statua mi incoraggiava a non perdere mai la forza e la determinazione. Scolpivo il naso e gli zigomi della mamma senza sosta, perdendo la cognizione del tempo. Avevo scelto apposta di non portarmi il telefono, così da non concedermi nessuna distrazione. E non tenevo nulla che indicasse l'ora qui dentro, perché non volevo sentire la pressione del tempo.

Non so se per via della musica o della concentrazione, ma non mi accorsi della porta che si apriva. Quando mi sentii bussare su una spalla, per poco non mi venne un infarto. Il cuore mi schizzò in gola, il battito accelerò subito. Mi girai di scatto, ritrovandomi di fronte a Tanya. Indossava i pantaloni del pigiama a righe rosa e bianche e sopra la felpa dei Lakers. La sorpresa, in mezzo secondo neanche, si trasformò in puro odio incandescente.

«Che ci fai qua?», sibilai sfilando le cuffiette.

«Ho visto la luce accesa dalla camera, ed ero curiosa di sapere cosa fosse. Ha interrotto il mio pisolino di bellezza». Sventolò la treccia. «Oh, e comunque la partita dei Lakers è stata strepitosa. Hanno vinto di uno, e ho incontrato di persona LeBron James, che ha segnato il canestro della vittoria. Una schiacciata!».

Sentivo la rabbia fremere in ogni cellula del mio corpo. Ero sul punto di pugnalarla con il coltellino che avevo in mano.

«Vattene. Questo è il mio posto privato».

Finse di non sentire e si spostò alla mia destra per vedere meglio il busto a cui stavo lavorando. «Sembra tua madre».

«*È* mia madre».

Studiò meglio l'immagine. «Senza offesa, ma lei ha il naso più stretto e gli zigomi molto più alti. Come i miei».

Avevo i nervi a fior di pelle, mi sentivo implodere. «Fuori di qui, Tanya!».

«No, non ancora». Non si spostò di un millimetro, il suo sguardo si posò sulla statua di Kobe Bryant. Gli andò vicino.

«E questo dovrebbe essere un famoso giocatore di basket, vero?». Passò l'unghia smaltata sulla schiena.

«Non toccarlo! Fermati, *subito!*».

Ignorandomi, prese la statuetta e se la rigirò fra le mani. Avrei voluto riprendermela, ma non volevo strattonarla. Rischiava di cadere e rompersi.

«Tanya, lasciala, per favore».

Mi rifilò un sorrisetto beffardo. «Certamente».

In preda all'orrore, la guardai mollare la presa. La statua cadde a terra infrangendosi sul pavimento di cemento con uno schianto fragoroso. Era in frantumi.

«O mio Dio! Che hai fatto?»

«Ops! Mi hai detto di lasciarla e l'ho fatto».

Con le lacrime che mi serravano la gola, saltai giù dallo sgabello e corsi a raccogliere i pezzi. Sollevai lo sguardo verso Tanya. «Vattene».

«No problem. 'Notte 'notte. E sogni d'oro!».

Ero così sconvolta che non la vidi nemmeno andare via. Con gli occhi che traboccavano di lacrime, osservai i cocci del mio capolavoro. Era a pezzi come il mio cuore il giorno in cui Kobe ci aveva lasciati.

Cenere alla cenere. Polvere alla polvere.

Non c'era modo di ripararlo.

Stringendo una scheggia tra le dita, collassai sul pavimento e scoppiai a piangere. Singhiozzavo convulsamente, le spalle scosse, il naso gocciolante. Ero in tutto e per tutto sconfitta. Tanya stava distruggendo la mia vita e ora aveva distrutto anche la mia piccola statua.

Incredibile ma vero, l'unica parte intatta era il viso di Kobe. La testa si era staccata dal resto del corpo ma era miracolosamente incolume, ancora tutta intera. La raccolsi con cura, tenendola in equilibrio sul palmo della mano. La fissavo con le lacrime agli occhi, la vista offuscata.

All'improvviso mi tornarono in mente le parole di Kobe, il suo credo più forte: il momento in cui ti arrendi, è il momento in cui lasci vincere qualcun altro. Diceva più o meno così, e assorbii ogni parola come per osmosi. Mi entrarono dentro, scorrendo insieme al mio sangue. Mi risollevai come un fiore appassito e ravvivato dall'acqua.

Smisi di singhiozzare. Sistemai un panno umido sul busto della mamma e riordinai il laboratorio, spegnendo infine la luce. Con una nuova determinazione, uscii dallo studio. Passo dopo passo, mi sentivo più forte. Più risoluta.

Non mi sarei arresa.

Non avrei lasciato vincere Tanya.

Diciannove
Paige

Sconfiggere Tanya si stava rivelando più arduo di quanto credessi. La sua popolarità a scuola cresceva di giorno in giorno, così come l'affetto dei miei nei suoi confronti. Lo giuro: se mia madre avesse dovuto scegliere il figlio preferito, avrebbe scelto lei, anche se non era sangue del suo sangue.

Tanya aveva preso parte all'organizzazione di tutte le raccolte fondi della mamma, e poi andavano a fare shopping insieme, compravano outfit abbinati, si facevano fare le unghie e sperimentavano anche nuove ricette, sempre in coppia. Più di una volta le sorpresi pure a bere. Le Natanya, come avevo preso a chiamarle, stavano anche pianificando le nostre vacanze annuali alle Hawaii, un posto in cui non avevo alcun interesse a tornare. L'avevo già visto, punto. Non ero la tipa a cui piaceva crogiolarsi al sole o fare surf. Anche se dovevo ammettere che la possibilità che uno tsunami si portasse via la nostra ospite in bikini suonava piuttosto invitante.

Io avrei voluto andare in Messico, a Città del Messico per l'esattezza. Volevo vedere la Casa Blu di Frida Kahlo, le maestose piramidi e San Miguel de Allende, una colonia di artisti piena di creatività che avrebbe potuto ispirarmi. Anche Will pensava che sarebbe stato fico, ma a noi due non dava mai retta nessuno. Papà ci liquidò dicendo che era da sciocchi andare in una città pericolosa dove rischiavamo di venire rapiti da un cartello. Non sapeva di aver scatenato una nuova fantasia malvagia: i signori della droga rapivano Tanya e la torturavano, minacciando di tagliarle la testa se papà non avesse pagato il riscatto.

Purtroppo quest'ultima eventualità non era molto probabile, perché Tanya ormai aveva in pugno papà e lui avrebbe tirato fuori i soldi senza battere ciglio. Lecchina com'era, continuava a riempirlo di complimenti per tutto, dai vestiti alla colonia che aveva scelto. Aveva persino iniziato a fare jogging e la mattina andava a correre con lui prima della scuola (le sue già invidiabili gambe erano diventate ancora più toniche e tornite). Si interessava anche di tutto ciò che gravitava intorno all'economia: un giorno in cui non avevamo lezioni, trascorse tutta la giornata in ufficio con lui.

Quella particolare sera, papà era tornato a casa su di giri. A cena non aveva fatto altro che raccontare di quanto gli fosse stata d'aiuto Tanya. E com'era sveglia! L'aspettava una fantastica carriera nella finanza e non credo scherzasse quando disse che l'avrebbe presa come socia una volta laureata a Stanford. Ormai era come se fosse sangue del suo sangue.

A mio parere, Tanya era brava con i numeri solo quando si trattava del suo crescente esercito di follower, ormai vicino a quota diecimila. Mi riusciva davvero difficile credere che fosse tanto intelligente. Per più di un mese mi aveva supplicato di aiutarla a scrivere la domanda d'ammissione, incluso il saggio dal titolo: *Perché penso di poter spiccare a Stanford?* Per tutta risposta, le avevo ringhiato che se davvero pensava di essere la candidata ideale, avrebbe dovuto scriverselo da sola.

Per tenere buono papà, avevo spedito la domanda d'ammissione alla sua alma mater, ma avevo scelto la modalità *early action* che mi permetteva di fare domanda presso altri college e rimandava la scelta finale a maggio. Nel mio cuore c'era solo il RISD, e impiegai una vita a scrivere l'ultimo saggio, quello a tema libero e personale. Penso di avere cestinato almeno un centinaio di versioni prima di scegliere quella giusta. Alla fine, poco prima dei termini di scadenza, spedii la mia domanda. Tanya aveva mandato la sua qualche settimana prima di me. Dovevo ammettere che in parte ero curiosa di vedere cos'avesse scritto, ma solo per farmi qualche grassa risata. "Penso di poter spiccare a Stanford perché sarei la bionda più stupida di tutto il campus". Ecco cosa avrei scritto io al posto suo.

Il tempo che avevo passato a preparare la domanda per Stanford era insignificante se paragonato a quello che impiegai a mettere insieme un portfolio per il RISD. Mi ero impegnata con tutta me stessa, perché volevo che la mia candidatura spiccasse. Entrare al RISD era difficile quanto entrare a Stanford, solo il dodici per cento degli applicanti veniva ammesso. Mio padre continuava a opporsi fermamente alla mia carriera da scultrice. Per lui non avrei soltanto sprecato il mio tempo, ma la mia vita e i suoi soldi. Continuava a minacciarmi, dicendo che non avrebbe tirato fuori un centesimo per la retta. Magari avrei ottenuto una borsa di studio.

«Nessuna notizia da Stanford?», chiese mio padre prendendo una forchettata di medaglioni di vitello, l'ultima trovata gourmet delle Natanya. Io ero ancora ferma sulla mia scelta vegana, e stavo divorando uno squisito curry indiano con lenticchie e cavolfiori. Avevo trovato diversi siti che spedivano a domicilio piatti gourmet vegani. La mamma in realtà si offriva ogni sera di prepararmi antipasti senza carne e formaggio, ma non mi fidavo della sua aiutante. Non mi sarei stupita, se prima o poi avesse cercato di avvelenarmi.

«Penso sia ancora troppo presto», risposi. A scuola si diceva che chi aveva spedito le domande anticipate avrebbero ricevuto gli esiti prima del Ringraziamento. Io speravo che la mia fosse andata persa.

Ma la mamma disse: «In realtà, Paige, oggi è arrivato qualcosa per te».

Avevo un nodo allo stomaco: una risposta tanto veloce poteva voler dire solo due cose. O ti avevano amato. O ti avevano odiato. Con una punta di fortuna sarebbe stata la seconda, e mi sarei fatta una bella risata insieme alla nonna.

«Dov'è?», chiese mio padre senza riuscire a nascondere l'impazienza.

«In cucina». La mamma si alzò in piedi. «Vado a prenderla».

Tornò qualche istante dopo, con in mano una busta bianca.

«Dammela», disse papà.

«Ma è indirizzata a Paige», ribatté lei.

Lui le rivolse uno sguardo severo. «Non fare questioni, Natalie. Dalla a me». La chiamava con il suo nome completo solo quando era arrabbiato con lei. «Muoviti!».

La mamma sbiancò e gli consegnò la busta. Lo guardai aprirla con un misto d'ansia e apprensione. A lui brillavano gli occhi, io trattenevo il fiato. Tirò fuori a uno a uno tutti i fogli, stendendoli tra le mani e leggendoli in silenzio. Mio padre cambiò subito espressione, un'espressione che prima d'ora non gli avevo mai visto addosso. Era buia e minacciosa, le narici dilatate, la bocca contorta. Gli occhi, due carboni ardenti, inchiodarono i miei.

«Che *cazzo* hai fatto, Paige!?»

«Matt, bada al linguaggio. Ci sono i bambini!», fece mia madre.

«Sta' zitta, Natalie!».

La mamma indietreggiò come se papà fosse sul punto di alzarsi in piedi per tirarle uno schiaffo. Ma lo sguardo feroce di mio padre era rivolto soltanto a me.

«Come ti è saltato in mente, Paige? Hai messo in imbarazzo tutta la famiglia».

Aggrottai la fronte così forte che provai una fitta di dolore. «Di che stai parlando? Non capisco».

Diventò rosso in faccia. La testa sembrava sul punto di staccarglisi dal collo. Si mise a urlare. «Hai copiato il saggio, praticamente parola per parola».

«Cosa!? Non è vero!». Rabbrividii.

«L'hanno esaminato con un software apposito e si è dimostrato quasi identico a quello di uno studente che ha fatto domanda tre settimane prima di te». Il suo volto in fiamme aveva un non so che di demoniaco. «Senti qua».

Il cuore mi batteva così forte che stava per sfondare la cassa toracica e rotolare sul tavolo. Lo ascoltai leggere come paralizzata.

«Il primo: "Credo che ogni giorno vada vissuto appieno perché tutto può cambiare in un attimo. Un giorno ci sei, il giorno dopo sei andato. Basta pensare a Michael Jackson".

«Il tuo: "Credo che ogni minuto vada vissuto appieno perché la vita può cambiare in un attimo. Oggi ci sei, domani non più. Basta pensare a cosa è successo a Kobe Bryant e sua figlia!".

«Il primo: "E io sento di voler vivere la mia vita al massimo. Ogni mattino, al mio risveglio, voglio lasciarmi sorprendere dalla meraviglia di un nuovo giorno".

«Il tuo: "Per questo voglio vivere al massimo. Perché ogni mattino, al mio risveglio, la meraviglia di un nuovo giorno mi sorprenda".

«Il primo: "Ma soprattutto non voglio avere rimpianti. E di certo, se entrerò a Stanford, non rimpiangerò di avere scelto un'università tanto prestigiosa".

«Il tuo: "Ma soprattutto voglio vivere senza rimpianti. E se Stanford mi accettasse, se avessi la possibilità di frequentare un'università tanto prestigiosa, sono certa che non rimpiangerei mai la mia decisione"».

Mio padre s'interruppe. Mi guardò dritto negli occhi, con un disprezzo evidente. «Ti basta, Paige? O hai bisogno che vada avanti?».

Sentivo la bocca secca. Tutte le parole, andate. Tanya, che finora era stata stranamente silenziosa, sbottò all'improvviso: «O mio Dio! Ha copiato il *mio* saggio».

«Cosa?», gridai battendo mio padre sul tempo.

«Posso provarlo! Vado a stamparlo».

Tanya saltò in piedi e corse al piano di sopra. Tornò in meno di un minuto, con il saggio di appena una pagina che penzolava dalle dita. Lo consegnò a mio padre e tornò al suo posto senza staccargli gli occhi di dosso.

«Cristo santo, non posso crederci!». Papà si portò un palmo al viso, increspato da un'espressione di puro orrore. «È identico!».

Lei gli rivolse un sorriso da saputella. «Signor Merritt... voglio dire, Matt. Paige deve averlo rubato dalla mia scrivania o preso dal mio computer. La porta che dà sul corridoio non si chiude a chiave».

Le lanciai un'occhiataccia. «Non ho fatto niente del genere! Sei stata tu a rubare il *mio* saggio!».

«Non è vero! Come potevo entrare in camera tua? È sempre chiusa a chiave».

«Paige, tesoro», intervenne mia madre, che nel frattempo si era seduta, «puoi provare di averlo scritto di tuo pugno?»

«No! Non ne ho salvata una copia sul PC perché non me ne fregava davvero un bel niente».

Mi girava la testa. Come cavolo aveva fatto Tanya a mettere le mani sul mio saggio? Gli ingranaggi presero a girare e alla fine ebbi un'illuminazione. Le bozze che aveva gettato via. Per sbaglio avevo stampato diverse copie del file finale, e le avevo buttate nel cestino senza prima strapparle. Doveva averle raccolte da lì.

«Papà, Tanya ha trovato il mio saggio e l'ha copiato». Sentivo le lacrime bruciarmi gli occhi. «Devi credermi!».

Ma lui, furioso, non faceva che inspirare ed espirare l'aria dalle narici dilatate. A una certa pensai davvero che fosse sul punto di sputare fiamme dal naso, come un drago.

«Paige, sei un imbarazzo totale per me. E per questa famiglia. Tutti i Merritt sono andati a Stanford, uomini e donne». Ritornò alla lettera, e lesse da lì. «Sappiamo che la sua famiglia ha un forte legame con l'università e che la sostiene da tempo, ma la politica di tolleranza zero verso i plagi non ci permette di prendere in considerazione la domanda. Le auguriamo di ottenere successo altrove. In fede, Richard H. Shaw, Capo ammissioni».

Con gli occhi che esplodevano di rabbia, papà stracciò la lettera in mille pezzi e fece tremare i piatti battendo i pugni sul tavolo con tutta la forza che aveva.

«Paige», sibilò, «in camera tua, subito. Niente telefono e niente macchina a tempo indeterminato».

Sulla tavola era calato un silenzio di tomba. Tanya mi lanciò uno sguardo soddisfatto mentre mi alzavo per dileguarmi.

«Posso andare in camera anch'io?», disse Will non appena girai l'angolo.

Cinque minuti dopo, eravamo seduti l'uno di fronte all'altra sul mio letto. Piangevo: Tanya me ne aveva combinata un'altra.

«Tu almeno mi credi, Willster?»

«Davvero hai bisogno di chiedermelo?». Mi guardava con

un'espressione onesta. «Quella è così scema che ha bisogno di una fascia per capelli per tenere insieme due pensieri».

Scoppiai a ridere tra le lacrime. «Eppure se la cava sempre. Alla fine sono io quella senza auto e telefono».

«Guarda il bicchiere mezzo pieno, Pudge. Ora non dovrai più andare a Stanford».

Gli rivolsi il primo sorriso della serata. «Hai ragione!».

Gli diedi il cinque.

'Fanculo mio padre. 'Fanculo Tanya. Forse aveva addirittura pagato qualcuno per falsificare i suoi voti, la cosa non mi avrebbe stupita. Era un'imbrogliona coi fiocchi.

Trascorsi il resto della serata a lavorare al mio portfolio per il RISD, che feci custodire da Will in camera sua. Almeno lì quella psicopatica non avrebbe potuto trovarlo e farlo a pezzi. O spacciarlo per suo.

Ormai sapevo che non si sarebbe fermata davanti a niente pur di distruggermi.

Venti
Natalie

«Tanti auguri a te...».

Due anni fa, non facevo che dormire nel mio letto e sognare di non risvegliarmi mai più. Non credevo che avrei risentito quella canzone. Né le voci forti e armoniose dei miei cari che la intonavano.

Con un sorriso emozionato, entrai nella sala dove tenevamo le colazioni importanti, quelle delle grandi occasioni. Adoravo quella stanza. Era di fianco alla cucina, di forma ottagonale e dotata di armadietti e credenze blu con il soffitto a cassettoni dipinto a mano. Non avevo cambiato nulla, era tutto originale della casa. Per non perdere il tocco spensierato dell'arredamento, avevo aggiunto solo un tavolo di vetro rotondo e delle sedie verdi di vimini con dei cuscini in stile *chinoiserie*. Meritava la copertina di una rivista di design d'interni, tanto era bella.

Il mio compleanno capitava nella prima domenica di novembre. Matt, Paige e Will erano seduti intorno al tavolo con i pigiami ancora addosso, proprio come me. Avevano apparecchiato con le porcellane Herend, un regalo per la casa da parte di mia suocera, e un vaso di cristallo Lalique straripante di peonie rosa. Le mie preferite. Sulla credenza antica, avevano ammassato tutta una serie di pacchettini ordinati e variopinti e, accanto al servizio da tè d'argento, c'erano brocche di succo d'arancia, latte, un piatto di frutta e un vassoio misto di dolci: croissant, muffin e ventagli dalla mia pasticceria francese preferita. Uno era già sul mio piatto. Un meraviglioso muffin ai mirtilli ricoperto da una scintillante glassa di zucchero e sormontato da una singola candelina rosa.

Feci un gran sorriso. «Ragazzi! Sapete che compio quarant'anni e non uno, vero? Quattro a zero, palla al centro».

Matt rise, ma i ragazzi non sembrarono apprezzare la battuta. Alzarono entrambi gli occhi al cielo.

Matt si alzò in piedi e mi diede un bacio su una guancia. «Non ti preoccupare, tesoro. Sembri ancora una bellissima trentenne». Me lo dicevano spesso anche le mie amiche invidiose. Se solo avessero saputo…

In verità *ero* ancora una trentenne. Quello era il mio trentaseiesimo compleanno, per la precisione. Quando avevo incontrato Matt alla fiera, avevo appena diciassette anni. Ero minorenne, e avevo mentito sulla mia età (tra le altre innumerevoli cose) dicendo di averne ventuno. Sembravo più grande, più sofisticata e la necessità mi aveva reso un'eccellente attrice. A pensarci, erano passati due decenni e stavo ancora recitando.

«Tanya dov'è?», chiesi, rendendomi conto solo ora della sua assenza.

«Starà smaltendo la sbornia a letto», ribatté Paige.

La guardai con gli occhi ridotti a due fessure. «È una cattiveria gratuita. Tanya è una ragazza adorabile. Dovresti prendere esempio da lei».

Prima che potessimo metterci a battibeccare – era l'ultima cosa che volevo nel giorno del mio compleanno –, Matt prese il suo accendino personalizzato e accese la candelina, invitandomi a soffiare ed esprimere un desiderio.

Abbassai la testa e, con la fiamma che mi ballava davanti agli occhi, pensai al mio desiderio. Ma io bramavo una cosa soltanto: che la mia adorata Anabel fosse lì con me a festeggiare insieme al resto della famiglia. Trattenni le lacrime e spensi la fiamma con un soffio leggero.

Tutti batterono le mani ed esultarono, scacciando gli ultimi brandelli di tristezza.

«Avanti, mangiamo!».

Riempimmo i piatti con le numerose e ottime pietanze di quella colazione continentale che includeva persino muffin vegani con i semi di papavero e latte di mandorla per Paige. Mentre sedevo di fronte a una tazza di caffè fumante e a un piatto pieno di leccornie, il cellulare prese a squillare. Lo estrassi dalla tasca della vestaglia.

Sullo schermo c'era scritto LAPD. Un brutto presentimento si impadronì di me mentre rispondevo.

La voce severa di un uomo mi raggiunse dall'altro capo della chiamata. «Salve, parlo con la signora Merritt?»

«Sì, sono io».

«Sono l'agente Hamilton della polizia di Los Angeles».

Sentivo il cuore martellare nel petto. Lo stomaco chiudersi su sé stesso. Avevo sempre saputo che questo giorno sarebbe arrivato, prima o poi. Cercando di mantenere la calma, chiesi: «Cosa posso fare per lei, agente?»

«C'è stato un incidente. Il veicolo coinvolto era registrato a nome di suo marito».

«Come un incidente?». Era quello il motivo della chiamata? Mi sentii sollevata e confusa allo stesso tempo. «Tutte le nostre auto sono parcheggiate in garage».

«Sto parlando di una Jeep Cherokee del 2020 targata 823KYZ: non è vostra?»

«Sì, è l'auto di mia figlia. Ma lei è qui di fronte a me».

Paige, riuscendo a sentire almeno in parte la conversazione, mi lanciò un'occhiata confusa. L'agente proseguì.

«C'era un'altra ragazza alla guida. L'unico documento che aveva con sé era il tesserino della scuola. Si tratta di Tanya Blackstone. Tra le sue chiamate d'emergenza c'era questo numero». Una frazione di secondo. «È una sua parente, signora Merritt?»

«No, ma sono la sua tutrice, in un certo senso. È ospite della nostra famiglia... Una studentessa che abbiamo accolto all'interno del programma di scambio culturale». Respirai a fondo, con molta fatica. «Sta bene?»

«Non sono in grado di rispondere a questa domanda. Si è schiantata contro un albero ed è stata portata dall'ambulanza al Cedars-Sinai Medical Center. È in rianimazione».

«O mio Dio!». Spalancai la bocca e il mio corpo fu scosso dai brividi. Mi tremava anche la mano con cui reggevo il telefono.

«Deve sapere, signora Merritt, che l'abbiamo trovata priva di conoscenza». Il cuore era sul punto di esplodere. «L'auto era ribaltata. Le do il numero da chiamare per recuperarla».

Non avendo una penna a portata di mano, gli chiesi di mandarmelo per messaggio. Ma ero così sconvolta che riuscii a malapena a formulare quella richiesta.

«Che succede, Natalie?», chiese Matt quando misi giù.

«Tesoro, dobbiamo andare subito al Cedars. Tanya ha avuto un brutto incidente».

In quei minuti di follia, non mi ero accorta che Paige era sgattaiolata via. Quando tornò da noi, era livida in volto, arrabbiata nera.

«Quella psicopatica! Mi ha rubato l'auto, e scommetto che l'ha distrutta!».

Sentii la pressione schizzare alle stelle. E insieme a lei, tutta la rabbia. Me la presi con Paige: «Che ti importa di quella stupida macchina quando Tanya rischia la *vita*?».

Mia figlia ridusse gli occhi a due fessure. Avrebbe potuto uccidere con quello sguardo. «Sai che ti dico? *Spero* che muoia!».

«Come ti permetti di dire una cosa del genere!?». Furiosa, schizzai in piedi e le marciai incontro, fermandomi a un palmo di distanza da lei. Senza fare una piega, Paige sostenne il mio sguardo. La rabbia nei suoi occhi era uno specchio della mia. Sembrava quasi che mi sfidasse a colpirla. Grazie al cielo, intervenne Matt.

«Va' a vestirti, Nat. Dobbiamo andare in ospedale».

Non era così che avevo immaginato il mio compleanno.

Stavo vivendo un incubo.

Ventuno
Paige

Piluccavo l'insalata controvoglia, troppo arrabbiata per mangiare. Mi sentivo come una bomba sul punto di esplodere. Will era seduto di fronte a me, la bocca piena di muffin. Tenevo il pugno serrato, e morivo dalla voglia di prendere a cazzotti tutti quei dolcetti. Ridurli a una sottiletta. Ecco quant'ero furiosa.

«Che faccia tosta! Ha preso la mia auto, ti rendi conto? Ora sarà di sicuro in qualche discarica».

Mio fratello bevve un sorso di latte, pulendosi il baffo bianco con il dorso della mano. «Tanto tu non avresti potuto guidarla comunque, Pudge».

Aveva ragione. Papà mi aveva restituito il telefono, ma non le chiavi. Probabilmente dicendo "a tempo indeterminato" intendeva "per sempre". Quando voleva, sapeva essere davvero stronzo.

Un attimo, però. Se le chiavi le aveva ancora papà, Tanya come le aveva prese? Le aveva trovate o gliele aveva date lui? Nel secondo caso, l'avrei odiato per sempre.

«Pensavo davvero quello che ho detto, Willster. Spero che muoia e marcisca all'inferno». La figlia di Satana aveva reso la mia vita un incubo. Pugnalai un mirtillo con la forchetta d'argento mentre mi tornava in mente una delle tante perle di saggezza della nonna. "Non tutto il male vien per nuocere".

«Ora che ci penso, si è appena aperta una finestra di opportunità».

«Per far rientrare Orso?». Il nostro cagnone era fuori che abbaiava.

«Anche, ma non solo».

«E allora cosa, Paige?»

«Potresti fare uno dei ragazzi Hardy e io sarò Nancy Drew. Andiamo a indagare in camera di Tanya».

La telecamera si era rivelata un buco nell'acqua. Impazziva, non funzionava al buio, non arrivava a coprire la zona dell'armadio. Praticamente l'avevo vista soltanto messaggiare, scattarsi selfie, fissarsi allo specchio del comò. Ogni volta che quell'esibizionista se ne andava in giro mezza nuda, chiudevo il portatile.

Will fece un gran sorriso, sparpagliando tutte le lentiggini. «Va bene, ma faccio Sherlock Holmes».

Quel piccoletto precoce si era già letto tutti i libri di Sir Arthur Conan Doyle. Alcuni persino due volte.

«D'accordo. Allora io sarò Watson».

Che schifo! Se avessi saputo che saremmo entrati in una discarica, avrei indossato la tuta anticontaminazione. La microcamera non aveva reso bene l'idea. La stanza era un vero e proprio porcile. Niente a che vedere con l'ordine maniacale con cui la teneva mia sorella. Il giorno in cui l'avevo beccata con Lance, doveva essere passata la governante a pulire. Povera Blanca, chissà che faticaccia. Speravo proprio che la mamma le pagasse un extra.

Il letto era disfatto. I preziosissimi peluche di mia sorella erano sparsi per il pavimento. Così come i vestiti, ammucchiati un po' ovunque. E poi cassetti aperti, cartacce a terra, mutande minuscole e coloratissime lasciate sulla moquette.

«Da vomito!», disse Will con una smorfia. «Cosa cerchiamo?»

«Qualsiasi indizio su chi sia veramente. Io controllo i cassetti e l'armadio. Tu pensi di riuscire a hackerare il computer?»

«Elementare, Watson». Il suo finto accento inglese era perfetto – sembrava di sentir parlare Tanya – e non potei fare a meno di ridacchiare.

Will andò alla scrivania e si mise subito all'opera, e io diedi inizio alle ricerche partendo dal comò. Rovistai in ogni cassetto, uno per uno, restando sempre più sconvolta. Intimo accartocciato e calzini spaiati erano buttati dentro alla bell'e meglio tra le magliette, i jeans e i pigiami. Non c'era niente di piegato o appeso, neanche per sbaglio. Mentre rovistavo nel disordine, il profumo di Tanya mi pizzicava il naso. Si trattava della stessa stomachevole fragranza floreale usata da mia sorella. Bleah!

La speranza si affievoliva sportello dopo sportello. Speravo di trovare il passaporto, il visto studentesco o anche solo la carta d'imbarco. Mi sarei accontentata pure di uno scontrino di Heathrow. *Qualunque cosa.* Ma niente. *Nada de nada.* Forse custodiva i documenti nello zaino: a meno che non fosse nell'armadio o sotto il letto, però, lì non c'era. Probabilmente se l'era portato dietro. Ripensai alla Jeep sfasciata, e la maledissi di nuovo.

Delusa, mi spostai verso il comodino. Sopra c'erano una Diet Coke mezza vuota, il riassunto di *Jane Eyre* e una foto incorniciata che la ritraeva insieme ai miei. Notai che non c'era nemmeno una foto di *suo* padre. Che strano.

Aprii l'unico cassetto del mobile e spalancai gli occhi. Vicino alla scatola di gomme da masticare Trident, c'erano quattro enormi flaconi di plastica bianca etichettati con i numeri di partita e nomi che non riuscivo nemmeno a pronunciare.

Aloperidolo... Aripiprazolo... Quetiapina... Risperidone.

Svitai il tappo a prova di bambino. Dentro c'erano pillole di vari colori. Ogni recipiente pieno a metà.

«Ehi, Sherlock. Vieni a vedere».

Will mi raggiunse e si mise a esaminare flaconi e contenuto. «Penso siano medicine».

«Sai a cosa servono?»

«Non ne ho idea».

«Dici che dovremmo confiscarle?», chiesi.

«No, non sarebbe una buona mossa. Fagli delle foto con il telefono e più tardi le cerchiamo su Google».

Per l'ennesima volta, Will si era dimostrato quello furbo dei due. Aveva ragione. «Ecco perché tu fai Sherlock e io Watson».

«Sì, ma non scoraggiarti. Sei un bravo Watson».

«Grazie. Tu sei entrato nel computer?»

«Ci sono appena riuscito».

«E hai già scoperto qualcosa?»

«Sì, che è registrato a una certa Mary C. Burton».

«Strano».

«Strano forte».

«L'hai già cercata?»

«Non ancora. Lo farò dopo. Adesso voglio vedere cosa c'è nel desktop e provare a entrare nella sua e-mail».

Gli diedi una gomitata scherzosa. «Al lavoro, Sherlock!».

Will ritornò al computer e io mi misi a fotografare uno per uno tutti i flaconcini. Mentre rimettevo l'ultimo nel cassetto, nuovamente di fianco alla confezione di Trident, notai qualcosa che prima mi era sfuggito. Tirai fuori la sottile scatolina gialla, riconoscendola all'istante. Ortho Tri-Ciclen. Pillole anticoncezionali, le stesse che usavo io. Una scorta di tre mesi. Me le aveva prescritte il dottor Lefferman, il nostro medico di famiglia, per placare i crampi e gli sfoghi cutanei dovuti al ciclo, ma sapevo che in futuro, una volta salutata la mia verginità, si sarebbero rivelate ancora più utili. Guardai meglio la prescrizione. Anche quella era firmata dal dottor Lefferman... E portava la data del 7 settembre, ovvero dieci giorni dopo l'arrivo di Tanya.

Aprii la scatola con molta attenzione, controllando il contenuto. Aveva consumato due file di pasticche, gliene rimaneva solo una. Eppure non l'avevo mai sentita lamentarsi dei dolori mestruali, né con me né con mia madre. E la sua pelle era perfetta. La spiegazione mi colpì come un mattone in testa. Probabilmente a lei servivano per l'altra ragione. Aveva già rubato e distrutto la mia auto: rubarmi il ragazzo e distruggere la nostra relazione forse era il prossimo punto in agenda? Le avevo detto di stare lontana da Lance, ma non mi fidavo neanche un po' di lei. Per quanto ne sapevo io, avevano già dormito insieme. Sentivo la bile risalirmi la gola mentre rimettevo le pillole al loro posto, assicurandomi di lasciare tutto come l'avevo trovato. Non doveva sospettare che avevo rovistato in camera sua.

Sempre ammesso che fosse tornata.

Magari quella ladra di macchine-barra-fidanzati era sul letto di morte. *Ah!* In tal caso, ben le stava. Il pensiero maligno mi placò e feci un respiro profondo per ritrovare la determinazione. Andai verso la cabina armadio che, come il resto della stanza, era un'area di devastazione naturale. Quel che restava dopo il passaggio di un uragano di categoria quattro. Cominciavo a pensare che qui non serviva Blanca, ma una di quelle organizzazioni di pronto soccorso.

Mia sorella era meticolosa. Appendeva i vestiti piegandoli per bene e sistemandoli per colore, etichettava le scatole di scarpe e poi le impilava alla perfezione. Ora i suoi effetti personali, e quelli di Tanya la sudicia, erano sparsi dappertutto e accatastati sul pavimento della cabina armadio. Oltre ai vestiti, sparsi qua e là per il locale, c'erano anche le vecchie foto, i libri e i trofei di mia sorella. A rovistare tra tutta quella roba ci avrei messo un'infinità di tempo. Così mi limitai a una rapida perlustrazione visiva. Lo zaino, come sospettavo, non c'era. Ma trovai qualcos'altro: la sua grossa valigia rossa e scintillante. Nascosta dietro, in fondo a tutto. Magari custodiva lì i documenti di viaggio… insieme a tutti i suoi segreti?

Senza sprecare un istante, mi accovacciai e tirai giù la zip. Dato che la valigia aveva una combinazione, mi sorpresi di vedere scivolare la cerniera fino in fondo senza inghippi. Il sibilo che fece mi diede la pelle d'oca. A quel punto la aprii.

Un'altra sorpresa clamorosa.

Dentro c'erano dozzine di foto della mamma e del papà, di Anabel, Will e me. Immagini di vario genere che coprivano un arco temporale di almeno dieci anni. Rabbrividii. Era davvero inquietante. Come se le era procurate? Da internet? Facebook? Instagram? Sembrava che ci avesse stalkerato. E il particolare più inquietante era che mi aveva barrato con una croce rossa in tutte le foto in cui comparivo. Come per cancellarmi.

Tra quelle immagini, ne spiccava una: una foto di classe dell'Indio High School. L'anno non era specificato, ma tra i cinquecento studenti sorridenti in posa sugli spalti, ce n'era una che non sorrideva affatto. Una ragazza dai capelli spenti, magrissima, seduta nella terza fila centrale. Al contrario dei compagni, aveva l'aria imbronciata, come se non volesse prendere parte alla foto di gruppo. Il suo viso era cerchiato a pennarello rosso. Chi era quella ragazza? E perché era importante per Tanya? Con quei dubbi in testa, presi tutte le foto e tornai di corsa nella stanza.

«Will, ferma tutto! Vieni a vedere». Mio fratello mi raggiunse all'istante, e io gli mostrai immediatamente le foto. «Che ne pensi?».

Guardò ogni immagine con attenzione, come se le passasse sotto un microscopio. Poi sollevò gli occhi e guardò dritto nei miei. «Forse gliele ha mandate mamma prima che arrivasse?».

A questo non avevo pensato. Ma era una cosa da lei. Frugare tra le vecchie foto e scannerizzarle. Appuntai come nota mentale di chiederglielo. In ogni caso, la X rossa sulla mia faccia mi faceva ancora accapponare la pelle. «E secondo te perché mi ha cancellato, Sherlock?».

Will alzò gli occhi al cielo. «Mi pare evidente che non le vai molto a genio, cara Watson».

Risi sotto i baffi. Era l'eufemismo del secolo. Gli mostrai anche l'ultima immagine: la foto di gruppo della Indio High School.

La osservò per bene aggrottando le sopracciglia.

«Riesci a capire chi è la ragazza cerchiata?».

Socchiuse gli occhi. «Passami la lente d'ingrandimento, per favore».

«Ah, ah. Simpatico». In verità lo strumento preferito di tutti i detective ci avrebbe fatto un gran comodo, vista la pessima risoluzione della foto. Era così sgranata che era impossibile distinguere bene il viso. «Allora, Sherlock?».

Will scosse la testa. «Niente, mi dispiace. Non so chi sia, brancolo nel buio».

Eravamo in due. «Secondo te a quando risale?».

Fece una smorfia pensierosa. «Difficile dirlo. I ragazzi sembrano avere quindici o sedici anni, e sono quasi tutti in jeans, T-shirt e felpa con il cappuccio: potrebbe essere stata scattata ieri o parecchio tempo fa. Ma io direi non più di venti anni fa».

«Mmm. Che ci facciamo con queste foto?»

«Salvale tutte sul tuo telefono, ma facciamo una copia di quella foto di gruppo. Poi rimetti tutto com'era».

«Buona idea. Tu sei riuscito a entrare nella sua casella e-mail?»

«Sì. È TanyaBdreamer@gmail.com».

«Come Instagram».

«Sì, di nuovo. Ed è stata creata solo pochi giorni prima del suo arrivo».

«Strano. E tra le e-mail hai trovato qualcosa di importante?»

«Quello che *non* ho trovato mi sembra molto più importante. Nessuna conversazione tra lei e suo padre. Nemmeno una e-mail. E non è neppure in rubrica».

«Strano anche questo». Stavo per chiedergli se c'erano e-mail dirette a Lance, ma poi lasciai perdere. Se si fossero sentiti, l'avrebbero fatto tramite messaggio. Oppure per telefono. Quelli della mia generazione usavano raramente le e-mail. Come Facebook – roba per vecchi bacucchi come i miei genitori o i miei nonni.

«Nient'altro?».

Annuì. «Ho trovato qualche file sul desktop, ma perlopiù roba di scuola».

«C'è qualcosa che riguarda la domanda a Stanford?»

«Interessante che tu lo chieda». Sollevò l'indice con fare esperto. «Eccome se c'è».

Tornammo insieme alla scrivania di mia sorella, sovrastata da una grande bacheca su cui adesso campeggiavano le foto di Tanya. Will aprì la cartella denominata "Stanford". Dentro trovammo vari Google Doc... incluso il saggio che aveva copiato da me. Ero tentata di cancellarlo, ma a che pro? Ormai il danno era fatto.

«Hai già controllato la cronologia?», chiesi.

«Non ancora. Vuoi farlo adesso?»

«Okay». Ma avevo risposto in tono esitante. La verità era che, dopo le foto inquietanti, avevo paura di trovare nella cache roba del tipo "Come escogitare l'omicidio perfetto" oppure "Quali sono i dieci veleni più letali del mondo". Ma le ultime ricerche riguardavano più che altro siti di shopping online, giornali inglesi e i miei genitori. Aveva guardato davvero il profilo LinkedIn di mio padre, e letto delle varie iniziative filantropiche in cui era coinvolta la mamma. Mi scrollai di dosso la delusione.

Restavano ancora due cose da fare prima di levare le tende, e cioè rovistare nei cassetti della scrivania e controllare sotto il letto. Visto che era molto più piccolo e agile di me, Will si offrì come volontario per la seconda mentre a me toccarono i cassetti.

Mio fratello si rialzò dopo qualche istante, la faccia letteralmente schifata. Sotto il letto c'erano solo altra biancheria sporca e qualche insetto rivoltante. E nei primi cassetti, io trovai soltanto cancelleria per la scuola e vari pacchetti di gomme. Mancava l'ultimo.

Accartocciato dentro, trovai la bozza del saggio per Stanford che avevo buttato via. Era scritto a mano, e la grafia era indiscutibilmente mia. Stavo per esplodere di rabbia. Una parte di me voleva correre da mio padre a mostrargli la prova inconfutabile del plagio. Ma la cosa avrebbe potuto ritorcermisi contro. E se a quel punto papà avesse scritto al referente delle ammissioni spiegando l'accaduto e chiedendo di riconsiderare la mia candidatura? Grazie a Tanya non sarei andata a Stanford. Suo malgrado, mi aveva fatto un piacere.

E ora avevo pure la prova che era una bugiarda del cavolo, nonché una ladra.

Ma, soprattutto, sapevo che stava nascondendo qualcos'altro. Qualcosa di molto più sinistro delle sue radici castane.

Era passata l'ora di pranzo, e dei miei non c'era ancora l'ombra. Io e Will ci eravamo rintanati in camera sua e, seduti l'una di fronte l'altro nel castello del nerd, eravamo tornati ad essere semplicemente Pudge e Willster. Quaderno e penna alla mano, ripassavo insieme a lui le scoperte fatte. Scoperte che perlopiù confermavano i sospetti che già avevamo.

Ovvero che Tanya:

1. Non era necessariamente inglese.
2. Era ladra e bugiarda, forse anche instabile.
3. Era stata disconosciuta del padre, sempre ammesso che ne avesse uno.

4. Era ossessionata dai miei, in senso buono.
5. Era ossessionata da me, in senso cattivo.

L'unica cosa che tenni per me furono le pillole anticoncezionali che avevo trovato nel suo comodino. A dodici anni, Will non aveva bisogno di sapere che forse Tanya si faceva il mio ragazzo.

Voltando pagina, buttai giù con l'aiuto di mio fratello una lista di Cose da fare. Con la stessa metodicità che la mamma riservava all'organizzazione dei suoi eventi.

COSE DA FARE

WILL:
- Googlare Mary C. Burton, a cui era intestato il MacBook
- Cercare informazioni sulle medicine di Tanya

PAIGE:
- Chiedere alla mamma se aveva mai parlato con il padre di Tanya
- Chiedere alla mamma se aveva lei il passaporto di Tanya, il visto studentesco e i dati di viaggio
- Chiedere alla mamma se aveva mai spedito a Tanya le foto della nostra famiglia

Restava un'ultima cosa da domandare alla mamma. Una cosa che non scrissi, né confidai a Will. E cioè se aveva accompagnato lei Tanya dal dottor Lefferman per farsi prescrivere le pillole anticoncezionali. E soprattutto perché.

Anche se non ero certa di volere sentire la risposta.

Ventidue
Natalie

Ero seduta accanto a Matt nella sala d'attesa del reparto di rianimazione. Gli stringevo la mano con il cuore che mi batteva all'impazzata, il petto così compresso che anche respirare mi dava fastidio. La mente era bombardata dai peggiori scenari possibili.

E se l'incidente l'avesse sfigurata?

Se fosse rimasta paralizzata?

In coma?

Morta cerebralmente?

Tenuta in vita dalle macchine?

E se invece fosse già…

Oddio, no. Non poteva capitare di nuovo. Prima la mia preziosa Anabel, ora la dolce Tanya. Accantonai quei pensieri funesti non appena ci raggiunse un rumore di passi. Una dottoressa. Una donna attraente di poco più di quarant'anni, con un camice bianco sopra la divisa da chirurgo. Saltai su con il cuore in gola, seguita a ruota da Matt.

Si presentò come la dottoressa Lawrence, neurologa.

Mi sentivo tesa come una corda di violino, totalmente sfinita. Le parole mi uscirono da sole dalla bocca: «Sta bene, dottoressa?»

«La vostra ospite è una ragazza davvero fortunata». Si aggiustò gli occhiali tartaruga. «Per fortuna aveva addosso la cintura di sicurezza al momento dello schianto. L'airbag le è esploso in faccia per l'urto, provocandole qualche lesione minore. Anche il corpo ha subìto vari colpi, è pieno di lividi. Potrebbe avere riportato un trauma cranico, ma questo ce lo diranno i risultati della risonanza magnetica. Voglio tenerla una notte in osservazione».

Tra la sua voce monocorde e il mio stato di agitazione, era come se mi avesse letto una pagina di Wikipedia. Elaborai lentamente le sue parole, incapace di rispondere. Fu Matt a parlare per primo.

«Dunque, dottoressa, sta bene?».

Annuì. «Per ora sì, ma con i traumi cranici bisogna essere prudenti».

Tutti i miei "se" tornarono a sommergermi, la mente tornò di nuovo ad Anabel. Alla vita che le era stata portata via di colpo. Un senso di malessere, gelido e pungente, mi trafisse lo stomaco.

La porta della camera di Tanya era socchiusa. Io e Matt entrammo a passi esitanti, la sua mano calda e ferma stringeva la mia, appiccicosa, come un salvagente. Vederla fu uno shock che mi scosse dalla testa alla punta dei piedi. Sentivo un peso sul petto. La mia povera, dolce Tanya! Era messa malissimo. I capelli erano impregnati di sangue rappreso, il viso tumefatto e livido, gli occhi violacei e gonfi, mentre sul sopracciglio destro correva un brutto taglio ricucito dai punti e chiuso da un cerotto a farfalla. Tutti quei monitor e le flebo che le stavano attaccati non facevano che accrescere la mia pena.

«Ehi, tesoro…», sussurrai con voce rotta.

Girò il viso leggermente di traverso, e non appena mi vide scoppiò a piangere. Mi si spezzò il cuore.

Lasciai la mano di Matt e corsi da lei. Le accarezzai i capelli, glieli tolsi da davanti al viso caldo, febbrile. Mi sforzai di non abbracciarla e stringerla forte a me: sembrava così fragile in quel letto d'ospedale, temevo di farle ancora più male.

«M-mi dispiace tanto!», singhiozzò.

Matt mi venne vicino mentre le asciugavo le guance con un Kleenex.

«Shhh», la consolai. «Ti rimetterai presto, ed è l'unica cosa che conta. Come ti senti?»

«Come se mi fosse passato sopra un camion», disse a fatica, la voce debole e rauca.

«Poverina!», ansimai. Il dolore che provava era contagioso,

e riverberava in ogni osso del mio corpo come se fosse mia figlia.

«Raccontaci cos'è successo», disse Matt.

«Ho preso l'auto di Paige. Le chiavi erano in cucina».

Mi voltai a guardare Matt, perplessa. Credevo le avesse nascoste da qualche parte.

«Sì, le ho messe io lì, sul gancio in cucina. Volevo restituirle a Paige dopo i festeggiamenti della colazione».

Tanya riprese a parlare. «So che ho sbagliato a prenderle, a prendere l'auto di Paige. Avevo deciso di svegliarmi presto e andare a piedi al mercato contadino di Larchmont per prendere un mazzo di fiori a Natalie. Per il compleanno». Tirò su con il naso. «Ma non ho sentito la sveglia ed ero in ritardo».

La passeggiata fino al mercato contadino la domenica mattina era diventato una sorta di rituale, per me e la nostra ospite. Era un'abitudine che avevo con Anabel, e dalla sua morte non era più capitato. Non vedevamo l'ora, sia Tanya sia io. A lei piaceva aiutarmi a scegliere la frutta e la verdura, mettere insieme un bel bouquet di fiori freschi sempre diversi. A volte ci fermavamo da Starbucks o da Noah's Bagels per fare colazione. Quante volte avevo scongiurato Paige di venire con noi, ma a lei queste cose non interessavano. Più sentivo di avvicinarmi a Tanya, e più avevo l'impressione di allontanarmi da mia figlia.

Cominciavo a pensare che l'esperimento dello scambio culturale si stesse rivelando un fallimento. L'unica che pareva trarre beneficio della presenza di Tanya in casa nostra ero io, e ora sinceramente non ne ero più tanto sicura.

«Natalie», sussurrò, interrompendo il corso dei miei pensieri, «mi passeresti l'acqua, per favore?»

«Certo». Presi il bicchiere sul comodino e le avvicinai la cannuccia alle labbra screpolate. Fece dei bei lunghi sorsi.

«Continua, Tanya», la spronò Matt, impaziente. «Finisci di raccontare cos'è successo».

«Matt, per favore. Vacci piano con lei. Ha subìto un bel trauma».

«Mi servono solo i fatti, Natalie». Non addolcì neanche di una briciola il tono, ma almeno non lo indurì.

Tanya smise di bere. «Era andato tutto bene. Ero arrivata in tempo e avevo scelto il bouquet perfetto per Natalie: una dozzina di rose rosa e gipsofile».

«Sembra bellissimo».

Mentre io abbozzavo un sorriso, i suoi occhi si riempirono nuovamente di lacrime. «Mi dispiace di non potertelo dare. Credo sia ancora nell'auto».

Rimisi il bicchiere al suo posto sul comodino, e poi le strinsi la mano. «Tanya, non preoccuparti, davvero... È il pensiero che conta. E, per me, conta soprattutto che tu sia viva».

«Com'è successo l'incidente?», chiese Matt, in testa un unico obiettivo: scoprire i fatti.

«Mentre tornavo a casa, uno scoiattolo mi ha attraversato la strada. Non volevo metterlo sotto, così ho fatto per inchiodare. Ma nello spavento ho sbagliato pedale, e ho accelerato di colpo. Ho perso il controllo dell'auto e sono finita contro l'albero».

Le strinsi la mano. «Per fortuna avevi la cintura. Se così non fosse stato, avresti rischiato di volare oltre il parabrezza e...».

Un nodo grande come una palla da tennis mi serrò la gola. Non riuscivo nemmeno a finire la frase. Fu Tanya a farlo per me.

«Lo so... avrei rischiato di morire».

Mi si spezzò il cuore al pensiero di perderla. Avevo gli occhi pieni di lacrime, ma cercai di trattenerle.

«La macchina è andata distrutta?», domandò, la voce timida ed esitante.

«Non lo so», rispose Matt. «La polizia ha lasciato intendere che non era messa bene, ma ancora non l'abbiamo vista».

«Paige non mi perdonerà mai».

«Le passerà. C'è l'assicurazione. Se si può aggiustare, l'aggiusteremo. Altrimenti ne compreremo una nuova, anche se con quella storiaccia di Stanford francamente non credo che se la meriti».

«Ha commesso uno sbaglio. *Io* ho commesso uno sbaglio». Le tremava il labbro inferiore. «Lo capisco, se volete rimandarmi in Inghilterra. Però, per favore, non dite a mio padre cosa è successo».

Mi avvicinai ad accarezzarle i capelli. La guardavo negli occhi, la mia espressione dolce e comprensiva. «Tesoro, non ti manderemmo mai via. Quello che è successo è stato un caso assurdo, isolato. Ma noi siamo felici di averti a casa. Sei la cosa migliore che ci sia capitata da quando è morta Anabel».

«Oh, Natalie, grazie. Mi sento così fortunata ad avervi incontrato. Siete come dei genitori per me». I rubinetti si aprirono di nuovo.

Non ce la facevo più. Mi sedetti accanto a lei e presi quel corpicino fragile tra le mie braccia. La strinsi a lungo, percependo il calore che emanava, il battito del suo cuore. La lasciai piangere sulla mia spalla finché non ebbe più lacrime da versare.

«Va tutto bene, tesoro», le mormorai contro il collo.

Dopo qualche lungo minuto, si staccò e le passai un fazzolettino con cui poté soffiarsi il naso e asciugarsi gli occhi.

«Per quanto tempo dovrò restare qui?»

«La dottoressa vuole tenerti in osservazione per la notte».

«Io voglio tornare a casa! Ti prego, Natalie!».

Aveva di nuovo gli occhi lucidi: mi spezzò il cuore.

Le dissi che non era possibile, e la salutai con un bacio sulla fronte.

Tanya si mise a riposare, e io e Matt uscimmo dalla stanza.

Non vedevo l'ora di riaverla a casa.

Il prima possibile.

Un brivido mi corse lungo la schiena. Un altro inquietante "se".

E se le cose fossero peggiorate?

Ventitré
Paige

Tanya tornò a casa troppo presto. Il giorno dopo l'incidente. Dovevo ammettere che sembrava davvero messa male. Magari il taglio sul sopracciglio le avrebbe lasciato un'orribile cicatrice. Ben le stava. Non era nemmeno venuta a scusarsi per aver rubato e distrutto la mia auto.

Non c'era scuola quel giorno. Per via di uno di quei corsi d'aggiornamento che i docenti dovevano seguire di tanto in tanto durante l'anno. Sapevo che era solo una scusa per dare agli insegnanti una tregua di tre giorni, ma a me stava benissimo.

Per il momento, Tanya non era ancora uscita dalla sua stanza. Anche la mamma era rimasta a casa. Aveva cancellato tutti i suoi incontri e gli impegni per badare a lei. La trattava come avrebbe fatto con una fragile bambolina di porcellana. Io e Will le guardammo attraverso la microcamera finché non ne potemmo più. E poi avevamo cose più urgenti a cui pensare.

Mentre Will cercava di rintracciare questa Mary Burton, la donna a cui era registrato il Mac di Tanya, io mi occupai di scoprire di più sulle medicine che avevo trovato nel comodino. Il compito era semplice, ma mi fece esplodere il cervello. Erano tutti antipsicotici, prescritti per la schizofrenia, i disturbi bipolari e i comportamenti aggressivi. In testa mi sorsero un milione di domande.

Dove ha preso tutte quelle medicine Tanya? Chi è realmente? Abbiamo in casa una sociopatica?

Dovevo parlare con la mamma al più presto. Scucirle tutte le informazioni possibili. L'opportunità giusta si presentò quando Tanya decise di schiacciare un pisolino e lei andò al piano di sotto. Mollando Will in camera con Orso, la raggiunsi in cucina. Era seduta al bancone, con un bicchiere di vino di fianco e un libro voluminoso davanti.

Mi schiarii la gola. «Ciao, mamma».

Girò di scatto sullo sgabello, voltandosi verso di me.

«Oh... ciao, tesoro». Prese il bicchiere e bevve un sorso di vino bianco. «Mi hai spaventata».

«Scusa». E poi, dopo un attimo: «Che combini?».

Appoggiò il calice e mi mostrò la copertina del libro. *Ricettario vegano completo, dall'antipasto al dolce.* «Cerco ispirazione per la cena. Qualcosa che possa piacere a tutti».

Mi si scaldò il cuore. Dovevo riconoscerglielo: rispettava la mia scelta e si stava impegnando al massimo per adeguarsi.

«Aiutami a scegliere una ricetta. Poi possiamo cucinare insieme».

Cucinare con mia madre? C'è sempre una prima volta. Di certo non era mai capitato quando c'era ancora Anabel, la sua preferita. E neanche da quando quella lecchina di Tanya era arrivata tra noi.

«Certo». Andai a sedermi accanto a lei al bancone. Un'altra prima volta. Eravamo noi due sole. L'occasione perfetta per carpire tutto ciò che volevo sapere.

«Come sta Tanya, mamma?».

Come se me ne fosse fregato qualcosa. Era solo un modo per attaccare bottone.

Ma a lei si illuminò il volto. «Oh, tesoro, quanto sei dolce a preoccuparti. Ieri è stata davvero dura, ma adesso sembra stare meglio. Non soffre più tanto».

«Bene». *Male.*

Mentre sfogliavo il libro, la mamma si versò altro vino. Era un po' presto per bere, anche se sono certa che a pranzo con le amiche si concedesse un calice o due. E, dettaglio importante, l'alcol le avrebbe sciolto la lingua.

«Il dottor Lefferman è andato a visitarla in ospedale?», chiesi.

«No, l'ultima volta che l'ha vista è stato a settembre. La scuola voleva un certificato che attestasse la sua salute».

«E ha trovato qualcosa che non va?». *Tipo che è fuori di testa? Che ha una malattia letale?*

«No, è in perfetta salute».

«Le ha dato delle medicine?»

«Solo la pillola. La stessa che prendi tu».

«Perché le serve la pillola?». *Per scoparsi il mio ragazzo, magari?*

«Ha detto al dottor Lefferman che soffre di gravi dolori mestruali».

Bugiarda! Non l'avevo mai sentita lamentarsi del ciclo.

«Nient'altro?». *Tipo il risperidone?*

«A dire il vero, le ha raccomandato la CBD».

«E per cosa?»

«A volte ha degli attacchi d'ansia e fa fatica a dormire. Sai, trovarsi in un nuovo Paese tutta da sola può fare questo effetto».

Quel commento mi irritò. Probabilmente voleva soltanto sballarsi con Lance prima di farci sesso. L'unica cosa che le provocava ansia era la possibilità che il nostro cane l'attaccasse e che io la buttassi in piscina tenendole la testa sott'acqua. Per il resto, non c'era niente in grado di scalfirla. Cacchio, aveva pure rubato la mia auto per farsi un giro.

Quasi mi avesse letto nel pensiero, la mamma disse: «Si sente terribilmente in colpa per avere distrutto la tua macchina. E per averla presa senza permesso. Poverina».

Sì, come no. Intanto non avevo ricevuto ancora nessuna scusa da parte sua.

Provò a spiegarmi le sue "attenuanti". E io mi finsi comprensiva, anche se la verità era che odiavo Tanya come non mai. Se avessi avuto una bambola vudù, le avrei dato il suo nome infilzandola con un centinaio di spilli.

Nel giro di qualche minuto, trovammo una semplice ricetta per un minestrone di verdure che andava a genio a entrambe. Rimasi seduta sullo sgabello mentre la mamma recuperava tutti gli ingredienti e gli strumenti e li posava sull'isola: verdure di tutti i tipi, taglieri, coltelli e pelapatate.

«Cosa posso fare?», chiesi, faticando a ricordare l'ultima

volta che avevo offerto aiuto a mia madre. E, incredibile ma vero, porre quella domanda non mi aveva ucciso. Anzi, era una bella sensazione.

La mamma mi rispose con un sorriso. «Mi faresti un piacere enorme se tagliassi le verdure. Attenta a non tagliarti pure un dito, però».

Mi strappò una risata. «Tranquilla… Riesco a maneggiare i coltellini da intaglio, penso di potercela fare anche con quelli da cucina».

Sedute una di fianco all'altra, ci mettemmo subito al lavoro. Era una vita che non stavo così vicino a mia madre ed era parecchio che non facevamo qualcosa insieme che non fosse litigare. Effettivamente era bello. E tagliare le verdure mi rilassava. Sentivo il suo sguardo addosso mentre affettavamo i vegetali.

«Ah, stavo quasi per dimenticare. Adoro tantissimo il busto che mi hai scolpito».

«L'hai trovato?»

«Sì. Ieri sera, quando siamo tornati dall'ospedale. L'ho messo sulla mia scrivania in ufficio. Scusa, ho dimenticato di ringraziarti». Appoggiò il coltello e si voltò per darmi un bacio sulla guancia. Fui sorpresa di constatare quanto le ero grata per quel gesto, quanto mi aveva scaldato il cuore. Se Tanya non ci fosse stata, forse io e la mamma avremmo avuto l'opportunità di avvicinarci. Di costruire un vero legame.

«Non fa niente», dissi con un sorriso. «Hai avuto la testa altrove».

La mamma soffocò un sospiro. «Dici bene. È una fortuna che Tanya stia bene».

Un peccato, semmai, ribattei tra me e me pelando un'altra cipolla. Mi stava facendo lacrimare gli occhi.

«Stai piangendo, tesoro?».

Feci di sì con la testa, mentre una lacrima mi scivolava sulla guancia.

«Amore, non preoccuparti per Tanya. Si riprenderà del tutto, vedrai».

Mi dovetti mordere la lingua per non riderle in faccia. Non

aveva proprio la minima idea di quello che mi passava per la testa. Era giunto il momento di darle un'imbeccata.

«È solo la cipolla, mamma». La feci a cubetti e poi passai al gambo di un sedano. E al mio *piano*. «Mamma... Posso farti un paio di domande?»

«Certo».

«Hai informato il padre di Tanya dell'incidente?»

«Mi ha supplicato di non farlo, ma ovviamente ho dovuto. Ho provato a contattarlo, ma l'e-mail mi è tornata indietro e il numero di telefono risulta inesistente». *Che strano.* «A proposito, tesoro, ricordami che devo chiedere a Tanya di ridarmi i suoi contatti. Bisogna pagare la retta della Coldwater. Mi hanno chiamato dalla segreteria per informarmi».

Anche questo mi pareva strano. Il padre di Tanya non aveva pagato neanche una parte dei quarantacinquemila dollari previsti per la retta? A meno che non si ottenesse la borsa di studio, com'era capitato a Jordan, la mia migliore amica, la Coldwater aveva un regime di tolleranza zero per i ritardatari. Ah! Magari l'avrebbero cacciata a calci, anche se sapevo che i miei non l'avrebbero mai permesso. Piuttosto avrebbero anticipato i soldi della retta, aspettando di venire rimborsati.

Finito di tagliare anche il sedano in pezzettini da mezzo centimetro, presi un altro gambo. «Hai mai visto una foto del padre?».

Con gli occhi sulla patata che stava pelando, la mamma scosse la testa. «No, ma in effetti non gliene ho mai chiesta una».

«Non ti sembra strano che non abbia nemmeno una sua foto in camera?».

La mamma fece spallucce. «Forse non ha voluto metterla in valigia. Ne avrà qualcuna sul telefono. So che gli manca tantissimo, soprattutto perché viaggia spesso e non c'è mai».

«Tu le hai mai mandato qualche foto nostra?»

«Tempo fa. Ma non a lei direttamente. All'agenzia che si occupava del programma di scambio culturale».

L'agenzia! Mi battei mentalmente il palmo sulla fronte. Come avevamo fatto io e Will a non pensarci prima?

«Mamma, dovresti avere i moduli che hai compilato per lo

scambio». *Bingo!* «Ci saranno tutte le informazioni di Tanya lì. Il numero di passaporto, il visto studentesco, l'indirizzo di casa».

«Li *avevo*».

«In che senso?»

«È stranissimo, ma non so più dove sia il file. È sparito dal mio desktop e non lo trovo nemmeno nel cestino. La cosa brutta è che non ricordo neanche il nome dell'agenzia».

Le possibilità erano due: o la mamma aveva esagerato con lo Xanax e il vino o Tanya era riuscita a cancellarli. Avrei scommesso su Tanya. Le sue abilità con il computer si stavano provando eccezionali. Non mi avrebbe sorpreso scoprire che era un'hacker.

«Le hai mandato pure delle foto di Anabel?», continuai.

Sentendo nominare mia sorella, la mamma bevve un sorso di vino. «No, neanche una. Tanya non sapeva nemmeno che avessi un'altra figlia».

Ero confusa. Allora da dove aveva preso *tutte* quelle foto? Da Facebook? Instagram? Gli account social di mia sorella erano stati disattivati, perciò non potevo controllare. Ma forse Tanya sapeva come arrivarci lo stesso.

«Il suo passaporto ce l'hai tu?». Ero saltata di palo in frasca, ma la mamma parve non accorgersi che la stavo bombardando di domande.

«No, credo sia in camera sua».

Ritenta. Sarai più fortunata.

«Devo dirle di tenerlo nello zaino per ogni evenienza. Dovesse capitare un altro incidente o qualsiasi altra emergenza, ha solo il tesserino della scuola come documento. E non ha nessuna validità».

«E il visto studentesco? Non si era portata dietro nemmeno quello?»

«Immagino di no».

Quello che immagino io? Che non ce l'abbia proprio.

Finito di tagliuzzare il prezzemolo, passai alla pastinaca. «Secondo me sarebbe utile che facessi una fotocopia del suo passaporto. Metti caso che lo perda».

«Hai proprio ragione, Paige».

«Che state facendo, voi due?». Sentendo la sua voce, mi girai di scatto.

Tanya! Ciondolò in cucina con addosso la vestaglia rosa e scintillante di mia sorella. Mi sorprese scoprire che non zoppicava per niente. E aveva un bell'aspetto. I capelli biondo platino erano puliti e profumati, il viso molto più sgonfio di prima. Era quasi come nuova.

«Tanya!», strillò la mamma, allarmata. Mollò subito il pelapatate. «Perché non sei a letto?».

Tanya venne verso di noi, passandosi una mano tra i capelli. «Non riuscivo a dormire, e mi annoiavo».

La mamma la studiò per un attimo, poi sorrise. «Tesoro, stai davvero molto meglio».

«Grazie, ho fatto un lungo bagno caldo e devo dire che ha aiutato. Anch'io mi sento molto meglio».

Imbevuta di profumo floreale, con la pelle fresca come la rugiada al mattino, aveva proprio l'aspetto e l'odore della rosa inglese. Come una delle ragazze in quel libro fotografico di Madonna che io e mia sorella adoravamo da piccole. Anabel era convinta di somigliare a quella biondissima e bellissima. In effetti era così, e valeva anche per Tanya. Io, d'altro canto, mi identificavo di più con la ragazza occhialuta sul fondo. Una comparsa.

La voce della mamma mi strappò dai miei pensieri. «Siediti, Tanya. Hai un trauma cranico, non puoi stare troppo in piedi».

«È lieve».

«Siediti, per favore». La nostra ospite miracolata prese posto di fronte a me. «Stiamo preparando una zuppa. Ti farà bene».

«Grazie, Natalie. Sei la migliore». Lanciò un'occhiata al bicchiere semivuoto della mamma. Mi aspettavo che chiedesse un po' di vino anche per lei, e invece mi stupì con un'altra domanda. «Avete saputo niente della macchina?»

«Non ancora, ma Matt doveva andare dal meccanico in pausa pranzo».

Tanya si voltò verso di me. «Scuuusa, Paige».

Non c'era un briciolo di sincerità in quella cantilena. E a quel punto mi resi conto di una cosa. Valeva la pena tentare.

«Non preoccuparti. Dev'essere stato difficilissimo per te guidare dal lato sbagliato della strada. Soprattutto quando dovevi svoltare a sinistra».

Tanya alzò un sopracciglio e fece una smorfia. «Eh? Ma di che parli?».

Ah! Beccata!

«Sai, le auto inglesi hanno il volante a destra e si guida dal lato opposto della strada».

«Ah, g-giusto».

Trattenni il sorrisetto malevolo. *Giusto un paio di palle.* La nostra cara ospite stordita era inglese quanto me.

Non avendo colto il passo falso di Tanya, la mamma s'intromise nel discorso. «È vero, quando Matt è stato a Londra per lavoro, l'aprile scorso, mi ha detto che guidare per la città è stato un inferno». Guardò negli occhi la nostra ospite. «Ti sei salvata per miracolo ieri».

Che gioia, come no.

Ero sempre più convinta che Tanya non fosse una studentessa straniera.

E neanche una rosa inglese.

Solo una velenosa spina che si era conficcata nel mio fianco e che dovevo estrarre dalla carne il prima possibile.

Se solo fossero esistite pinzette abbastanza grandi per sbarazzarmi di lei una volte per tutte.

Ventiquattro
Paige

In cima al castello del nerd, Will teneva gli occhi incollati allo schermo. Orso, fedele come sempre, sonnecchiava raggomitolato sul pavimento ai suoi piedi. A dire il vero russava. Cominciava ad avere una certa età. Morivo dalla curiosità di sapere cos'aveva scoperto mio fratello sulla persona a cui era intestato il computer di Tanya.

Mi arrampicai sul suo letto e gli rivelai quanto avevo messo insieme fino a quel momento. Le vere origini di Tanya erano a dir poco dubbie. Ma di una cosa avevo la certezza: non era la studentessa inglese che raccontava di essere.

«E tu invece che hai scoperto, Sherlock?»

«Cara Watson, ho fatto un enorme passo avanti».

«Spiega».

«La brutta notizia: ci sono migliaia di Mary Burton nel mondo. Perlopiù in America, Canada e Regno Unito. È un nome piuttosto comune, pare. C'è persino un'autrice bestseller del "New York Times" che si chiama così. Buona notizia: secondo Intelius, ci sono solo novantotto Mary C. Burton registrate negli Stati Uniti».

«Che roba è Intelius?»

«Un sito che tiene traccia dei dati pubblici delle persone. A volte ci trovi persino il numero di telefono, l'indirizzo e-mail e quello di casa».

«Sei riuscito a scoprire niente su una Mary C. Burton inglese?»

«Intelius funziona solo per i residenti americani».

Aggrottai la fronte. «Peccato».

«Tranquilla. Dalle prove raccolte finora, è *altamente* improbabile che la nostra sospettata abbia rubato il computer in Inghilterra, ma chiederò a Scotland Yard di avviare un'indagine parallela».

Mi misi a ridere. Sapeva sempre tirarmi su di morale.

«Hai cercato anche Tanya?».

Mio fratello mi guardò con un sorriso soddisfatto, tirando su l'indice. «Ero certo che me l'avresti chiesto, e naturalmente la risposta è sì. Non ho trovato neanche una Tanya Blackstone nel loro database».

«*Ancora* più sospetto. Quanto costa iscriversi al servizio?»

«Ho sottoscritto la settimana di prova per novantanove centesimi».

«Ottimo. Allora qual è il prossimo passo?»

«Elementare, Watson. Iniziamo a contattare tutte queste Mary C. Burton e chiediamo chi ha subìto il furto di un MacBook».

Sospirai. «Sono comunque una valanga di persone».

«Dobbiamo dividercele». Prese uno degli innumerevoli raccoglitori che aveva in camera a tema robot, alieni e navicelle spaziali. Lo aprì e sfilò due fogli, poi ne passò uno a me e tenne per sé l'altro.

«Cos'è?», domandai, guardando la lista che mi aveva dato.

«È un foglio di lavoro Excel. Ho catalogato tutte le Mary con il loro numero di telefono. Non so se siano fissi o cellulare, ma ho aggiunto anche gli indirizzi e-mail disponibili».

«Wow. Dove hai imparato a farlo?»

«Me l'ha insegnato papà».

«Gentile». Be', almeno passavano del tempo di qualità insieme, quei due. Quel genietto di Will non era esattamente il capocannoniere che papà sperava di avere, anche se giocava a calcio.

«Io vado con la prima metà, tu con la seconda».

«Affare fatto».

Prendemmo una matita a testa e ci mettemmo subito al lavoro. Contattammo tutte le Mary C. Burton dell'elenco, per messaggio o chiamandole. Ci volle l'intero pomeriggio, e non ottenemmo niente di niente.

Sfranta e disillusa, ero sul punto di mollare quando ricevetti un SMS. Un messaggio di una sola, assordante parola, che rispondeva alla domanda: “Salve, per caso le è stato rubato un MacBook di recente?”.

“SÌ!!!”.

«Bingo!». Diedi il cinque a mio fratello, su di giri. «Cosa le scriviamo?»

«Dille che l’hai trovato e vuoi restituirglielo».

Feci come detto, e la risposta arrivò all’istante.

“Grazie a Dio!”.

“Dove vive?”, chiesi.

Non avevamo il suo codice postale o l’indirizzo di residenza. Pregammo soltanto che non abitasse in Alaska.

Per fortuna era di Redlands. A circa un centinaio di chilometri di distanza. Mi scrisse tutti i dettagli.

Ci restavano solo due domande: come avremmo fatto a portarle il computer?

E perché Tanya glielo aveva rubato?

Venticinque
Natalie

La domenica seguente, a una settimana esatta dall'incidente di Tanya, andai a sedermi da sola nella nostra incantevole sala colazione, bevendo caffè e piluccando un croissant burroso sul piatto di porcellana che mia suocera ci aveva regalato. Ne aveva uno simile anche lei, e lo usava tutti i giorni. Io invece riservavo il nostro alle occasioni importanti… come i compleanni. Come oggi.

Il sole filtrava dalle portefinestre immergendo la stanza in un bagliore dorato. Sebbene adorassi la pioggia, ero felice che ci fosse bel tempo. Il sole mi risollevava il morale, ed ero certa che a *lei* sarebbe piaciuta una giornata così perfetta, da cartolina.

«Natalie, non sei un po' troppo in tiro per il mercato contadino?».

Sollevai lo sguardo verso Tanya, che mi veniva incontro. A differenza mia, che per oggi avevo scelto un abito floreale di Prada e uno scialle di seta, indossava dei jeans strappati, una T-shirt corta e delle ciabatte rosa con sopra i brillantini.

Fresca come la rugiada al mattino, era bellissima. Si era ripresa subito da quell'orribile incidente, e il taglio sul sopracciglio stava guarendo bene, anche se era ancora visibile. Per aiutarla a provare meno disagio, l'avevo portata a Beverly Hills dal mio parrucchiere di fiducia che le aveva tagliata una frangetta a tendina. I ciuffi lunghi le coprivano la ferita e la facevano sembrare più giovane. Stava davvero bene.

«Ho scordato di avvisarti», le dissi. «Non posso venire al mercato oggi».

«Oh. Perché no?»

«Ora te lo spiego. Ti va di fare colazione con me?».

Apparecchiai anche per lei e le versai una tazza di caffè, poi le riempii un piatto con della frutta fresca e uno degli ottimi dolcetti che avevo comprato tornando dalla riunione con gli insegnanti di robotica di Will.

«Allora, Natalie, dove te ne vai tutta elegante?», chiese, mordendo un mirtillo. «A proposito, stai un incanto».

Abbozzai un sorriso. Mi sentivo sopraffatta dalle emozioni, un peso che mi schiacciava il petto.

«Grazie. Oggi è il compleanno di Anabel. Avrebbe compiuto diciannove anni». La mia voce suonava così distante. Così triste.

Cercai la forza in un sorso di caffè. «Anabel era la luce della mia vita. Oggi andrò alla messa e subito dopo al camposanto».

«Andate tutti?», chiese la nostra ospite. «Tutta la famiglia?»

«No. Preferisco andare da sola». Toccava a me sopportare quel dolore.

La tristezza montava. Sentivo gli occhi offuscarsi, e non riuscii più a trattenere le lacrime. Le asciugai con un fazzolettino mentre Tanya allungava una mano e intrecciava le dita alle mie con dolcezza. Aveva lo sguardo pieno di calore e compassione.

«Natalie, se per te va bene, mi farebbe piacere accompagnarti. Ci terrei davvero».

Le sorrisi di nuovo, stringendole la mano. «Mi piacerebbe tanto». Non ce la facevo più a stare sola.

«Devo mettere qualcosa di nero?»

«No, anzi. Metti qualcosa di colorato e allegro». Sorrisi con più convinzione. «Oggi *festeggiamo* la vita di Anabel. Non piangiamo la sua morte».

Un quarto d'ora più tardi, Tanya scese di corsa le scale. La vista mi giocò un brutto scherzo, e dovetti guardarla due volte. Aveva messo uno degli abiti preferiti di Anabel, un tubino rosa a pois bianchi che lasciava scoperte le spalle e arrivava sotto al ginocchio. Con la frangetta nuova di zecca, per un attimo pensai di ritrovarmi di fronte a mia figlia. Restai senza fiato, ma scrollai subito la testa scacciando via l'illusione.

La chiesa di St. Andrew, nei pressi di Windsor Square, distava poco da casa nostra. Decisi ugualmente di prendere l'auto, dato che dopo la messa saremmo subito andate al cimitero, a The Valley.

Eretta nello stesso periodo di casa nostra, l'enorme chiesa neogotica sembrava arrivata dritto dall'Inghilterra, elegante e imponente. L'interno era mozzafiato, con i suoi altissimi soffitti a volta e le vetrate colorate che filtravano i raggi del sole nella cappella. In quei giochi di luce sentivo la presenza di Dio, e ogni volta rimanevo a bocca aperta. Non ero particolarmente religiosa, non partecipavo regolarmente alla messa – in genere capitava soltanto a Natale, a Pasqua o per occasioni speciali come la comunione dei miei figli. Come questa.

La messa delle nove e quarantacinque era la più frequentata, e la chiesa era piena zeppa di gente. Trovammo comunque due posti a sedere vicino all'altare. Riconobbi molti dei fedeli seduti sulle elaborate panche di mogano e, con un cenno del capo o della mano, salutai quelli più vicini. Il chiacchiericcio sommesso si spense quando padre Francis fece il suo grande ingresso sull'altare.

Seguivo la liturgia sul libretto di preghiere, mentre il nostro imponente ma benevolo parroco celebrava la messa. Mi era stato di grande conforto quando Anabel era morta, ma neanche lui era riuscito a prevenire il mio esaurimento nervoso. Gli ero comunque riconoscente ed elargivo sempre donazioni cospicue alla chiesa, di cui tra l'altro organizzavo l'annuale raccolta fondi.

Di tanto in tanto, sbirciavo Tanya con la coda dell'occhio. Teneva il libretto delle preghiere chiuso e sembrava annoiata e scocciata, come se non vedesse l'ora di andarsene. Forse si era pentita di avermi accompagnata.

Ma non c'era niente che potessi fare per aiutarla, quindi mi concentrai sul servizio.

La messa era quella di sempre. Le canzoni intonate a voce alta, i salmi, la comunione, la predica. Oggi la lettura era tratta da Geremia 14:10.

Ascoltavo con attenzione la voce tonante del prete. I suoi

occhi feroci erano puntati sui miei, come se, dimentico del resto della congrega, stesse parlando esclusivamente con me.

«Egli ricorda la loro iniquità e punisce i loro peccati».

La frase mi riecheggiò nella mente, facendomi accapponare la pelle. Il senso di colpa mi stritolava il cuore, rosicchiandomi l'anima. Dio non avrebbe mai perdonato i miei peccati. *Mai.*

«Stai bene?», mormorò Tanya percependo la mia agitazione.

Incapace di parlare, mi limitai ad annuire. Ero sollevata che non mi avesse presa per mano: avevo il palmo gelido e tremante.

Ero ancora scossa quando la messa finì. Presi la borsa e mi alzai in piedi, avviandomi verso la navata centrale con Tanya al seguito. Camminavo in fretta, a testa bassa, evitando di incrociare gli sguardi dei conoscenti. Non ero dell'umore adatto per fare quattro chiacchiere.

«Cielo, non la finiva più!», esclamò Tanya. «Potevi avvertirmi che era così lunga».

Il commento mi colse alla sprovvista, e mi chiesi perché era voluta venire con me. Non era mai stata a una messa domenicale prima d'ora? «Non vai in chiesa a casa? Non preghi per tua madre?».

Fece un'alzata di spalle. «Non tanto». Poi aggiunse: «Adesso possiamo andare? Non ce la faccio più a stare in piedi».

La sua impazienza mi infastidiva, ma lasciai correre. «C'è ancora una cosa che devo fare».

Tanya sbuffò. «Cosa, adesso?»

«Devo accendere una candela». Con un broncio petulante, mi seguì in fondo alla chiesa dove si trovavano le candele votive. Un tempo erano di cera, ma qualche anno prima i vigili del fuoco le avevano ritenute troppo pericolose ed erano state rimpiazzate dalla versione LED senza fiamma. In piedi accanto a me, Tanya sembrava finalmente interessata.

«A che servono?»

«A ricordare i morti, più che altro… a fargli arrivare le nostre preghiere. Ma puoi anche pregare Dio e chiedere il Suo aiuto per qualunque cosa tu voglia».

«Fico. Posso accenderne una anch'io?»

«Certo». La guardai scegliere la candela accanto alla mia.

Di nuovo sopraffatta dalle emozioni, girai l'interruttore e accesi la candela con dita incerte. Mentre la fiamma prendeva vita, recitai in silenzio la mia preghiera.

«Mia cara, dolce, bellissima Anabel. Mi manchi da morire, ma sei nel mio cuore ogni secondo di ogni giorno. Ovunque tu sia, spero che queste parole e tutto il mio amore ti raggiungano».

Le lacrime mi offuscarono gli occhi, e mi girai verso Tanya. La sua candela era accesa e lei fissava la fiamma con un ghigno soddisfatto.

Provai un brivido inaspettato, e mi strinsi lo scialle intorno alle spalle.

Per cosa stava pregando?

Ventisei
Natalie

Impiegammo venti minuti a raggiungere il cimitero di Forest Lawn. Venticinque, per la precisione, perché feci tappa dal fioraio a prendere un bouquet. Un mazzo di deliziose peonie rosa tenute insieme da un bellissimo fiocco bianco. I fiori preferiti di Anabel, e i miei.

Risalire con i tacchi la collina verde e ondulata dove si trovava la sua tomba non fu per niente semplice. Che stupida. Avrei dovuto mettere un paio di scarpe basse, come Tanya. Rischiai più di una volta di storcermi la caviglia e cadere; a metà della salita, mi aggrappai alla mia accompagnatrice reggendo il mazzo di fiori con il braccio libero. Ero contenta che fosse lì a darmi supporto, sia fisico sia morale.

Superammo diverse lapidi, molte delle quali abbellite da bouquet variopinti. Non ero l'unica venuta a porgere omaggio a una persona amata. Mal comune mezzo gaudio, si dice, ma vedere altre persone provare la mia stessa tristezza non mi fece stare meglio. A ogni dolorosissimo passo, sentivo il cuore appesantirsi.

Impiegammo trenta estenuanti minuti a raggiungere la tomba. Avevo il fiatone ed ero sudata fradicia, malgrado tutti gli allenamenti di spinning.

«Wow, non ero in forma come pensavo», ansimai, respirando a fondo. Tanya non sembrava affatto turbata dalla salita.

«Non è stata una passeggiata», rispose con una risata. «Ma non dovresti paragonarti a una diciottenne».

"Diciottenne"? Pensavo avesse diciassette anni. Forse mi ero persa il suo compleanno. Ricordavo che sul modulo di domanda c'era scritta l'età, ma non riuscivo a mettere a fuoco la data di nascita.

Tanya fissò la tomba. «È qui che l'avete seppellita?»

«S-sì», risposi, la voce già a pezzi.

«È un posto meraviglioso per riposare in pace».

Mi guardai intorno. Lo era davvero. La vista sulle San Gabriel Mountains era mozzafiato, e il luogo era tenuto in maniera impeccabile. Io e Matt pagavamo uno dei custodi per assicurarci che l'erba non crescesse troppo e la lapide fosse sempre splendente. Un'anima meravigliosa come quella di Anabel meritava di riposare in un luogo tranquillo e pieno di bellezza. Anche se, in fin dei conti, questo non avrebbe dovuto essere il suo posto. Era morta troppo giovane. Il Paradiso aveva guadagnato un angelo, ma io avevo perso una figlia.

Il sole caldo di mezzogiorno mi accecava gli occhi, già carichi di lacrime. Presi gli occhiali scuri dalla borsa e li indossai. Ma le lenti nere non potevano camuffare il mio dolore. Guardavo la lapide tra le lacrime. Era così semplice ed elegante. I genitori di Matt volevano che Anabel fosse sepolta nella cripta di famiglia, fuori San Francisco. Matt si era detto d'accordo, ma io avevo dato di matto. Frantumai diversi piatti, prima che cedesse e mi concedesse, mentre ero sull'orlo della crisi di nervi, di fare a modo mio. Volevo che mia figlia mi restasse vicino. Un giorno mi sarei fatta seppellire qui anch'io, e finalmente saremmo state di nuovo insieme.

Posai i fiori sulla tomba, mentre una lacrima mi scivolava sulla guancia. Speravo solo che il sole non li avrebbe fatti appassire subito. Sotto la data di nascita e di morte, c'era il suo epitaffio. Lo fissai tra le lacrime:

Anabel Elizabeth Merritt
Figlia, sorella e amica straordinaria
Let the sunshine in

Per fortuna Tanya non chiese nulla dell'ultima riga. Era il titolo di una canzone del musical *Hair*. L'ultimo spettacolo della scuola in cui aveva recitato. Aveva ricoperto il ruolo con cui Diane Keaton si era esibita a Broadway. Era stata sensazionale.

Spinsi quel ricordo dolceamaro in un angolo della mente, e mi feci aria con un fazzoletto. La temperatura stava salendo. Faceva un caldo eccezionale per essere metà novembre, persino per Los Angeles: dovevano esserci trenta gradi circa. Rimpiansi di non avere portato il cappello di paglia, ma almeno avevo messo la crema come Tanya.

«Allora, raccontami com'è morta».

Una nuvola di tristezza mi calò addosso. «Non voglio parlarne, Tanya. Ricordi? Oggi festeggiamo la sua vita».

«Scusami. Allora dimmi qualcosa del giorno in cui è nata».

Raccontai alla nostra curiosissima ospite della gravidanza perfetta che avevo portato a termine. Non un giorno di nausea o malessere. Era andato tutto come doveva e, quando mi si ruppero le acque, Matt mi portò di corsa all'ospedale – il Cedars – emozionato come mai prima di allora. Mi aveva tenuta la mano per tutto il tempo durante il parto, senza mollarla un secondo. Dopo un'epidurale e due forti spinte, il nostro meraviglioso angioletto era nato. La minuscola Anabel, con i capelli chiari simbolo di grazia e bellezza. Piangeva a malapena. E quando la presi in braccio per la prima volta e la feci attaccare al seno con quella boccuccia rosa e dolcissima, provai un amore così grande da non poter essere spiegato a parole.

Tanya fece un sospiro. «I primogeniti hanno sempre un posto speciale nel cuore delle loro mamme».

Malgrado il caldo mi si gelò il sangue. Mi sforzai di sorridere. «Sì, è così».

«Mia madre è morta durante il parto, poverina. Ha avuto un'emorragia e si è dissanguata. Sei stata fortunata a non aver sopportato niente del genere».

Un brivido mi corse dalla testa alla punta dei piedi.

Ero quasi morta anch'io, una volta, sempre per via di un'emorragia. Ripensai a quell'orribile giorno, uno dei *molti* giorni peggiori della mia vita, il ricordo vivido e affilato come una scheggia di vetro. La piccola stanza senza aria condizionata nel bel mezzo del deserto bollente. Il letto bitorzoluto di metallo. La puzza. Il dolore lancinante e le urla assordanti. E poi ancora sangue, sudore, lacrime.

E ancora sangue. Così tanto sangue! Ripensando alle lenzuola rosse e fradicie, fui visibilmente scossa da un brivido.

«Tutto bene, Natalie?», chiese Tanya, riportandomi al presente.

«Sì». Ma avevo la voce flebile, e dovetti sforzarmi per scacciare quell'orribile ricordo. «Tua madre deve avere sofferto terribilmente. Grazie al cielo sei sopravvissuta».

«Papà mi ha detto che ci è mancato un soffio. Ero una bambina parecchio cagionevole... forse perché non ero mai stata allattata al seno. Iniziai addirittura la scuola un anno più tardi. Peccato che non abbia avuto una madre come te a prendersi cura di me».

Provai una forte ondata d'amore materno e la strinsi forte tra le mie braccia. «Povera piccola. Lo avrei fatto volentieri».

«Lo so». La voce era impastata. «Oh, Natalie... vorrei che restassi nella mia vita per sempre».

«Lo farò», le dissi con un filo di voce, e poi mi staccai. «Dai, sediamoci un attimo. C'è un tempo meraviglioso e le scarpe mi stanno uccidendo».

Stesi lo scialle a terra e, dopo qualche istante, ci ritrovammo sedute sul prato di fronte alla lapide di Anabel. Io me ne stavo a gambe incrociate, i piedi nudi, mentre Tanya sedeva accanto a me con le ginocchia raccolte al petto. Le coprì con l'orlo del vestito, poi si passò le dita tra i capelli lunghi e biondi.

«Allora, raccontami qualcos'altro su Anabel. Com'era da bambina?».

Le immagini del passato mi scorsero davanti come proiettate su uno schermo. Il modo in cui dormiva, rannicchiata con un peluche stretto sotto il braccio. Il primo saggio di danza classica. La foto della prima elementare, con il sorriso gioioso e sdentato. Il primo spettacolo teatrale a cui aveva partecipato, *Il mago di Oz*, in cui aveva rubato la scena recitando la parte della Malvagia strega dell'Ovest. Il giorno in cui era entrata a far parte delle cheerleader. E poi tutte le recite scolastiche, che spaziavano da Shakespeare a Broadway. Non era certo priva di difetti, ma dopo la sua morte avevo sviluppato una sorta di "memoria selettiva", così l'aveva definita la mia terapista. In pratica, di lei ricordavo soltanto le cose belle.

«Era una stella. Sia in senso letterale sia metaforico. Era

capace di illuminare qualsiasi posto in cui metteva piede. La gente, non importa di che età, era attratta da lei. Dalla sua personalità scintillante. Era sempre al centro dell'attenzione».

«Non dev'essere stato facile per Paige».

«Non direi. Paige è sempre stata un tipo solitario, è felice nel suo mondo. Anche se avevano all'incirca la stessa età, non erano molto unite».

«Le amavi allo stesso modo?»

«Intendi dire se le *amo* allo stesso modo? Non ho *mai* smesso di amare Anabel». Ponderai per un attimo la mia risposta, in silenzio. «La risposta è sì, ma in maniera diversa».

La verità: Anabel era sempre stata la mia preferita, ma non lo avrei mai ammesso. Sarebbe stato come confessare che ero una pessima madre.

«Andava bene come Paige a scuola?», continuò Tanya, tirandomi fuori dal baratro dei miei pensieri.

«Lo studio non era il suo forte. Aveva altre doti. Carisma. *Joie de vivre.* Ed era una leader nata. Insegnanti e compagni la adoravano. Era parecchio popolare... capitano delle cheerleader, probabilmente sarebbe diventata reginetta del ballo...».

«Wow! Ce l'aveva un ragazzo?»

«Direi che aveva molti... amici». Virgolettai la parola con le dita. «Ma nessun ragazzo fisso. A scuola erano tutti pazzi di lei e le facevano una corte spudorata, ma lei preferiva tenerli a distanza. Le piaceva flirtare ed essere riempita di attenzioni».

Tanya strappò un ciuffo d'erba. «E che voleva fare da grande?»

«Una cosa che a suo padre proprio non andava a genio».

«Cioè?»

«L'attrice». *La solita regina del dramma.* «L'aveva deciso già all'asilo».

«Davvero? Proprio come me! La professoressa di teatro dice che sono un talento naturale. E indovina un po'? Mi sono scordata di dirtelo prima, ma ho ottenuto la parte della protagonista alla recita scolastica. Sarò Eliza Doolittle in *My Fair Lady.* Il fatto che sono inglese ha giocato a mio favore, immagino».

Battei le mani, eccitata. «Congratulazioni! È fantastico! Adoro quel musical, non vedo l'ora di venire ad ammirarti sul palco».

Tanya fece un gran sorriso. «Grazie. Scommetto che Anabel ha preso da te il talento per la recitazione».

Inclinai la testa. «In che senso?»

«Be', facevi la modella durante le dimostrazioni dei prodotti, no? Quella è una forma di recitazione. Devi fingere di adorare una determinata cosa anche se in verità non è così. E a volte devi pure fingere di essere un'altra persona».

Mi vennero i brividi. Era da tutta la mia vita adulta che fingevo di essere un'altra persona. In effetti, ero l'attrice migliore che conoscessi. Come Henry Higgins (o meglio, come Richard Gere in *Pretty Woman*), Matt mi aveva trasformata nella perfetta esponente dell'alta società, affascinante e sofisticata, e io con un bel po' di duro lavoro avevo imparato la parte a menadito. Se volevo tenermi questa straordinaria nuova vita, non avrei mai e poi mai dovuto permettere che venisse a conoscenza della vecchia. Perché, se fosse accaduto, sarebbe calato il sipario. E lo spettacolo – la bugia – sarebbe finito. Un ultimo inchino. E sarei tornata nell'ombra.

Fu Tanya a mettere fine a quei pensieri scomodi. «Credo che mi sarebbe piaciuta Anabel. Sembriamo molto simili. Come due… spiriti affini».

«Lo penso anch'io». Feci un sorriso malinconico, e la presi per mano. «Credo che ti avrebbe adorato».

«È come se ci avessero separate alla nascita». Si voltò verso la lapide di Anabel. «Oltre a tutte le cose che abbiamo in comune, siamo pure nate lo stesso giorno».

«Cosa!? Oggi è il tuo compleanno?».

Mi sorrise con una punta di imbarazzo, e annuì. «Sì. Il diciottesimo. Ci credi che siamo nate lo stesso giorno, a un anno preciso di distanza? È assurdo, no?».

Sì. No. No. Sì. Come poteva essermi sfuggito? Colpa dello Xanax?

Ecco perché prima aveva detto di essere una diciottenne.

«Perché non me l'hai detto?»

«Sapevo che oggi sarebbe stata una giornata importante per te. Non volevo distogliere l'attenzione».

«Oh, Tanya! Quanto sei dolce! Mi fai piangere di nuovo». Sentivo gli occhi gonfi di lacrime. «Mi sento uno schifo. Avresti dovuto dirmelo. Non ti ho nemmeno preso un regalo».

«Sei *tu* il mio regalo. Ti voglio davvero molto bene, Natalie».

Quelle parole sincere mi arrivarono dritte al cuore. Mi portai una mano al petto, commossa. «Ti voglio bene anch'io».

Mi guardò con un sorriso che andava da un orecchio all'altro. «Grazie per avermi permesso di essere qui con te. Significa molto».

«*No,* sono io a doverti ringraziare. Mi hai reso la giornata molto più semplice».

Non avevo nemmeno pianto, pensai, dandole un forte abbraccio pieno di riconoscenza. Forse non era soltanto una coincidenza che lei e Anabel fossero nate lo stesso giorno. Forse era destino.

Impiegai un po' di tempo per sciogliermi dall'abbraccio. «Avanti. Meglio andare». Rinfilai di corsa le scarpe, presi la borsa e mi rimisi in piedi. Tanya si alzò subito, raccogliendo lo zaino e il mio scialle.

«Il resto della giornata, mia cara, sarà tutto per *te*».

L'avrei portata a fare shopping al The Grove. Poteva scegliere qualunque cosa volesse. E poi le avrei organizzato una festa di compleanno a sorpresa.

Sarebbe stata la serata più bella della sua vita.

Ventisette
Paige

Avevo ripreso l'auto dalla carrozzeria. Per fortuna Tanya non l'aveva distrutta completamente. Dovevo cambiare il parafango, due ruote, il parabrezza e l'airbag. Ma a parte questo, era come nuova. Mio padre mi aveva restituito le chiavi con non poca riluttanza, e ora le portavo sempre con me per evitare che la ladruncola decidesse a farsi un altro giretto con la mia Jeep.

La mamma era andata al cimitero, e Tanya per chissà quale ragione l'aveva accompagnata, fornendo a me e Will l'occasione perfetta per intrufolarci in camera sua, rubarle il computer e partire per una gitarella fuori porta. Destinazione Redlands, casa di Mary C. Burton. Visto che Tanya teneva sempre il MacBook nella custodia, probabilmente non ne avrebbe notato l'assenza fino al mattino seguente, quando l'avrebbe presa per andare a scuola.

A colazione rischiava di scatenarsi l'inferno. Ma quel genio di Will se n'era uscito con un'idea delle sue: infilare una delle casseruole Le Creseut della mamma, che avevano più o meno lo stesso peso del computer, nella borsa. Quanto adoravo mio fratello! Non vedevo l'ora che arrivasse la prima ora di lezione, per guardarla mentre apriva la zip e si accorgeva dello scambio. Mi sarei fatta delle grasse risate. Peccato che non potevo presentarmi a scuola con l'armatura.

Il viaggio filò liscio, una volta imboccata l'autostrada diretta a est. Era bello trovarsi di nuovo dietro al volante, sfrecciare lungo l'ampia carreggiata. Ed era bello trascorrere un po' di tempo con Will. Durante la settimana eravamo sempre presi dai compiti o dalle attività pomeridiane, e il sabato lui aveva il club di robotica. A quanto pareva erano in lizza per la finale. La robotica era per Will quello che per me era la scultura. Una vera passione.

Incontrammo poco traffico e arrivammo a casa di Mary Burton in meno di un'ora. Si trattava di un piccolo prefabbricato di un solo piano con annesso un garage monoposto, probabilmente parte di un progetto di costruzione edilizia risalente agli anni Settanta. La casa, tenuta con cura, aveva le mura blu ardesia e le persiane bianche e immacolate, il prato era ordinato e falciato, con una deliziosa fila di fiori colorati che contornavano il vialetto. Con lo zaino in spalla e Will al mio fianco, suonai il campanello. Si levò un forte *din don*. Senza dire una parola, aspettammo che qualcuno venisse ad aprirci la porta. I minuti passavano e cominciavamo a preoccuparci.

«Sicura che è in casa, Pudge?», chiese Will.

«Sì». Suonai di nuovo.

Fortunatamente, da dietro la porta chiusa, ci raggiunse una voce squillante. «Arriiivo!».

In un attimo sentimmo girare il lucchetto e vedemmo aprirsi uno spiraglio. Sopra il catenaccio di sicurezza, apparve il volto di una donna. Aveva il doppio mento e i capelli bianchi e cotonati.

«La signora Burton?», balbettai.

«Sì», rispose con voce esitante. Malfidata.

«Sono Paige. E lui è mio fratello Will. Siamo venuti a restituirle il computer». *E a scoprire qualcosa sulla persona che gliel'ha rubato.*

Mi rifilò un'occhiata sospetta. «Provatelo».

Sfilai lo zaino dalla spalla e ripescai dalla tasca la patente di guida. Gliela avvicinai agli occhi.

«Grazie al cielo!». Finalmente ci concesse un sorriso e spalancò la porta. «Scusatemi, ma di questi tempi è meglio stare attenti. Ci sono pure un carcere e un manicomio qua vicino». Ci rifilò un'ultima occhiata veloce, poi disse: «Prego, entrate».

La casa di Mary era pulita e ordinata, anche se un tantino malmessa. La moquette blu che ricopriva tutto il pavimento era consumata, i mobili in legno scuro anonimi e datati, la carta da parati floreale ormai sbiadita e poi c'erano ninnoli e soprammobili ovunque mi girassi.

Con addosso una vestaglia di ciniglia blu e un paio di ciabatte pelose abbinate (evidentemente aveva un debole per quel colore), Mary ci fece accomodare in cucina, una piccola ma allegra stanzetta in legno con frigo e credenze oramai vetuste. Ci indicò il tavolo di fòrmica sotto la finestra che dava sul cortiletto.

«Sedetevi», disse. Ora che aveva dissipato ogni sospetto, riuscivo a scorgerle calore e gentilezza negli occhi azzurri e rugosi. «Posso offrirvi da bere?», chiese mentre io e Will prendevamo posto.

«Sto bene così, grazie», dissi.

«Anch'io», fece eco Will.

«Sicuro? Ho appena finito di preparare una bella limonata fresca con i limoni del mio albero».

A Will s'illuminarono gli occhi: adorava la limonata.

«Per me sì, allora!».

«Facciamo due». In effetti avevo sete.

Qualche minuto dopo, Mary si mise seduta di fronte a noi. Sul tavolo, tre bei bicchieri di limonata fresca e gustosa.

Spostando di lato il bicchiere già quasi vuoto, presi lo zaino e tirai fuori il computer, appoggiandolo con cura sul tavolo. Will lo accese e mostrò a Mary che i dati di registrazione lo riconducevano a lei.

La reazione che ebbe a quella notizia, a metà tra lo sconcerto e la gioia, mi ricordava quella di una concorrente di *Antiques Roadshow*: durante una puntata aveva scoperto che il quadro comprato per cinque dollari a una svendita in giardino ne valeva in realtà cinquantamila.

«Ah, buon cielo, non posso crederci! Oramai pensavo di non trovarlo più, e con la pensione e i pochi risparmi che ho, non avrei mai potuto permettermene uno nuovo. Per fortuna l'avete trovato voi!».

Considerando quello che aveva appena detto, mi chiesi come avesse fatto a permettersi un MacBook Pro top di gamma. Costava quasi duemila dollari, se si aggiungeva il piano di garanzia AppleCare. Ma la risposta arrivò subito.

«E poi ha un valore sentimentale per me. Me l'hanno regalato alla scuola superiore dove insegnavo come regalo per la pensione».

«Wow! Che bel pensiero. Mi dispiace che i suoi file siano stati cancellati». Ero certa che ci fosse qualcosa di importante tra la roba salvata sopra.

«Questo è l'ultimo dei miei problemi. Per fortuna ho salvato tutto in quegli aggeggi da macchina del tempo. Ma dove diamine l'avete trovato?»

«Le sembrerà assurdo, ma in un bidone vicino casa nostra», mentii.

«E dove vivete?»

«A Los Angeles», rispose Will.

«Buon cielo! È un bel po' di strada da qui. Chissà se quella spregevole ragazzina che me l'ha rubato è di quelle parti. Che sciocca sono stata a fidarmi».

Mi si drizzarono le orecchie. «Quale ragazzina?»

«L'agosto scorso – per l'esattezza, il pomeriggio di venerdì 26 agosto – hanno suonato alla porta e dallo spioncino ho visto questa ragazza alta e carina, con i capelli lunghi biondo scuro. Doveva avere sui diciassette o diciotto anni».

Tanya? Guardai Will con la coda dell'occhio, certa che se lo stesse chiedendo anche lui. Mi concentrai nuovamente su Mary.

«Mi ha detto che aveva avuto un brutto litigio con il fidanzato, che alla fine l'aveva scaricata per strada senza darle neanche il tempo di prendere la borsa. Era arrivata a piedi fin qui dall'autostrada, e c'erano più di trentacinque gradi. Sembrava davvero stanca e sfatta. Aveva la voce rauca e mi ha chiesto se poteva entrare e riposarsi un po'. O quanto meno bere un bicchiere d'acqua. Poi è scoppiata a piangere».

Sì, suonava proprio da Tanya. Era capace di aprire i rubinetti a comando in meno di mezzo secondo. «Per caso aveva l'accento inglese?», chiesi.

Mary scosse la testa. «Non che io ricordi».

Feci una smorfia. Altra ragione in più per credere che Tanya non venisse dalla Gran Bretagna, ma mi servivano prove concrete.

Tirandosi su gli occhiali a mezzaluna, Mary proseguì il racconto.

«Vedete, io non resisto alle lacrime. Non potevo lasciare quella povera ragazza ad arrostire sotto il sole. Così l'ho fatta entrare. E com'era felice. Le ho detto di sdraiarsi in salotto mentre le andavo a prendere un bicchiere d'acqua e un po' di biscotti al cioccolato che avevo appena sfornato. Ha spazzolato tutto come se non mangiasse o bevesse nulla da giorni, poi le ho dato il mio cellulare, così poteva chiamare qualcuno e farsi venire a prendere. È andata dall'altra parte della stanza e ha composto il numero. Io sono rimasta seduta a guardarla e mi è sembrato che parlasse con la madre, ma non era in vivavoce, quindi non potevo esserne certa. Finita la chiamata, è tornata a sedersi sul divano.

«Mi ha detto di avere brutte notizie. I genitori potevano muoversi solo l'indomani. Vivevano a Fresno, erano entrambi medici e avevano la giornata piena di visite. A quel punto le ho chiesto che ci faceva da queste parti. Ha risposto che lei e il fidanzato erano stati in campeggio a Joshua Tree e che stavano tornando a casa. Poi è scoppiata di nuovo a piangere, dicendo che non aveva più un soldo né un posto dove stare».

«Come si chiamava?», chiesi mentre Mary si interrompeva per bere un sorso di limonata.

«Tabitha. Non mi ha detto il cognome».

«Aveva qualcosa di particolare? Un tratto distintivo?».

Mary corrugò il viso, poi fece di sì. «Uno spazietto tra i denti davanti, davvero grazioso… e poi una fossetta sul mento».

Tanya!

«Mi si spezzava il cuore. Le ho detto che poteva passare la notte qui. Che dovevo fare? C'è una stanza in più e lei sembrava così innocente».

«E poi?», la incalzai. La storia migliorava parola dopo parola.

«Be', per farla breve, è stata un'ospite perfetta. Educata e gentile. Entusiasta del pollo fritto che le ho preparato per cena e della stanzetta con il condizionatore. Mi ha persino abbracciata prima di andare a letto. Dopo un bel sonno profondo, mi sono svegliata all'alba come al solito e lei non c'era più. E così anche la borsa del PC con il computer dentro... e i trecento dollari che tenevo nel barattolo dei biscotti».

Trecento dollari. Più che sufficiente per comprare un biglietto di sola andata per LA. E per una valigia e uno zaino. Più qualche jeans, delle scarpe e una felpa all'outlet o al Walmart che avevamo superato venendo qui. Ma poteva benissimo aver rubato tutto. Pensai di mostrare a Mary una foto di Tanya, ma una mossa del genere avrebbe sollevato delle domande. Ero sicura che Tanya e Tabitha fossero la stessa persona. Quando incrociai lo sguardo di Will, ne ebbi la conferma.

«Mio Dio, è terribile!», dissi.

«Ah, e mi ha rubato pure il telefono. Un iPhone. Per fortuna avevo fatto la garanzia quando l'ho comprato. Nel caso l'avessi perso, sapete».

Ah! Se solo fossi riuscita a rubarle pure il cellulare... Tanya sarebbe impazzita davvero visto quanto ci teneva. E chissà quanta merda ci avrei trovato sopra.

Mary fece un sospiro profondo. «In fondo, è solo colpa mia. Mio marito me lo diceva sempre: sono troppo credulona».

«Non è colpa sua», provai a consolarla. «Mia madre al suo posto avrebbe fatto lo stesso».

Mi rivolse un sorriso. «La vostra dev'essere proprio una bella famiglia».

Scolando l'ultimo goccio di limonata, riflettei sulle sue parole. Era una "bella famiglia" la nostra? Mia madre era un'alcolizzata borderline appena uscita da un esaurimento nervoso e mio padre era un vero e proprio bastardo, pieno di sé e ossessionato dai guadagni. Io e Will avevamo buoni valori e un ottimo rapporto, ma non potevamo certo andare fieri della relazione con i nostri genitori egocentrici.

"Disfunzionale". Ecco che tipo di famiglia eravamo.

Posai il bicchiere sul tavolo e le dissi che era proprio così. Se solo avesse saputo...

«George, riposi in pace, diceva sempre che le cose belle accadono alle persone buone. Sono convinta che sia per questo che voi due siete spuntati nella mia vita per riportarmi il computer. E diceva pure che la ruota gira». Si rabbuiò. «Quella bugiarda avrà quel che si merita, prima o poi. Ne sono certa!».

Annuii. «La pagherà». E già immaginavo come. Mi venivano in mente una decina di punizioni consone, pure un centinaio se mi sforzavo. Poteva spuntarle un orribile fungo tra le dita perfette e smaltate. Perdere i capelli a causa di una necrosi. Contrarre una qualche malattia venerea. La brutta cicatrice sul sopracciglio era solo l'inizio.

Guardai l'orologio sulla parete, mettendo da parte le mie fantasie malvagie. Erano già le due in punto. «Noi dovremmo andare», dissi. «La domenica pomeriggio c'è sempre parecchio traffico».

Mary sembrava delusa. «È stato davvero un piacere avervi qui. Vorrei potervi dare una ricompensa, ma purtroppo sono a corto di soldi».

«Non si preoccupi. Ci ha già dato abbastanza. E grazie per la limonata». *E per tutto il fango che hai gettato su Tanya.*

In realtà, mi restava una cosa da fare prima di andarmene. Usare il bagno. Non avevamo fatto pipì prima di partire, ed erano passate più di tre ore. Senza contare tutta la limonata…

Il bagno degli ospiti era nel corridoio di fianco al salotto. Will andò per primo e, quando fu il mio turno, feci la strada di corsa con la vescica strapiena. Arrivai appena in tempo.

Uscendo, notai appesa alla parete una cosa che prima mi era sfuggita.

Un vessillo in feltro, blu e bianco. C'era scritto "Indio High". Proprio il nome della scuola sotto la foto misteriosa che avevamo trovato nella valigia di Tanya. Con il cuore a mille, tornai in cucina.

Presi lo zaino e chiesi a Mary. «Per caso era una professoressa della Indio High School? Ho notato il vessillo nel corridoio».

La donna sorrise. «Ci ho lavorato una vita. Era una bella scuola, malgrado i vari tagli al budget».

«Dove si trova?»

«A un'oretta da qui, vicino a Palm Springs. Un bel viaggio, ma ne valeva davvero la pena. Mi manca insegnare ai ragazzi. Sono ancora in contatto con alcuni di loro, sapete. Mi scrivono per dirmi cosa combinano, per ringraziarmi di averli preparati bene al college e al mondo del lavoro. Molti sono diventati professori, scienziati, medici».

«Che bello», risposi. «Per quanto tempo ha insegnato lì esattamente?»

«Dal 1976 al 2015. Quasi quarant'anni».

La foto mi comparve di nuovo davanti agli occhi: lei c'era! Ed ero sicura che, con quella mente arzilla, Mary ricordava ancora uno per uno tutti gli alunni. Di certo poteva identificare la ragazzina triste cerchiata nella foto.

Cavolo! Se solo l'avessi portata con me, ma come potevo immaginare? Non appena tornata a casa, gliel'avrei spedita per e-mail, ora che aveva di nuovo il suo computer.

E, con un po' di fortuna, avremmo finalmente scoperto chi era la ragazza misteriosa.

Ventotto
Paige

Il traffico sulla via del ritorno era peggiore di quanto temessi. Procedemmo per tutto il tempo a passo d'uomo a causa di tre incidenti, di cui un camion ribaltato. Will si era addormentato, mentre io avevo guidato imprecando tra me e me. Forse un giorno il mio geniale fratellino avrebbe inventato dei robot volanti in grado di trasportarci per il cielo come i Power Rangers, e avremmo evitato di finire imbottigliati.

Arrivammo a casa poco prima delle sei. Era novembre, e si era fatto già buio. Mi sorprese la marea di macchine parcheggiate in strada. Non c'era un posto neanche a pagarlo. Non capitava mai la domenica, a meno che qualcuno non avesse organizzato qualche evento, ma succedeva di rado. A me non importava tanto, perché lasciavo sempre la macchina in garage. Solo che non riuscivo a entrare. Un'auto sul nostro vialetto mi bloccava l'accesso.

«Ehi, ma che cavolo?», strillai, svegliando Will.

«Uh? Che succede?», domandò mio fratello, alzando di colpo la testa.

«Siamo a casa. Sai di chi è quell'auto?». Era una Explorer nera.

Stropicciandosi gli occhi, Will disse: «Mai vista prima».

Dietro i vetri oscurati, intravedevo qualcuno seduto al volante del SUV. Accostai al paraurti, abbassai il finestrino e suonai il clacson. «Levati dal vialetto!», strillai.

Niente. Ricorsi a tutto il mio autocontrollo per non iniziare a tamponarlo a ripetizione con la Jeep fino a che il conducente non avesse recepito il messaggio. Non volevo distruggere di nuovo la mia auto.

Livida di rabbia, saltai fuori e marciai verso il SUV. Battei il pugno sul finestrino. «Abbassalo!», ripetevo come un disco rotto. Alla fine il vetro si mosse.

«Ehi, ma che ti prende?». Riconobbi subito quella voce rivoltante: Xavier Forman, il quarterback titolare della nostra scuola. Un imbecille totale. Era grosso e minaccioso, ma a me non faceva la minima paura.

«Sposta questo bisonte dal mio vialetto!».

«Rilassati, secchiona».

Stavo per prenderlo a pugni, giuro. «Perché sei qui?»

«Per la festa. E perché secondo te?»

«Quale festa?»

«Il compleanno di Tanya Blackstone. Ha invitato *tutti*. Sto aspettando il parcheggiatore».

Compleanno? Parcheggiatore? Che stava succedendo?

Finalmente riuscii a piazzare la Jeep in garage. Scesi e fui assalita da un frastuono assurdo. Proveniva dal giardino. La porta di servizio era aperta e mi avventurai sul retro insieme a Will. Mi schizzarono gli occhi dalle orbite quando vidi lo spettacolo che mi si parava davanti. Eravamo capitati nel bel mezzo di un megafestone. Sotto la veranda c'era un immenso tavolo a forma di L assortito con vassoi di pizza, gigantesche ciotole di insalata e secchi pieni di bibite e bottiglie d'acqua. Dai graticci pendeva la scritta: BUON COMPLEANNO, TANYA. Sparsi per il prato c'erano dei tavolini bianchi e alti, abbelliti da una manciata di palloncini rosa, bianchi e argento e da qualche candela a fusto lungo.

C'erano praticamente tutti gli studenti dell'ultimo anno: alcuni si strafogavano al buffet, altri si rimpinzavano sul prato, mentre Britney Spears tuonava dal nostro impianto stereo esterno. Mi arrivò una vampata di marijuana. Non era un segreto che molti dei ricchi studenti privilegiati della Coldwater fumassero erba e si facessero di coca e MDMA. Non c'era da meravigliarsi se soprannominavano l'istituto Cannawater o Cocawater.

«Che schifo!», commentò mio fratello, trasalendo.

«Puoi dirlo forte».

«Io me ne vado, Pudge. Controllo che Orso stia bene e poi filo a fare i compiti».

«Va bene, a dopo. Grazie per avermi accompagnato oggi». Era strano, ma sembrava già trascorso un secolo dal viaggio verso casa di Mary Burton. Mentre Will filava via, mi feci strada tra la folla. Nessuno fece caso a me ma non mi interessava. Non erano miei amici.

Stavo cercando solo una persona. Lance. Ero sicura che la mamma l'avesse invitato, ed ero ancora più sicura che Tanya lo volesse lì. I miei occhi saettarono di qua e di lì, ma non riuscii a trovare nessuno dei due. Mi venne un brutto presentimento. Lo stomaco prese a brontolare. Non c'era da stupirsi, non avevo mangiato praticamente niente in tutta la giornata. Andai verso il buffet, sperando che almeno una delle torte salate fosse vegana.

Mentre mi trascinavo verso il tavolo, guardando sconsolata la pizza fredda e mangiucchiata che era rimasta, una voce familiare mi sorprese alle spalle.

«Tesoro, ma dove diavolo sei stata tutto il giorno?».

Mi girai di scatto. La mamma. Con un calice di vino bianco in mano. E di sicuro non era il primo.

«Ho avuto un mucchio da fare con Will oggi», risposi. «L'ho accompagnato a comprare della roba per un progetto di scuola. E io dovevo restituire una cosa, quindi». Almeno l'ultima parte era vera.

Bevve un lungo sorso di vino. «Ero preoccupata per te. Perché non hai chiamato né scritto?».

Perché non l'hai fatto tu? Probabilmente era troppo presa dalla sua preziosa ospite e dai preparativi della festa per fregarsene di ciò che facevano i suoi figli.

«Comunque sia, sono contenta che tu sia qui. Ho scoperto soltanto oggi che Tanya compie gli anni lo stesso giorno di Anabel. Riesci a crederci?».

Effettivamente no. Era una coincidenza troppo grande.

«Allora le ho organizzato una festa a sorpresa all'ultimo minuto. Per fortuna tuo padre l'ha tenuta lontana da casa mentre io preparavo tutto. L'ha portata al poligono di tiro: anche se mi sembra un hobby orribile, non ho avuto altra scelta».

La mamma non sopportava che papà tenesse una pistola, una Magnum calibro quarantacinque. E neanche che fosse membro del club di tiro. Ormai era diventata una passione. Andava a sparare al bersaglio ogni domenica pomeriggio e la sera a cena non faceva che vantarsi di quanto fosse migliorato. La mamma lo trovava aberrante e io e mio fratello non potevamo assolutamente avvicinarci alla cassaforte dov'era custodita la pistola. Non che io avessi tutta questa voglia di imparare a usarla, a dire il vero, anche se dall'arrivo della nostra ospite un pensierino l'avevo fatto. Mentirei se negassi che a volte mi veniva voglia di spararle in fronte. Ogni tanto fantasticavo di farlo davvero e di vedere la sua materia cerebrale che schizzava ovunque. Stava trasformando in una psicopatica anche *me*!

La mamma bevve un altro sorso di vino. «Che peccato che non fossi qui a vedere la sua reazione quando è tornata a casa».

Grazie a Dio non c'ero.

«È andata "fuori di testa", come dite voi giovani. Le veniva da piangere. Mi ha detto che era la prima volta che qualcuno faceva una cosa simile per lei».

E perché avrebbero dovuto?

«Per fortuna Trattoria è riuscita a farmi al volo tutte queste pizze. Ce n'è pure una vegana per te, con la crosta di cavolfiore, il formaggio di soia e le verdure». Passò in rassegna il buffet con lo sguardo. «Ah, eccola là».

Indicò l'ultimo vassoio sul tavolo. C'erano solo tre pezzi di pizza rimasti, e avevano l'aria piuttosto patetica. Il formaggio stantio, le verdure cadute. Mi passò subito l'appetito e mi limitai a prendere una bottiglietta d'acqua frizzante da uno dei secchi pieni di ghiaccio.

«Will dov'è?», chiese la mamma.

«Di sopra, a fare i compiti».

«Ha mangiato?»

«Non lo so, ma troverà qualcosa da spizzicare se gli viene fame». Svitai il tappo dell'acqua e bevvi un sorso. «Lance è venuto?»

«Certo. Sapevo che Tanya l'avrebbe voluto invitare. Ma è da un po' che non li vedo».

Una fitta improvvisa nel basso ventre mi lasciò senza fiato. Per poco non urlai. E poi un'altra, come un coltello piantato nella pancia. Probabilmente erano dolori premestruali. Non era ancora quel momento del mese, ma con la dieta vegana il mio ciclo era diventato irregolare. Arrivò un'altra fitta e mi strappò una smorfia.

«Tesoro, tutto bene?», chiese la mamma.

«Devo andare al bagno, mamma». Mollai l'acqua sul tavolo e corsi dentro casa, pregando di non mettermi a sanguinare di fronte a tutta la mia classe. Sarei morta di vergogna. Già una volta mi era capitato durante una partita di basket: mi era toccato correre a cambiarmi i pantaloncini macchiati tra le risate e le battutacce dei presenti. A pensarci, ancora le risentivo nelle orecchie.

Accelerai verso il bagno degli ospiti. La porta era chiusa. Non mi fermai a bussare, ma abbassai subito la maniglia e ringraziai il cielo di aver trovato la serratura aperta. La spalancai e poi…

Oddio.

L'indomani, insieme alla polvere, la governante avrebbe raccolto anche la mia mascella.

Ventinove
Paige

Mi paralizzai sul posto. L'arrivo del ciclo non mi interessava più. Non riuscivo a credere ai miei occhi. Tanya e Lance stavano pomiciando di fronte a me, mezzi nudi. Si toccavano. Si baciavano. Gemendo. Ansimando.

«Oh, Lancey. Sei il migliore regalo di compleanno di sempre», mormorava Tanya tirando a sé il corpo muscoloso di lui.

«Tanti auguri, piccola».

"Piccola"? Stavo per vomitare. Feci un respiro profondo e radunai tutte le mie forze, incrociando le braccia al petto.

«Scusate», dissi con il tono più alto e minaccioso che riuscii a tirare fuori. «Mi serve il bagno».

Si bloccarono all'istante, neanche avessi detto "Fermi o sparo". Se avessi avuto a portata di mano la pistola di mio padre, forse l'avrei fatto. Ancora affannati, si voltarono lentamente verso di me. Tanya aveva il volto arrossato, le labbra gonfie e umide. Lance era praticamente viola e boccheggiava come il pesce palla di cui aveva postato la foto l'estate scorsa.

«Paige...».

Lo zittii immediatamente con una sorta di ringhio. Sentivo ogni atomo del corpo pieno di rabbia e disgusto. Gli occhi mi bruciavano per le lacrime che mi sforzavo di trattenere. Non volevo che mi vedessero piangere. Non volevo dare questa soddisfazione alla nostra festeggiata. Guardai Lance dritto negli occhi con un'espressione feroce.

«Il "Non è come sembra" non funzionerà stavolta. È fin troppo chiaro, Lance».

«C-cosa?», borbottò lui.

Gesù. Era davvero così coglione?

«Leggi bene le mie labbra», dissi indicandomi la bocca. «Io e te abbiamo *chiuso*». Glielo ripetei scandendo lettera per lettera. «C-H-I-U-S-O». Continuava a fissarmi come un allocco, lo sguardo sempre più vuoto. In preda a un improvviso impeto di rabbia, mi strappai la collanina con il ciondolo a forma di cuore che mi aveva regalato e gliela tirai addosso. Lo colsi dritto in faccia ma, purtroppo, non fece una piega e la catenina rotta atterrò sul pavimento tintinnando appena.

Perplesso, Lance abbassò lo sguardo sul pavimento. «Perché l'hai fatto?»

«Non ci arrivi davvero, Lance?». Non sapevo se ridere o piangere. «Voi due vi meritate a *vicenda*».

Notai che Tanya mi fissava con un ghigno beffardo e soddisfatto, ma mantenni lo sguardo puntato su Lance. Stavo quasi ringhiando.

«E sai una cosa? Baci uno schifo. Sembri una lavatrice rotta».

«C-che vuol dire?».

Finsi di avere un telefono in mano e l'avvicinai all'orecchio. «Pronto, assistenza Whirlpool? C'è un sovraccarico di saliva».

Lance spalancò la bocca. Sembrava davvero offeso. Mortificato, addirittura. Ma era la verità. Sbavava ogni volta che baciava. Rimase senza parole mentre io affondavo un colpo dopo l'altro.

«Fatti pure la tua *nuova* ragazza, sai che me ne importa. Avanti, dalle il *tuo* regalo di compleanno. Scommetto che rimarrà delusa dal *pacchettino*. Sempre ammesso che funzioni, poi». Lance mi fissava a bocca aperta, anzi spalancata. Sembrava quasi in seduta dal dentista. Restai in silenzio per un secondo, lanciando un'occhiata furiosa a entrambi. «Ora, andate a quel paese. Fuori, tutti e due. Casa *mia*, bagno *mio*, regole *mie*».

«Come ti pare». Tanya fece spallucce, poi si chinò a raccogliere la canottierina incrociata. La infilò sopra la testa, facendola scorrere sul seno gigantesco. Mentre aggiustava lo strap del reggiseno, negli occhi si accese una luce di cattiveria.

«Ops! Stavo dimenticando qualcosa».

La guardai chinarsi di nuovo e raccogliere la collanina d'oro come un cigno che si allunga a prendere delle briciole di pane. Si rialzò in piedi e fece dondolare il ciondolo fra le dita, rifilandomi un sorrisetto beffardo. «Sai come si dice... Chi trova tiene, chi perde piange».

Le lacrime erano così vicine che ne sentivo il sapore sulla lingua. «Tieniti pure quell'immondizia».

Scoppiò a ridere. «Dicono anche che l'immondizia di qualcuno è il tesoro di qualcun altro».

E senza dire altro, mise la collana nella tasca dei suoi leggings di pelle nuovi di zecca e prese Lance per mano. «Andiamo, Lancey. È arrivata l'ora della mia torta».

Li guardai uscire dal bagno. Una volta sola, sopraffatta dalle emozioni, feci un paio di respiri profondi e chiusi a chiave la porta alle mie spalle. Andai al lavandino e lasciai scorrere l'acqua fredda, sciacquandomi il viso arrossato. Mentre allungavo la mano verso un asciugamano degli ospiti, incrociai il mio riflesso allo specchio. Avevo il viso sudato e di un pallore cadaverico. Per quanto mi sforzassi di vedere un guerriero vittorioso, la verità era che mi trovavo di fronte a un soldato sconfitto. Disperato. Stanco. Atterrito. Ero riuscita a rubarle il computer, ma lei era riuscita a rubarmi il ragazzo. E non ci voleva un genio come mio fratello per capire chi avesse vinto davvero.

Lacrime bollenti presero a scorrermi lungo le guance, un fiume che finì per mescolarsi all'acqua gelida sul mio viso. All'improvviso provai una sensazione umida e calda tra le gambe. Il ciclo. Era arrivato in anticipo, furioso e implacabile. Poteva andare peggio la serata?

Qualche minuto più tardi ero raggomitolata nel mio letto, in pigiama. Provai a piangere fino a addormentarmi, ma fu inutile. Non mi era mai successo in vita mia e, anche se c'è sempre una prima volta per tutto, non accadde. L'immagine rivoltante di Lance avvinghiato a Tanya continuava a tornarmi in mente. La festa doveva essere finita ormai, e loro dov'erano? Cosa stavano facendo? Considerando che erano già alla terza base, forse a quel punto Lance stava arrivando in quarta e ultima.

A quel pensiero, le lacrime ripresero a scendere con più foga. Più veloci. Io mi ero preservata per lui, come una vera idiota. E con ogni probabilità ero l'unica studentessa dell'ultimo anno a diplomarsi con la carta verginità ancora intatta. Non ero riuscita neanche a farlo per la prima volta, mi meritavo una grossa F di fallita stampata addosso. Rossa e accesa come nella *Lettera scarlatta*.

Avevo un disperato bisogno di parlarne con qualcuno. Di sfogarmi. E di certo non potevo farlo con Will, che a dodici anni ancora non ne sapeva niente delle questioni di cuore. E purtroppo neanche con mia madre, che sembrava tenere più a quell'ospite malvagia che alla sua stessa figlia. Mi restava soltanto una persona.

La mia migliore amica, Fly.

Scesi dal letto controvoglia e andai a prendere il cellulare nello zaino. Poi strisciai di nuovo sotto le coperte. Con il telefono in mano, era difficile resistere alla tentazione di aprire l'app della microcamera e vedere se Lance fosse in camera di Tanya, ma ricorsi a tutta la forza di volontà che avevo e me lo impedii. Forse ero una perdente, ma mi ero stancata di fare la masochista.

Accoccolata sotto il piumone, e tenuta su da tutta una serie di pillole, scrollai la mia breve rubrica telefonica superando il contatto di Lance. Mi fermai un secondo e lo cancellai – *Via!* – appuntandomi mentalmente di bloccarlo anche sui social. Continuai a scorrere finché non arrivai al nome della mia migliore amica. Lo selezionai e feci partire la chiamata.

Uno squillo, poi un altro e un altro ancora. *Rispondi, Fly, ti prego!*

Stavo per perdere le speranze, quando all'improvviso lei rispose e deviò la chiamata su FaceTime. Avevo un aspetto tremendo, ma accettai lo stesso. Quando vidi il mio viso comparire sullo schermo, quasi non lo riconobbi. Avevo la pelle chiazzata. I capelli scompigliati. Gli occhi rossi e gonfi.

«Pisellina!». Il solito soprannome. Già solo a sentirglielo pronunciare, con quella voce rauca e pastosa, mi sentivo meglio. Era fantastica. Senza un filo di trucco e con addosso la felpa della Berkeley, quella bellezza poteva passare benissimo per una modella di «Vogue» grazie alla pelle d'ebano, gli zigomi alti, il metro e ottanta abbondante, le labbra carnose, il sorriso effervescente.

Non era solo che l'adoravo, l'ammiravo anche. Fly veniva da una famiglia povera, ma non si era mai lasciata abbattere, anzi ne aveva fatto una spinta per andare avanti. Sua madre, una lavoratrice single, l'aveva convinta che grazie al duro lavoro, allo studio e alla determinazione si poteva arrivare ovunque. Elevarsi rispetto alle condizioni di partenza. E arrivare in alto. Fly sperava di riuscire a fare la differenza nel mondo, un giorno. E io ero certa che ci sarebbe riuscita.

Era nella sua camera del dormitorio, seduta a gambe incrociate sul letto. «Stavo giusto pensando a te. Che si dice?».

Non risposi. Percepivo che mi stava studiando.

«Amica mia, hai un aspetto terribile!». Che eufemismo. «È tutto okay?».

Iniziò a tremarmi un labbro, poi scoppiai a piangere. «Lance mi ha tradito».

Lo dissi tutto d'un fiato, mangiandomi quasi le parole.

La mia amica spalancò gli occhi di mogano. «Ha fatto sesso con un'altra?»

«N-non ne sono sicura. L'ho beccato insieme alla studentessa straniera di cui ti ho parlato. Erano nel bagno degli ospiti, lei seminuda… e lui le si avvinghiava addosso».

«Ma che cavolo! Li prendo a pugni, tutti e due. Aspetta che li incontri!».

Mi scappò una risata tra le lacrime, e Fly continuò a parlare. «Lance è *sempre* stato uno stronzo comunque».

«In che senso?»

«Dai, sei seria? È così falso! Davvero credi che abbia frequentato il corso d'arte perché gli interessavano Rembrandt e Picasso?». Mi rifilò un'occhiata esasperata. «Figurati. L'ha fatto solo perché gli avrebbe migliorato il curriculum accademico, e perché così aveva modo di incontrare un mucchio di ragazze».

Non ci avevo mai pensato. Ma in effetti noi ci siamo conosciuti a lezione. E lui era *l'unico* ragazzo etero della classe. L'altro, Gavin, era gay e voleva fare il curatore.

«E quest'estate alle Galapagos? Senti qua, alla Berkeley ho conosciuto questa tipa che ha frequentato lo stesso programma. A Mister Futuro Avvocato d'affari non gliene fregava niente della fauna del posto. L'unico animale a cui era interessato era *lei*. Ci ha provato spudoratamente, ma lei non era per nulla interessata a quella lingua da drago di Komodo».

Sentendo di quel tentato tradimento, sentii una nuova ondata di rabbia. Ma poi mi ritrovai a ridere. L'immagine della lingua da rettile batteva quella della lavatrice. E faceva scompisciare.

«Perché non me l'hai detto?»

«L'ho scoperto solo una settimana fa. Stavo ancora cercando il momento giusto per sganciare la bomba L».

«L sta per Lance o Lingua da rettile?».

Scoppiò a ridere anche lei. «Sono la stessa cosa. Sul serio, con le domande di ammissione al college, gli esami e il campionato, non volevo distrarti».

«Grazie». Adoravo la mentalità della mia amica, che andava dritto al punto, e apprezzavo davvero la sua discrezione. Perché sì, se avessi saputo che quel sacco di merda mi aveva già tradito, avrei dato di matto. O fatto qualcosa di stupido.

Fly si passò una mano tra i capelli scuri. «Mi dispiace che tu l'abbia scoperto così».

«Tranquilla».

«Se fossi stata al mio posto, tu me l'avresti detto?».

Dovetti pensarci un attimo. «No, probabilmente no».

Mi rifilò un'occhiataccia. «E invece devi farlo! Non voglio stare con qualcuno che non sa tenerselo nelle mutande».

Risi di nuovo. «Va bene, promesso». Un attimo di silenzio, e poi: «Torni a casa per il Ringraziamento?»

«No, io e la mamma non vogliamo spendere soldi per il biglietto. Ma verrò qualche settimana dopo, per Natale, e resterò quasi un mese».

«Indovina? Io sarò a San Francisco per il Ringraziamento, andiamo a trovare i nonni come al solito. Posso prendere il treno e venire a trovarti a Berkeley».

«Stupendo! Puoi anche restare da me, se ti va: la mia coinquilina torna a casa e c'è posto».

Mi sentivo meglio di secondo in secondo. Non solo avrei trascorso del tempo con la nonna, ma avrei avuto modo di vedere la mia migliore amica. Già contavo i giorni.

Jordan fece un sospiro profondo. «Pisellina, devo andare. Ho venti pagine di saggio da consegnare per domani».

«Grazie di avermi ascoltato, Fly, mi sento molto meglio».

«Fidati di me: come fidanzato, in una scala da uno a dieci, Lance è un meno dieci. Non si merita una persona fantastica come te. Non vale la pena piangere per quel cazzone».

«Cazzino», la corressi.

Fly rise di cuore. «Prima o poi avrà ciò che si merita, quel *cazzino*».

Anche Fly credeva nel karma.

Proprio come il marito di Mary Burton. "La ruota gira".

Ci salutammo con un bacio e chiudemmo la chiamata.

Mi aspettava un lungo sonno.

E magari anche dei bei sogni.

Sogni in cui uccidevo Tanya e il traditore.

Trenta
Natalie

Di nuovo lunedì. Mi svegliai alla grande. Avevo dormito bene, e la felicità che avevo visto sul volto di Tanya quando si era ritrovata di fronte alla sua festa a sorpresa continuava a darmi la pelle d'oca. Mentre guidavo verso Beverly Hills per la messa in piega settimanale, ripensai alla faccia che aveva fatto entrando nel cortile. Un'espressione estatica. Anche se avessi speso un milione di dollari, ne sarebbe valsa la pena. Mi sentivo fortunata a poterle restituire parte della gioia che mi stava dando.

L'unico neo di quel lunedì mattina era Paige. Si era svegliata in preda ai dolori mestruali e mi aveva chiesto di poter restare a casa. Ovviamente avevo risposto di sì. Non mancava mai a scuola. E a prendere Tanya e Will era venuto Lance, risparmiando a Matt la noia di dover guidare fino a scuola.

Trovai strano che Lance non mi avesse chiesto nulla di Paige, e ancora più strano che la sera prima non avessero trascorso neanche un minuto insieme. L'avevo visto parlare con Tanya, poi li avevo persi di vista entrambi. Avevo il presentimento che ci fosse qualcosa sotto. Dovevo parlarne con Paige. Magari più tardi.

Pierre Michel, il salone di bellezza ultrachic e ultracostoso dove andavo, si trovava a Beverly Drive, proprio accanto al nuovo e modernissimo Odéon Hotel. Ero in ritardo, e decisi di lasciare la Mercedes al parcheggiatore dell'albergo. Il salone era ambitissimo e cinque minuti di ritardo potevano costarti l'appuntamento. Con la mia agenda fitta di impegni, non potevo certo permettermelo. Quel che potevo permettermi, invece, era l'assurda ed esorbitante tariffa del parcheggiatore.

Entrai in fretta nel salone. Era pieno di clienti venute a tagliare i capelli, farsi la tinta, la messa in piega o tutte e tre le cose. La melodia di quei suoni era come un balsamo per le mie orecchie: lo *zac-zac-zac* delle forbici, il ronzio degli asciugacapelli, il mormorio dei pettegolezzi, la sensuale musica francese di sottofondo. E l'agilità da ballerine con cui si muovevano i coloristi e gli hair stylist mi lasciava senza parole. Adoravo quel posto. E il talentuoso proprietario, Pierre Michel, era il mio parrucchiere personale. Si faceva pagare una cifra insensata per un taglio, ma ne valeva fino all'ultimo centesimo. Ero fortunata, e non passava giorno senza che me lo ricordassi. Senza che mi sentissi grata per la vita che avevo. Avrebbe potuto essere molto diversa.

Con la mia nuova, gigantesca Saint Laurent sottobraccio, un gradito regalo di compleanno di Matt, andai dritto dalla receptionist. Si chiamava Bev e aveva i capelli a spazzola con le punte viola, un braccio pieno di tatuaggi e tutta una serie di orecchini, di cui uno tra le narici. Grazie al cielo le mie figlie – e pure la nostra ospite – non erano mai state tipe da piercing e tattoo. A me facevano ribrezzo e mi ricordavano una persona che odiavo con tutto il cuore. Una persona che cercavo di dimenticare.

«Ciao, Bev», dissi. «Spero di non aver fatto troppo tardi. C'era un traffico infernale sulla Wilshire».

La ragazza sollevò lo sguardo e mi sorrise. Il rossetto prugna metteva in evidenza i denti bianchissimi.

«Signora Merritt, è in perfetto orario. Giselle la sta aspettando, vuole raggiungerla alla postazione?».

La messa in piega me la faceva Giselle. Pierre Michel, l'hair stylist dei VIP, non perdeva tempo con certi compiti banali. Ringraziai Bev e raggiunsi Giselle alla solita postazione, il passo leggero e allegro incitato dal ritmo incalzante della musica.

Quando arrivai al mio posto, mi si fermò il cuore. Seduta sulla sedia accanto alla mia, c'era la donna che aveva quasi distrutto la mia vita.

Alexa Roth.

Trentuno
Natalie

La vidi attraverso lo specchio. E lei vide me, a giudicare dall'espressione non meno sconvolta della mia. Io e Alexa non ci eravamo più incrociate dopo il nostro ultimo incontro. Erano passati più di due anni. Un brivido gelido mi attraversò il corpo, mentre Giselle mi salutava allegramente e mi accompagnava ai lavandini per lo shampoo.

In genere era un momento che adoravo. Pochissime cose nella vita sono più rilassanti di uno shampoo fatto da una professionista. Il getto d'acqua calda che solletica il cuoio capelluto, le dita forti che lo massaggiano. Il fruscio morbido e confortante della schiuma. Il profumo dolce dello shampoo vaniglia e cocco. I saponi del salone avevano sempre un odore migliore di quelli che usavo a casa, chissà perché. In genere chiudevo gli occhi, e mi godevo quel piacere settimanale con un sospiro beato.

Ma dopo aver visto Alexa, mentre mi sistemavo sulla poltrona reclinabile e posavo la testa sul lavandino perché Giselle facesse la sua magia, mi sentivo tutt'altro che rilassata. Dietro le palpebre abbassate infuriava un vortice di ricordi orribili.

Ricordavo perfettamente *quella* mattina.

Era un martedì... di metà maggio. A casa c'era il solito trambusto postcolazione. Will che dava da mangiare a Orso, Anabel che caricava tutti sulla Jeep per andare a scuola. Matt che mi chiedeva di portare in tintoria la giacca blu scuro. Mi diede un bacio veloce sulle labbra, e poi uscì per andare in ufficio.

Rimasta sola, sistemai la cucina e misi Orso in giardino. Adoravo quei momenti di solitudine. La casa era tutta per me, e avevo il tempo di prepararmi con calma per la giornata, fare una doccia e rivedere i miei impegni. Un martedì come tanti. Solo che non fu così.

Stavo uscendo per andare a pilates, ma mi ricordai della giacca di Matt. Posai il borsone sportivo vicino alla porta di servizio, e corsi di sopra in camera da letto. La trovai subito, stesa sullo schienale di una poltrona. La presi per le spalle e la esaminai. Sul filato pettinato erano rimasti attaccati tre lunghi capelli ricci e rossi. Ne strappai uno e lo ressi tra l'indice e il pollice come avrei fatto con un insetto repellente. Avvicinai la giacca al naso e inspirai a fondo. Respirai un profumo familiare, floreale. Gelsomino con un tocco di lavanda.

Non era il mio profumo.

Sentii lo stomaco capovolgersi.

Il cuore infrangersi nel petto.

Mio marito mi tradiva… con la sua segretaria! Una ragazza di ventun anni con i capelli rossi. Fui sopraffatta dalla nausea, e feci appena in tempo a lanciare la giacca sulla poltrona e a correre nel bagno in camera. Mi inginocchiai sul freddo pavimento di marmo, raccolsi i capelli e vomitai nella tazza fino a che non ebbi lo stomaco sottosopra e la gola irritata. Sollevai una mano e, tremando, tirai lo sciacquone. Mi rimisi in piedi, ma le gambe erano come gelatina. Barcollai verso il lavandino e feci scorrere l'acqua fredda, lavandomi il viso. Azzardai un'occhiata allo specchio. Ero pallida. Scompigliata. Vecchia.

Sciacquai la bocca, ma il sapore acido dell'infedeltà di Matt mi rimaneva sulla lingua. Tornai di sotto, e con passo incerto andai in cucina, spalancai il frigorifero e afferrai la bottiglia di chenin blanc che avevamo iniziato la sera prima. Dovevo solo estrarre il tappo. *Pop!* Me la portai alle labbra e la bevvi come una bibita rinfrescante. Presi il telefono in carica sul bancone e mi sedetti all'isola della cucina, la bottiglia dimezzata a fianco. Tra un sorso e l'altro cancellai gli appuntamenti, annullai il pranzo e la lezione di pilates con il personal trainer. Presi uno Xanax.

Mezz'ora dopo, la bottiglia era quasi finita ma io non avevo ancora versato una lacrima. Neanche una. Ero troppo stordita. Troppo ubriaca. Valutai le mie opzioni, anche se faticavo a ragionare: potevo fare finta di niente, come mia suocera. Oppure potevo affrontare Matt.

Ma la prima opzione *non* era affatto un'opzione. Era fuori discussione lasciare correre. Come in passato. Avevo sempre fatto finta di niente, e la cosa mi aveva annientata. Quindi, restava soltanto l'opzione due: affrontare mio marito.

Cosa poteva succedere? A) Matt avrebbe potuto negare e darmi della pazza; B) Matt avrebbe confessato... e poi? Sarei riuscita a perdonarlo e salvare il matrimonio? O avrei dovuto lasciarlo e basta, non potendo dimenticare una cosa simile? Avrei mandato all'aria la mia famiglia e tutto ciò per cui avevo lavorato sodo.

C'era anche un'altra possibilità... che Matt volesse lasciarmi. Per stare con la segretaria o chissà chi. Le conseguenze non sarebbero state meno devastanti. Anzi, sarebbero state dieci volte peggiori.

Non avevo risposte. Solo paura. Una paura viscerale, soffocante e logorante di vedere la mia vita disfarsi. Riuscivo a malapena a respirare. Avevo voglia di urlare, ma per il momento avevo bisogno soltanto di qualcuno che mi aiutasse a vedere il sole attraverso le nuvole. Qualcuno che mi desse un consiglio sincero. E solo una persona poteva farlo. La mia migliore amica, una donna senza filtri. Alexa Roth. La moglie di uno dei migliori amici di Matt, Noah.

Mi tremava la mano mentre cercavo il suo contatto, grata che fosse tra le ultime chiamate. Alexa mi rispose al primo squillo.

«Ma ciao, *tesovo!*».

«Alexa, ho bisogno di vederti». Le parole sembravano incollate quando mi uscirono di bocca.

«Hai una voce strana, Nat».

Sbronza alle nove del mattino.

«Stai bene?»

«No!».

«Cosa c'è che non va?»

«Non voglio parlarne al telefono. Possiamo vederci a pranzo?»

«Va bene al Neiman? Così posso fermarmi a fare un giro per negozi e restituire le scarpe che ho preso la settimana scorsa».

«D'accordo. A che ora?». Parlai tutto d'un fiato, per non darle il tempo di ripensarci.

«Facciamo l'una?»

«Ci vediamo lì».

Sempre che non fossi andata in overdose di Xanax. Allungai la mano verso la bottiglia.

Il Neiman Marcus Café a Beverly Hills era sempre stato il luogo prediletto per i "pranzi tra signore". Aveva cambiato arredamento, passando dallo stile antiquato a quello contemporaneo, ma la clientela era rimasta sempre la stessa. Solo un po' più giovane. Vale a dire donne con abiti griffati, la piega perfetta, costosissime borse all'ultima moda, che se ne stavano sedute con almeno una busta di Neiman Marcus ai piedi.

La ragazza all'ingresso mi accompagnò al nostro tavolo, al centro del ristorante affollato. Alexa non amava gli angoli appartati, preferiva stare in bella vista perché, così diceva lei, le piaceva guardare ed essere guardata.

A parte il fatto che eravamo negli stessi direttivi, che i nostri mariti erano amici di lunga data e i figli frequentavano la stessa scuola, io e lei non avevamo molto da spartire. Alexa era chiassosa e sfacciata; io introversa e riservata. Io avevo uno stile sobrio nel vestire, il suo era appariscente. Non si lasciava mai condizionare dall'età o dallo stato sociale in fatto di moda. Forse mi piaceva soltanto perché era uno spasso e non aveva peli sulla lingua. Sempre aggiornata sugli ultimi pettegolezzi, era una sicurezza – soprattutto nel portare a termine un lavoro.

Lanciai un'occhiata al telefono. Ero un quarto d'ora in anticipo. Ordinai un whisky liscio. Non prendevo mai drink così forti ma, con ciò che stavo per dirle, ne avevo proprio bisogno.

Coraggio liquido.

Alexa arrivò con quindici minuti di ritardo. Io ero già al secondo giro. Considerato che mi ero già scolata una bottiglia di vino, fui contenta di aver preso un Uber per andare al ristorante: guidare fino a casa in quello stato era fuori discussione. Già uscire dal locale senza cadere sulle mie chiappe sarebbe stato un successo.

Non appena mi vide, Alexa mi rivolse un sorriso smagliante e mi salutò con la mano. Elegante come sempre, indossava un coloratissimo tailleur di Chanel e vari gioielli d'oro massiccio. Mi venne incontro ticchettando sul pavimento con le sue décolleté tacco dodici. Mi ero convinta ormai da tempo che l'avessero partorita in tacchi a spillo. Io avevo impiegato diversi, dolorosissimi mesi per imparare a portare scarpe del genere, allenandomi con le copie economiche in finta pelle di Payless, tutto ciò che potevo permettermi prima di incontrare Matt.

Matt il dongiovanni.

Quando fu vicina al tavolo, mi alzai in piedi e lei corse ad abbracciarmi, salutandomi con due pretenziosi baci sulle guance. «*Tesovo*, perdona il ritardo».

Mi rifilò una scusa da quattro soldi. Ma non fu quello a irritarmi: lei faceva sempre tardi agli appuntamenti. Era qualcos'altro, qualcosa che mi faceva bruciare in maniera febbrile.

Aveva tinto i capelli biondo miele di un rosso vibrante, e i ricci lunghi e sciolti le arrivavano fin sotto le spalle. Quando mi abbracciò, un profumo familiare mi sfiorò il naso. Un misto inconfondibile di gelsomino e lavanda. La nausea mi prese lo stomaco. Con le gambe deboli e i sensi storditi dall'alcol, ebbi un giramento di testa e per un attimo temetti di dover vomitare di nuovo. Il mondo si era rovesciato, e aveva preso a girare tutto intorno a me.

Fermatelo! Voglio scendere!

Alexa continuava a fissarmi con i suoi occhi verdi da gatto. «Che c'è, tesoro? È morto qualcuno?».

In un certo senso, sì. La mia migliore amica era come morta per me. Mi travolse un tornado di emozioni: sconcerto, rabbia, incredulità, odio, offesa, disgusto. Come aveva potuto farmi una cosa del genere? Incapace di trattenere i miei istinti, e anche di spiccicare parola, alzai la mano e le tirai uno schiaffo così forte che mi bruciò il palmo.

Lei si ritrasse di scatto, spaventata, l'impronta rossa e vivida della mia mano sulla sua guancia.

«Puttana!», sibilai.

Senza aggiungere altro, presi la borsa e barcollai fuori dal ristorante senza badare al conto e agli occhi della gente puntati su di me.

No, Matt non aveva una relazione con la sua segretaria.

Si scopava la mia migliore amica.

Alla fine le lacrime esplosero. Copiose, roventi.

Trentadue
Natalie

Il resto di *quella* giornata era una macchia indistinta nella mia memoria.

Sapevo solo che era stato *l'ennesimo* giorno più brutto della mia vita.

Una volta a casa, presi un altro Xanax e stappai la seconda bottiglia di vino, bevendola tutta fino a perdere i sensi. Erano le cinque del pomeriggio quando mi risvegliai su uno dei divani nel soggiorno con dei postumi pesanti. Mi tirai su, piano, con la testa sul punto di scoppiare e la bocca secca. Il dolore inferto dal tradimento di Matt – e di Alexa – mi derubava di ogni razionalità. E mi spingeva ad affrontarlo a prescindere dalle conseguenze della cosa.

Sentivo lo stomaco chiudersi alla prospettiva del brutto litigio che mi attendeva. Ma non volevo dare alcun vantaggio a Matt. Dovevo rimettermi in sesto. Rendermi presentabile. Mi alzai dal divano e andai al piano di sopra. Salii a fatica le scale di marmo, come una vecchia signora, pregando a ogni gradino di non inciampare e ruzzolare giù. Potevo uccidermi. Arrivata al pianerottolo, barcollai fino alla fine del lungo corridoio, in camera da letto. La *nostra* camera da letto. Chissà per quanto tempo ancora lo sarebbe stata, mi chiedevo spogliandomi degli abiti sgualciti e filando in bagno.

Nella doccia lasciai che l'acqua bollente ricaricasse ogni cellula del mio corpo. Rimasi là dentro per almeno mezz'ora. Quando mi sentii pronta, chiusi il rubinetto e uscii dalla doccia. Mi passai l'asciugamano addosso, poi presi l'accappatoio di spugna soffice appeso accanto al *suo*. Non riuscivo nemmeno a pronunciare il suo nome, neanche nella mia mente.

Passai il gomito sullo specchio appannato, ed esaminai il mio riflesso. La doccia mi aveva rimesso al mondo. La pelle splendeva, gli occhi non erano più vitrei. Invece di asciugare i capelli, li pettinai e li raccolsi in una coda di cavallo. Sistemai il trucco, uno strato di rossetto color sangue e un altro di mascara così spesso che le mie ciglia sembravano spine.

Mi sentivo già più forte, e presi a riflettere su cosa indossare. Un tailleur? Jeans? Un vestito sexy? Niente di tutto ciò. Alla fine optai per il completo di seta nera che avevo comprato a Parigi, e gli abbinai i tacchi più alti e appuntiti che avevo. Ero come un cavaliere con addosso un'armatura nera e splendente. Più forte. Impugnai la mia spada immaginaria, e marciai fuori dalla camera da letto. Mi fermai in cima alle scale, e attesi pazientemente il suo ritorno. Ero pronta per la battaglia. Per la vendetta.

Tic tac. Tic tac.

I minuti passavano, ticchettando nella mia testa. Matt rientrava sempre alle sei. E, puntuale come al solito, sentii la sua auto imboccare il vialetto. Conoscevo perfettamente la sua routine. Sarebbe entrato dalla porta di servizio. Avrebbe raggiunto il mobile bar. Si sarebbe versato un bicchierino. Poi avrebbe fatto le scale, si sarebbe tolto la giacca e si sarebbe lavato. L'ansia mi faceva battere forte il cuore, e dentro di me era partito il conto alla rovescia. Con un filo di voce intonavo *Dieci bottiglie verdi sopra il muro*, una canzone che cantavo ai ragazzi da piccoli durante i lunghi viaggi in auto. Solo che l'avevo leggermente modificata. *Dieci bottiglie verdi sulle scale.*

E se una cade a terra e si fa male… nove bottiglie verdi sulle scale.

Le vedevo tutte di fronte a me, solo che non erano dieci, ma una marea.

Erano sulle scale, intorno a me sul pianerottolo. Immaginavo di lanciarle tutte contro Matt, una per una, precisa come un lanciatore di coltelli al circo, colpendolo e facendolo ruzzolare giù. Quella fantasia cattiva mi strappò un sorrisetto. Mi sorprendeva la malvagità che riuscivo a tirare fuori. Anche se non avrei dovuto stupirmi. Ero nata dal male, dopotutto.

Avevo già lanciato diverse bottiglie, quando sentii i passi di Matt sulle scale. Da bravo maratoneta, salì i gradini senza il minimo sforzo nonostante venisse da un'estenuante giornata di lavoro. La scalinata era ricurva, per questo si accorse di me solo una volta arrivato in cima. Me ne stavo con le mani sui fianchi, gli occhi taglienti come due coltelli. Se solo fossero stati veri.

Incrociò il mio sguardo. «Ciao, tesoro. Che ci fa qui così?».

Non mi ero preparata un discorso. Scoccai le prime parole come frecce infuocate. «Come hai potuto?».

Mi raggiunse sul pianerottolo. «Fare cosa?»

«*Fai sul serio?*». Gli tirai un pugno in petto. Forte. Mi diede una bella sensazione. Poi un calcio sulla tibia.

Gli strappò una smorfia di dolore. «Cristo santo, Natalie. Che problemi hai?»

«Che problemi ho *io?*». Puntai il dito verso di me. «Mi prendi in giro».

Strinse gli occhi. «Sei ubriaca, Natalie?»

«*No! Non* sono ubriaca!». Non più, almeno. Ero più sobria di un giudice. Era proprio la sobrietà che alimentava la mia rabbia e le mie azioni. Allargai le braccia, bloccandogli il passaggio. Matt cominciava a innervosirsi.

«Ti stai comportando in modo ridicolo. Fammi passare, per favore».

Provò a scansarmi, ma io lo afferrai per la cravatta, stringendola così forte che avrebbe potuto soffocare.

«Cristo, Natalie. Lasciami! Non riesco a respirare». Provò a liberarsi, ma per quanto fosse forte non poteva niente contro la mia scarica di adrenalina. Con la cravatta ancora stretta in una mano, alzai l'altro pugno e cominciai a colpirlo. Sempre più forte, facendo sempre più rumore.

«Basta!», rantolò. «Mi fai male!».

Lo colpii di nuovo, con più forza. «E tu? Secondo te non mi hai fatto male?»

«Si può sapere di che diavolo stai parlando?»

«Alexa!».

«Merda».

Bastò quella parola a confermare che era totalmente colpevole. Si era scopato la mia migliore amica! Per un breve momento, la rabbia cedette il passo al dolore e Matt approfittò di quell'attimo per divincolarsi con una spinta. Persi l'equilibrio e caddi a terra. Sul sedere.

Lui si aggiustò la giacca. «Vado a fare un giro in auto. Forse non torno».

«Col cavolo». Prima che potesse fare un altro passo, gli afferrai la caviglia con entrambe le mani, stringendola come una tenaglia.

«Lasciami!».

Provò a liberare il piede, e per tutta risposta io gli diedi un morso. Avvertii in bocca il sapore metallico del suo sangue.

Imprecò. «Sei pazza!».

«Sì!». Provavo una furia indescrivibile, e lo morsi di nuovo. Come un cane rabbioso. Sentivo pure la bava alla bocca.

La sua reazione mi colse alla sprovvista. Ero ancora attaccata alla sua gamba, quando mi tirò un calcio in pieno viso. Forte, tanto da farmi vedere le stelle. Un altro fiotto di sangue mi riempì la bocca, ma stavolta era il mio. Eravamo diventate due bestie selvagge. Sollevai lo sguardo verso di lui, e sputai. La saliva era tinta di rosso, e a terra, ricoperto di sangue, c'era un dente. Fece un suono flebile quando gli cadde tra i piedi, un minuscolo tintinnio. Avevo la guancia livida, la pelle sensibile pure alle lacrime.

Matt mi guardò negli occhi. Mi aspettavo di vederlo ridere, trionfante e sprezzante, ma la sua espressione era desolata, gli occhi stanchi.

«Mi dispiace», mormorò.

Mi di-spia-ce. La parola mi rimbombò nelle orecchie. Gli dispiaceva di cosa? Di avermi tradito? Di avermi picchiato? Di avermi sposato? Doveva dispiacersi di un'unica cosa, di essere nato.

«Vieni, ti aiuto a rialzarti». Mi tese una mano.

Ma io mi allontanai da lui, da quella mano. Respiravo come un drago, l'aria che entrava e usciva furiosamente dalle mie narici dilatate. «Non toccarmi!».

«Nat...».

«Niente Nat».

Ancora a corto di fiato, posai le mani a terra e mi tirai su. Barcollavo, il sangue che colava dagli angoli della bocca. Ci guardammo a lungo, da lontano, in un silenzio letale. Fu Matt a interromperlo.

«Con Alexa è stato un errore. Io amo solo te».

"Io amo solo te".

Quattro parole false che mi mandarono ai matti. Una nuova furia, forte come un uragano, mi attraversò tutto il corpo, riempiendomi di rabbia ogni cellula.

«Io! Ti! Odio!». Un urlo così terribile che echeggiò sulle pareti. Feci un altro respiro spezzato, poi gli saltai addosso, stringendogli le gambe intorno alla vita come una morsa. Gli tirai i capelli, gli graffiai il viso – di nuovo una bestia selvaggia. Decisa a sbranare la sua preda.

Mi avvinghiavo a Matt, che urlava di dolore e imprecava. Il sangue gli colò sul viso e sul colletto inamidato della camicia. Una cacofonia di urla, versi e lamenti che mi intasava le orecchie. E poi insulti e parolacce che volavano da una parte all'altra.

Eravamo arrivati al bordo del pianerottolo, quando una nuova voce s'insinuò in quella follia.

«Mamma, papà! Che sta succedendo?».

Oddio! Anabel! Correva verso di noi con addosso il suo pigiama a cuori, in volto un misto di shock e paura. Che ci faceva a casa? La credevo a scuola fino alle sei e mezzo per gli allenamenti delle cheerleader. In seguito avrei scoperto che mi aveva scritto: sarebbe tornata a casa prima perché non si era sentita bene. Sbronza com'ero, non avevo controllato i messaggi. E a quel punto era troppo tardi. Il destino aveva già deciso.

«Torna in camera tua!», ordinai. Ma era come se non mi avesse sentita.

«Cosa stai facendo, mamma?».

Provai a nascondere le unghie, mentre Matt rispondeva per me. «Non sono affari tuoi».

«Papà! Ti sta facendo male!». Era sul punto di piangere, si capiva dalla voce. «Smettila, mamma! Ti prego, smettila!».

«Va' via!», implorai.

«Ti supplico, mamma! Lascialo!». Piangeva mentre mi tirava per le spalle, le braccia, le gambe. Cercava disperatamente di liberare suo padre dalla sottoscritta.

Mentre continuava a strattonarmi, sentii un nuovo fiotto di adrenalina. Mi girai di scatto e la spinsi via con il gomito, con una forza che non sapevo di avere.

Colta di sorpresa, urlò e perse l'equilibrio. In un battito di ciglia, accadde l'impensabile. Anabel rotolò giù dalle scale, un gradino dopo l'altro. Il corpo batteva contro il marmo, le braccia sventolavano impotenti senza riuscire a fermarsi. Le urla si spegnevano sempre di più.

Fino a che non cessarono del tutto.

«O mio Dio!», urlai con gli occhi spalancati e colmi di orrore.

Mollai Matt e mi fiondai giù per le scale. Fu una fortuna che non inciampai mai, anche se in seguito mi ritrovai a desiderare di averlo fatto molte volte. Matt era dietro di me, imprecava a denti stretti. Distesa ai piedi delle scale, inerme, con il corpo piegato in maniera innaturale e gli occhi ridotti a due biglie di marmo azzurro che fissavano il soffitto mentre il sangue si accumulava sul pavimento, c'era mia figlia. La mia bellissima figlia. Oddio! Cosa avevo fatto?

Sconvolta, paralizzata dall'orrore, vidi Paige e Will sulla porta d'ingresso. Guardavano quello che guardavo io.

Mia figlia senza vita. La mia preziosa Anabel.

Morta.

Trentatré
Natalie

«Mi spiace, signora Merritt, devo averle mandato lo shampoo negli occhi».

La voce melodiosa di Giselle mi riportò di colpo al presente.

«Ah, sì, un pochino. Tranquilla, non è un problema».

In verità non aveva fatto nulla. Le lacrime mi erano uscite ripensando a quel giorno fatale.

«Abbiamo quasi finito. Manca solo il balsamo».

Applicò la crema e io inspirai a fondo l'aroma di cocco, godendomi quel breve momento di tranquillità. Ma non appena Giselle chiuse il rubinetto e mi avvolse i capelli bagnati nell'asciugamano, provai un terrore inesprimibile. Avrei dovuto affrontare di nuovo Alexa. Magari però si era spostata. O forse addirittura se n'era andata.

Seguii Giselle fino alla sua postazione, con ogni muscolo del corpo in tensione. Le mie speranze erano state vane. Alexa era ancora lì, seduta accanto a me, nel bel mezzo della messa in piega. I capelli erano tornati biondi, di una sfumatura burrosa. Mentre le parrucchiere facevano la loro magia, chiacchierando del più e del meno, noi tenevamo lo sguardo fisso sullo specchio e azzardavamo a malapena qualche occhiata di sbieco.

Più chic che mai, con indosso una giacca rosa frangiata di Chanel, un paio di jeans aderenti e degli stivaletti con il tacco alto neri e di vernice, Alexa stringeva la Birkin che aveva sulle ginocchia, a disagio quanto me. Chissà cosa le passava per la testa. Continuavo a pensare solamente a quanto la odiavo, a quanto avrei desiderato strozzarla con una delle mille collane d'oro che aveva al collo. Fino a ucciderla. Era colpa sua se la mia bellissima Anabel aveva perso la vita.

Fissando il mio riflesso allo specchio, provai un improvviso senso di colpa. Avevo davanti l'unica, terribile e inconfutabile verità. E lo specchio mi rimproverava. *Smettila di accusare gli altri. C'è un solo responsabile per la morte di Anabel. L'hai spinta tu. È colpa tua.*

Odiavo me stessa più di chiunque altro al mondo. Più di Alexa.

La tensione nell'aria era palpabile, così spessa che neanche le forbici affilatissime delle nostre parrucchiere avrebbero potuto tagliarla. Finimmo la messa in piega praticamente insieme. Ci alzammo in piedi e ringraziammo le ragazze che ci avevano seguito. Infilai la borsa sottobraccio e filai dritto verso la reception, sperando di pagare il conto, uscirmene di lì e sfuggirle.

Ma ancora una volta la buona sorte non mi favorì. C'erano già tre donne in attesa alla cassa. Nel giro di qualche secondo, sentii che Alexa era dietro di me. Avvertivo il suo respiro sulla nuca. Il suo profumo – diverso dall'ultima volta che l'avevo vista. Chanel N°5, mi parve. Un classico.

Me ne stavo in piedi con la schiena dritta, rigida come un'asta, quando mi sfiorò un leggero tocco sulla spalla.

«Natalie…».

Tesa come una corda di violino, sentii i peli sul collo drizzarsi. Non ero certa di volerle rispondere.

«Nat, per favore…».

Piano, con molta esitazione e senza la minima voglia, mi girai a guardarla, malgrado il buon senso mi dicesse di non farlo.

Aveva un'espressione disperata. Mi fissava con due occhi da cane bastonato. «Voglio dirti solo che mi dispiace».

Mi irrigidii ancora di più. Nella mia vita non c'era posto per i "mi dispiace". Non poteva dire o fare nulla per riportare indietro Anabel. «Per favore… non rivanghiamo il passato».

Alle mie parole, gli occhi le si riempirono di lacrime. «Mi dispiace tanto per quello che è successo ad Anabel. Ho sempre pensato che fosse in parte colpa mia, ma devi conoscere tutta la storia».

Non risposi. Io e Matt stavamo andando avanti. Volevo davvero riportare a galla quella storia con la mia ex migliore amica?

La fila avanzò, ci trovammo fianco a fianco. «Per favore, Nat. Prendiamo un caffè o un bicchiere di vino insieme. Ti prometto che dopo oggi non dovremo più vederci».

«Va bene».

Era arrivato il momento di pagare.

Forse per i miei peccati.

Trentaquattro
Natalie

Il bar dell'Hotel Odéon, con la sua eleganza e le sue luci soffuse, era sorprendentemente tranquillo. La ragazza all'ingresso ci condusse a un tavolo appartato nell'angolo. Sapevo che Alexa preferiva stare al centro dell'attenzione, perciò mi sorprese che non protestasse. Presto arrivò un cameriere vestito di nero a prendere le nostre ordinazioni. Lei chiese un Kir Royale. E io la imitai, con i nervi a fior di pelle. Alexa si scusò e andò in bagno, risparmiandomi la fatica dei convenevoli.

I bicchieri, accompagnati da una ciotola di frutta secca, arrivarono al tavolo insieme a lei. Calò un silenzio imbarazzato: prima, in genere, a questo punto brindavamo. Alla nostra amicizia o a una delle serate di gala che organizzavamo insieme. Ma non eravamo più amiche, e non facevamo più parte degli stessi comitati. Fissai il bicchiere di champagne rosato, osservando le bollicine che salivano senza dire una parola.

Fu lei a rompere il silenzio. Strinse la flûte tra le dita curate, e la portò alle labbra. «Grazie di essere qui, Nat. Significa molto per me». Bevve un rapido sorso. Senza rispondere, feci lo stesso.

Nessun brindisi.

Posò il calice sul tavolo e mi guardò negli occhi. «Non vado più da Pierre Michel il lunedì, sai».

Ero certa che mi evitasse, così come la evitavo io. Le nostre strade non si erano mai incrociate per oltre due anni. Nemmeno una volta.

Continuò. «Stasera c'è l'annuale cena di gala della biblioteca. È la prima volta che la fanno di lunedì… quindi dovevo per forza sistemare i capelli».

Annuii. Quell'evento mi era sempre piaciuto. Ma da quando Alexa presiedeva il Circolo degli Amici, avevo lasciato il consiglio.

Fissò il bicchiere e poi tornò a guardarmi, il volto addolorato. «Mi dispiace che non ci sarai».

«Sono sicura che sarà meravigliosa». Bevvi un altro lungo sorso di champagne per evitare di dover aggiungere altro.

Di nuovo silenzio. Alexa infilò le dita nella vaschetta di frutta secca, mescolandola nervosamente senza mangiare nulla. Poi finalmente ruppe il silenzio.

«Mi sono sempre sentita in colpa per com'è andata quel giorno da Neiman, Nat».

"Quel giorno", quel pranzo che aveva cambiato la mia vita per sempre. Che quasi le aveva messo fine.

La guardai negli occhi. «Alexa, sei andata *a letto* con mio marito!».

Lei sbatté le palpebre con nervosismo, gli occhi di nuovo lucidi. «Ecco il punto… non è vero».

Sentii un'ondata di rabbia. «Non ti credo!», sibilai.

Le scivolò una lacrima dall'occhio, ma l'asciugò all'istante. Il viso era una maschera di disperazione, adesso. «È la verità. Lo giuro sulla vita dei miei figli».

L'ironia di quelle parole mi colpì nel profondo. E la vita di Anabel, allora? Trattenni le mie lacrime, lasciandola continuare.

«Nat, per favore, ascolta quello che ho da dirti». Parlava con una vocina flebile, lei che di solito aveva sempre un tono impertinente. Sembrava pentita. Presi un sorso di champagne e le feci cenno di continuare. Lei mi ringraziò con un cenno.

«Lunedì sera, la sera prima di *quel* giorno, Matt è passato da noi. Doveva parlare con Noah del suo portafoglio d'azioni, ma mio marito non era ancora rincasato dall'ufficio. Era rimasto imbottigliato nel traffico e non sarebbe tornato prima di un'ora, così ho offerto a Matt qualcosa da bere. Era il minimo che potessi fare.

«Voleva un campari soda, così sono andata in cucina a prepararglielo. Lui è venuto con me e all'inizio abbiamo chiacchierato un po', mentre preparavo il drink all'isola, poi mi è venuto vicino, alle spalle. Mi parlava sul collo, e premeva il suo corpo contro il mio. Mi stava mettendo molto a disagio, così gli ho chiesto di tornare in salotto».

Dondolai sulla sedia, nervosa. La piega che stava prendendo quella storia mi faceva paura. Bevvi un bel sorso di champagne, lasciando che Alexa continuasse il racconto.

«Mi ha detto che ero bella e mi ha chiesto se sapevo quale effetto avevo su di lui. Prima che potessi rispondergli, mi ha piegato il braccio dietro la schiena e si è posato la mia mano sull'uccello. Mi ha bloccato contro il bancone e ha infilato l'altra mano tra le mie cosce. Ha iniziato a toccarmi. Gli ho detto di smettere, ma lui ha continuato. Mi ha fatto girare e ha cercato di baciarmi, anche se io mi divincolavo. Continuavo a implorarlo di fermarsi, ma non mi ascoltava. Mi stringeva il seno, e continuava a tenere la mano tra le mie cosce. Si è abbassato la cerniera. Non ho guardato, ero troppo spaventata, troppo disgustata per farlo: ho sentito solo il suono della zip. Gli ho chiesto di nuovo di smettere, ma niente. Ero terrorizzata, mi aveva infilato la mano nei pantaloni, sotto le mutande. Stavo per mettermi a urlare, ma poi abbiamo sentito l'auto di Noah entrare nel vialetto. Matt si è allontanato di colpo, imprecando in preda al panico. Mentre si sistemava i pantaloni, io sono fuggita nell'altra stanza».

Restò in silenzio, le lacrime le scivolavano lungo il viso facendole colare il mascara, le guance erano rigate da due rivoli d'inchiostro. Avrei voluto tendere la mano, asciugarle gli occhi con il tovagliolo, ma ero troppo sconvolta. Letteralmente pietrificata dallo sgomento. Quelle lacrime se le asciugò da sola.

«Quando Noah è entrato in cucina, Matt si è comportato come se nulla fosse. Io ero sconvolta e non ho detto niente, ma non mi sono mai sentita tanto violata in tutta la mia vita».

Fece un respiro profondo e buttò fuori l'aria. «Non passa giorno senza che pensi a quello che è successo. Mi interrogo sulle mie azioni, sul perché non abbia detto niente». Fece un'altra pausa, e mi guardò negli occhi con lo sguardo velato di lacrime. «Potrai mai perdonarmi, Natalie?».

Durante il suo racconto sentivo il cuore, consumato dall'odio verso quella donna, struggersi e dimenarsi nel mio petto. Aveva estirpato le radici profonde della mia cattiveria, facendo posto alla compassione. Posai la mano sulla sua. Era gelida. Stava dicendo la verità.

«Non c'è nulla da perdonare, Alexa. Ma perché non me lo hai detto prima?».

Tirò su con il naso. «Volevo farlo, l'avrei fatto. Ma poi c'è stata Anabel... stavi troppo male. Sono venuta al funerale, ma sono rimasta in fondo. Ho pianto tutte le lacrime che avevo».

«Grazie per essere venuta».

Si erano presentate centinaia di persone alla funzione. Mancavano solo i genitori di Matt, che erano in crociera nei Mari del Sud e non erano riusciti a tornare in tempo. La chiesa era gremita di gente – i compagni di classe, i loro genitori, tutti gli insegnanti che aveva avuto sin dall'asilo. E poi i nostri amici, anche quelli che non vedevamo da anni, e alcuni membri di spicco della comunità in cui vivevamo e i capi delle aziende con cui lavoravamo. C'erano stati diversi interventi, ma io e Matt non avevamo parlato. Ci era mancata la forza per farlo. Quella fisica e quella emotiva.

Eravamo messi davvero male. Avevo coperto il livido sulla guancia, gli occhi rossi e il dente saltato con un velo di pizzo nero. Matt invece aveva truccato il viso per nascondere i graffi e aveva messo qualche cerotto qua e là. A chi glielo chiedeva, rispondeva di essere stato graffiato da un gatto selvaggio che aveva provato a salvare. Persino la polizia si era bevuta quella storia. Quando gli agenti erano venuti da noi a chiederci di più sull'incidente di Anabel, avevano creduto anche alla mia scusa, cioè che avevo sbattuto contro un albero mentre facevo giardinaggio. Non avevano messo in dubbio niente, credendo ciecamente alla versione che avevamo concordato: e cioè che nostra figlia, colpita da una forte influenza, doveva avere perso i sensi sulla scale, cadendo giù. La coppia perfetta aveva costruito la bugia perfetta. Con nostro sollievo, né Paige né Will l'avevano smentita.

Ero contenta di non aver visto Alexa al funerale, altrimenti chissà come avrei reagito. Alla sepoltura, a cui avevamo partecipato solo noi di famiglia, ero svenuta vedendo la bara di Anabel che veniva messa sottoterra. Il dolore era così grande che non riuscivo a sopportarlo. Il medico di base in seguito mi aveva detto che si era trattato di un crollo psicotico. Ero rimasta allettata per più di sei mesi, in uno stato delirante. Avevo avuto accanto un'infermiera notte e giorno, che mi nutriva e mi lavava. E, ironia della sorte, l'unica cosa che riuscivo a mandare giù erano gli omogenizzati per bambini. Come se ingoiare quella roba potesse riportarmi indietro la *mia* piccola. La mia Anabel. Paige e Will venivano a trovarmi ogni sera, per darmi la buonanotte. Erano spaventati. Matt, invece, lo vidi poco. Forse dormiva sul divano al piano di sotto. Non lo sapevo. E non mi importava. Era l'ultima persona al mondo che avrei accettato nel mio letto. L'ultima persona che avrei voluto vedere.

I miei figli erano stati la medicina che mi aveva curato. Come un mago che tira fuori un coniglio dal cappello, io avevo tirato fuori la forza necessaria a riprendere in mano la mia vita, per tornare a fargli da madre. Per il *loro* bene. Mi ero affidata alla terapia, sia fisica sia psicologica, incluse delle sedute di coppia con Matt. Ma alla fine, aiutata anche dallo Xanax, ero riuscita a perdonarlo, a ridargli fiducia e a lasciarmi alle spalle tutto quel dolore, consapevole che la cicatrice profonda impressa nel mio cuore non sarebbe mai scomparsa.

Alexa abbassò lo sguardo. Quando tornò a guardarmi, nei suoi occhi vidi un misto di rimorso e vergogna. «Scusa se non ti ho mai fatto le mie condoglianze».

"Mi dispiace per la tua perdita". Quante volte avevo dovuto sentire quelle parole? Parole vuote, prive di significato per me. E come sarebbero suonate sulla bocca della donna che incolpavo della morte di mia figlia? Combattei i brividi.

«Tranquilla, lo capisco. Non potevi». Tutto il senso di colpa e il dolore che aveva provato negli ultimi due anni l'avevano redenta ai miei occhi. Le strinsi la mano gelida, e mi guardò negli occhi. L'espressione determinata.

«Nat...».

«Sì?»

«Devo dirti un'altra cosa». Esitava, mordendosi un labbro nervosamente.

Rimasi impassibile. Volevo mettere fine alla conversazione, non credevo di poter sentire altro.

«Cosa?»

«Prometti di non arrabbiarti?». Sembrava una bambina che aveva rotto il gioco dell'amichetta e ora doveva confessarglielo. Aveva il volto pallido, i muscoli della mascella tesi. Non l'avevo mai vista così in ansia.

«Promesso». Ma mi pentii subito di averlo fatto e fui scossa dall'apprensione.

Trascorse qualche secondo di silenzio, in cui abbassò gli occhi e prese fiato.

«Io e Matt abbiamo dei trascorsi».

Un brivido, la fronte che si accigliava. «Che vuoi dire?»

«L'ho conosciuto ai tempi dell'università: stavo facendo il terzo anno all'estero, a Londra, lui era lì per lavoro. Ci incontrammo in un pub…». Calcolando l'età di Alexa, provai a datare la storia nella mia testa. Doveva essere successo un paio di anni prima che incontrassi Matt e dessi alla luce Anabel.

«Cosa c'è stato tra di voi?»

«Ero ubriaca e l'ho seguito in albergo. Siamo stati insieme e…».

«E cosa?». Aspettai il resto della frase con il fiato sospeso. Alexa prese un lungo sorso di champagne, e vomitò fuori la fine della storia.

«Sono rimasta incinta».

Spalancai gli occhi, due fanali accesi. «Sei rimasta *incinta?*»

«È stata una notte selvaggia e impulsiva. Non abbiamo usato la protezione…».

«E poi…?».

Abbassò lo sguardo sulle unghie. «Ho portato a termine la gravidanza». Tirò via una pellicina, facendo sanguinare la cuticola. «E ho dato la bambina in adozione».

Cercai di soffocare il senso di sgomento e nausea che mi cresceva dentro. «Una femmina?»

«Sì. Ma l'hanno portata via prima che potessi vederla. Era destinata a una buona famiglia inglese, ricca e benestante. Loro non potevano avere figli. Fu un'adozione chiusa». Cioè lei non poteva contattarli e viceversa.

«Matt lo sa?».

I miei figli hanno una sorellastra... chissà dove in Inghilterra?

Scosse la testa. «No, non gliel'ho mai detto. Non l'ho più visto per anni... fino a quando non mi sono trasferita da New York a Los Angeles con Noah e i ragazzi». Bevve un altro sorso di Kir. «Fu uno shock rivederlo, credimi. Ho sempre cercato di evitarlo, ma è difficile quando si frequentano gli stessi giri».

«E tuo marito? Noah lo sa?»

«No». Girava e rigirava la fede di diamanti che aveva al dito. «Promettimi che non lo dirai a nessuno, Nat. Soprattutto a Noah. Sarebbe la fine del nostro matrimonio».

Processai le sue parole e mi resi conto che il mio, di matrimonio, era già stato distrutto dalle azioni di Matt.

«Ti prego, Nat. Puoi mantenere il segreto?», implorò la mia ex migliore amica.

«Certo». Nessuno sapeva custodire un segreto meglio di me. Mi si accapponò la pelle.

Alexa mi rivolse un sorriso sollevato. «Grazie. Ti sono debitrice».

«Non mi devi nulla».

Il sorriso le morì sulle labbra. «E invece sì, una cosa te la devo. La verità. È importante che tu sappia».

Sentivo il cuore che iniziava a palpitare. «Che sappia cosa?»

«Non sono la sola...». Parlò a voce bassa, in modalità pettegolezzo. Il resto della frase rimase sospeso.

Altre donne con figli bastardi?

«Che vuoi dire? Non capisco».

«Le "amiche del pranzo". Donne che lo vedono in pausa in ufficio o nella sua suite all'Hotel Century».

Una feroce ondata di nausea mi travolse. La gola si strinse, lo stomaco si rivoltò. Spalancai la bocca, ma non riuscivo a emettere nessun suono.

«Lo sanno tutti».

Tutti tranne me.

Gli sporchi segreti di Matt mi stavano divorando, mi sentivo svuotata. Proprio in quel momento, il cameriere si avvicinò con i menu del pranzo, chiedendoci se volevamo ordinare qualcosa. Ci prendeva in giro? Io stavo per vomitare. Alexa rispose per entrambe, declinando l'offerta e ordinando altre due flûte di Kir.

«Chi sono?». Alla fine formulai quella domanda, il bisogno di sapere che superava lo sgomento.

«Non posso dirtelo, Nat. Ma sono tutte donne che conosci, almeno una decina. Lo chiamano lo Stallone».

Matt e il suo uccello. Ripensai al periodo in cui ero stata male. Per questo non c'era stato mai? Si scopava tutte le mie amiche mentre io vivevo come un vegetale? Forse pure le infermiere carine che venivano da me? E dov'era sparito la sera del gala, dopo l'incidente di Tanya? Era andato a cambiarsi i vestiti bagnati con Lance, ma non l'avevo più visto fino al dessert. Si era portato a letto qualche mia amica proprio sotto il nostro tetto?

«Natalie, stai bene?», chiese Alexa.

Una parola minuscola. Che tradiva una bugia enorme. «Sì».

«Scusa se te l'ho detto».

«Hai fatto bene». Parlavo con voce piatta, priva di ogni emozione.

Sul suo volto di plastica, tornò il solito sorriso ampio e smagliante. Scolò lo champagne rosa e luccicante.

«Mi sei mancata tantissimo, Nat. Credi che potremo mai essere di nuovo amiche?».

Diceva sul serio? Senza neanche rispondere, corsi fuori dal ristorante e vomitai sul marciapiede mentre il parcheggiatore andava a prendermi l'auto.

Ero caduta nella tana del bianconiglio.

E non sapevo come uscirne.

Trentacinque
Paige

La sveglia.

La melodia familiare del telefono andò avanti finché non infilai la mano sotto il cuscino e la spensi. Socchiusi pian piano un occhio, poi l'altro. Sentivo le palpebre pesanti, come incollate.

Anche se chiacchierare con Jordan mi aveva tirato su, non avevo chiuso occhio. Avevo continuato a rigirarmi nel letto tutta la notte, senza riuscire a togliermi dalla testa Lance e Tanya. Il ciclo non aveva certo aiutato. Alla fine mi ero addormentata tardissimo, riposando un paio d'ore al massimo.

Stavo uno schifo. Mi bruciavano gli occhi. Sentivo il cervello annebbiato. E avevo ancora i crampi. Se l'aspetto rispecchiava quel malessere (e ne ero quasi sicura), non potevo certo presentarmi a scuola. Seguire le lezioni. Fare educazione fisica. E, soprattutto, non potevo affrontare Lance. *O* Tanya. Nemmeno l'idea di lei che apriva la borsa del PC e trovava una padella di ghisa al posto del computer riusciva a motivarmi.

Inchiodata al letto, scrissi alla mamma che non stavo bene e che sarei rimasta a casa. Mi rispose con un'emoji, una faccina triste. Poi aggiunse che mi avrebbe preparato tè caldo e pane tostato con burro di soia prima di andare a pilates, e che li avrebbe lasciati su un vassoio fuori dalla mia porta. Ad accompagnare a scuola Will e Tanya ci avrebbe pensato papà. Anche solo leggere il suo nome mi fece sentire peggio.

Mi raggomitolai di nuovo sotto il piumone, dormendo qualche altra ora. Quando mi svegliai, poco dopo le dieci, mi sentivo molto meglio. Mi trascinai giù dal letto e andai in bagno. Ma trovai Blanca dentro, la nostra domestica, armata di straccio, secchio e tutta una serie di prodotti per la pulizia.

«*Hola!*», la salutai, abbracciandola.

Adoravo Blanca. Era con noi da anni, ed era ancora l'allegra salvadoregna industriosa che avevamo conosciuto il primo giorno. L'avevo aiutata a studiare per ottenere la cittadinanza americana. E ora era praticamente una di famiglia. Una madre per me, spesso più di quella vera, che preferiva dedicarsi alle sue allegre attività filantropiche.

«*Hola, mí chiquita! Tu mamá me dijo que no te sientes bien*».

«Mi sento molto meglio ora».

Se non consideravamo la nausea che mi dava il lato del bagno di Tanya. Un disastro, come al solito. Capelli e dentifricio spalmati sul lavandino, prodotti in disordine. Mi dispiaceva che toccasse a Blanca ripulire quello schifo, e chissà com'era messa la sua camera. Le chiesi scusa per le condizioni del bagno.

Mi guardò con una faccia schifata. «*Tanya… muy sucia. Como una puerca!*».

"Sporca come una scrofa". Sorrisi, e risposi con un grugnito. Blanca ne fece uno più forte e, dopo qualche momento così, scoppiammo a ridere tutte e due fino a farci venire le lacrime. Quando la finimmo, le dissi che ci avrei pensato io a pulire il lato del bagno di Tanya. Lei protestò, ma io mi impuntai fino a che non si arrese. Certo, il lavandino non l'avrei toccato neanche morta. Non senza una tuta anticontaminazione, quanto meno. Che la scrofa si arrabbiasse pure. Avrei detto alla mamma che il bagno era servito a me per quasi tutto il giorno, così Blanca non avrebbe avuto problemi.

Quando la domestica se ne andò, iniziai la giornata con la solita routine. Prima una doccia che mi rimise al mondo. Non sentivo più il dolore dei crampi, e in qualche modo lo scroscio d'acqua calda si era portato via gli ultimi velenosi rimasugli di Lance. Mentre mi asciugavo, provai a immaginare la reazione di Tanya quando aveva aperto la borsa del computer e scoperto la pentola. Sicuro era andata fuori di testa, aveva dato di matto. Una parte di me avrebbe voluto esserci, ma forse era stato meglio così: poi non mi avrebbe più lasciato in pace. E non escludevo che potesse arrivare ad aggredirmi, magari colpendomi in testa con la pentola di metallo mentre non guardavo. Oppure scatenandomi addosso il suo gruppetto. Per fortuna, Will era fuori in gita e, nel pomeriggio, aveva una riunione del club di robotica. Anche lui salvo.

Con il ronzio dell'aspirapolvere di Blanca nelle orecchie, tornai in camera mia e indossai una tuta, una felpa con cappuccio e le Crocs. Il pane tostato e il tè che mi aveva lasciato la mamma erano troppo freddi ormai, così andai in cucina per prepararmi la colazione. Con una bella tazza di latte di cocco e muesli, cominciai a riflettere sulla mia giornata. C'erano tre cose che dovevo fare con urgenza.

Per la prima impiegai meno di un minuto. Smisi di seguire Tanya e Lance su Instagram, anche se non disattivai il profilo di @SpyGirl2 nel caso mi fossi trovata a cambiare idea. Strano, ma un po' mi ero affezionata all'avatar che avevo creato.

A quel punto, passai al secondo compito della lista. Ma prima feci una breve tappa nel capanno degli attrezzi di mio padre. Era l'uomo meno pratico del mondo, ma aveva chiesto comunque al nostro tuttofare di costruirglielo. Lui, che a malapena sapeva cambiare una lampadina, aveva un invidiabile set di attrezzi perché un uomo non poteva stare senza. Sganciai il lucchetto ed entrai. Ciò che cercavo era appeso alla parete forata.

Un'ascia.

Mentre marciavo verso il mio studio, mi sentivo come Thor con il suo martello. Spalancai la porta con una spinta e, senza fermarmi, andai dritto al tavolo da lavoro. C'era la statuetta di Lance sopra, quella che volevo regalargli a Natale e che lo ritraeva durante la corsa.

Senza perdere nemmeno un secondo, strinsi le dita intorno al manico di legno e abbattei l'ascia sulla statua. *Bang*. La scultura su cui avevo lavorato sodo per oltre un mese si frantumò in una manciata di secondi.

E non avevo ancora finito.

Con un sorriso da pazza stampato in faccia, ridussi in polvere tutti i pezzettini di ceramica. Cenere alla cenere. Polvere alla polvere. Lance era *ufficialmente* morto per me.

E io ero *ufficialmente* una guerriera con l'ascia.

Giunse il momento di spuntare la terza cosa sulla lista. La foto. La foto di classe della Indio High che avevo trovato nella valigia di Tanya. Dovevo scansionare la copia che avevo fatto, inviarla a Mary e chiederle se riconosceva la ragazzina triste cerchiata in rosso.

Dopo una breve passeggiata intorno all'isolato insieme a Orso, tornai in camera mia – che ora, grazie a Blanca, era splendente – e presi il telefono. E proprio quando pensavo che il mio umore non potesse migliorare, trovai decine di messaggi furiosi da parte di Tanya. Erano più o meno tutti così:

"Cretina! Dov'è il mio computer?".

"RISPONDI!!".

"Questa me la paghi!".

"RISPONDI!!!".

"Ti rovino la vita! Aspetta e vedrai!".

"RISPONDI SUBITO!!!!".

Non avevo la *minima* intenzione di risponderle. Che cuocesse nel suo brodo! Sarebbe piovuta una valanga di merda al suo ritorno da scuola, ma sotto sotto non vedevo l'ora. Mi sarei limitata a dire alla mamma che avevo dormito tutto il giorno, con il telefono spento. Avevo la scusa pronta anche nel caso mi accusasse di aver rubato o nascosto il suo computer, ma non c'era motivo di mettere il carro davanti ai buoi.

Prima le cose importanti. Con il telefono in mano, scrissi a Mary Burton chiedendole se poteva aiutarmi a identificare una persona. Le parlai della foto della Indio High che volevo mandarle e lei si rivelò più che felice di aiutarmi. Aveva già ripristinato l'abbonamento internet. Mi diede il suo indirizzo e-mail e dopo trenta secondi dall'invio della foto, il telefono prese a squillare. Non mi aspettavo una risposta così presto. Risposi subito. Mi fece piacere risentire la sua voce. E poi rivederla, su FaceTime.

«L'ho riconosciuta subito, tesoro, la ragazza cerchiata. Dovevo chiamarti».

Il cuore batteva forte. «Chi è?»

«Si chiama Billie Rae Perkins». Fece una pausa. «O meglio, si *chiamava* Billie Rae Perkins. Era nella mia classe di biologia. Una studentessa brillante, ma parlava a malapena. Un po' una solitaria. Era sempre immersa nei libri: favole o classici. Non l'ho mai vista con gli altri ragazzi. Neanche una volta. Era pure carina, ma sembrava sempre così triste... proprio come nella tua foto».

Ripensai a come si era corretta sull'uso del tempo verbale. «Cosa le è successo?»

«Una storia terribile».

Curiosa, l'ascoltai con le orecchie ben aperte.

«Poverina. Viveva nel parco roulotte di Shadow Hills insieme alla madre. Era magra come un chiodo... veniva a scuola sempre con il solito pranzo. Un misero sandwich con burro d'arachidi e marmellata, avvolto in un sacchetto di carta marrone. Una volta arrivò senza niente da mangiare, così le prestai un dollaro per comprare qualcosa di caldo. Mangiò come se fosse a digiuno da secoli.

«Ogni tanto si presentava con un occhio nero. Con il labbro spaccato. Una volta addirittura con il polso ingessato. Se le chiedevo cosa fosse successo, diceva di essere andata a sbattere o di essere caduta. Ma io avevo il sospetto che la madre la picchiasse. Mi rivolsi ai servizi sociali, ma loro non trovarono prove di abusi. Inoltre avevo incontrato quella donna, e sembrava pure gentile».

«Che lavoro faceva la madre?», chiesi, prendendo un quaderno e una penna dallo zaino. Dovevo scrivere tutto, per non dimenticare nulla.

«Per quanto ne sapevamo noi, era una casalinga. Ma non ne sono tanto sicura. Di certo fumava. I vestiti di Billie Rae, be', quei pochi che aveva, almeno, puzzavano sempre di sigaretta e non solo».

«E il padre?»

«Secondo i registri scolastici, i genitori erano separati. Quando gli abbiamo chiesto di specificare la professione, ha scritto: "Affari miei"».

Wow. E io che mi lamentavo dei miei. In confronto erano genitori modello.

«Come si chiamavano?»

«Jolene e Roy Perkins».

«Sono ancora vivi?»

«Questa è l'unica di cui sono certa, purtroppo». Si aggiustò gli occhiali a mezzaluna. «Sono stati uccisi, tutti e due. In maniera davvero brutale».

«Cavolo!». Assurdo. «Quando è successo?»

«Nel maggio del 2000. Verso la fine del secondo anno di liceo di Billie Rae».

Quindi intorno ai suoi quindici o sedici anni, calcolai. La incalzai per ulteriori dettagli.

«Li hanno accoltellati a morte nel cuore della notte. Immagino che Roy fosse andato a trovarle. Il corpo di Jolene era sul divano letto, quello di Roy a terra».

«E Billie Rae? Stava bene?»

«La povera ragazza era scomparsa. Secondo la polizia, chiunque avesse ucciso Roy e Jolene l'aveva rapita».

«Hanno mai trovato l'assassino?»

«No… mai. Immagino che il caso sia ancora irrisolto».

«E Billie Rae? Pensi che l'assassino abbia ucciso anche lei?».

Mary serrò le labbra, l'espressione severa. «Io guardo troppi programmi *true crime*, lo ammetto, ma a quanto pare se la vittima di rapimento non viene ritrovata nell'arco di ventiquattr'ore, è probabile che sia morta».

Eppure c'erano donne che erano state tenute prigioniere per anni e che alla fine erano riuscite a scappare. Come Elizabeth Smart e Jaycee Dugard, che poi avevano raccontato le loro agghiaccianti vicende in autobiografie bestseller, e che in seguito erano riuscite a raggiungere diversi traguardi significativi. Ma prima che potessi ribattere, Mary chiese: «Tesoro, mi sono dimenticata di chiedertelo. Dove hai pescato questa foto?».

Mi morsi un labbro. Non avevo previsto quella domanda, perché? Avevo sempre la risposta pronta, ma in quel momento esitai. Poi dissi: «Che tu ci creda o no, l'ho trovata nel seminterrato di casa nostra». Mary non sapeva nulla della studentessa straniera – della ladra – che ospitavamo, e l'istinto mi diceva di tenerlo per me. Non sapeva nulla neppure di casa nostra. Per esempio, non sapeva che non esisteva nessun seminterrato.

«Che strano», mormorò.

Dovetti pensare di nuovo alla svelta.

«Forse i vecchi proprietari erano imparentati con Billie Rae e la sua famiglia?», chiesi sperando di dargliela a bere.

«Uhm, chissà». Non sembrava molto convinta. E non potevo mica biasimarla: a differenza di mia sorella e Tanya, io non ero per niente brava come attrice.

«Comunque mi hai davvero incuriosito, Mary. Per caso puoi mandarmi qualche articolo sull'omicidio o sull'indagine?»

«Mi dispiace, tesoro, io non ho niente. Ma di certo online troverai qualcosa. Cerca sul "Desert Sun" e sul "Redlands Daily". Era in prima pagina. *Doppio omicidio a Shadow Hills*. Puoi anche tornare qui e provare a parlare con i detective che avevano seguito il caso. Sai che piacere rivedervi! Vi farò un mucchio di limonata e biscotti al cioccolato».

Sorrisi, e dissi che si poteva fare. Sembrava davvero contenta quando ci salutammo.

Sul telefono mi aspettavano una decina di messaggi furiosi da parte di Tanya.

Ma io avevo cose ben più importanti da fare.

Trascorsi il resto del pomeriggio rannicchiata sul letto, a indagare sugli omicidi di Jolene e Roy Perkins e sulla scomparsa di Billie Rae, la figlia adolescente. Mi fermai solo per mangiare un gustoso burrito vegano preparato da Blanca.

La mia ricerca su Google non aveva portato a molto. Un paio di articoli, di cui soltanto uno con la foto di Billie Rae e dei suoi genitori, Jolene e Roy. Billie Rae somigliava molto alla madre – i capelli castano chiaro, l'aria solenne e il fisico esile –, ma aveva le sopracciglia folte e gli zigomi affilati del padre. Lui metteva paura con quel piercing al naso, il tatuaggio sul collo e la barba sul mento. Aveva un che di familiare, ma non riuscivo a individuarlo. Forse avevo solo guardato troppi episodi di *Breaking Bad*.

Avevo comunque nuovi elementi sul duplice omicidio. Le pugnalate erano riconducibili ai coltelli da cucina, e sui manici non erano mai state individuate impronte digitali esterne. L'assassino doveva aver indossato i guanti. Nessun segno di effrazione o di lotta: probabilmente si era trattato di un conoscente.

C'erano anche dei possibili moventi. Jolene era disoccupata e alcolizzata, e si intratteneva con vari uomini nei bar locali. Roy aveva dei precedenti, nonché un esorbitante debito di gioco. Poteva darsi, quindi, che uno dei compagni occasionali di Jolene o un creditore di Roy avesse dato di matto. Gli articoli li ritraevano come una coppia di emarginati, e si concentravano più che altro sull'auspicato ritorno della figlia scomparsa, forse rapita. Alla fine c'erano i contatti della polizia e un numero verde anonimo, che avrebbe mantenuto confidenziali tutte le segnalazioni.

Lessi tutto quanto, e alla fine impostai un Google Alert per "Billie Rae Perkins" e/o "ragazza scomparsa". Magari prima o poi il caso sarebbe arrivato a una svolta.

Guardai l'orologio. Le quattro meno un quarto. Tanya sarebbe tornata a casa da un momento all'altro.

Spensi il computer, e feci un respiro profondo. Pensai di barricarmi in camera, ma non volevo perdermi la scenata per la scomparsa del PC.

Saltai giù dal letto e scesi le scale, con un sorriso sicuro stampato in faccia.

Ero pronta per il finimondo.

Trentasei
Natalie

Matt lo Stallone.

Quelle parole bruciavano nel mio cervello.

Il bourbon mi bruciava la lingua.

A ogni sorso, il liquore amaro si lasciava dietro una scia di fuoco che dalla gola scivolava allo stomaco.

Non si trattava di donne senza nome o senza volto. Erano donne che conoscevo. *Mie amiche.*

Matt aveva un debole per le bionde e le gambe lunghe e snelle. Pensai a tutte le conoscenti che corrispondevano alla descrizione. Carolyn... Olivia... Gillian... E non era finita lì. Come potevo incontrarle e fare finta di niente, quando sapevo che ciascuna di loro poteva essere stata a letto con mio marito? Come avrei fatto a convivere con la rabbia e l'umiliazione?

E la cosa più insopportabile di tutte: come avrei fatto a convivere con Matt? A dividere lo stesso letto con lui? Avevo creduto che il nostro matrimonio si stesse risollevando, che il sesso fosse frequente e appagante, e ora *questo*. E, come se non bastasse, non riuscivo a smettere di pensare alla figlia di Matt e di Alexa. Com'era, cosa faceva, dove viveva. E ce n'erano *altri?* Una sola cosa era certa...

Lo *odiavo.*

Il bourbon alimentava la mia rabbia, che sfogavo sulle verdure per la cena. Le facevo a pezzi con uno degli affilatissimi coltelli da cucina che avevamo. *Chop. Chop. Chop. Chop.* Ogni colpo più forte e veloce, la scintillante lama di venticinque centimetri inesorabile. Mi sentivo come uno di quegli chef giapponesi che cucinano con l'*hibachi*, che mettono in scena uno spettacolo vero e proprio, con i coltelli che tagliano fulminei e vengono fatti volare con destrezza e abilità.

Io, in verità, ero terrorizzata dalle lame. Strinsi le dita intorno al manico e mi concentrai con più intensità. Non volevo mica tagliarmi un dito. Ma più il bourbon mi entrava in circolo, più sentivo svanire la lucidità e la mente iniziava a giocarmi brutti scherzi. Mentre affettavo due grossi pomodori maturi, avevo come l'impressione di tagliare le palle di Matt. *Chop. Chop.* E mentre facevo a dadini una zucchina, mi immaginavo di fargli a pezzi l'uccello. *Chop. Chop. Chop...*

Mentre infilzavo l'ennesima zucchina, una voce familiare mi distrasse da quelle immagini.

«Ciao, mamma. Che prepari?».

Paige.

Sollevai lo sguardo, senza smettere di tritare. Finché una terribile fitta mi squarciò l'indice sinistro. Urlai subito per il dolore, imprecando a voce alta. Quando abbassai lo sguardo, vidi che mi ero quasi tagliata la punta del dito. Il sangue rosso che usciva dalla ferita colava sul tagliere.

Paige corse da me, preoccupatissima. «Oddio, mamma! Stai bene?»

«P-prendimi dei fazzoletti di carta, t-tesoro», balbettai.

Paige corse al dispenser e tornò con tutto il rotolo.

«Dammi la mano».

Tremavo, e lei mi avvolse diversi fazzoletti intorno al dito, premendo sul taglio. In pochi secondi il sangue impregnò lo strato bianco e spesso. Cominciava girarmi la testa.

«Tienilo forte, mamma». Strinsi l'altra mano intorno alla fasciatura di carta mentre Paige si precipitava al lavandino a prendere lo strofinaccio a quadretti. Senza fare una piega, sostituì alla svelta i fazzoletti intrisi di sangue con la stoffa più assorbente.

Ripensai a quand'era piccola, a tutte le volte che aveva affrontato con stoicismo un ginocchio sbucciato o una ferita che si era procurata partecipando a qualche attività da maschiaccio. Non aveva mai versato neanche una lacrima. Un velo di Neosporin, un cerotto e via, pronta a ripartire. Era così diversa da Anabel, che reagiva come Sarah Bernhardt al minimo graffio. Isterica. Anche io, come Paige, ero stata una bambina stoica, ma non avevo avuto altra scelta. Le lacrime erano un nemico. Meglio trattenerle o nasconderle che farsele asciugare a furia di schiaffi.

Una scarica di dolore al dito mi riportò al presente. Il sangue impregnava anche la stoffa dello strofinaccio. Mi sentivo mancare.

«Paige, tesoro, perché non vai a prendermi i cerotti di sopra?»

«I cerotti non servono a niente, mamma. Ci vuole il pronto soccorso».

Stavo processando l'opzione nella mia mente rallentata, quando un'altra voce tuonò nella stanza.

«Ladra schifosa! Dove hai messo il mio computer?».

Tanya.

Trentasette
Paige

Tanya marciò verso di me con gli occhi che sputavano fuoco. Sbatté la borsa del computer sul bancone della cucina e l'aprì con foga tirando fuori la padella di ghisa. Sbatté anche quella sul piano di lavoro. *Meglio che sulla mia testa,* pensai sollevata.

«Dov'è il mio computer?», sibilò a denti stretti.

Alzai una spalla. «Non so proprio di che parli».

Mi fissava con le sopracciglia aggrottate, le narici dilatate. «Cavolate! Lo hai preso tu e l'hai nascosto».

Le rifilai uno sguardo perplesso. «Eh? Non ho fatto niente del genere».

«Guardami negli occhi e dimmi che non hai preso il mio computer».

Feci quanto chiesto, e notai che aveva addosso la mia collana, quella con il cuore d'oro. Doveva aver fatto riparare o sostituire la catenina rotta. Oppure Lance gliene aveva regalata una nuova. Non mi avrebbe sorpreso scoprire che ne aveva comprate a pacchi. Comunque fosse, non me ne importava più nulla. Ne avevo abbastanza di quel cretino. Poteva tenerselo. E pure la collana.

Dato che da me non stava ottenendo niente, si rivolse alla mamma, ignorando il dito sanguinante.

«Natalie…».

La interruppi subito. «Lasciala in pace. Non vedi che si è fatta male?»

«Che sta succedendo?», chiese mia madre con un filo di voce.

Con il viso contratto dalla rabbia, Tanya lanciò la padella per terra. Si schiantò sul pavimento con un fracasso incredibile. «Quella mocciosa di tua figlia mi ha rubato il portatile!».

La mamma si voltò verso di me, gli occhi lucidi per il dolore. «Paige?»

«Non ho fatto niente del genere, mamma».

«Bugiarda!», ringhiò Tanya, il viso completamente trasfigurato dalla rabbia.

«Dimostralo!», la sfidai.

«Rivolterò ogni angolo di questa casa!».

«Fa' come ti pare. Scommetto che non troverai niente».

«Dimmi dov'è!».

Feci un sorrisetto. «Io non l'ho toccato. Forse qualche tuo amico imbecille l'ha rubato ieri sera, durante la festicciola che hai messo su. Era tutto aperto, potevano entrare in casa e anche in camera tua».

La mamma mi interruppe. «Ragazze, per favore, non mi sento bene. Possiamo parlarne dopo?».

Aveva perso molto sangue, ed era parecchio pallida. «Dovresti sdraiarti e tenere il dito alzato, mamma».

Ma Tanya non aveva intenzione di lasciar perdere. Nel giro di mezzo secondo, mi circondò il collo con le mani come se volesse strangolarmi.

«Dammelo, Paige!». Iniziò a stringere.

La mamma era senza fiato. «Che diavolo fai, Tanya?».

«Levami le mani di dosso!», provai a urlare. Ma lei strinse ancora più forte. Tossivo, faticavo a respirare.

«Tanya!», gridò di nuovo la mamma, orripilata. Strattonò il braccio della nostra ospite, ma non aveva un briciolo di forza. «Lascia stare subito Paige!».

«Che diavolo sta succedendo qui?», chiese una voce rauca e severa.

Mio padre. E in piedi sulla porta di servizio accanto a lui, c'era mio fratello.

Tanya mi lasciò andare, e si girò subito verso di lui. «Matt, Paige mi ha rubato il portatile e non vuole restituirmelo!».

«Non è vero, papà! Credimi».

Come no, pensai.

Per lui ero ancora una bugiarda copiona.

Lui mi guardò a occhi stretti, poi si voltò verso la mamma in cerca di risposte. Ma lei era diventata completamente bianca, e aveva cominciato a dondolare sul posto. Sembrava sul punto di svenire.

Mi prese il panico. «La mamma si è tagliata il dito, ha già perso un sacco di sangue. Meglio che la porti al pronto soccorso, papà!».

Tanya, livida di rabbia, batté il piede per terra. «*Fa'* qualcosa, Matt! Ordina a tua figlia di ridarmi il portatile!».

Ma lui la ignorò e si precipitò da mia madre. Studiò lo strofinaccio insanguinato che le avvolgeva il dito e poi, con delicatezza, scoprì la ferita. Era un taglio serio, si capiva dalla sua faccia. E dal fiume di sangue che continuava a uscire, sporcandole la mano.

Papà osservò la ferita con gli occhi sgranati.

«Santo cielo, Nat. Hai combinato un bel casino. Ha ragione Paige. Serve il pronto soccorso».

Ma lei lo spinse via, lasciandomi esterrefatta. «Non mi toccare, Matt». Aveva la voce flebile, dolorante. Provò a mettersi in piedi, ma le gambe le cedettero all'istante. Per fortuna papà la sorresse in tempo e la sollevò tra le braccia senza il minimo sforzo, come se non pesasse nulla.

«Andiamo al Cedars».

«Vengo con voi!».

«No, Paige. Resta qui con tuo fratello».

«E il mio computer?», strillò Tanya. «Non posso fare i compiti senza!».

«Ci penseremo al ritorno. Nel frattempo, guarda in giro per casa. Dovrà essere da qualche parte».

«D'accordo», sibilò lei, arrabbiata nera.

Si girò verso di me, rifilandomi un'occhiata sferzante. Se gli sguardi potessero uccidere, quello non mi avrebbe lasciato scampo.

Fui percorsa da un brivido gelido. Sarebbe caduta qualche testa quella sera. E temevo che sarebbe stata la mia.

Presi d'istinto il coltello che aveva usato la mamma.

Mentre Tanya usciva dalla cucina come una furia, lo strinsi forte tra le dita.

L'uragano Tanya.

Un tornado che si scatenava per la casa distruggendo tutto ciò che trovava sul suo cammino. Io e Will cercammo di limitare i danni, seguendola di stanza in stanza, ripulendo il caos che si lasciava dietro. Tanya lanciava i cuscini dai divani, rovesciava le sedie, svuotava gli armadi, ribaltava i tappeti. Non volevamo che la mamma trovasse quel disastro al suo ritorno. E mentre io badavo a lei, con il coltello ancora nascosto dietro la schiena, mandai Will a nascondere gli altri coltelli nel capanno degli attrezzi. Quella tipa era fuori di testa. Meglio prevenire che curare.

«Quindi è così che ti vendichi», borbottava mentre continuava a mettere a soqquadro il soggiorno. Era arrivata al mobile bar e stava rovesciando a terra tutte le bottiglie. «Io ti ho fregato il ragazzo, e tu mi freghi il portatile».

«Non ho preso io il tuo portatile», risposi disinvolta.

«Sai, Paige, a volte penso che come attrice tu sia mille volte meglio di me».

Riflettei su quella frase. Era praticamente una confessione. Stava ammettendo di essere falsa – un'impostora –, ma ci volevano prove più sostanziali.

«Non sono stata io, lo giuro su Orso». Rimpiansi subito quelle parole, l'ultima cosa che volevo fare era mettere in pericolo il nostro amato bestione che, al momento, abbaiava fuori.

Le ricerche nel mobile bar non portarono a nulla, e Tanya si consolò con una delle bottiglie che aveva gettato a terra – un costosissimo cognac. Svitò il tappo, piegò la testa all'indietro e buttò giù qualche lungo sorso. Quando tornò a guardarmi, gli occhi le scintillavano di cattiveria. «Comunque sia, caro il mio *scarto*, il tuo ex ci sa davvero fare a letto».

Fu una coltellata al cuore. Ma poi respirai a fondo e mi costrinsi a sorridere. Era ora di farle capire che è meglio non fare arrabbiare certa gente. Come *me*.

«Ah, hai visto il suo *mai-più-moscio*, quindi?»

«Eh?». Mi guardò con un'espressione vuota. La nostra ospite *poi non tanto* inglese evidentemente non aveva mai visto un film di Austin Powers.

«Insomma...». Dondolai i fianchi finché non ci arrivò. «Be', spero che abbiate usato una protezione».

Mi guardò con un sorrisino. «Non serve, prendo la pillola».

«Oh, ma non ti ha detto che ha preso un herpes?».

Di nuovo quell'espressione vuota. Facevo fatica a non scoppiarle a ridere in faccia. La guardai bere un altro sorso di cognac.

«Comunque bere fa male e può causare difetti congeniti. Non te le insegnano queste cose nel tuo collegio da VIP?»

«*Vaffanculo*», urlò, dimenticando il finto accento britannico. «Sei solo gelosa e patetica. E un cesso!».

Sorrisi. «Un *gabinetto*, intendi?». In Inghilterra non usavano quell'espressione.

Tanya marciò nell'altra stanza, portandosi dietro la bottiglia. Scossa, mi avvicinai al mobile bar e cominciai a rimettere a posto. Per fortuna, non si era messa a lanciare la roba. Altrimenti avrei impiegato ore a ripulire i vetri rotti e le macchie di liquore. Stavo riponendo l'ultima bottiglia, quando Will rientrò.

«Capperi!».

Mi girai. Era rimasto a bocca aperta davanti al disastro. Ancora non avevo finito di riordinare e i cuscini, le coperte e i libri erano ancora sparsi ovunque. Uno dei divani era persino capovolto.

Stavo per chiedergli una mano, quando dalle scale arrivò un rumore di passi rapidi e pesanti. Dentro di me suonò un campanello d'allarme.

«Sta salendo di sopra!». La mia porta era chiusa a chiave, ma quella di mio fratello no. «Willster, metterà sottosopra la tua stanza!». Quella pazza avrebbe distrutto tutti i robot che Will aveva costruito in settimane e settimane di lavoro.

Ma mio fratello mi rifilò un sorrisetto ironico. «Tranquilla, Pudge. C'è Orso in camera mia. La porta è chiusa, ma se la sente arrivare si metterà ad abbaiare come un pazzo. Non entrerà mai, fidati. Vediamo di ripulire questo casino».

Quanto adoravo mio fratello. Era così furbo. Avrebbe sicuramente fatto strada nella vita.

Avevamo quasi finito di riordinare, quando sentimmo Orso che iniziava ad abbaiare come un matto. Tanya tornò giù di corsa, fissandoci piena di disprezzo. «Scommetto che l'hai nascosto in camera del moccioso. Lo troverò, stanne certa! Ora vado a cercare fuori».

«Buona fortuna!», risposi guardandola marciare verso le portefinestre che davano sul giardino. Per fortuna avevo chiuso il mio studio a chiave, e non sarebbe riuscita a entrare. Dato che era fuori e che ne avrebbe avuto per un bel po' – il giardino era immenso e c'era un mucchio di potenziali nascondigli – chiesi a Will se voleva mangiare qualcosa. Stava morendo di fame, e pure io.

Presi le verdure che aveva tagliuzzato la mamma e, senza perdere di vista il coltello, preparai una pasta vegetariana e un'insalata semplice. Will ripulì il piatto in un batter d'occhio. Chissà dove la metteva tutta quella roba, magro com'era.

Seduti al bancone della cucina, raccontai a Will della videochiamata con Mary. E di cosa avevo scoperto su Jolene e Roy Perkins e sulla figlia, Billie Rae. Non tralasciai alcun dettaglio.

«Cavolo! Inquietante!», disse, ingoiando l'ultima forchettata di pasta. Aveva ripulito il piatto.

«Già. In una scala da uno a dieci, direi undici». Presi un po' d'insalata. «Mi sa che ti servirà di nuovo il tuo cappello, Sherlock». Mi misi a ridere quando costruì un cappellino di carta con il tovagliolo e se lo mise in testa. «Bene, perché Tanya aveva quella vecchia foto della Indio High, secondo te?»

«Ci ho riflettuto, mia cara Watson». Rubò una forchettata di pasta dal mio piatto. «E non credo proprio che sia un caso».

Mentre soppesavo le sue parole, sentimmo un rumore di passi decisi in avvicinamento. Tanya. Entrò in cucina con il viso e le mani sui fianchi.

«Allora, hai trovato il portatile?», chiesi in tono allegro.

«No, nient'affatto. Ma ho trovato *questo* di sopra». Allungò un braccio e spalancò la mano. Riconobbi subito l'aggeggino bianco nel palmo. La microcamera. E aveva chiaramente capito cos'era.

«Quindi voi due mi *spiavate?*», sibilò.

Sollevai le spalle, fissandola con la faccia impassibile. E Will fece altrettanto. Gli occhi velenosi di Tanya si concentrarono su di lui.

«Di' un po', piccolo pervertito, ti è piaciuto guardarmi mentre mi spogliavo? Mentre me ne andavo in giro in mutande? Mentre mi trastullavo sotto le coperte?».

Il povero Will impallidì. Non aveva fatto nulla del genere.

«Lascialo in pace!», sibilai, sentendo tintinnare un mazzo di chiavi.

Mi girai verso la porta di servizio. Vidi la serratura scattare, e sulla soglia comparvero i miei genitori. Entrarono in cucina: la mamma era ancora pallida, le bende sulla ferita erano degne di una mummia egizia.

«Come sta il dito?», chiesi.

Aveva gli occhi vitrei, il viso tirato. Sembrava ubriaca di stanchezza. «Sopravvivrò». Una pausa. «Dieci punti e gesso».

Povera mamma! «Hai fame? Ho preparato la cena».

«Grazie, tesoro, ma non ho appetito. Voglio solo andare a sdraiarmi di sopra».

«Ti fa male?»

«Sì, ma mi hanno dato degli antidolorifici».

«La mamma deve riposare», intervenne papà, con tono distaccato.

Notai la distanza tra loro. L'uomo che solo poco fa l'aveva presa in braccio e caricata in auto come un cavaliere, ora le stava lontano. Nessun contatto fisico. Nessuno scambio di sguardi.

Si allentò la cravatta.

«Natalie, io dormo di sotto, in sala».

«Va bene». La sua risposta si udì a malapena.

Si separarono. Niente baci. Niente abbracci.

Che stava succedendo tra i miei genitori?

Trentotto
Natalie

Me ne stavo sdraiata nel nostro letto. Sveglia. Sola.

Continuavo a rigirarmi.

Ma non riuscivo a prendere sonno.

Il dito mi faceva male. Ma mai come il cuore.

Nel viaggio al pronto soccorso, avevo sentito l'odore di sesso. Mio marito aveva addosso il profumo della sua infedeltà, ma non avevo avuto la forza di affrontarlo. Eravamo rimasti in silenzio per tutto il tempo. E così al ritorno. Non mi aveva nemmeno chiesto del dito. Spesso il silenzio dice più delle parole. Sapeva che sapevo. Anche perché, quando gli avevo chiesto di dormire in un'altra stanza, aveva accettato senza discutere. L'idea di condividere lo stesso letto con lui mi ripugnava, e poi avevo bisogno di spazio per riflettere.

Avevo un milione di domande che mi martellavano la testa.

Come potevo lavorare ancora nei comitati, avere a che fare con tutte quelle donne senza chiedermi continuamente chi di loro fosse stata con mio marito? Con quale faccia mi sarei presentata a pilates? Alle lezioni di spin al SoulCycle?

Magari si era portato a letto anche le mie istruttrici. Ce n'erano di bionde con le gambe lunghe.

Qual era il momento giusto per affrontarlo? Per costringerlo a confessare tutti i suoi tradimenti? E poi c'era il quesito più grande di tutti: cosa dovevo fare? Restare con un marito adultero? O lasciarlo?

Una sola cosa era certa: non potevo abbandonarmi al baratro. Non potevo annientarmi come l'ultima volta, diventare uno zombie.

Ora dovevo essere forte per i miei figli. Per me stessa.

Avevo le forze.

Avevo lo Xanax.

Lo diceva pure il proverbio: la prima volta che m'inganni è colpa tua, ma la seconda volta è colpa mia.

Ma io non mi sarei lasciata ingannare. Non di nuovo. Né mai più.

"L'inferno non conosce furia simile a una donna respinta".

Soprattutto se la donna in questione aveva i miei trascorsi.

Ingoiai un antidolorifico, chiusi gli occhi e mi lasciai avvolgere dal sonno. Avrei avuto bisogno di ogni briciolo di forza.

Trentanove
Paige

Il mattino seguente rimasi sorpresa nel trovare la mamma già pronta in cucina e intenta a preparare la colazione. Aveva apparecchiato il bancone con varie barrette di muesli, muffin ai mirtilli, frutta fresca e succo d'arancia.

Aveva addosso il completo da ginnastica di Lululemon, e pareva già migliorata rispetto a ieri. Meno stanca, il colorito normale.

«Come va il dito, mamma?». Ancora non usava bene la mano sinistra. Per fortuna era destrorsa.

«Mi fa meno male», rispose, versandosi una tazza di caffè. «Grazie per averlo chiesto».

«Dov'è papà?». Di solito era il primo a scendere per la colazione.

Bevve un sorso dalla tazza fumante e sollevò le spalle. «Avrà avuto una riunione di primo mattino». Ma il tono lasciava intendere qualcos'altro.

Non indagai oltre. «E Will?». Mio fratello era mattiniero, si svegliava sempre prima di me.

«È fuori con Orso. Lo ha portato a passeggio lui, visto che io non posso». Indicò con lo sguardo il dito fasciato. Ci volevano entrambe le mani per portare in giro Orso, soprattutto se gli capitava di vedere uno scoiattolo.

Prima che potessi dire altro, Tanya irruppe in cucina come un tornado. Mi lanciò un'occhiata sprezzante e si rivolse subito a mia madre, senza neanche chiederle come stava.

«Natalie, devi portarmi a fare shopping dopo la scuola».

«Oggi non posso. Ho un impegno importante».

«Cancellalo! Mi serve un computer nuovo. L'ho cercato

ovunque, ieri, ma non l'ho trovato». Si voltò a guardarmi di nuovo, insieme al disprezzo un sorriso beffardo. «Per merito tuo, prenderò il nuovo MacBook Pro. Quindi. Gra-zie».

Prego, risi tra me e me, mentre lei scartava una barretta di muesli.

Fece un morso veloce, e poi tornò a tampinare la mamma. «Se tu non puoi portarmi, Natalie, lo chiederò a Lance».

Per fortuna non mise in mezzo me.

«Mi serve solo la tua carta di credito».

«Tanya, cara, non posso darti la mia carta di credito».

Aggrottò la fronte. «Perché no?»

«Perché no, punto».

«E io come faccio, allora? Senza computer non posso studiare».

«Non puoi usare la *tua* carta? O una di tuo padre?»

«Ehm… la mia è appena scaduta e non ho accesso a quelle di papà».

Non le credevo per niente. Qualcosa non quadrava.

La mamma prese un muffin. «Chiedi a Matt. Di certo ti farà usare la *sua*».

Tanya la guardò a occhi stretti. «E va bene. Gli manderò un messaggio. Magari possiamo vederci all'Apple Store di Century City, visto che lavora nei paraggi. O meglio ancora, passerò da lui in ufficio».

«Ti consiglio vivamente di scrivergli o chiamarlo prima di andare in ufficio». Le labbra della mamma si piegarono in un sottile sorriso di scherno. «Potrebbe essere nel bel mezzo di una riunione importante. *O* fuori. Soprattutto se decidi di andare all'ora di pranzo».

In strada, un clacson suonò tre volte. Lo riconobbi subito.

«Ah, ecco Lance». Tanya s'illuminò in volto. «Devo scappare. *Ta-ta!*».

Versò del caffè in una tazza e ne bevve un paio di sorsi, buttando il resto nel lavandino. Quella maleducata non si degnò nemmeno di mettere la tazza in lavastoviglie. La guardai fluttuare fuori dalla cucina, sentendo l'auto allontanarsi con una fitta al cuore.

La mamma mi guardò perplessa. «Perché non sei andata con loro?».

Scartai una barretta di muesli senza troppa convinzione e, dopo un respiro profondo, mollai la bomba. «Io e Lance ci siamo lasciati, mamma».

Parve più turbata che sorpresa. «Oh, povero tesoro! Vieni qui».

Spalancò le braccia e mi lasciai abbracciare, incapace di resistere a quel magnetismo materno.

Mi accarezzò i capelli con la mano buona. «Quando è successo?»

«Questo fine settimana».

Timore e compassione le attraversarono il volto. «Mi dispiace tantissimo, tesoro. Stai bene?».

Feci cenno di sì con la testa e morsi la barretta croccante. «Sto bene». La verità? Ero ancora ferita. Ero umana, dopotutto.

Mi chiedevo se mamma sapesse che mi aveva tradita con Tanya. E che ora stavano insieme. Prima che potessi dirglielo, Will entrò in casa con Orso al guinzaglio. Il cagnone saltò sul bancone e rubò i resti della barretta di Tanya.

«Paige», disse mio fratello tutto affannato, afferrando un muffin, «non posso arrivare tardi a scuola. Sono il capoclasse oggi».

Una parte di me sarebbe rimasta a casa più che volentieri. Non volevo vedere Lance e Tanya insieme. Ma avevo troppe cose da fare, tra cui due esami, una presentazione e l'allenamento di basket.

Con il cuore pesante, presi le chiavi della Jeep e uscii insieme a Will.

Mentre aspettavo che si allacciasse la cintura, non potei fare a meno di controllare il profilo Instagram di Tanya.

C'era un selfie di loro due. Si baciavano, e sotto c'era scritto #Instalove accompagnato da un sacco di cuoricini. Mi venne la nausea. Chiusi l'applicazione e buttai il telefono nello zaino senza darmi il tempo di leggere il fiume di commenti denigratori nei miei confronti.

Magari la mamma era all'oscuro di tutto, ma il resto del mondo sapeva esattamente cosa stava succedendo.
Inclusi i miei compagni della Coldwater Academy.
La reginetta di Instagram aveva trovato il suo re.
Odiavo Lance con tutto il cuore, ma odiavo ancora di più lei.
L'avrei uccisa.

Quaranta
Paige

Nei giorni seguenti non accadde nulla degno di nota, se non che il mio umore precipitò a terra. Tanya aveva ottenuto un nuovissimo portatile, un regalo di mio padre, e se ne andava in giro per la scuola sfilando mano nella mano con Lance. Anche se mi sforzavo di guardare da un'altra parte, la gelosia e la tristezza si facevano sentire. Era davvero dura. Mi mancava avere un ragazzo.

Contavo i giorni che ci separavano dalle vacanze del Ringraziamento, ormai a meno di una settimana di distanza. Per un po' non avrei più dovuto sopportare la vista della coppietta affiatata, e stare con nonna mi avrebbe dato sicuramente conforto. Desideravo ancora più di prima che Tanya rimontasse in sella alla sua scopa e filasse via da dove diavolo era arrivata. Pensare di trascorrere altri sei mesi con lei era insopportabile. Non c'erano stati grandi progressi da parte mia e di Will, e ancora non conoscevamo la sua vera identità. Né cosa la legasse a Billie Rae Perkins. Lavoravamo al Caso Tanya Blackstone, alias Operazione Tanya, da quasi tre mesi ormai. Era un sacco di tempo per Sherlock e Watson.

Dato che con il dito steccato la mamma non riusciva più a cucinare, nell'ultima settimana avevamo sempre ordinato la cena d'asporto. Una sera italiano. Un'altra tailandese. Un'altra ancora sushi. C'era sempre qualcosa di vegano per me. Lei trattava papà in maniera civile, ma qualcosa era cambiato. La scintilla tra loro si era spenta. Ci nascondevano qualcosa. Le conversazioni si erano ridotte al minimo, e Tanya era ben contenta di prendersi la scena. Era sempre un sollievo salirmene in camera mia. Will la pensava come me. Non avevamo idea di cosa stesse accadendo tra i nostri genitori, ma di certo non era niente di buono.

Domenica, la sera prima dell'inizio delle vacanze per il Ringraziamento, cenammo in un raffinato ristorante fusion che piaceva a mio padre. C'eravamo tutti, tranne Tanya.

«Che peccato che Tanya dovesse lavorare alla tesina», disse la mamma, piluccando la tempura con le bacchette. «Le sarebbe piaciuto questo posto».

Mandai giù una forchettata di noodles piccanti. «È questo che ti ha raccontato?».

La mamma si voltò a guardarmi. Ebbene, era arrivata l'ora delle notizie bomba.

«In realtà è uscita con Lance. Mi ha tradito con lei, per questo l'ho lasciato. Ora stanno insieme».

Papà rimase indifferente alla notizia, ma l'infedeltà di Lance sembrò colpire un nervo scoperto in mia madre. Cambiò subito espressione.

«Lo *sapevo* che stavano combinando qualcosa quei due. Questo è inaccettabile. È il momento di fare una bella chiacchierata con Tanya».

«Non preoccuparti, mamma. Ormai l'ho superata».

Il tempo delle lacrime era passato da un bel po', ma lei mi abbracciò lo stesso. «Tesoro, un uomo che ti tradisce non ti merita». Guardò il papà, seduto di fronte a lei, con un sorriso ironico. «Non sei d'accordo, Matt?».

Mio padre impallidì. «Paghiamo e andiamo. Devo finire di fare le valigie».

Al nostro rientro, ci accorgemmo subito che qualcosa non quadrava. In genere Orso ci accoglieva abbaiando dal giardino o dalla stanza di Will. Stavolta in casa c'era un silenzio sinistro.

«Orso!», chiamò Will. «Siamo tornati!».

Nessun guaito. Nessun latrato. Niente di niente. Un terribile presentimento mi gelava le ossa.

«Forse sta dormendo in camera mia», disse Will, la voce che tradiva l'ansia.

Andai di sopra con lui, salendo le scale due gradini alla volta. La porta della sua stanza era chiusa, e tirammo un sospiro di sollievo. Ma quando l'aprì, restammo tutti e due sgomenti. Orso era sparito!

«Dev'essere qui da qualche parte, Will!». Disperati, uscimmo in corridoio e aprimmo una porta dopo l'altra, chiamandolo a squarciagola. Eravamo arrivati di fronte alla porta di Tanya, che era socchiusa. Mi si chiuse la gola, e provai subito una terribile sensazione.

«Aspetta qui, Will. Vado prima io».

Entrai con il cuore in gola, il passo incerto. La camera, come al solito, era un porcile. Il letto disfatto. I cassetti aperti del comò pieni di biancheria stropicciata. Vestiti sparsi ovunque.

Ed in mezzo, lui. Orso. Disteso sul pavimento. Immobile. Con gli occhi chiusi. E la lingua che penzolava dalla bocca. Era circondato da una pozza di vomito. Trattenendo a fatica le lacrime, mi portai una mano alla bocca e ansimai: «O mio Dio!».

«Orso! Orso!», gridò Will alle mie spalle, isterico. Corse dal cane esanime, inginocchiandosi su di lui. Piangeva a dirotto. «Orso, Orso! Svegliati! Sono io, Will!».

Ma il nostro cagnone non si muoveva. Sentivo il cuore sgretolarsi in un milione di minuscoli pezzettini. Consumato da un dolore mai provato prima. Le lacrime mi rigavano il viso, ma le asciugai notando subito una scia di cartacce. Gomme da masticare. Involucri argentati e familiari. *Trident.* Le gomme che Tanya ruminava senza sosta. Ne teneva una scorta nel cassetto del comodino. Mi si fermò il respiro. Il cassetto era spalancato. E sul ripiano c'erano diversi pacchetti masticati. Pian piano stavo unendo i puntini. Tanya doveva avere approfittato della nostra assenza per far uscire Orso dalla stanza di Will e attirarlo in camera sua, lasciando il cassetto aperto di proposito. Il nostro cane divorava di tutto. Anche le gomme da masticare. E quelle contenevano lo xilitolo, lo sapevano tutti, un sostituto dello zucchero che era velenoso per i cani. Spesso letale. Noi avevamo eliminato ogni prodotto che lo contenesse. Persino il burro di arachidi di Whole Foods, per cui andavamo pazzi.

Mentre Will continuava a piangere abbracciato a lui, chiamai i nostri genitori con tutto il fiato che avevo nei polmoni. Non potevo lasciare Will da solo, neanche per un secondo.

«Mio Dio!», strillò la mamma non appena entrò nella stanza, con papà subito dietro, guardando mio fratello che abbracciava il nostro cane immobile. «Che è successo?»

«Orso è stato avvelenato», dissi con voce rotta, gli occhi ancora inondati di lacrime. «Credo sia morto!».

Papà si precipitò da Will e Orso. Cercò di allontanare mio fratello con delicatezza, ma Will gli opponeva resistenza. «No, papà, no!», piangeva. «Lasciami stare!».

Il dolore sul volto della mamma era quasi tangibile mentre correva ad abbracciare mio fratello. Lui le affondò il viso nel petto e continuò a piangere, mentre il papà si inginocchiava accanto a Orso e gli posava una mano sulla schiena. Si voltò di scatto verso di noi.

«Ragazzi, respira! È vivo! Chiamate il veterinario, veloci!».

Il compito spettava a me. Senza perdere un attimo, tirai fuori il telefono. Sapevo che non era il caso di chiamare il nostro veterinario: era domenica, fuori dal suo orario di lavoro. Contattai direttamente la clinica veterinaria dove avevamo portato Orso quando si era ferito con una scheggia di vetro. Ascoltai con il cuore in gola la musichetta insulsa che pareva non finire mai, poi finalmente qualcuno mi rispose. Spiegai la situazione, le parole che uscivano a cento all'ora. Rimasi in ascolto.

«Mamma, papà! Dobbiamo portarlo subito alla clinica di West LA!».

«Come facciamo con le scale?», domandò mia madre, con Will ancora stretto fra le braccia. Mio fratello si voltò verso nostro padre.

«Papà, devi prenderlo in braccio!».

Orso pesava all'incirca settanta chili. Anche in forma com'era, mio padre non poteva sollevarlo. Non con i problemi alla schiena che si portava dietro dall'infortunio a tennis.

«Prendilo in braccio, papà!», gridò di nuovo Will.

Rimasi a bocca vedendo nostro padre che si chinava a raccogliere il nostro gigante di settanta chili tra le braccia. "Will-ere è potere".

«Forza, ragazzi! Andiamo».

Con le parole della clinica bene a mente, raccolsi in fretta e furia le cartacce e i pacchetti di Trident aperti. Era importante stabilire quanto xilitolo avesse ingerito.

Dieci angoscianti minuti dopo, eravamo tutti a bordo della Jeep. Papà alla guida, mamma accanto a lui sul sedile del passeggero. Will, ancora in lacrime, e io eravamo seduti dietro, con il povero Orso incosciente sulle gambe.

Resisti, Orso!, pregai mentre sfrecciavamo in direzione della clinica, attraversando la città senza badare ai semafori rossi. Non avevo mai avuto tanta paura in vita mia.

Tre lunghe ed estenuanti ore dopo, tornammo a casa. Era quasi mezzanotte. La prognosi di Orso non era affatto buona. Secondo i veterinari che lo avevano visitato, aveva ingerito circa venticinque pacchetti di gomme, vale a dire una quantità di xilitolo pari a cinquemila milligrammi. Basandosi sul suo peso, la dose letale era pari a settemilacinquecento. In quel momento era in coma, con ipoglicemia e possibili danni al fegato. Gli fecero ulteriori analisi del sangue e lo misero sotto flebo. La sua vita era appesa a un filo. Le prossime ventiquattr'ore sarebbero state cruciali. Non ci restava che aspettare.

Tanya non era ancora tornata. Doveva essere in giro con Lance. Meglio così, perché se l'avessi avuta davanti le avrei piantato un coltello nel cuore o fatto bere della candeggina. Oppure sarei corsa a prendere la pistola di papà per mostrarle che anche io sapevo usarla.

Povero Will. Non aveva smesso un attimo di piangere. Durante il tragitto verso la clinica, mentre eravamo lì e quando eravamo tornati a casa. Non l'avevo mai visto così. Mi infilai in tutta fretta il pigiama e andai a bussare alla sua porta. Lo sentivo singhiozzare attraverso il legno spesso.

«Will, sono io», dissi bussando di nuovo. Nessuna risposta. Ignorando il cartello VIETATO ENTRARE sulla porta, girai la maniglia.

L'abat-jour era accesa e mio fratello, con addosso il pigiama di *Guerre Stellari*, se ne stava rannicchiato nel letto a castello.

Le ginocchia al petto, in un fiume di lacrime. Senza chiedergli il permesso, mi arrampicai e mi stesi accanto a lui, appoggiandogli un braccio sulle spalle esili che tremavano convulsamente. Ogni tanto mi era difficile credere che un giorno il mio fratellino non sarebbe più stato così piccolo. Che avrei dovuto piegare il collo all'insù per guardarlo.

Ero triste anch'io, ma c'era qualcos'altro che mi faceva stare peggio. Il senso di colpa. Un orribile, tremendo senso di colpa. Perché Orso rischiava la vita a causa mia. Ero stata io a rubare il portatile di Tanya e lei aveva reagito cercando di ucciderci il cane, sapendo quanto fosse prezioso per noi. *Per vendetta.* Uno straziante misto di colpa, dolore e rimorso mi scosse scatenando un diluvio di lacrime. Scendevano libere, senza freni.

«M-mi dispiace tanto, Willster», balbettai. «Mi perdonerai mai?»

«C-che vuoi dire?», esitò lui.

«È tutta colpa mia».

Will si voltò verso di me, con il viso rigato di lacrime. Gli occhi gonfi e rossi. Le guance lentigginose e umide. Il nasino che colava come un rubinetto aperto.

«C-cos'è colpa tua, Pudge?».

Cominciai a singhiozzare. «Se non avessi rubato il computer di Tanya, non sarebbe successo niente». *Le ho mentito e ho spergiurato sulla vita di Orso.* «E Orso sarebbe con noi, adesso. A dormire sul pavimento qui sotto».

Will mi prese la mano. «Non è stata colpa tua, Pudge. Smettila di tormentarti. L'abbiamo fatto insieme».

«Sei arrabbiato con me?»

«Ma va'!», esclamò con un sorriso.

«Oh, Will!». Lo abbracciai forte, e lui ricambiò. Lo strinsi fino a sentire il suo cuore che batteva contro il mio. Avevamo affrontato così tanto insieme, nel bene e nel male. Will era sempre stato al mio fianco, e io al suo. Ci sostenevamo a vicenda. C'eravamo sempre l'uno per l'altra.

Ci separammo dopo qualche istante.

Non piangeva più così forte, e nemmeno io.

«Pudge», disse, «ti va di dormire qui con me stanotte?»

«Certo». La verità era che neanche io volevo dormire da sola.

«Un'altra cosa. Ti va di pregare per Orso con me?».

Gli sfiorai la testa con la mia. «Sì… certo».

E così mi ritrovai a pregare per la seconda volta quella sera. Io che non pregavo più da anni. Non ricordavo neanche più l'ultima volta che l'avevo fatto. Andavamo in chiesa ogni tanto, nei giorni più importanti, ma non potevo definirmi una persona religiosa. Non ero nemmeno certa di credere in Dio, ma quella notte mi affidai a lui. Forse a mia insaputa, Will era credente. Non importava. Abbassammo la testa, unimmo le mani e pregammo per Orso. Insieme e in silenzio.

Ma io pregai intensamente anche per Tanya. Affinché pagasse per ciò che aveva fatto.

Quarantuno
Paige

Le vacanze del Ringraziamento. Una settimana senza scuola.

C'erano buone notizie.

E altre cattive.

Le buone: Orso era sopravvissuto all'avvelenamento.

Le brutte: sarebbe dovuto restare in osservazione per una settimana, e quindi non potevamo portarlo a San Francisco con noi dai nonni. I veterinari volevano mantenerlo sotto flebo e monitorarlo. Il rischio di danni al fegato e coaguli di sangue era ancora presente, ma si dicevano ottimisti. Secondo loro, si sarebbe ripreso del tutto.

Andammo a trovarlo due volte: il lunedì, e poi di nuovo il martedì mattina prima di partire. Io e Will eravamo al settimo cielo per i progressi che aveva fatto. Lunedì aveva ancora gli occhi vitrei ed era stato letargico, ma martedì era tornato il vecchio Orso che scodinzolava a più non posso e abbaiava chiedendoci di tornare a casa. Alla clinica si erano innamorati tutti del nostro bestione goffo e morbido, e ci avevano promesso che avrebbero avuto un occhio di riguardo per lui. Avremmo potuto persino chiamarlo su FaceTime. E mentre noi eravamo via, la nostra governante, Blanca, sarebbe andata a trovarlo ogni giorno. Incrociando le dita, al nostro ritorno l'avrebbero dimesso.

Di solito andavamo in auto a San Francisco. In passato usavamo la Range Rover della mamma, ma da quando l'aveva cambiata per la Mercedes cabrio, papà era solito noleggiare un'ampia Lincoln Navigator. Non vedevo l'ora di mettermi in viaggio: in genere passavamo per la Highway 1, solcando la costa e facendo tappa nel Big Sur, a Monterey o Carmel.

Ma stavolta partimmo più tardi del solito e in più papà era di umore irritabile, quindi prendemmo la I-5 in direzione nord, una strada noiosa con nient'altro da vedere se non fattorie e mucche. La mamma se ne stava seduta davanti, il naso immerso nelle riviste di moda e la bocca cucita. Parlava a malapena con mio padre. Io e Will eravamo dietro, lui giocava con l'iPad e io sfogliavo l'album da disegno. Alle nostre spalle, Tanya masticava la gomma sdraiata sul sedile e non faceva che lamentarsi. L'odio che io e Will provavamo per lei era indescrivibile. Negava risolutamente ogni coinvolgimento in ciò che era successo a Orso, sostenendo che doveva essersi trattato di un incidente. Che *forse* aveva accidentalmente (*apposta!*) lasciato aperto il cassetto nella fretta di prepararsi per l'appuntamento con Lance.

«Quella stupida bestia feroce è uno spreco di spazio», mi aveva detto, «dovreste sopprimerlo».

Ma se c'era qualcuno che io e Will avremmo soppresso, era proprio lei.

Arrivammo a San Francisco in tempo record. Poco meno di cinque ore. Viaggiare di martedì, evitando il traffico festivo, aveva di certo aiutato. E probabilmente tornare di sabato ci avrebbe garantito gli stessi vantaggi. Ci registrammo al nostro hotel preferito in Union Square, dove alloggiavamo sempre. Quest'anno ci avevano dato una suite con tre camere da letto. Era magnifica, se non fosse che ero tenuta a dividere la stanza con Tanya. *Neanche morta*. E fu lei a fare una scenata. Così, neanche un'ora dopo, mi sistemai nell'elegante appartamento della nonna a Nob Hill, pieno d'arte, condividendo una stanza con Will. Mica potevo lasciarlo solo con l'assassina di cani.

Adoravo il Ringraziamento perché mi dava la possibilità di passare del tempo con la mia adorata nonna. Mercoledì mattina, mentre Will e il nonno erano all'Exploratorium, il museo di scienze naturali, noi optammo per il museo d'arte moderna. Era uno dei miei preferiti al mondo, e ne avevo visitati parecchi. Ne adoravo l'architettura, la luce naturale, la collezione permanente. Con mia grande gioia, scoprii che in quei giorni c'era una mostra speciale su Brancusi. La scelta non fu per niente ardua: meglio trascorrere la giornata a fare shopping con Natanya o al museo con la nonna? Figuriamoci.

Arrivammo poco dopo l'apertura, alle dieci, e lo visitammo in lungo e in largo. La nonna era un'importante collezionista e benefattrice e faceva parte del consiglio direttivo del museo. Aveva donato diverse opere della sua collezione, e io adoravo leggere il suo nome sulla targhetta che le accompagnava: DALLA COLLEZIONE PRIVATA DI MARJORIE E MARTIN MERRITT, SU GENTILE CONCESSIONE. Scoppiavo d'orgoglio. Chissà se un giorno il museo avrebbe esposto anche le mie sculture. Lo speravo davvero.

Scendendo dall'ultimo piano, passammo in rassegna tutti i miei pezzi preferiti, concedendoci alla fine un'ora intera per esplorare la mostra di Brancusi.

Ci fermammo a pranzare nel caffè del museo. Lo facevamo sempre, quando ci andavamo. Trovammo un tavolino per due che si affacciava sullo splendido giardino delle statue. Finalmente avevo la possibilità di parlare a cuore aperto con la nonna. La sera prima non era stato possibile, perché la zia Cecilia aveva monopolizzato la sua attenzione, ma ora era lì con me. E anche lei non vedeva l'ora di chiacchierare.

«Allora, Paige», iniziò, svitando il tappo dell'acqua frizzante, «hai più avuto notizie dal RISD?».

Le sorrisi. «Mi hanno ammesso! Domanda anticipata!». L'avevo scoperto lunedì, subito dopo essere tornata da Orso.

Gli occhi della nonna brillavano come due fuochi d'artificio, e batté le mani per la gioia. «Che meraviglia! Sono così felice per te!».

«Sei la prima a saperlo, a parte Will». Il sorriso mi morì sulle labbra. «Non l'ho ancora detto ai miei. Mamma sarà contenta, ma papà farà un casino. Me l'ha già detto: non vuole pagare per una facoltà artistica».

«Non devi preoccuparti di nulla, bambina mia. Ci penserò io alla retta, qualunque essa sia».

Spalancai gli occhi, incredula. «Cosa? Dici davvero, nonna?». Unica erede di un magnate delle ferrovie, era ricca sfondata e non doveva dipendere né dai soldi del marito, né da quelli dei suoi figli.

Mi fece l'occhiolino. «Io non mento mai… almeno non a chi amo».

Saltai su dalla sedia e corsi ad abbracciarla intorno al tavolo. «Oh, nonna! Ti voglio bene! Non so come ringraziarti».

«L'hai già fatto, tesoro mio. Ora mangiamo. Muoio di fame».

Tornai a sedermi, e addentammo i nostri burger di tofu.

La nonna infilzava l'insalata con la sua forchetta. «E il tuo ragazzo, invece, ha avuto notizie dalla Brown? Si chiama Lance, giusto?»

«Non è più il mio ragazzo», la corressi. «E non lo so. Sinceramente, non mi importa».

La nonna mi guardò con un sopracciglio alzato.

«L'ho mollato».

Ora aveva sollevato anche l'altro. «Davvero?»

«Mi ha tradito con Tanya, la studentessa che ospitiamo».

Le lessi la rabbia scritta sul viso. Cambiò totalmente espressione, le labbra una linea severa. «Che vipera! Non mi era piaciuta affatto, quando l'ho incontrata a casa tua. Era sgradevole e falsa. Perfino l'accento suonava finto».

Le raccontai quel che avevamo scoperto su di lei io e Will. Cioè che prima di venire a vivere con noi non aveva nessun profilo sui social media, che non avevamo trovato informazioni sul padre presunto diplomatico e che aveva rubato il portatile a una dolce pensionata di Redlands, fingendosi un'altra persona. E poi le raccontai del povero Orso, di come eravamo certi che ci fosse lei dietro l'avvelenamento. Una sorta di vendetta malata per il fatto che avevo preso il suo computer e l'avevo restituito al legittimo proprietario.

La nonna era sconvolta. «Quella ragazza è un pericolo per voi, per tutta la famiglia. Dobbiamo liberarcene!». Dopo un breve silenzio. «Sai se è allergica a qualcosa?».

Scossi la testa. «No».

«Mmm». Aggrottò la fronte, immersa nei suoi pensieri.

«Nonna! Non starai pensando mica di avvelenarla?». A dire il vero, l'idea non mi dispiaceva. Sarebbe stata la vendetta perfetta. Lei aveva avvelenato il nostro cane; noi avremmo avvelenato lei.

Ma la nonna rise, una risata profonda e roca. «No, tesoro, certo che no». Poi, giocherellando con la sua splendida collana di perle, mi rivolse un sorriso diabolico. «Ma la trascineremo in basso».

Ascoltai il suo piano, e risi anche io.

Forse, pensai, avevo ereditato la sua mente diabolica.

Quarantadue
Paige

Il Ringraziamento fu il giorno seguente. La nonna volle servire la cena, ordinata al catering come sempre, nel tardo pomeriggio. Ci chiamò a tavola alle quattro in punto.

Mentre lei supervisionava i cuochi in cucina, noi sedevamo nell'elegante salottino beige circondati dalle inestimabili opere di Rothko, Pollock e Picasso. Il fuoco scoppiettava nel camino e sulla mensola, circondato dai capolavori dei nonni, troneggiava il busto che avevo scolpito per lei. Un profumo meraviglioso si propagava nell'aria, facendomi venire l'acquolina in bocca. Quasi rimpiangevo la scelta del veganesimo, tanto era buono l'odore del tacchino arrosto.

Tra *hors d'oeuvres* e aperitivi (cocktail vari per gli adulti, sidro di mela frizzante per i ragazzi), venni a sapere che lo zio Trevor, noto vetrinista di fama mondiale, era appena arrivato da Londra.

«Che sei andato a fare?», chiesi, stupita di tutta quella energia. Il jet-lag non lo sfiorava affatto.

«Sono stato da Harrods. Dovevo allestire le vetrine per Natale». Prese un sorso del suo Manhattan. «Se solo poteste vederle! Il paese delle meraviglie. *So faaabulous*!».

Con la coda dell'occhio, vidi papà e la zia Cecilia roteare gli occhi. Lo squalo della finanza e l'avvocata divorzista snobbavano il lavoro "sciocco" dello zio. Ed erano gelosi perché Trevor, il più giovane dei figli della nonna, era chiaramente il suo preferito.

I tre fratelli, nati ciascuno a due anni di distanza dall'altro – Cecilia, cinquant'anni, era la primogenita – non erano mai andati troppo d'accordo durante la loro adolescenza. E avevano ancora un rapporto travagliato. La famiglia di mio padre era disfunzionale quanto la nostra, ma mi toccava amarla lo stesso. Erano gli unici parenti che avevo, i miei unici nonni. La mamma era figlia unica e i suoi genitori, che non avevano fratelli, erano morti in un terribile incendio poco prima che lei incontrasse mio padre. Casa loro era stata rasa al suolo dalle fiamme, insieme a tutti i ricordi che conteneva. Neanche online c'erano informazioni. Era come se Clement e Dorothea Taylor non fossero mai esistiti. E la mamma non ne parlava mai, quella storia la rendeva troppo triste.

«Trevor, è fantastico!», esclamò, riportandomi al presente. Anche lei andava pazza per quel *bon vivant* dello zio Trevor. «A proposito, sapevi che la studentessa che ospitiamo è proprio di Londra?».

Mi voltai verso Tanya, completamente estraniata dalla conversazione e annoiata a morte. «Tanya, a te piace Harrods?».

Saltò sul posto. «Eh? Scusate, ero distratta».

Ripetei la domanda.

Cambiò posizione. «Ehm… sì».

«Qual è il tuo piano preferito?»

«Io e papà stiamo nell'attico quando viene in città».

La mamma e lo zio Trevor le rivolsero un'occhiata perplessa. Peccato che nonna non l'avesse sentita. Tutti gli inglesi sapevano che Harrods era un centro commerciale di lusso nel cuore di Londra, e non un qualche hotel a cinque stelle. Ma prima che potessi delucidarla in merito, il nonno mezzo sordo si buttò nella conversazione.

«Allora, Tanya. Mio figlio mi ha detto che hai fatto domanda anticipata per Stanford». Evitava il mio sguardo, e mi domandai se papà gli avesse raccontato dello scandaloso plagio di cui ero accusata. Molto probabilmente no, la rabbia e l'umiliazione non avrebbero giovato al cuore debole. Aveva avuto un lieve infarto l'anno precedente, e gli avevano messo il bypass.

Tanya sorrise. «Proprio così».

«Hai già avuto notizie?»

«Sì, stanno aspettando che il collegio inglese mandi il mio curriculum scolastico».

Papà disse che secondo lui l'avrebbero ammessa di sicuro, e io e Will ci scambiammo un'occhiata ironica. Collegio inglese, un *corno*. La scuola era finta quanto lei.

E quel giorno finalmente l'avremmo smascherata.

La conversazione tra papà e il nonno virò sullo sport. In particolare, se la squadra di football di Stanford avrebbe battuto l'acerrima rivale di Berkeley. Sentendo nominare Berkeley, ebbi un fremito d'emozione: l'indomani sarei andata a trovare Jordan. La mia amica mi avrebbe fatto visitare il campus, e forse sarei rimasta a dormire nel dormitorio.

«Scusate», disse mio fratello, distogliendomi dai miei pensieri. «Devo andare in bagno». Si alzò, incrociando il mio sguardo. Gli brillavano gli occhi, e io sentii i brividi corrermi lungo la schiena.

Seduta accanto alla mamma, Tanya sorseggiava il suo sidro con l'aria di nuovo annoiata. Un attimo prima che il cellulare si mise a squillare, le scappò persino uno sbadiglio. La suoneria era inconfondibile: *Oops!... I Did It Again* di Britney Spears.

«Oh! Dev'essere Lance, il *mio* ragazzo». Sorrideva spavalda, le parole chiaramente indirizzate a me. «Scusatemi. Torno subito». Saltò giù dal divano e uscì dalla stanza a passo svelto. Le nostre borse erano tutte radunate in una delle stanze libere, perché la nonna odiava trovarsi tra i piedi zaini e quant'altro. E aveva una politica di tolleranza zero per il cellulare durante le riunioni di famiglia.

Perfetto. Tutto filava secondo i piani.

Le chiacchiere continuarono. La mamma chiese a Cecilia se conosceva un uomo chiamato Jason Nussbaum.

La zia ridusse gli occhi a due fessure. I capelli lunghi e grigi le conferivano fascino, ora che le ricadevano sciolti sulle spalle, ma scommetto che quando li raccoglieva in uno chignon durante le udienze in tribunale incuteva timore. «È una serpe... Uno che lascia i mariti delle clienti in mutande. Perché lo chiedi?»

«Per conto di un'amica», disse la mamma. E poi sorrise.

Presi un appunto mentale: cercare su Google il nome dell'avvocato. "Jason Nussbaum".

Tanya ritornò in salotto con un'aria leggermente delusa, seguita a ruota da Will tutto sorridente. Si sedettero di nuovo ai loro posti, e io mi rivolsi a Tanya.

«Come sta *Lancey?*», la presi in giro. «Me l'hai salutato, sì?».

Mi rifilò un'occhiataccia. «Non era lui. Era una chiamata di telemarketing».

«Oh, be'». Feci spallucce e mi infilai in bocca uno dei funghi farciti allineati sul canapè.

Le chiacchiere continuarono finché un urlo stridulo non ci fece ammutolire.

La nonna! Arrivò di corsa in salotto, con addosso il grembiule e un'espressione sconvolta.

«Che succede, mamma?», domandò papà.

«Le perle! Sono sparite! Qualcuno le ha rubate!».

«Cosa!?», rispose la mamma.

«Erano sul comò. E adesso non ci sono più. Qualcuno le ha prese, punto».

«Marg… voglio dire, signora Merritt, forse è stato qualcuno del catering?», ipotizzò Tanya.

«Impossibile! Li conosco da anni. Non farebbero *mai* una cosa del genere!».

Will si fece avanti. «Nonna. Ho visto Tanya entrare in camera tua mentre andavo in bagno».

Tanya scattò in piedi, rovesciando il bicchiere di sidro sulla moquette. Lo guardò in cagnesco. «Non è assolutamente vero!».

«Se ti ha visto, ti ha visto», ribattei io.

Lei si fece tutta rossa in viso, la voce crebbe di diversi decibel. «È un maledetto *bugiardo!*».

«Sei *tu* la bugiarda», controbatté mio fratello.

Cecilia, da brava avvocata, disse la sua. «È innocente fino a prova contraria».

«Hai ragione». Lo sguardo della nonna rimbalzava dall'una all'altra. «C'è solo un modo per scoprirlo». Guardò Will, mio complice. «Potresti andare a prendere lo zaino di Tanya nell'altra stanza, Will caro?»

«Sono in grado di farlo da sola», sbottò Tanya.

«E sei anche in grado di rimuovere ogni prova di colpevolezza», la zittì la nonna. «Ferma dove sei!».

Nessuno, nemmeno Tanya, disobbediva alla nonna. Will si alzò in piedi, tornando con lo zaino di Tanya dopo un nanosecondo.

«Dammelo, stupido moccioso! È mio!». Tanya provò a strattonarlo.

Troppo tardi. Mio fratello l'aveva già consegnato alla nonna, che la degnò a malapena di uno sguardo. Tanya era furiosa.

«Spero che non ti dispiaccia se do un'occhiata».

«Faccia pure. Non ho niente da nascondere». Affondò di nuovo sul divano accanto a mia madre, le braccia incrociate al petto.

La nonna posò lo zaino sul tavolino di fronte a me, aprendo la fibbia e rimuovendo tutto il contenuto, un oggetto alla volta. Così che potessi esaminarli per bene.

Lucidalabbra. Cellulare. Occhiali da sole. Un pacchetto di Trident. Un mazzo di chiavi di casa nostra. Una limetta per le unghie. Un pettine. Uno specchietto. Diversi assorbenti interni. Caramelle gommose al CBD...

E poi un mucchio di scontrini accartocciati, che la nonna appiattì sul tavolo perché potessi leggerne il contenuto. Ce n'era uno chilometrico di un Walmart a Redlands. Includeva vari prodotti di bellezza, tra cui una tinta biondo platino, e poi ancora qualche vestito e una valigia. Era datato 27 agosto: il giorno in cui aveva rubato il computer e i soldi di Mary. E ce n'era un altro di una compagnia di autobus chiamata Greyhound, per un viaggio sulla tratta Redlands-Los Angeles per il giorno dopo. Quando eravamo andati a prenderla in aeroporto.

Sì!, esultai nella mia testa. Ancora niente passaporto, ma almeno ora avevamo le prove che Tanya non veniva dall'Inghilterra: *non* era partita da Heathrow. Io e Will ci scambiammo un'occhiata veloce mentre lei sbottava: «Visto? Sono innocente».

«Non ho ancora finito!», la zittì la nonna, con la mano sempre immersa nello zaino di tela. La guardavo attentamente e vidi l'espressione passare da furiosa a soddisfatta. Con un luccichio malvagio negli occhi, estrasse un ultimo oggetto dalla borsa di Tanya.

«Ecco le mie perle!». Il cimelio di famiglia incastonato di diamanti le penzolava dalle dita ossute.

Ci scappò a tutti un verso inorridito.

La bocca di Tanya sfiorò il pavimento. «Cosa!?».

La nonna la fulminò con lo sguardo. «Hai preso tu le mie perle, signorina!».

Tanya continuava a fissarla come se fosse un'allucinazione. «Ma *non* sono stata io!».

«Non mentirmi! La prova è proprio qui di fronte a noi». La nonna sollevò la mano, e il filo di diamanti scintillò sotto i raggi del sole pomeridiano. «Ricordo bene come le hai adocchiate la prima volta che ci siamo viste».

«Qualcuno le ha messe nel mio zaino! Forse quella poco di buono di sua nipote». Tanya scoppiò a piangere e singhiozzare. Io restai a guardare quella scena madre godendo di ogni secondo. Una volta tanto, la nostra attrice non stava recitando. Con il viso accartocciato, cercò lo sguardo di mia madre. «Natalie, ti prego... Dille che non farei mai una cosa del genere!».

La mamma era sconvolta, ma le cinse comunque le spalle. Tanya pianse contro il suo petto, versando lacrime sul maglione di cashmere inamidato.

La mamma le accarezzò i capelli. «Tranquilla... Capita a tutti di fare cose sbagliate».

Tanya sollevò lo sguardo, fissandola con gli occhi rossi e gonfi. «Non mi credi?»

«Tanya, basta chiedere scusa alla madre di Matt. Sono certa che ti perdonerà».

«Non ne ho la *minima* intenzione!», sibilò la nonna. «Questa ragazzina è una ladruncola da quattro soldi! La voglio fuori da casa mia. Adesso! Meglio che la spediate indietro da dove diavolo è venuta. E state pur certi che non si tratta dell'Inghilterra. È un'impostora, un pericolo per tutti!».

La mamma cambiò espressione. Si voltò verso papà, Will e me. E poi saltò in piedi. «Matt, ragazzi, andiamo. Se Tanya non è la benvenuta qui, non voglio restare. Festeggeremo il Ringraziamento in albergo».

«Va bene». Erano le prime parole di mio padre dalla scoperta delle perle.

Io e Will restammo in silenzio.

«Natalie», fece la nonna, «non serve rovinare il Ringraziamento ai ragazzi».

Guardai i miei genitori. «Mamma, papà... Io e Will vogliamo restare qui con i nonni». Mio fratello annuì. «Passeremo la notte con loro, non in albergo».

Non dissero nulla. E noi li guardammo andare via insieme a Tanya, trascinando la ragazza in lacrime fuori dall'appartamento di era prebellica.

Il peggior Ringraziamento di sempre? Il migliore, semmai. La nonna mi aveva fatto preparare un menu vegano a parte, da leccarsi i baffi. E, malgrado l'incidente relativo a Tanya, la conversazione a tavola fu animata e piena di risate, grazie soprattutto alla nonna e allo zio Trevor.

Dopo cena l'aiutai a mettere in ordine e, per la prima volta in vita mia, le diedi il cinque. Poi un abbraccio stretto. Il suo piano diabolico aveva funzionato: Will aveva chiamato Tanya con un cellulare usa e getta dopo averle infilato la collana nello zaino.

Certo, l'attrice migliore del mondo era sempre Tanya Blackstone. Ma non quella sera.

L'Oscar va... a Marjorie Merritt.

Anche io e Will ne meritavamo uno. Come attori non protagonisti.

Quarantatré
Natalie

Ufficiale, il Ringraziamento peggiore della storia. Be', tolto quello subito dopo la morte di Anabel, a cui non partecipai perché ero ancora troppo a pezzi per viaggiare fino a San Francisco. L'avevo trascorso a letto, sedata e controllata a vista dalle infermiere.

Tornammo in albergo e Tanya, ancora in lacrime, andò dritto nella sua stanza dicendo che non aveva più fame. Non potevo certo biasimarla, a dire il vero anche a me era passato l'appetito.

Matt insistette perché cenassi con lui nel ristorante dell'albergo. Io ero lacerata da una serie di emozioni contrastanti. Mi sentivo malissimo per la nostra ospite e le accuse di mia suocera mi sconvolgevano ancora: non ero certa che Tanya avesse rubato le perle, anche se le prove erano inconfutabili.

Ma, soprattutto, cominciavo a nutrire qualche sospetto sulla nostra studentessa straniera. Ultimamente si era comportata in modo lunatico. Discutibile. Quando l'avevo rimproverata per Lance, aveva liquidato la questione dicendo che in guerra e amore tutto era lecito. Poi aveva accusato Paige di averle rubato il computer e per poco non l'aveva strangolata. Nell'ultimo periodo, i suoi alti e bassi erano sempre più frequenti. Un attimo era allegra e su di giri, l'attimo dopo arrabbiata e implacabile. Tanto che cominciavo a chiedermi se non fosse bipolare.

A questo inquietante pensiero si sommava il profondo e radicato disprezzo nei confronti di quel traditore che avevo per marito. Non sarebbe stato facile affrontare un'intera cena senza sputare sulla sua doppia faccia. L'unica consolazione era che almeno i ragazzi stavano passando una bella serata in compagnia dei nonni e degli zii. Non serviva trascinare anche loro in quel macello.

Il ristorante era sorprendentemente pieno. Senza prenotazione, fummo fortunati a trovare un tavolino per due nell'angolo. Ordinammo entrambi il menu della festa, che comprendeva il tacchino; Matt si fece servire un bourbon e io un vodka martini. Mi serviva qualcosa di più forte di un bicchiere di vino per calmarmi e affrontare la serata.

Prima di partire, avevo deciso che non gli avrei parlato della sua infedeltà finché non avessi assunto un avvocato. Lunedì aveva appuntamento con Jason Nussbaum, ed ero felicissima che Cecilia mi avesse confermato la sua reputazione da squalo.

Non si sarebbe mai aspettata di doverlo affrontare in tribunale... molto presto.

La cena arrivò subito. Era fredda, la carne asciutta, il ripieno stoppaccioso, i fagiolini stracotti. Mangiammo in silenzio, il gelo tra noi rivaleggiava con quello delle pietanze ben poco invitanti.

Scolai il secondo drink senza nemmeno gustarlo. Dovevo trattare mio marito come l'allevatore trattava il tacchino...

Tenerlo in vita fino al prossimo Ringraziamento. Solo fino al prossimo Ringraziamento.

Quarantaquattro
Paige

«Wow! C'è una vista *spettacolare!*», esclamai osservando dalla finestra il monumento più famoso di Berkeley, il Campanile. Ultimata nel 1916, la struttura regale in stile Beaux-Arts era la terza torre dell'orologio più alta del mondo.

Da lì si aveva una vista mozzafiato su San Francisco e sulle colline circostanti fino al Golden Gate Bridge, e naturalmente del campus della Berkeley, con la sua architettura maestosa e i giardini sconfinati.

All'improvviso un frastuono di campane mi sfondò i timpani, e saltai sul posto.

«Che roba è, Fly?», domandai, urlando a squarciagola sul rumore assordante.

«Il *carillon*. Sono sessantatré campane che suonano insieme durante specifiche ore del giorno. Queste sono quelle del pomeriggio. Alla Berkeley c'è persino un corso di studi apposta, per imparare a suonarle».

«Che figata».

Il panorama e lo scampanellio magico mi mandavano su di giri. Ed ero su di giri anche per la felicità di passare del tempo con la mia migliore amica. Non ci vedevamo da agosto e, anche se ci sentivamo spesso su FaceTime, stare insieme di persona era decisamente meglio. In forma come non mai, Jordan portava i capelli stirati sciolti e *au naturel* – lievemente afro – e aveva una carnagione splendente.

Dopo avermi fatto fare il giro del campus, ci fermammo a pranzo in un carinissimo ristorantino vietnamita su Telegraph Avenue, l'iconica strada principale della cittadina, simbolo della cultura hippy.

Ordinato lo special del posto, una zuppa vegana chiamata *pho*, chiacchierammo senza sosta per tutto il tempo. Fly mi raccontò dei corsi strepitosi che seguiva e della compagna di stanza antipatica. «L'unica sorella nera a cui servono i rumori bianchi per addormentarsi, giuro». Scoppiai a ridere fino alle lacrime e, quando mi placai, chiese di me.

Non vedevo l'ora di darle la mia buona notizia. «Indovina un po'? Sono entrata al RISD!».

«Non ci credo!».

«Nemmeno io!». Saltò in piedi e venne ad abbracciarmi dall'altra parte del tavolo. «Peccato, però. Mi piaceva l'idea di venirti a trovare a Stanford nei weekend. E viceversa», disse prima di tornare a sedersi e cambiare argomento. «Allora, Pisellina. Raccontami tutto. Come va con Tanya?».

L'avevo tenuta aggiornata tramite i messaggi e le chiamate su FaceTime. Sapeva già tutto dell'avvelenamento di Orso. E adesso le raccontai del Ringraziamento e di come io, la nonna e Will l'avevamo messa in cattiva luce facendola passare per ladra. «E non solo, abbiamo avuto anche l'opportunità di controllare il contenuto dello zaino».

Gli occhi nocciola di Fly, già spalancati, a quel punto si illuminarono. «Dio, è stato diabolico! Adoro tua nonna. Cosa avete scoperto?»

«Prove inconfutabili: siamo certi che non sia arrivata dall'Inghilterra. Da Redlands, semmai. La nonna ha detto ai miei genitori di liberarsi di lei. Di rispedirla a casa».

«Wow! Be', ciao ciao alla studentessa straniera venuta dall'inferno».

«Se mai scriverò un libro su questa storia, mi hai appena dato il titolo perfetto».

Fly scoppiò a ridere. «Senti, ti va di festeggiare e fare due tiri dopo pranzo?»

«Sicuro».

Poco dopo, ci fermammo in un campetto da basket e la mia amica mi mostrò che non aveva affatto perso il tocco. Air Jordan era più in forma che mai.

«Mi hai steso, Fly», le dissi senza fiato battendole il cinque.

Un attimo dopo mi suonò il telefono. Google Alert.

Con il cuore che batteva all'impazzata, cliccai sulla notifica.

Un nuovo articolo di giornale.

Trovati resti umani carbonizzati nel Tahquitz Canyon, a Palm Springs. La scoperta è avvenuta nel primo pomeriggio da parte di due giovani escursionisti. Secondo la polizia il corpo, rimasto sepolto per oltre dieci anni, apparterebbe a una ragazza. Le indagini sono ancora in corso.

Mi vennero i brividi. Palm Springs non era lontano da Indio. Erano praticamente attaccate.

Dopo tutti questi anni, poteva trattarsi di Billy Rae Perkins?

Quarantacinque
Natalie

Il lunedì dopo il Ringraziamento, guidai fino all'ufficio di Jason Nussbaum. Si trovava a Century City, non lontano dallo studio di Matt. Grazie al cielo non nello stesso palazzo, ma presi comunque un appuntamento nel tardo pomeriggio per non rischiare di imbattermi in mio marito – o meglio, nel mio futuro *ex* marito. Quel piccolo prefisso mi faceva ancora stare male.

L'ufficio di Jason si trovava all'ultimo piano. Era minimal e virile, con poltrone di pelle nera, cromo e vetro. Una giovane segretaria bionda e prosperosa sedeva all'ingresso. Le dissi il mio nome e, dopo aver controllato qualcosa sullo schermo del computer, mi rivolse un sorriso finto dicendo: «Prego, si sieda. La chiameranno presto, signora Merritt».

"Signora Merritt". L'eco di quelle parole mi accompagnò mentre mi accomodavo su una delle poltrone di pelle. Ero stata la signora Merritt per metà della mia vita adulta. Dopo il divorzio, avrei ripreso il mio nome da nubile? Lo ripetei tra me e me. *Natalie Taylor.* A dire il vero, non volevo tornare a essere lei. Quel nome aveva dato una svolta alla mia vita, ma riportava a galla numerosi orribili ricordi. E poi, per Will e Paige sarebbe stato meglio se avessi mantenuto il loro stesso cognome, anche se detestavo l'idea. Un'altra bionda prosperosa, che doveva avere poco più di vent'anni e sembrava praticamente un clone della receptionist, mi venne a chiamare e mise fine alle mie elucubrazioni.

L'ufficio di Jason Nussbaum era grande e occupava un angolo del piano. Le vetrate a tutta altezza offrivano una stupenda vista di Los Angeles, dal centro cittadino fino all'oceano. L'arredamento era simile a quello della reception, fatta eccezione per l'enorme scrivania di palissandro dietro cui sedeva Jason. Accanto a lui c'era una libreria piena di vecchi volumi di legge rilegati in pelle.

Lo studiai a fondo. Nonostante la laurea in legge alla NYU appesa alla parete, insieme a premi e riconoscimenti vari, a prima vista mi sembrò un intrallazzatore. Dimostrava circa cinquantacinque anni, aveva i capelli neri e tinti pettinati all'indietro, una carnagione scura che sapeva tanto di lampada abbronzante e un sorriso viscido che scopriva impianti dentari così bianchi che quasi accecavano. Si era fatto fare qualche ritocchino qua e là, era evidente, e probabilmente era più vecchio di quanto apparisse.

Si alzò in piedi e fece il giro della scrivania. Il completo scuro su misura e la camicia bianca e inamidata, con il primo bottone aperto, incorniciavano un paio di spalle ampie e mani grandi. Un anello rosa e pacchiano catturò la mia attenzione, ma sull'anulare non c'erano fedi. Non sapevo se il mio avvocato divorzista fosse sposato, divorziato, separato o ancora single. Non c'era questa informazione tra le recensioni a cinque stelle di Yelp, né nella sua lunghissima ed esaustiva bio.

Mentre si presentava mi tese la mano e la strinse così forte da farmi quasi male. Mi dolevano le ossa delle dita. Immagino che quella stretta facesse il paio con la sua spietata reputazione.

«Dove vuole che mi sieda, signor Nussbaum?», balbettai, snervata dalla sua presenza. Gli occhi neri e impenetrabili non aiutavano di certo. Lo facevano somigliare a un furetto. Malgrado avessi messo il completo serio di Chanel, quella da donna in carriera che indossavo prima delle riunioni importanti, mi sentivo del tutto impotente.

L'avvocato mi studiò al volo, più interessato a valutare quanto fossi ricca che il mio gusto in fatto di vestiti. *Din, din, soldoni.* «Dove preferisce. E mi dia pure del tu, mi chiami Jason. Posso fare lo stesso, Natalie?». La voce roca e la parlata di Brooklyn si sposavano alla perfezione con quell'atteggiamento che andava dritto al solo. «Credo sia meglio per entrambi se evito il cognome da sposata, no?»

«Certo, va bene», dissi, avvicinandomi a una delle poltroncine di fianco il tavolino. Mi misi a sedere, posando la borsa sul parquet di legno scuro e incrociando le gambe mentre lui si sistemava accanto a me sull'angolo del divano di pelle. Se ne stava a gambe aperte, i gomiti sulle cosce e il busto in avanti, una posa che avevo sempre trovato repellente negli uomini. *Sedeva così anche lui.* Perciò mi sforzai di non staccare gli occhi dal suo viso, e tenere lo sguardo ben lontano dal suo inguine.

«Scusa, Natalie, ho dimenticato di chiederti se vuoi qualcosa da bere. Un caffè? Un tè? Una Perrier?»

«Sono a posto, grazie». Ero così tesa che mi sarei rovesciata addosso qualsiasi cosa mi avesse offerto.

Jason puntò gli occhi da furetto sulla segretaria, ancora in piedi sulla soglia dell'ufficio. «Tesoro, a me porta un caffè. Sai già come mi piace».

"Tesoro". L'appellativo e la voce melensa con cui la chiamò mi diedero il voltastomaco.

Forse se la portava a letto, pensai mentre lei si dileguava. Tornò poco dopo, con una tazza di caffè in mano. La posò sul tavolino di vetro che ci divideva, sopra un sottobicchiere. Vidi come gli piaceva il suo caffè. Nero e forte.

«Posso portarle altro, signor Nussbaum?», chiese Tesoro, la voce sensuale e marcata da un forte accento. A giudicare dagli zigomi alti, avrei detto slavo o russo.

«Per ora no, Lola».

Il nome mi richiamò in testa una canzone. *Whatever Lola Wants, Lola Gets.* Anabel. Al suo secondo anno, poco prima di morire, aveva interpretato Lola in *Damn Yankees* alla Coldwater. Era stata una bomba.

Accantonai quel ricordo dolceamaro, e vidi Jason rivolgere un sorriso lascivo alla sua segretaria e lei rispondere con un occhiolino. Ebbene sì. Se la portava decisamente a letto. Quello che Jason vuole, Jason ottiene, come la canzone, pensai mentre la guardavo andare via dondolando i fianchi e chiudendosi la porta alle spalle. Magari sarebbe riuscito a farmi ottenere un accordo da dieci milioni di dollari più la casa.

Tornando a concentrarsi su di me, Jason bevve un sorso di

caffè amaro. «Dunque, Natalie, sappiamo entrambi perché sei qui».

Annuii.

«Bene. Andiamo subito al sodo, così non perdiamo tempo. La mia tariffa è di settecentocinquanta dollari l'ora e chiedo un acconto di diecimila dollari».

Rimasi senza fiato. «Quanto pensi che costerà il divorzio?»

«Non dovrebbe superare i centomila dollari, acconto incluso. So che possono sembrare tanti soldi, ma come dico sempre ottieni ciò che semini».

Anche Matt la pensava così. Un brivido mi corse lungo la schiena.

«Vedilo come un investimento per il futuro». Prese un altro sorso di caffè. «Fidati, non ne rimarrai delusa».

Sentivo la mascella tesa mentre facevo i calcoli a mente. I soldi li avevo – avevo messo da parte poco più di centomila dollari – ma avrei dovuto stringere la cinghia: presto Matt mi avrebbe tagliato fuori da tutte le carte di credito e dai conti congiunti. Niente più Manolo Blahnik, pieghe settimanali o personal trainer. E questo era solo l'inizio. Quei sacrifici mi parevano insostenibili... Ma poi mi tornò in mente il commento maligno di mia cognata. "È una serpe. Uno che lascia i mariti delle clienti in mutande".

«Nessun problema». Decisi seduta stante di assumere Jason Nussbaum. «Ho portato il libretto degli assegni. Ti preparo subito l'acconto».

Sorrise, il volto che brillava di compiacimento. «Eccellente. Fallo pure quando esci».

Volevo chiedergli se potevo scriverlo subito, consegnarglielo e cancellare ogni possibilità di ripensarci. Ma non lo feci.

Era ora di guardare avanti.

Nell'ora successiva, esaminammo i dettagli del caso. Le *presunte* infedeltà di Matt. Il suo patrimonio netto. La presenza o meno di un accordo prematrimoniale. Le proprietà e gli asset condivisi. I nostri figli, che volevo tenere fuori dall'intera faccenda. O coinvolgere il minimo indispensabile. Il divorzio gli avrebbe spezzato il cuore, e dissi all'avvocato che ero aperta all'affidamento congiunto o a qualunque altra cosa fosse meno complicata e funzionasse meglio per i bambini. Lui si mostrò comprensivo, poi mi spiegò che in California si divorzia senza addebito di colpa e che, vista l'assenza di accordi prematrimoniali, mi spettava di diritto la metà di tutto quello che avevamo. Pure di più, se si considerava il mantenimento dei figli.

«Presenteremo causa per differenze inconciliabili. È la cosa migliore per i ragazzi, così non sapranno mai dell'infedeltà di tuo marito».

Mi dissi d'accordo. E subito mi accorsi che la mia fiducia nei confronti di quell'uomo stava crescendo. In cuor mio, sapevo di aver fatto la scelta giusta.

«Quanto durerà il processo?»

«Un anno, più o meno. A meno che tuo marito lo contesti: a quel punto durerebbe di più». Una pausa. «E ti costerebbe molto di più».

Il cuore mi sprofondò nel petto. Sospirai dentro di me. Era davvero tanto tempo. E chissà quanti soldi. Non volevo nemmeno saperlo.

Così chiesi: «Glielo dovrei dire che voglio il divorzio? Che ti ho assunto?»

«No, *assolutamente* no». Aggrottò la fronte. «Prima ci servono le prove concrete del tradimento: tornerà utile per accordarci sul mantenimento. Farò seguire il caso da un investigatore privato, un tipo sveglio, che terrà d'occhio tuo marito. Vedrai che prima o poi lo beccheremo con i pantaloni calati».

Mi chiesi se avrei potuto sopportare la vista di una foto di Matt a letto con un'altra donna, forse addirittura una mia amica. E mentre rimuginavo, rabbrividendo alla sola idea, Jason finì il suo caffè.

«A proposito, lui ti costerà altri duecento dollari l'ora, ma non dovrebbe richiedere molto tempo. È davvero bravo».

Cominciavo a pensare che quel divorzio avrebbe lasciato *me* in mutande.

«E comunque è meglio che tu sia pronta per eventuali spese extra. Consulenti per l'affidamento, periti immobiliari, analisti finanziari».

Mi si chiuse la gola. Adesso sì che mi serviva dell'acqua. «Quanto mi costerà *tutto* questo?»

«Tra i duemilacinquecento e i cinquemila dollari, massimo».

Dentro di me, imprecai contro Matt. Che bastardo! Mi sarebbe servito ogni centesimo che sarei riuscita a mettere via. Giocherellavo distrattamente con l'anello di fidanzamento, e all'improvviso tutto mi fu chiaro come quel diamante da cinque carati che avevo al dito. Potevo impegnarlo! E mettere insieme una piccola fortuna, se avessi esaurito i fondi. In fin dei conti non aveva più alcun significato. Non lo volevo più.

Quando Jason mi accompagnò alla porta, il mio umore si era decisamente risollevato. «Un'ultima cosa, Natalie. È importante che continui a fare come se nulla fosse, finché non gli consegneremo i documenti del divorzio. Dormi con tuo marito, parla con lui, anche se sarà difficile. Devi nascondere le tue intenzioni a tuo marito e al resto della famiglia. L'effetto sorpresa è essenziale».

Dissi di sì, anche se sentivo già un nodo allo stomaco. Sarei dovuta andare a letto con il nemico.

Almeno ero brava a fingere.

Quarantasei
Natalie

Tornai a casa alle cinque e un quarto, a dir poco esausta. Ero ricorsa a ogni briciolo di autocontrollo che avevo per non coccolarmi con un po' di shopping nell'esclusivo centro commerciale di Century City dopo l'appuntamento con Jason Nussbaum.

Come prima cosa aprii il frigo e mi versai un calice di chardonnay ghiacciato. Portai il bicchiere – e il resto della bottiglia – in salotto, e mi lasciai sprofondare in uno dei nostri morbidissimi divani. Sfilai le scarpe e poggiai i piedi sul tavolino. Era una cosa che non facevo mai, non in quella stanza così formale. Ma dovevo rilassarmi. Calmarmi un po'.

Ero pronta per il secondo giro, quando Tanya piombò nella stanza con le lacrime agli occhi.

«Che succede?», chiesi posando subito il calice sul tavolino.

«Vogliono cacciarmi dalla Coldwater, Natalie!».

Sollevai le sopracciglia. «Cosa?»

«Papà si è dimenticato di pagare la retta. E io non riesco a rintracciarlo».

«Come mai?»

«Non lo so. Ho provato un miliardo di volte a chiamarlo e scrivergli. Gli ho pure mandato un'e-mail. Niente. So che è spesso in viaggio nei Paesi più poveri. Forse non c'è campo o Wi-Fi, forse ha un nuovo numero di telefono o forse gli è successo qualcosa. E se l'avessero rapito? Se ci fosse stato un attacco terrorista? O se avesse contratto una malattia mortale?».

Aprì i rubinetti. Stavo malissimo per lei, e cercai subito di consolarla.

«Sono certa che sta bene». Mi sentivo tremendamente in

colpa. Non avevo ancora usato i miei contatti all'ambasciata per provare a rintracciarlo.

«Lo spero», balbettò. «Nel frattempo, Natalie, posso chiederti un enorme favore?».

Si asciugò le lacrime con il dorso delle mani, e aspettai che continuasse.

«Puoi pagare tu la retta? Scade alla fine del mese».

Processai le sue parole. La retta annuale della Coldwater equivaleva a quasi cinquantamila dollari. In quel momento, considerando quanto mi ero detta con Jason Nussbaum, non potevo permettermi di sborsare una cifra simile, anche se volevo aiutarla.

«Tesoro, mi dispiace, ma ora come ora non posso».

«Perché no?». Tirò su con il naso. «Papà ti ridarà tutti i soldi».

«Non posso, e basta. Perché non chiedi a Matt?»

«Ci ho provato! Ma ha detto di no. È ancora arrabbiato con me perché pensa che abbia rubato la perle della madre. E non è vero, lo giuro sulla mia vita. Vuole che me ne vada. Che torni a casa».

Per quanto mi si spezzasse il cuore, dovevo guardare in faccia la mia nuova, tremenda realtà. «Mi dispiace tanto, cara, ma con quello che sta accadendo, forse è la cosa giusta da fare».

«Che vuoi dire? Pensavo che mi volessi bene come a una figlia».

«È così». Poi mi sfuggì e basta. «Ma io e Matt stiamo per divorziare».

Rimpiansi all'istante di aver parlato. Il gatto non era ancora nel sacco.

Tanya spalancò la bocca. La voce si alzò di diversi decibel. «Come puoi *farmi* questo?».

Senza parole, la vidi prendere la bottiglia di vino a metà sul tavolino e lanciarla contro la parete. *Crash.* Mentre il vetro si infrangeva sulla parete, lei urlò: «Ti odio, Natalie», e se ne andò via come una furia, non lasciando alcuna traccia del suo accento inglese.

Tremavo come una foglia. Forse era solo uno sfogo dovuto al

momento, ma quell'atto di violenza mi spaventò davvero. Soprattutto nello stato vulnerabile in cui mi trovavo. La giornata continuava a peggiorare.

E chissà cos'aveva in serbo per me il resto dell'anno.

Ripensai a ciò che stavo facendo e una terribile consapevolezza mi investì come una frana. Avevo giurato che non sarebbe mai accaduto, e invece accadeva per mano mia. Un'amara mistura di dolore, senso di colpa e odio verso me stessa mi schiacciò il petto.

Stavo distruggendo la mia famiglia.

Quarantasette
Natalie

La prima lettera arrivò esattamente una settimana dopo l'incontro con Jason Nussbaum. Era il primo lunedì di dicembre.

La trovai nella cassetta della posta. Sopra c'era scritto solo "Merritt". Pensando si trattasse di un vicino che aveva perso il gatto o di un imprenditore immobiliare interessato alla casa, la aprii subito senza tante cerimonie. Conteneva un foglio solo. Lo spiegai.

Scritto in maiuscolo con un pennarello rosso, diceva soltanto: "SO COSA HAI FATTO".

Mi si strinse lo stomaco. Chi poteva averlo scritto? E a cosa si riferiva? Avevo fatto così tante cose. Cose che aveva cercato di seppellire. Rileggendo quelle quattro brevi parole, un pensiero prese forma nella mia mente. Forse il messaggio criptico non era per me, ma per Matt. Forse, oltre i tradimenti e la figlia illegittima chissà dove in Inghilterra, aveva combinato qualcosa di illegale. Insider trading, o roba del genere. Non mi avrebbe stupito, quel bastardo pensava solo ai soldi. Così, non sapendo bene cosa fare, strappai il foglio e lo buttai nel cestino.

Me ne dimenticai fino a quando il lunedì seguente non arrivò un altro biglietto. Stavolta, la parola scritta in maiuscolo con il pennarello rosso diceva: "STRONZA!".

Okay, a quel punto sapevo di essere io la destinataria. Mi vennero i brividi, e d'istinto chiamai subito il mio costosissimo avvocato, Jason Nussbaum. Gli raccontai tutto e lui mi disse di inviargli una foto dell'ultimo biglietto.

«Tuo marito sa niente del divorzio?», domandò dopo averla vista.

Ebbi un momento di esitazione, prima di rispondere. Senza volerlo, avevo parlato del divorzio a Tanya in un momento di debolezza. Forse lei l'aveva detto a Matt?

Gli diedi una risposta vaga, senza specificare l'accaduto. «Non lo so. Non mi ha detto nulla e si comporta come al solito».

«Se lo sa, forse sta cercando di intimidirti. Qualsiasi cosa tu voglia fare, non mostrare questo biglietto o eventuali altri messaggi a nessuno. Soprattutto a tuo marito. Lo stiamo tenendo d'occhio, e sta andando bene».

Provai una fitta d'ansia. Quindi aveva ottenuto delle foto. Foto di mio marito che si dava da fare con qualche mia amica. O con altre donne. Chiusi la chiamata, per niente sollevata. A dirla tutta, dopo quell'esosa telefonata di quindici minuti mi sentivo peggio di prima. Molto peggio.

Emotivamente prosciugata, decisi di schiacciare un pisolino su uno dei divani in salotto. 'Fanculo il pranzo di Natale delle Ladies of Hancock Park al Wiltern Theater, uno dei numerosi eventi natalizi a cui dovevo partecipare. Con ogni probabilità, metà di quelle "signore" si era portata a letto mio marito. Non potevo affrontarle, farmi vedere che arrossivo di vergogna mentre tutti ridevano alle mie spalle.

Mentre le palpebre si facevano pesanti, il telefono, che avevo lasciato sul tavolino, prese a squillare. Lo presi ancora insonnolita. Chiamata sconosciuta. Anche se il buon senso mi urlava di non farlo, mi tirai su e risposi al terzo squillo.

«Pronto?».

Dall'altra parte, solo silenzio.

«Pronto, chi parla?»

«Pagherai... per... quello... che... hai... fatto». La voce minacciosa sembrava modificata elettronicamente. Un mormorio rauco. Non sapevo se appartenesse a un uomo o una donna.

Restai senza fiato. Ogni nervo del corpo di colpo teso. «Chi sei?».

Clic. La linea cadde, il telefono ammutolì. Lo strozzavo nella mano, che non riuscivo a far smettere di tremare. Pure respirare era difficile. Anche se Jason aveva liquidato i biglietti come una tattica intimidatoria di Matt, sentivo che si trattava di qualcosa di peggio. Molto peggio.

Feci un respiro profondo ma, quando spalancai la bocca per far entrare l'aria, un conato di vomito acido mi risalì la gola. Vomitai lì, sul pavimento, con le lacrime agli occhi. Stavo cadendo a pezzi.

«Mamma, che succede?», disse una voce preoccupata.

Tra un conato e l'altro, sollevai piano la testa. Paige. Correva verso di me, la preoccupazione scritta in faccia.

«Cos'hai, mamma?»

«Tesoro», gracchiai, con la gola in fiamme, «prendimi dei fazzoletti di carta. E un panno umido».

«Torno subito», disse, volando via.

E poi un'altra voce, anche lei familiare. «Natalie, sei malata o cosa?».

Tanya. Che rimase a distanza.

Incrociai il suo sguardo. «S-sì… credo di avere preso un virus, o qualcosa del genere».

Fece una faccia disgustata. «Bleah! Meglio che ti stia lontana allora. C'è la festa di Natale dell'ultimo anno tra due giorni, e poi il nostro viaggio alle Hawaii: non posso rischiare di ammalarmi».

Uscì in tutta fretta dalla stanza, e la sentii correre al piano di sopra. Non si era preoccupata minimamente per me, non mi aveva detto: "Spero che tu stia meglio". Ma tanto, quelle parole non avrebbero avuto senso.

Mi piegai in due, coprendo il viso con le mani.

Le cose potevano peggiorare.

E così andò.

Quarantotto
Natalie

Forse avevo preso davvero un virus, perché trascorsi il resto della settimana a letto. Mi alzavo solo per andare in bagno e strisciare in cucina a prendere qualcosa da mangiare. Da bere, più che altro. In genere tè. Non misi quasi nulla sotto i denti, e infatti ero sicura di aver perso qualche chilo, forse addirittura una taglia. Sembravo un cadavere. Scheletrica. Le guance scavate, le costole sporgenti, la carnagione spenta.

Boicottai tutti gli eventi natalizi che avevo in agenda, dai pranzi ai cocktail party. E pure le numerose attività di beneficenza a cui avrei dovuto partecipare, come consegnare la spesa ai senzatetto o i doni di Natale ai bimbi del reparto pediatrico dell'ospedale. Rimasi indietro su tutto, pure sui regali. Dovevo comprare dei pensieri per la mia famiglia e la nostra domestica. Almeno non mi sentivo in dovere di prendere qualcosa pure alle mie amiche. Loro avevano già Matt. E lui sarebbe stato fortunato anche solo a ritrovarsi con un mucchio di carbone.

Non avevo un briciolo di forza. Non riuscivo a pensare, a concentrarmi. L'unico lato positivo di quell'ordalia era non dover condividere il letto con Matt. Il bastardo dormiva sul divano dell'ufficio perché, così aveva detto ai ragazzi, non voleva rischiare di ammalarsi prima di partire per Maui.

Il viaggio non era ancora stato finalizzato. Avevo già prenotato una suite al Four Seasons, ma non riuscivo ad acquistare i biglietti. A complicare la questione c'era il fatto che Tanya non trovava più il suo passaporto. E dunque, anche se avevamo stabilito che separarsi da lei dopo le vacanze sarebbe stata la cosa migliore per tutti, non potevo comprarle neanche il biglietto per tornare in Inghilterra. Chiamai l'ambasciata britannica e provai a spiegare la situazione, ma non avevano posto per un appuntamento e sarebbero rimasti chiusi per una settimana a partire dalla Vigilia. Paige aveva ragione: avrei dovuto chiederle il passaporto e tenerlo in cassaforte insieme ai nostri.

Il lunedì dopo, cominciai a sentirmi meglio. Scesi dal letto e finalmente, dopo più di una settimana, feci una doccia calda e mi cambiai. Con i capelli puliti e pettinati e un filo di trucco sul viso, avevo di nuovo un aspetto umano. Infilai un paio di jeans aderenti, che oramai mi stavano larghi, e un maglioncino di cashmere con il collo alto e scesi di sotto a fare una colazione come si deve. Bevvi pure una tazza di caffè. Non me la sentivo ancora di uscire e socializzare, ma avevo la forza di recuperare quel che avevo lasciato indietro.

Sia lodato il cielo per lo shopping online. Nel giro di un'ora, comprai tutti i miei regali last-minute. Per i ragazzi, Tanya, la famiglia di Matt, Blanca e persino un pensierino per Orso. Usai la carta di credito di Matt, a cui avevo ancora accesso, e mi regalai un nuovo accappatoio di cashmere e uno scialle. Perché no? Me li meritavo, e nei tumultuosi mesi a venire avrei avuto bisogno di tutto il comfort e il calore possibili.

E Matt? Lui aveva già un regalino speciale in arrivo.

Senza parlarne prima con lui o i ragazzi, cancellai il viaggio alle Hawaii e per poco rinunciai all'idea di partire. Ma una voce dentro di me mi urlava di dare ai ragazzi un'ultima vacanza di famiglia – con il padre – prima che ci separassimo. E di non dirglielo prima della fine del viaggio. Altrimenti sarebbe stato memorabile, sì, ma non in senso buono. Almeno i soldi per partire li stava sborsando Matt.

Dopo qualche ricerca, optai per una settimana bianca a Big Bear, a solo un paio d'ore di viaggio da qui. Non andavamo a sciare da tempo, ma era una cosa che piaceva a tutti. Avremmo potuto alloggiare al Lake Arrowhead Resort and Spa, un esclusivo albergo nelle vicinanze che ammetteva pure i cani. Chi non voleva sciare poteva sfruttare il centro benessere e farsi fare dei massaggi o starsene a mollo nell'idromassaggio. E soprattutto avremmo potuto portare con noi Orso, che adorava la neve.

Era la soluzione migliore perché non avremmo dovuto prendere l'aereo, quindi il passaporto di Tanya non costituiva più un problema. L'avremmo portata con noi. L'avevo vista a malapena durante la settimana, ma ero sempre più convinta che la povera creatura soffrisse di disturbi mentali. Malata o meno, mi sarebbe mancata terribilmente una volta partita per l'Inghilterra. Ormai l'amavo come una figlia, nel bene e nel male. Con un pizzico di fortuna l'avrebbero ammessa a Stanford, e sarei potuta andare a trovarla di tanto in tanto. Altrimenti poteva prendere un volo diretto e venire a trascorrere i fine settimana con noi ogni volta che voleva. E di sicuro avrei cercato qualcuno che potesse aiutarla per bene.

Non appena terminai di prenotare l'albergo, suonò il campanello. Saltai giù dallo sgabello e corsi ad aprire con il cuore in gola. Guardai attraverso lo spioncino con il fiato sospeso. Non c'era nessuno. Aprii la porta pian piano, con una punta di esitazione, finché non vidi una grossa busta bianca sullo zerbino. Un uomo con il viso coperto dal casco salì in sella alla moto parcheggiata davanti a casa, e filò via. Quando sparì dalla mia vista, mi chinai a raccogliere la busta.

Era pesante, e sul retro c'era scritto il mio nome – Mrs. Natalie Merritt – con un pennarello rosso dalla punta spessa. Le lettere maiuscole ricordavano quelle degli inquietanti messaggi anonimi che avevo ricevuto prima di ammalarmi. Era sigillata con del nastro adesivo.

Sentii il battito accelerare. Era l'ennesimo tentativo di spaventarmi? Un brivido mi corse lungo la schiena. Avevo paura di aprirla. Stavo per buttarla direttamente nel cestino, quando il telefono prese a squillare. Lo tirai fuori dalla tasca dei jeans e, riconoscendo il numero, trassi un sospiro di sollievo. Era il mio avvocato, Jason Nussbaum. Risposi subito, ma la sua voce travolse la mia.

«Ciao, Natalie, ti ho appena fatto recapitare le foto incriminanti».

«La busta bianca sigillata?»

«Sì. Le hai già viste?»

«N-non ancora».

«Be', direi che abbiamo buone probabilità di vincere. Anzi, ottime. Sei sola?»

«S-sì».

«Ottimo. Aprile. Penso proprio che resterai soddisfatta».

Continuando a reggere il telefono con una mano, strappai il nastro adesivo e sfilai il contenuto.

Più di una decina di foto in bianco e nero. Le sfogliai con dita tremanti, una dopo l'altra.

Mostravano sempre la stessa cosa: mio marito che faceva sesso con una donna che conoscevo. Mariel. Heather. Christine, e così via. Si vedeva di tutto, da baci scambiati in ufficio e sesso contro la scrivania a scopate selvagge in un letto d'albergo.

«Natalie, ci sei ancora?». La voce di Jason mi raggiunse attraverso l'altoparlante del telefono, ma la mia si spense prima che riuscissi a rispondergli.

Pensavo che l'influenza fosse sparita, e invece era tornata con più forza che mai. Stringendo le foto con una mano e il telefono con l'altra, corsi a vomitare in bagno.

Finalmente avevo un nome per quel malessere. Non era la febbre suina. Né la SARS o il Covid.

Ma una parola di quattro lettere.

Matt.

Mi ripresi rapidamente dallo shock iniziale. Con una forza e una determinazione che sorpresero anche me. Anziché abbattermi, quelle foto mi diedero la giusta carica. E così, quando due giorni dopo Matt piombò come un uragano in salotto, mentre stavo finendo di addobbare l'albero, mi trovò più pronta che mai.

«Ma che cazzo!», urlò, mentre cercavo di appendere l'ennesima pallina. Era a forma dell'Uomo di latta del *Mago di Oz* – me l'aveva comprata Anabel.

«Che c'è?». Non mi fermai né mi girai a guardarlo.

Sentivo l'eco dei suoi passi furiosi alle mie spalle e, prima che potessi appendere la decorazione, Matt me la strappò di mano e mi fece girare verso di lui.

Lo guardai dritto negli occhi. Era rosso come un pomodoro. Così rosso che sembrava stesse avendo un infarto. *Magari.* Lasciando cadere a terra l'Uomo di latta, Matt serrò i pugni con tanta forza che le nocche divennero bianche.

«Tutto bene, Matt?», chiesi con grande calma.

Gli si era gonfiata la vena del collo. «Come hai potuto farmi una cosa del genere?».

Sbattei le palpebre, fingendomi confusa. «Farti cosa?»

«Mandarmi la richiesta di divorzio nel bel mezzo di una riunione importante».

«Oh… *questo*».

«Oh… *questo*», ripeté lui, facendomi il verso. «Perché non mi hai detto che volevi il divorzio, Natalie?»

«E tu perché non mi hai detto che ti scopi quasi tutte le mie amiche? Vuoi che ti faccia incorniciare le foto e che le metta sotto l'albero?».

Beccato. Sembrava che avesse appena visto un fantasma. Si passò una mano sul viso.

«Nat, riprendiamo la terapia di coppia. Possiamo risolvere tutto».

«No, Matt. Non c'è più niente da risolvere».

«Ti scongiuro, Nat. Proviamoci un'ultima volta». La sua espressione disperata e patetica servì soltanto a farmi infuriare ancora di più. A rendermi più determinata. Senza cuore, come l'Uomo di latta.

«*No,* Matt».

«Arrowhead ci farà bene. Ci aiuterà a sistemare le cose».

«L'unica ragione per cui non ho cancellato la vacanza sono i ragazzi. Sarà il loro ultimo viaggio di famiglia tutti insieme».

«Lo sanno già?». Parlava con una voce flebile. Sconfitta.

«No. Lo sa soltanto Tanya. Mi sorprende che non te l'abbia detto».

«Non l'ha fatto». Fece un sospiro profondo. «Quando lo diremo a Paige e Will?»

«Dopo le vacanze, è meglio così. Non voglio rovinargli il Natale».

Matt si mostrò d'accordo. Continuai dicendogli che, una

volta comunicata la notizia, lo volevo fuori di casa. Sembrò abbattuto.

«Vado a versarmi qualcosa da bere, poi chiamerò mia sorella».

Senza aggiungere altro, si trascinò al mobile bar. Lo guardai che si versava un bourbon, poi mi chinai a raccogliere l'Uomo di latta. Lo appesi sull'albero, proprio accanto allo schiaccianoci dipinto a mano. Mi sfuggì un sorriso.

Anche io avevo appena schiacciato le noci di mio *marito*.

Uno a zero per me.

Quarantanove
Natalie

Il Natale filò liscio. Fu addirittura allegro.

La sera della Vigilia cenammo con una costata d'agnello e un piatto vegano per Paige, e poi andammo tutti alla messa di mezzanotte alla chiesa di Saint Andrew. La mattina di Natale ci svegliammo di buon'ora e scendemmo di sotto ancora in pigiama per radunarci intorno all'albero e scartare i regali. Di solito partecipava anche Orso, ma stavolta lo lasciai fuori insieme al suo nuovo giocattolo da masticare per premura verso Tanya. La buona notizia era che ormai era fuori pericolo, e questo era il regalo di Natale migliore di tutti.

Per evitare una valanga di cartacce da ripulire, aprimmo i nostri regali a turno. Il primo fu Will, poi toccò a Paige e infine Tanya. Sia Paige sia Will furono entusiasti dei loro doni, ma Tanya sembrò un tantino seccata.

«Sul serio, Natalie? Un libro del cavolo e un buono da *soli* duecento dollari da Urban?»

«Meglio che ti sbrighi a usarlo», commentò Paige, sapendo che Tanya sarebbe tornata a casa dopo Capodanno. Niente addii strappalacrime tra quelle due. Avevo spiegato a mia figlia la questione della retta, sorvolando sul vero motivo per cui non potevo permettere alla nostra ospite di restare.

Tanya le lanciò un'occhiataccia, e poi abbassò lo sguardo ancora contrariato sul suo buono.

«Domani iniziano i saldi. Non crederai ai tuoi occhi quando vedrai quanta roba si può comprare con una cifra del genere», le dissi con voce allegra.

«Come no». Sbuffò e iniziò a sfogliare controvoglia il libro sulla moda di LA che le avevo comprato. Con la faccia annoiata, sollevò lo sguardo verso di me. «Oh, e comunque Natalie, mi dispiace di non avere preso niente per te e Matt. Non ho avuto tempo, e poi Paige non ha voluto accompagnarmi a fare shopping».

Lanciò un'altra occhiataccia a mia figlia che le rispose con un sorriso spavaldo. Ormai non cercavano neanche più di nascondere l'astio. Mi irritai. L'ultima cosa che volevo era un litigio nel giorno di Natale.

«Non fa niente. Abbiamo già tanto». Ma non potei fare a meno di provare una punta di delusione. Avrebbe potuto prepararci qualcosa con le sue mani, anche un semplice bigliettino.

«Mamma, papà... tocca a voi», cantilenò Paige.

Io e Matt, che stavamo recitando in favore dei nostri figli, iniziammo a scartare i regali. Da parte dei suoi genitori due flûte di Lalique e una magnum di Veuve Clicquot, mentre Trevor ci aveva mandato due meravigliose sciarpe di Burberry direttamente da Londra. La sorella di Matt invece mi aveva regalato una misera gift card da venti dollari: era davvero pessima quando si trattava di pensare agli altri. Me l'aveva spedita per e-mail una settimana prima di ricevere la chiamata di Matt; altrimenti, sapendo del divorzio, non mi avrebbe preso proprio niente.

Per ultimo, scartai il regalo da parte di Will e Paige, lo stesso ogni anno: un meraviglioso album di pelle in cui conservare le vacanze di Natale della famiglia. Mi si strinse il cuore a pensare che quello sarebbe stato l'ultimo regalo del genere.

Ora che avevamo aperto tutti i doni, cominciai a raccogliere la carta nel cestino dell'immondizia.

«Mamma, papà. Voi che vi siete regalati?», chiese Paige, mentre prendevo l'ultima.

«Oh... eh, ci siamo fatti confezionare degli oggetti personalizzati». La voce vacillava. «Ma non sono arrivati in tempo».

«Che oggetti?». Paige aveva gli occhi vividi di curiosità, e spostava lo sguardo da me a Matt.

Notai il pallore di mio marito. Il viso era sbiancato, e le borse sotto gli occhi erano scure. Il divorzio lo stava segnando, e ne ero contenta. Paige continuava a fissarlo, mentre lui serrava la mascella.

«Se ve lo dicessimo, rovineremmo la sorpresa. È una cosa del tutto nuova, niente a che fare con gli anni passati».

Almeno questo era vero. Io gli avevo regalato la richiesta di divorzio, e lui… niente. Ormai mi ero rassegnata al fatto che non avrei più ricevuto nulla di sfavillante da parte sua. Ma era il piccolo prezzo da pagare per liberarmi di lui.

Mia figlia, perspicace come sempre, mi rifilò uno sguardo sospettoso e scambiò un'occhiata con il fratello. Ero certa che avesse intuito qualcosa.

«Matthew, ragazzi: perché non andate nel salottino di famiglia a guardare la TV mentre io finisco di pulire qui e preparo la colazione? Danno un mucchio di film natalizi meravigliosi».

«Ti serve aiuto, mamma?», chiese Paige, restando indietro mentre gli altri si dileguavano. Voleva tempestarmi di domande, ero pronta a scommetterci, e scoprire che cosa stesse accadendo tra me e suo padre. Significava che Tanya non le aveva detto nulla, almeno. Ne ero sollevata.

«No, tesoro, ce la faccio benissimo. E vorrei che ti rilassassi con gli altri».

Obbedì, sebbene con una punta di riluttanza. Guardandola andare via, mi attraversò un brivido. Temevo il momento in cui avrei dovuto dire a lei e Will che io e Matt avremmo divorziato. Il salottino di famiglia sarebbe diventato il salottino della divorziata.

In cucina misi su uova strapazzate e salsiccia per noi e tofu e funghi trifolati per Paige. Avevo scoperto un'infinità di modi in cui preparare il tofu. Dalle lasagne alle fritture, ed era sempre delizioso.

Mentre impiattavo le uova, il telefono prese a squillare. Lo tirai fuori dalla tasca della mia nuova vestaglia di cashmere, e guardai chi era a chiamare. Numero sconosciuto. Malgrado fossi avvolta da tessuto morbido e caldo, mi si accapponò la pelle. Quell'orrida voce aveva ripreso a telefonare? Era da due settimane che non ricevevo chiamate. Forse erano soltanto i suoceri dall'Europa per farci gli auguri di Natale.

Con una punta di esitazione, risposi e avvicinai il telefono all'orecchio.

Silenzio.

Ma poi…

«Ho. Ho. Ho». Quei sussurri! *«Ho!»*.

«Chiunque tu sia… lasciami in pace!», sibilai, mantenendo la voce bassa.

Clic.

Ma il telefono squillò di nuovo. Forse non dovevo rispondere? Lo feci lo stesso.

«Natalie…», ancora lui. «Babbo Natale dice che sei stata cattiva quest'anno».

Stavolta decisi di affrontare la voce graffiante. «Che cosa vuoi?». Tutti cercavano qualcosa.

«Ti voglio morta».

Clic.

Tremavo come una foglia. Prima che arrivasse una terza telefonata, chiamai l'unica persona di cui mi fidavo. L'unica persona da cui avrei accettato un consiglio.

Il mio avvocato. Jason Nussbaum.

Grazie al cielo rispose al primo squillo.

«Jason, sono io, Natalie. Scusa se ti disturbo il giorno di Natale». Il suo ufficio era chiuso e, come chiunque altro, anche lui era in ferie.

«Nessun problema, cara. Sono ebreo. Il Natale non è roba mia. E poi lo sai, lavoro ventiquattr'ore su ventiquattro, sette giorni su sette. Vacanze incluse».

Costava settecentocinquanta dollari l'ora, ma almeno mi stavo dando il massimo che potessi aspettarmi da un avvocato. Anche se quella chiamata mi sarebbe costata un occhio. *Prendilo come un regalo di hanukkah, Jason.*

«Matt ha gradito il tuo pensiero per Natale? La sorella mi ha già mandato un'e-mail minatoria. Ma non preoccuparti, è solo rumore di fondo per me».

«Non ti chiamo per Matt, Jason. Quei sussurri, quelle chiamate, sono ricominciate. Ora mi minaccia anche». Gli parlai delle ultime due telefonate.

«Volevo dirtelo, ho parlato con Dino».

Dino era l'investigatore privato che aveva assunto per pedinare Matt. «Cos'ha detto? È riuscito a rintracciare le chiamate?»

«No. Vengono da telefoni usa e getta».

«Usa e getta?»

«Sì, telefoni prepagati. Costano poco e hanno ID sconosciuta. Non rintracciabile».

«Chi può mai essere, secondo te?»

«Penso ancora che si tratti di tuo marito. O magari la sorella o uno dei suoi scagnozzi. Secondo me stanno cercando di snervarti, per sostenere che non sei mentalmente stabile. Se riescono a provare una cosa simile, tuo marito potrebbe ottenere la custodia esclusiva dei vostri figli».

Mi sentivo male al solo pensiero. Non potevo vivere senza Paige e Will. La morte di Anabel era già stata una tragedia insopportabile. Quel pensiero ne suscitò un altro. «Credi che io o i miei figli siamo in pericolo?».

Un attimo di silenzio, e poi: «Nah. Tuo marito sarà pure uno stronzo, ma non è un assassino. Ho fatto controllare i suoi precedenti da Dino: lindo e pinto. Mister Sporcaccione è un santarellino. Non c'è neanche una multa pendente a suo nome».

«Cosa dovrei fare?», chiesi, lievemente sollevata.

«Cambia numero».

«E se lo cambio, pensi che dovrei rifiutarmi di dare quello nuovo a Matt? Magari bloccarlo?»

«In quanto tuo legale, te lo sconsiglio. Non ci sono prove che rappresenti una minaccia dal punto di vista fisico. E poi avete dei figli. Deve poterti contattare».

Purtroppo aveva ragione. E se Matt fosse andato a sciare con i ragazzi senza di me e ci fosse stato un brutto incidente sulle piste? Sarei morta non sapendo come stavano i miei figli.

A strapparmi da quei pensieri fu il suono di una voce che non apparteneva al mio avvocato all'altro capo del telefono.

«*Zolotse,* ti manca tanto?». Lola. La prosperosa segretaria di Jason. Ci avevo preso, allora. Se la portava *davvero* a letto.

«Ehi, Nat. Devo salutarti, ho degli ospiti. Buon Natale. Resisti, noi ci sentiamo presto».

Arrowhead era dietro l'angolo, eppure sembrava non arrivare mai. La prima cosa che avrei fatto appena messo piede in albergo, sarebbe stata catapultarmi nella spa. Restare a mollo nella Jacuzzi e farmi coccolare da un massaggio potente. Espellere lo stress da ogni singola cellula.

Tutto questo, ovviamente, a spese di mio marito. Era ora che pagasse per i suoi errori.

Cinquanta
Natalie

Io e Matt decidemmo di viaggiare verso Lake Arrowhead in macchine separate. In caso uno dei due volesse tornare a casa prima.

Considerando la furiosa litigata che avevamo avuto quando i ragazzi erano andati a letto, la possibilità c'era eccome. Avevamo discusso riguardo al suo trasferimento in un'altra casa. Il letale, acceso e fragoroso botta e risposta era terminato con la frase: «Va' a morire ammazzata, Natalie», e il mio futuro ex marito che usciva a passi pesanti dalla cucina. E questo era solo l'inizio.

Così caricammo la BMW di Matt e la Jeep quattro ruote di Paige, in cui viaggiamo io, Will e Orso. Tanya era andata insieme a Matt.

«Perché non sei salita tu con papà?», mi chiese Paige mentre seguivo la BMW. Dal suo tono di voce, sapevo che sospettava qualcosa. «E poi non ho capito perché abbiamo dovuto prendere due auto. Se per qualche motivo ce ne fosse servita una in più, avremmo potuto noleggiarla là».

Accampai una scusa. «Pensavo che non volessi startene seduta vicino a Tanya per due ore. E poi, non possiamo farla avvicinare a Orso». In effetti era la verità e Paige non ebbe altre domande.

L'autostrada era deserta e arrivammo all'uscita Arrowhead/Big Bear a un orario decente, malgrado la partenza ritardata. Mi era toccata infatti un'esasperante chiamata di un'ora con l'operatore telefonico per il cambio numero. Quando Will mi aveva chiesto perché avessi bisogno di una cosa del genere, gli avevo risposto che di recente le chiamate di telemarketing mi stavano tormentando. Anche questa era la verità. Ottenuto il nuovo contatto, lo diedi soltanto a lui, Paige, Tanya e – con non poca riluttanza – a Matt. A parte loro, lo aveva solo un'altra persona. Il mio avvocato. Il resto del mondo avrebbe dovuto attendere. Anche se non era da escludere che Matt l'avesse già condiviso con la sorella e/o con la persona che forse pagava per spaventarmi. Perciò potevo ancora ricevere certe chiamate.

Percorrere la strada costeggiata dai pini che serpeggiava su per la montagna ci fece accumulare altri trenta minuti di ritardo. Aveva iniziato a nevicare e in teoria era prevista un'altra bufera da lì a ventiquattr'ore, quindi Matt dovette fermarsi a una stazione di servizio per farsi montare le catene. Gliele avrei viste bene intorno al collo. O ancora meglio intorno a quell'affare selvaggio che aveva tra le gambe.

I fiocchi presero a scendere sempre più fitti man mano che salivamo. La spolverata di neve sull'asfalto si trasformò in uno strato di oltre quindici centimetri. Quando raggiungemmo il Lake Arrowhead Resort and Spa, ci sembrò di essere arrivati al villaggio di Babbo Natale. L'albergo era stato ristrutturato di recente e sembrava una gigantesca baita alpina: uno scenario da cartolina, abbellito dalla neve fresca che ricopriva il terreno e la punta degli alti cipressi.

Lasciammo le auto ai parcheggiatori e non appena entrai nella hall decorata a festa, con il profumo di pino nell'aria, un enorme albero di Natale tutto decorato e l'ampio camino scoppiettante, seppi di avere fatto la scelta giusta. Con la carta di credito di Matt in mano, mi avventurai verso la reception. Gli altri rimasero invece ad aspettare che un facchino si facesse carico delle nostre valigie e dell'attrezzatura da sci.

Non essendo riuscita a prenotare una suite, avevo scelto due camere separate per i ragazzi. E una stanza per me e Matt. Paige e Will avrebbero diviso la loro con Orso, mentre Tanya ne aveva una tutta per sé. Avrei voluto anch'io una camera da sola – e lontana da Matt – ma non ce n'erano di disponibili, e comunque i ragazzi si sarebbero insospettiti troppo. Per fortuna era una doppia con due letti matrimoniali. Se Paige o

Will avessero chiesto come mai non fossimo in una matrimoniale, avrei semplicemente risposto che al momento della prenotazione l'albergo non ne aveva di disponibili. Ed era pure la verità. Il resort era molto popolare, e la gente prenotava le vacanze di Natale con mesi d'anticipo. Ero stata fortunatissima a trovare una sistemazione lì all'ultimo minuto. Qualcuno doveva avere disdetto. Anche se non vicine, le stanze erano tutte sullo stesso piano e godevano di una meravigliosa vista sul lago azzurro e scintillante.

Una volta sistemati, Matt e i ragazzi uscirono di corsa sulla neve portandosi dietro Orso. Poco distante c'era un versante dedicato agli slittini. Io rimasi a cenare in albergo con Tanya.

«Potevi andare con loro», le dissi, mentre ci facevamo servire un'insalata di pollo e delle patatine fritte dal ristorante gourmet del resort. «Ti saresti divertita».

Se ne stava seduta di fronte a me, con un adorabile completino *après-ski* rosa che un tempo era appartenuto ad Anabel. Provai una punta di tristezza: l'ultima volta che eravamo venuti qui, c'era anche lei. Era un fine settimana lungo. Quattro mesi dopo l'avevo persa, e ora stavo perdendo anche Tanya, sebbene non nello stesso modo. Nonostante gli sbalzi di umore dell'ultimo periodo, ripensai ai bei momenti passati insieme e sentii che mi sarebbe mancata da morire. Purtroppo non avevamo alternative. Non potevamo tenerla con noi.

La nostra ospite si sfilò il berretto fatto a maglia. «Sinceramente, Natalie, non me ne importa un bel niente. Non amo la neve. Sono davvero delusa che non siamo andati a Maui».

«Non era destino», risposi, senza spiegare che era stato lo smarrimento del suo passaporto a cancellare quella possibilità dalla lista.

«Come ti pare». Bevve un sorso di vino bianco, cortesia del nostro giovane cameriere marpione che non le aveva chiesto il documento. «Allora, Natalie...», disse, inzuppando una patatina nella maionese con il mignolo teso. «Per caso ci hai ripensato?».

Inarcai un sopracciglio. «A cosa?».

Roteò la patatina tra le dita mentre gesticolava. «Be'... a pagare la mia retta, così potrò restare a LA con voi».

Bevvi un sorso di cabernet e lo mandai giù. «Mi dispiace. *Les jeux sont faits*».

Fece una smorfia. «E che vuol dire?»

«Oh. Pensavo studiaste francese al collegio». Avevo letto online che erano richiesti almeno tre anni di pratica. «Comunque sia, vuol dire che ormai il dado è tratto». Bevvi un altro lungo sorso di vino e la guardai dritto negli occhi. Mi si spezzava il cuore. «Tesoro mio, sai come stanno le cose. Devi tornare a casa. Non ho altra scelta».

Scattò in piedi, fulminandomi con lo sguardo. Gli occhi feroci.

«Neanch'io».

Buttando sul tavolo la patatina che non aveva mangiato, marciò via. L'ennesima scenata di rabbia. I suoi sbalzi di umore si erano fatti sempre più frequenti. Temevo che prima o poi avrebbe dato di matto e rivelato a Paige e Will che io e Matt stavamo divorziando.

Mentre Tanya usciva dal ristorante, il telefono prese a squillare. Un'altra telefonata minatoria? Sentii lo stomaco chiudersi, la paura montare. Quando guardai lo schermo, vidi che era Paige. In un battito di ciglia, però, il sollievo si trasformò in preoccupazione. Sentii il cuore martellarmi la gabbia toracica. Le era successo qualcosa? E Will stava bene?

Cinquantuno
Paige

«Ciao, mamma!». Tenevo il telefono appiccicato all'orecchio perché c'era troppo rumore per mettere il vivavoce o trasferire la chiamata su FaceTime. La mia voce doveva lottare contro il forte brusio delle famiglie sedute ai tavoli intorno al nostro. Senza contare le continue urla stridule dei bambini che scivolavano lungo il pendio innevato.

«State bene, Paige?». La mamma sembrava agitata.

«Sì, certo, ci stiamo divertendo un mondo. Soprattutto Orso. Non fa che correre su e giù per la collina. È salito pure su uno slittino e si è fatto una discesa. Siamo morti dalle risate».

«Che bello». Adesso sembrava più calma.

«Ti abbiamo mandato delle foto. Hai visto il pupazzo di neve che abbiamo fatto?»

«A dire il vero non ho ancora controllato i messaggi. Li guardo appena finisco di mangiare». Una piccola pausa. «Tuo padre dov'è?».

In genere chiedeva: "Dov'è papà?". C'era qualcosa di strano nel modo in cui aveva posto la domanda. Era freddo, e non per via della montagna.

«Al chiosco, a prendere il secondo giro di hot dog e cioccolata calda. Per me un hamburger vegano». Con tutte le scivolate, e soprattutto le salite a piedi, ci era venuta una fame da lupi.

«Ottimo».

«Sta tornando». Mi voltai verso di lui. «Te lo passo?»

«No, no», si affrettò a rispondere. «Ci vediamo in albergo. Da' un bacio a Will da parte mia e divertitevi».

Chiudemmo la chiamata.

Lanciai un'occhiata a mio fratello. Era adorabile con la giacca da neve rossa e il berretto abbinato. Le lentiggini si erano già scottate per il sole, malgrado la crema. «Willster…».

«Che c'è, Pudge?». Prese un morso di hot dog e lo buttò giù senza neanche masticare.

«Non ti pare che mamma e papà si comportino in modo strano?»

«Strano come?»

«Non so… Come se volessero mantenere le distanze. E non mi torna che abbiamo preso due macchine per venire qua. Poi mamma non si perde mai le discese con lo slittino».

Will diede l'ultimo pezzo del suo panino a Orso, che era steso accanto a lui sul terreno ricoperto di neve. Il cane lo ingoiò in un sol boccone, sollevando il muso per chiederne dell'altro.

«Allora?», disse.

«Forse la mamma è soltanto stressata. Per il Natale, e tutto il resto».

«Hai visto quanto è dimagrita?». Nelle ultime settimane doveva aver perso almeno cinque chili. I vestiti le stavano tutti larghi. Ero preoccupata. Non volevo che le ricapitasse un crollo nervoso come quello che aveva avuto dopo la morte di Anabel. Per me e Will era stato terribile non poter contare su di lei per mesi e mesi. Avrei voluto dirle quanto mi aveva messo paura in quel periodo, quanto mi era mancata. E un giorno l'avrei fatto.

Will inzuppò una patatina nel ketchup e poi se la cacciò in bocca. «Sì, ho notato».

«E non ti preoccupa?»

«Be', ha avuto l'influenza».

«Lo so, però…».

«Ehi, ragazzi!». La voce di papà. Arrancava verso di noi, con gli stivali Sorel che facevano scricchiolare la neve a ogni passo. Posò il vassoio di cartone sul tavolino all'aperto. «Will, hanno finito gli hot dog. Ho preso hamburger di carne per noi. E vegano per te, Paige».

L'odore di grasso della carne mi fece venire la nausea. La breve chiacchierata con la mamma mi aveva tolto l'appetito. Papà crollò sulla sedia di plastica vicino a Will, di fronte a me.

«Ho chiamato la mamma».

«Bene». Il tono era freddo come la neve, il volto di ghiaccio. «Mangiate prima che si raffreddi».

Ci concentrammo sui nostri hamburger, scaldandoci le mani con una tazza fumante di cioccolata calda. Bevvi subito un sorso della mia, fatta con il latte di soia, per placare i brividi di freddo che all'improvviso mi attraversarono la pelle. E non dipendeva dalla temperatura.

Avevo lo stomaco chiuso. L'istinto me lo diceva.

Qualcosa non andava tra i miei genitori.

Cinquantadue
Natalie

Il massaggio connettivale di novanta minuti era proprio quello che mi serviva. Mentre me ne stavo distesa a faccia in giù sul lettino, con le mani forti della massaggiatrice che mi lavoravano il dorso, riuscivo a sentire lo stress che scivolava fisicamente via dai miei nervi tesi e contratti. Sospiravo mentre lei spingeva le dita sempre più a fondo, la musica rilassante e gli oli profumati dell'aromaterapia che mi aiutavano a distendermi. Mi sembrava di aver raggiunto lo zen e a un certo punto, dopo essermi girata sulla schiena, dovevo pure essermi addormentata perché la sua voce mi spaventò.

«Abbiamo fatto».

Sollevai le palpebre pian piano. «Di già?».

Quella donna muscolosa dalle mani magiche annuì. «Spero le sia piaciuto».

Mi tirai su con l'asciugamano morbido stretto al petto, le dissi che era stata fantastica e la ringraziai a profusione quando mi offrì un bicchiere d'acqua aromatizzata al cetriolo, che bevvi tutto d'un sorso.

«Beva molta acqua», si raccomandò aiutandomi a rimettermi in piedi. «L'aiuterà a eliminare le tossine».

Risposi di sì mentre infilavo con il suo aiuto l'accappatoio e le ciabatte aperte offerte dal centro benessere. Recuperai due biglietti da venti dalla tasca e glieli porsi. Una mancia del venti per cento. Dalla sua espressione, capii che era entusiasta della mia generosità. Ma doveva ringraziare soltanto il mio futuro ex marito. Allontanai subito Matt dai miei pensieri. Perché rovinare la mia euforia?

Incontrai Tanya agli armadietti. Dopo la sua piccola scenata al ristorante, era venuta a chiedermi scusa e io le avevo offerto di trascorrere la giornata alla spa insieme a me. Aveva fatto i salti di gioia all'idea, e mentre io mi dedicavo al mio massaggio, lei si era sottoposta a un trattamento viso. Vestita come me, in accappatoio e ciabatte, i capelli dorati raccolti in una coda di cavallo, aveva un'aria radiosa. La pelle perfetta e liscia brillava, le spesse sopracciglia di onice erano perfettamente scolpite – era parte del trattamento.

«Com'è andata?», chiesi, come se già non lo sapessi.

«È stato *davvero* divino!». Mi buttò le braccia intorno al collo. «Grazie, Natalie».

«Non c'è di che, tesoro. Che ne dici di un po' di idromassaggio e sauna? E dopo la doccia, ci vestiamo carine e andiamo al bar a berci un bicchiere di champagne. Ti va?».

Il sorriso le illuminò il voltò già radioso. «È perfetto».

La massaggiatrice mi aveva detto di bere, no?

Tornammo al ristorante, e stavolta occupammo un tavolino da due nella zona bar. Un nuovo cameriere – altrettanto invaghito di Tanya – ci portò una bottiglia gelida di Veuve Clicquot, riempiendoci le flûte fino all'orlo. Un po' di schiuma scivolò sul tavolo.

«A un meraviglioso anno nuovo», brindai, battendo il bicchiere contro il suo. E lo sarebbe stato davvero, visto che avrei finalmente divorziato da Matt. Non vedevo l'ora, soprattutto perché secondo Jason ne sarei uscita come una regina.

Tanya bevve un sorso di champagne, lo sguardo puntato su di me. Si morse per un attimo il labbro. «Natalie, sono un po' preoccupata per te».

Inclinai la testa di lato. «E perché mai? Sto benissimo».

«Per via di Matt». Giocherellò con lo stelo del suo bicchiere. «Credo che sia pericoloso».

Aggrottai le sopracciglia. «Che vuoi dire?»

«Sai, durante il viaggio ho trascorso molto tempo da sola con lui e ha detto cose raccapricciandi».

«Tipo?»

«Tipo: "Se Natalie pensa di potermi lasciare al verde, non

ha capito con chi ha a che fare". E poi: "La uccido, se prova a fare qualcosa di stupido". E anche: "Non capirà nemmeno da dove è partito il colpo, fidati."».

Mandai giù quelle frasi con un bel sorso di champagne, e poi riappoggiai la flûte sul tavolo. «Dice così solo perché è arrabbiato con me. Non lo pensa davvero».

«Lo credevo anch'io, all'inizio. Ma poi quando ci siamo fermati per andare in bagno, ho aperto il bagagliaio per prendere lo zaino e l'ho vista...».

«Hai visto cosa?», la incalzai con una punta d'apprensione.

«La pistola!».

Sbattei le palpebre senza riuscire a dire niente. «Sei sicura?»

«Certo che sono sicura. E mi ha spaventata a morte!».

Ero sconvolta, senza parole. Era la prima volta che Matt si portava la pistola in uno dei nostri viaggi di famiglia. Tanya continuò a parlare abbassando la voce a un flebile sussurro.

«Vuole *ucciderti*, Natalie!».

In un attimo tutti i benefici del massaggio che avevamo appena fatto andarono a farsi benedire. In preda alla nausea, ripensai alla litigata furiosa che avevamo avuto prima di partire. Matt si era messo a lanciare cose per la cucina e quando gli avevo detto che entro febbraio lo volevo fuori di casa, aveva preso un coltello e detto: «Giuro che, se potessi farla franca, ti ammazzerei ora», infilzando il tagliere di legno con la lama da venticinque centimetri. Non l'avevo mai visto così violento, a parte durante la litigata in cui Anabel era caduta giù dalle scale. Ma quella volta avevo cominciato io. Ero spaventata a morte, e in quel momento mi chiedevo: intendeva sul serio?

Tanya mise fine a quel vortice di pensieri. Vidi un lampo di terrore nei suoi occhi. «E se stesse pianificando l'omicidio perfetto? Magari ora, mentre parliamo. È completamente fuori di testa!».

Avevo il cuore a mille, la testa che girava. Aveva forse *trovato* un modo per farla franca? Magari aveva in programma di spararmi nel sonno, quella notte, e di seppellirmi sotto due metri di neve. Ero così esile che sbarazzarsi del mio corpo non sarebbe stato un problema. Poteva gettarlo nel lago ghiacciato, facendolo sembrare un suicidio. In passato avevo avuto un episodio di depressione psicotica. Le possibilità erano spaventose e infinite.

Con un labbro tremante, Tanya allungò la mano sul tavolo e strinse forte la mia. «*Morirei* se ti accadesse qualcosa di brutto, Natalie!».

Scolai il resto dello champagne in un sorso. E poi passai alla bottiglia. Un brivido freddo mi corse lungo la schiena.

«Non accadrà», riuscii a dire. Pagai il conto e corsi via dal ristorante.

Dovevo trovare la pistola di Matt.

Cinquantatré
Natalie

Con la testa che pulsava e il cuore che mi martellava nel petto, cercai disperatamente la pistola. Svuotai ogni cassetto, controllai la cassaforte e pure sotto il suo materasso. Avevo setacciato tutta la stanza, centimetro per centimetro. Ero persino uscita a controllare il terrazzo, scavando a mani nude nella neve fino a quando non avevo perso sensibilità alle dita.

Nada. La pistola non era da nessuna parte.

Quindi se l'era portata dietro.

Merda.

In preda al panico, andai al minibar e presi la bottiglietta di Johnny Walker Black. Lo scotch piaceva a Matt, non a me, ma in quel momento ero così tesa che ne avevo proprio bisogno. Svitai il tappo e bevvi direttamente dalla boccetta. Il liquido amaro mi bruciò la gola e scese nello stomaco, ma non riuscì a placare i miei nervi.

Stavo per prendere altro, quando una grande busta bianca scivolò sotto la porta. Corsi a prenderla. C'era solo il numero della stanza sul retro. Il battito già accelerato andò su di giri. La busta tremava nella mia mano, e mi fermai a pensare se fosse il caso di aprirla o meno. Lo feci, e me ne pentii all'istante.

Un solo foglio dentro. Quattro parole.

SEI MORTA PER ME.

Sempre in maiuscolo, sempre in rosso. Strappai furiosamente il messaggio e corsi in bagno a gettare i pezzetti nel water. Chiamai subito Jason, rimpiangendo di non averlo fatto appena saputo della pistola. Che stupida. Rispose direttamente la segreteria, gettandomi nella più totale disperazione. Non lasciai nessun messaggio, e tirai il telefono sul tavolino.

Doveva essere per forza Matt. Ma perché quella tortura psicologica? Uccidermi non era abbastanza? Da lì a un giorno, sarei potuta diventare cibo per coyote. O per orsi affamati.

Chiamai di nuovo Jason. Ma non rispose nemmeno quella volta.

Imprecai ad alta voce, urlando tutte le parolacce che conoscevo.

Cosa avrei dovuto fare? Non potevo rivolgermi alla sicurezza dell'albergo, né chiamare il 911: cos'avrei detto, che mio marito stava pensando di spararmi? Non avevo prove. Non avevo neanche l'arma. Mi avrebbero preso per matta. Una matta ferita e paranoica.

Buttai giù un altro scotch, e mi misi a camminare su e giù per la stanza come la folle che ero, in cerca di risposte. Ma era tutto inutile. Mezzo ubriaca e mezzo ferita, non riuscivo nemmeno a riflettere lucidamente.

Volevo solo bere. E così feci.

Collassai sul letto.

Buttai giù uno Xanax.

E persi i sensi.

Cinquantaquattro
Natalie

«Natalie Merritt, in piedi, per favore».

Mi alzai piano, esitante. Tenevo la testa china e fissavo l'orribile tuta arancione che avevo addosso. Prudeva e mi stava male, e ne odiavo il colore quasi quanto odiavo il poliestere di cui era fatta. Volevo strapparmela di dosso, come le manette che mi legavano i polsi e le mani.

«Abbiamo un verdetto». Tremando, incrociai lo sguardo feroce del giudice. Aveva le sembianze dell'uomo che odiavo. E che temevo tanto quanto la sentenza.

I suoi occhi erano due coltelli affilati puntati su di me. «Ha commesso un crimine. Come ha potuto fare una cosa del genere? La giuria la reputa all'unanimità colpevole di condotta pericolosa ai danni di un minore. Due omicidi colposi. E l'assassinio premeditato di suo marito».

«No!». Riconobbi la voce. Paige! Lei e Will avevano partecipato a tutto il processo, erano sempre stati seduti dietro di me. «Lasciate stare mia madre! Non è cattiva! Vi prego!». La sentivo piangere, singhiozzare disperatamente. Mi si strappò il cuore e mi voltai a guardarla.

Ma il giudice ringhiò: «La corte la condanna a centotrent'anni di prigione senza riduzioni di pena».

«Nooo!».

Mi svegliai per le mie stesse urla. Mi tirai su di scatto, fradicia di sudore. Avevo il fiatone, il corpo tremava. Feci dei lunghi respiri profondi, cercando di calmare i nervi.

Pian piano il cuore rallentò, il respiro si fece regolare. Era stato solo un incubo. Un orribile incubo. Mi diedi un pizzicotto, tanto per esserne sicura. Provai dolore, ero viva! Mio marito non mi aveva ancora sparato. Anche lui era vivo. Lo sentivo russare accanto a me. Che cosa aspettava? Pensava di uccidermi in pieno giorno?

Non avevo idea di che ore fossero. Le tende erano tirate, la camera immersa nel buio più totale. Tastai il comodino in cerca del cellulare, era proprio lì dove l'avevo lasciato. Mezzanotte passata. Ero rimasta priva di sensi per ore, i vestiti termici ormai pregni di sudore.

Accesi la torcia del telefono e andai in punta di piedi verso il comò per infilare un pigiama pulito. Non ricordando affatto in quale cassetto l'avessi infilato, ne spalancai uno a caso. Misi la mano dentro e cominciai a cercare.

Sotto un maglione piegato con cura, le mie dita sfiorarono una superficie dura e metallica. Tirai fuori l'oggetto. La mano prese a tremare. Il cuore a battere forte. Non mi serviva la luce della torcia per capire di cosa si trattasse.

Molto più pesante di quanto avessi immaginato, avevo trovato la Magnum di Matt. Tanya non si era inventata nulla. Matt l'aveva portata con sé. Tanya aveva ragione. La realtà mi trafisse con la forza e la velocità di un proiettile. Ogni dubbio rimanente evaporò come l'acqua. Voleva farmi *fuori* prima che potessi lasciarlo al verde!

Sparandomi!

Strinsi la pistola tra le dita, il cuore a mille, il corpo intorpidito. Cosa avrei dovuto fare? Forse gettarla via, ma così l'avrei svegliato. E a lanciare facevo schifo. L'avrebbe sicuramente ritrovata il giorno dopo. Potevo nasconderla da qualche parte, ma anche questo era rischioso e con ogni probabilità avrei fatto troppo rumore. Vagliai di nuovo la possibilità di chiamare il 911 o la sicurezza dell'albergo, ma per dire cosa? "Mio marito ha una pistola con cui intende uccidermi". Era ridicolo. L'arma era legalmente registrata. E l'albergo era in una zona in cui si poteva cacciare. Non sapevo nemmeno se fosse carica (e non potevo controllarlo adesso).

C'era solo una cosa che potevo fare al momento. Proteggermi da lui.

Prendere io la pistola.

Lasciando perdere il pigiama, tornai a letto e infilai l'arma sotto il cuscino. La sentivo sotto la testa mentre fissavo il soffitto. Neanche sparasse pasticche di Xanax, la pistola mi calmò la mente che da erratica tornò tranquilla.

Mi addormentai pensando all'arma. E a come avrei affrontato Matt il giorno dopo.

Cinquantacinque
Matt

Vacanza o no, il mio corpo era già pronto ad alzarsi alle sei in punto. Poco male, perché volevo sciare un po' prima della bufera prevista per il pomeriggio. Qualche buona discesa mi avrebbe procurato la giusta dose di endorfine. E Dio solo sapeva quanto ne avessi bisogno. Le vacanze servivano a eliminare lo stress, ma io ero tutto fuorché rilassato. Mi sentivo più una bomba a orologeria pronta a esplodere.

Non c'era modo di impedire il divorzio. E ormai volevo soltanto concludere la faccenda il prima possibile. Almeno avevo trovato una soluzione per Natalie. Non che a lei sarebbe piaciuta. Ma per niente al mondo le avrei permesso di portarmi via tutto ciò che avevo, compresi i ragazzi.

Nel giro di dieci minuti fui già di sotto, la tuta da sci addosso e la colazione presa allo snack bar dell'albergo. Il ristorante avrebbe aperto alle sette, ma mi accontentai di un cappuccino nel bicchiere di carta e di un croissant alle mandorle. Non mi dispiaceva sedere da solo nella hall silenziosa e desolata.

Per prima cosa scrissi a Will – mattiniero come me – che ero diretto a Sugarloaf e che sarei tornato nel pomeriggio. Avrebbe avvertito lui Paige e la madre. Natalie era l'ultima persona con cui mi andava di parlare. La sera prima dormiva già quando ero tornato in camera, ed era ancora immersa in un sonno profondo. Come morta.

E presto lo sarebbe stata davvero, per me.

Avvicinai il tappo del bicchiere da asporto alle labbra e bevvi un sorso di cappuccino bollente. Il croissant era gommoso: ormai vecchio di un giorno, non era neanche lontanamente buono come quelli che Nat comprava dalla sua pasticceria francese preferita. Né come quelli con cui ero cresciuto io.

Ero nato con la camicia, e crescendo avevo ottenuto ogni cosa che avevo desiderato, raggiunto ogni traguardo che mi ero prefisso. Con il mio bell'aspetto e il conto in banca che avevo, ero l'uomo che ogni uomo invidiava. Quello che ogni uomo voleva essere. Ma in quel momento sarebbero stati degli sciocchi a desiderarlo. Diamine, neanche io avrei voluto essere al mio posto. Il mio mondo si stava sgretolando. Nient'altro che polvere.

Avevo combinato un altro casino. Enorme, stavolta. Per quanto ferrea fosse la mia forza di volontà, il mio uccello aveva una mente tutta sua, una fame insaziabile. Dopo l'incidente con Alexa, avevo cominciato a vedere uno strizzacervelli sia per venire a patti con il mio dolore – la perdita di Anabel – sia per correggere la mia infedeltà. Mi aveva diagnosticato un disturbo della personalità. Ipersessualità. Anche noto come disturbo da comportamento sessuale compulsivo. In parole povere, ero un malato di sesso. La causa probabilmente era da ricercare in una madre autoritaria e un padre dispotico. Quello era il mio modo di ribellarmi a loro.

Ed era vero. Gli impulsi erano iniziati da piccolo: non ero nemmeno entrato nell'adolescenza quando mi nascondevo per guardare i giornaletti porno (impossibili da trovare nella rispettosa casa Merritt) e mi masturbavo incessantemente fantasticando sulla professoressa di prima media, la signora Turner. Una bionda tutta gambe – presto sarebbe diventato quello, il mio tipo. Alle superiori e al college, ebbi modo di incarnare le mie fantasie con le ragazze più belle. Scopavo in giro, mi masturbavo sui porno e spiccavo nei corsi che frequentavo: avevo frequentato Stanford con ottimi risultati. Una volta laureato in economia, mi ero trasferito a LA e avevo fondato un'azienda tutta mia. Le tipe sexy – le bionde sveglie e con le gambe lunghe – non erano facili da trovare a Stanford, ma nella Città degli Angeli ce n'erano a bizzeffe; e con il mio aspetto, il mio carisma e il mio successo, avevo tutta una schiera di modella, attrici e assistenti a cui attingere.

Ma io ero uno di quegli uomini che si danno delle scadenze. Che hanno un piano nella vita. Entro i trent'anni, volevo guadagnare il mio primo milione. E ci ero riuscito. Entro i trentacinque, volevo avere un conto in banca di cinque milioni, sposarmi e mettere su famiglia. E il giorno in cui avevo incontrato Natalie Taylor, avevo vinto alla lotteria: l'azienda per cui mi aveva sedotto mi era fruttata venti milioni netti al momento di venderla, e lei era diventata la madre dei miei tre meravigliosi figli.

Eppure, per quanto amassi la mia vita e la mia famiglia, non riuscivo comunque a tenermelo nelle mutande. E la mia bellissima moglie aveva amiche altrettanto belle che facevano a gara per sfilarmele. E non erano le sole. La mia vita era stata perfetta finché Natalie non scoprì che l'avevo tradita con la sua migliore amica. Alexa Roth. Una donna con cui aveva trascorso una notte – una notte di sesso selvaggio – durante un viaggio di lavoro a Londra. All'epoca lei era soltanto una studentessa, lì per uno scambio culturale. Ma questo mia moglie non l'aveva mai saputo.

Le sedute dallo strizzacervelli erano durate un paio di mesi. Alla fine mi aveva rifilato un qualche farmaco che avrebbe dovuto tenere a bada i miei impulsi sessuali, ma che aveva finito per mandarmi in depressione e mi impediva di lavorare concentrato. L'unica altra alternativa era la terapia di gruppo, ma non esisteva che mi sedessi in mezzo a un mucchio di sociopatici e che li prendessi per mano, raccontando le mie fantasie e le mie scappatelle. Mai e poi mai. Così avevo mollato la terapia. Se qualcuno mi avesse chiesto il perché, avrei risposto che avevo diverse attenuanti. Con Natalie in uno stato vegetativo per la morte di nostra figlia maggiore, non si batteva chiodo. E da solo puoi darti da fare fino a un certo punto, poi impazzisci. A quel punto le sue amiche si erano dimostrate compassionevoli, ed erano venute in mio soccorso. Non le portavo certo fuori a pranzo. E non avevo smesso quando lei si era ripresa dal crollo nervoso.

Anche se, con il senno di poi, me ne pentivo amaramente. Una voce familiare e melensa mi strappò ai miei inutili rimpianti.

«Oh, ciao, Matt!».

Prima ancora che potessi voltarmi verso di lei, Tanya si accoccolò sulla poltrona accanto alla mia. Indossava una tuta rosa confetto e masticava la gomma.

«Che ci fai già in piedi?», chiesi. Non sprizzavo gioia all'idea di vederla. Il rapporto che avevo con lei era stato rovinato dall'incidente con le perle a casa di mia madre. Ci eravamo allontanati. E con tutte le preoccupazioni che avevo al momento, ero contento che presto se ne sarebbe tornata in Inghilterra.

Strinse le spalle. «Non so. Non riuscivo a dormire».

«Vuoi qualcosa da mangiare?».

Mi fissò senza battere ciglio. «No, sono a posto». Una breve pausa, e poi: «Hai fatto una cazzata, Matt».

Nei suoi occhi c'era un luccichio selvaggio che non avevo mai notato prima. Il tono era minaccioso. Calmai i nervi con un respiro profondo.

«A casa dei miei, intendi? Perché non ti ho difesa quando la mamma ti ha accusato di averle rubato le perle?».

Si lasciò andare a un ghigno. «Lo avrei davvero apprezzato, Matt, ma non si tratta di questo».

«E allora di che parli?».

Arricciò le labbra in un sorrisino. «So tutto di te, Matt. Di quello che hai fatto».

Sentii la pelle che si accapponava. «Sai che cosa?».

Mi rivolse un sorriso diabolico. «Ti ho visto nel tuo ufficio insieme a un'amica di Natalie, una di quelle che era al gala. Il giorno in cui siamo andati a Century City a comprare un nuovo portatile».

Cazzate.

«Ci davate dentro come conigli. Non ti sei neanche accorto che ero lì». Scoppiò a ridere. «Ecco perché eri tanto di buon umore all'Apple Store».

Le mie guance e il collo erano paonazzi. Sentivo un peso sul petto e sudavo freddo. «Tanya, teniamo questa cosa per noi. Non dirlo a Paige e Will, per favore».

«Chi lo sa». Fece scoppiare la gomma. «Posso farti una domanda?».

Annuii senza dire una parola.

«Hai mai notato quante cose abbiamo in comune?»

«Sì», risposi cauto. «Abbiamo molti interessi simili».

«Anche questo, certo, ma io intendevo: hai mai notato quanto ci *somigliamo?*».

Non era del tutto falso. Avevamo entrambi gli occhi castani e ciglia lunghe, le sopracciglia scolpite e le fossette sul mento. E anche le sue mani erano lunghe e affusolate come le mie. *E come quelle di Paige.*

«Non tanto».

Inclinò la testa. «Te l'ho mai detto che sono stata adottata?».

Quella era una novità. Natalie non me l'aveva mai detto. Forse non lo sapeva neanche lei.

«No». Lo dissi con una nota stridula. La pelle prudeva per l'ansia.

«Be', è così. Una donna americana mi ha dato in adozione…».

Dove vuole andare a parare?

«So soltanto che era una studentessa straniera, come me… che ha trascorso un anno a Londra, in un college».

Un pensiero assurdo mi balenò in testa. Mi ero portato a letto una marea di donne, ma stavo pensando a una in particolare.

Alexa Roth.

L'avevo incontrata per caso la sera prima nella lobby. Ci eravamo scambiati un saluto freddo e cordiale, procedendo ognuno per la propria strada. No, non poteva essere. Me l'avrebbe detto, no? Provai a immaginare Alexa e Tanya una accanto all'altra. Erano entrambe bionde, con gli zigomi alti, gli occhi allungati e gambe infinite.

E tette grandi.

O Cristo. Era possibile. Ma un attimo! La notte con Alexa risaliva a più di vent'anni prima. E Tanya ne aveva diciotto… o almeno così ci aveva detto. Mentiva? Mi aveva rintracciato attraverso uno di quei siti in cui ti esaminano il DNA?

«A che cosa pensi, Matt?», domandò dolcemente mentre io mi mordevo un labbro.

«A *niente*». Dovevo lasciare perdere la cosa, per quanto mi stesse innervosendo, e concentrarmi sul problema più urgente. «Tanya, devo essere sicuro…».

«Di cosa?». Mi lanciò quella domanda come una granata.

«Che non dirai a Paige o Will della mia indiscrezione».

Senza staccarmi gli occhi di dosso, Tanya si portò le mani in grembo e iniziò a girarsi i pollici. «Quanto è importante per te, Matt?».

Cristo. La ragazzina mi stava ricattando. Avrei dovuto dare retta a mia madre e rispedirla in Inghilterra subito dopo il Ringraziamento.

«Ebbene?», la sentii dire mentre mi massaggiavo le tempie.

Sparai una cifra. «Centomila dollari per tenere la bocca chiusa».

Alzò gli occhi al cielo, esasperata. «Non è quello che mi serve».

«Duecentomila».

Le sfuggì un verso di sdegno. «Sei *proprio* lontano».

Sentii la rabbia esplodermi dentro, la pressione schizzare alle stelle. «Cazzo! Smettila con questi giochetti e dimmi che cosa vuoi da me!».

«Voglio che fai pace con Natalie e che paghi la mia retta alla Coldwater. Voglio stare a casa vostra finché non partirò per Stanford».

«Non so se sarà possibile».

Mi guardò in cagnesco. «Fa' che lo sia».

A quel punto si alzò. Mi guardò con un'espressione più dolce. «Ah, un'ultima cosa, *papino caro.* Spero che andremo lo stesso al nuovo poligono di tiro, più tardi».

In quel momento avevo un solo bersaglio. C'era *una sola persona* a cui avrei voluto sparare.

I soliti benefici che traevo affrontando i pendii più difficili vennero surclassati dai mille pensieri che avevo per la testa. Mi preoccupava soprattutto l'idea che i ragazzi scoprissero i miei tradimenti. Chi poteva dire fin dove sarebbe arrivata Tanya, la mia presunta figlia fuori di testa. Una sola cosa era certa: né Paige né Will avrebbero voluto vivere con me dopo avere scoperto cos'avevo combinato. E neanche venirmi a trovare. Mi avrebbero odiato per il resto della vita.

A peggiorare il mio umore, faceva un freddo cane. La temperatura stava precipitando. E malgrado i vari strati di indumenti termici che avevo addosso, il vento gelato riusciva a insinuarsi sotto la tuta da sci, mordendomi le ossa. Inoltre, la neve sottile che al mio arrivo aveva iniziato a cadere adesso era diventata una vera e propria bufera. Le piste si erano svuotate, solo qualche altro sciatore audace mi faceva compagnia. Ero all'inizio di una lunga discesa, e mi dissi che sarebbe stata l'ultima. Era troppo pericoloso, e poi avevo fretta di tornare in albergo.

Per prima cosa, avrei chiamato mia sorella. Cecilia era sveglia. Sagace. Se c'era qualcuno che avrebbe saputo come gestire Tanya, era lei. Forse avrebbe escogitato pure un modo per fare cambiare idea a Natalie sul divorzio. Molte coppie continuavano a vivere sotto lo stesso tetto pur odiandosi: era la soluzione più semplice. E più economica. E avrebbe risolto il problema Tanya. E magari sarebbe stato anche un modo per concedere un'ultima opportunità a me e Natalie. Soprattutto se avessimo ripreso la terapia.

Avremmo vinto tutti.

A metà della discesa, ripida e punteggiata di alberi, dovetti smettere di pensare al casino in cui mi trovavo e concentrarmi soltanto su quello che stavo facendo, chiamando a raccolta ogni neurone del mio cervello. La bufera si era intensificata ancora di più. Il sibilo del vento copriva quello dei miei sci che grattavano sul manto di neve crescente. L'adrenalina mi pompava nelle vene mi destreggiavo nella discesa infida, cercando di rimanere in piedi e di non rimetterci la pelle. Avevo la visiera, eppure non vedevo più in là di mezzo metro di distanza.

Ero nel bel mezzo della tormenta.

Imprecai a mezza bocca.

Finché non riuscii più a parlare.

Tutto diventò di colpo nero.

Cinquantasei
Natalie

Finalmente mattina. Ormai completamente sveglia, scrutai il letto accanto al mio. Matt non c'era. Forse era andato a correre al lago, lo faceva sempre.

Ma la pistola c'era ancora. Sotto al mio cuscino, dove l'avevo infilata la notte precedente. Sospirai, sollevata: finché ce l'avevo io, ero al sicuro.

La presi in mano, stringendola come se ne andasse della mia vita, e andai ad aprire le tende. Non c'era più il sole limpido del giorno precedente, ma un cielo tetro e coperto. Il lago era grigio. Mi tornò in mente che le previsioni davano bufera nel primo pomeriggio, con oltre sessanta centimetri di neve previsti nelle prossime ventiquattr'ore. Scandagliai il lago con lo sguardo. Di Matt, neanche l'ombra. Un pensiero maligno mi prese forma nella mente: magari gli era venuto un infarto mentre correva. Perché no, in fondo anche il padre soffriva di cuore. Sorrisi. A quel punto non avrei corso più pericoli. E soprattutto, mi sarei risparmiata la fatica di un divorzio costosissimo ed estenuante. E di avere a che fare con quel depravato del mio avvocato. Avrei ereditato tutto. La casa. I nostri asset. E pure i cinque milioni previsti dalla sua polizza sulla vita.

E non avrei corso il rischio di fare una mossa avventata. Ero nata dal seme del male, ma non ero di certo Lady Macbeth. Non avrei mai permesso che il mio incubo diventasse una premonizione.

Lo squillo del telefono fermò quel vortice di pensieri. La mano tremava, ancora stretta intorno alla pistola. Avevo sempre odiato quell'arma, ne avevo sempre avuto paura. Continuavo ad averne. Ma finché l'avessi custodita io, non mi sarebbe potuto accadere niente. Così, stringendola più forte, mi trascinai al comodino e risposi un attimo prima che scattasse la segreteria. Era Tanya, grazie al cielo.

«Buongiorno, tesoro». La mia voce era sicura, addirittura allegra. Merito dell'arma che avevo in mano. «Tutto bene?».

La sentii sospirare dall'altro capo del telefono. «Oh, Natalie, grazie a Dio hai risposto. Ero *così* in ansia».

«Per cosa?»

«Per Matt, lo sai. Per *te*».

Sfiorai il grilletto con il dito. *D'istinto*. Non lo avevo fatto apposta. «Non c'è bisogno che ti preoccupi, tesoro. Sto bene ed è tutto sotto controllo».

«Fiuuu!», disse. «Vogliamo fare colazione insieme?»

«Certo, con piacere!». Non avevo mangiato nulla la sera prima, e morivo di fame. «Dammi solo qualche minuto per lavarmi e vestirmi. Ci vediamo al ristorante. Fatti dare un tavolo, se arrivi prima di me».

Riagganciando, notai che la batteria del telefono era al cinque per cento. Lo misi in carica sul comodino. Lo avrei lasciato attaccato fino al mio ritorno. Così avrei evitato che una di quelle chiamate moleste mi mandasse di traverso la colazione.

La pistola di sicuro l'avrei portata con me. Magari Matt non pianificava davvero di uccidermi, ma non volevo correre il rischio di scoprirlo. Sapevo benissimo di cosa erano capaci le persone, anche le più innocenti. Infilai l'arma nella borsa, mentre un brivido mi percorreva la schiena. Buttai dentro anche il flacone di Xanax.

Quindici minuti più tardi, ero di sotto. Lavata e vestita con un paio di bellissimi leggings avorio, un maglione intrecciato e ai piedi gli stivaletti Ugg imbottiti di pelliccia. Con la grossa borsa marrone di Prada a tracolla, particolarmente pesante per via della pistola, entrai nel ristorante e avvistai Tanya seduta a un tavolino. Non appena mi vide, agitò il braccio.

«Ho una fame da lupi», le dissi, prendendo posto di fronte a lei.

«Non ce l'hai mica con me, Natalie?»

«Perché dovrei?»

«Per averti detto quelle cose su Matt».

La rassicurai con un sorriso. «Ma certo che no. Anzi, sono contenta che tu me ne abbia parlato».

«Non sei preoccupata?»

«Assolutamente no». Trattenni un sorrisetto. «Fidati di me, Matt non farà nulla. Non è il tipo». *E non ne ha più i mezzi.* «Andiamo al buffet prima che sparecchino».

Mentre mi alzavo dalla sedia, mi raggiunse una voce sdolcinata.

«Natalie, *tesovo!*».

La riconobbi all'istante, ma quando mi girai a guardarla strabuzzai gli occhi comunque. Era Alexa Roth, ma i capelli ricci e rossi adesso erano lisci e biondo platino. Si era persino fatta la frangetta. Con tutto il botox che si era fatta iniettare, pareva la sorella maggiore di Tanya. La somiglianza era impressionante.

Con addosso una tuta trapuntata di Chanel, trotterellò verso di noi seguita dalla figlia. Rachel aveva la stessa età di Paige e Tanya, e frequentava la Coldwater insieme a loro. Faticai a riconoscere pure lei. Aveva tagliato i capelli rossi a caschetto, tingendoli di un nero intenso. Con la corporatura tozza e il colorito del padre, non aveva mai somigliato tanto alla madre, ma ora sembravano venire proprio da pianeti diversi.

Mio malgrado, mi lasciai abbracciare da Alexa.

«Non avevo idea che venissi anche tu, Nat».

«Decisione dell'ultimo minuto», risposi in tono piatto. «Ci sono anche *Matt* e i ragazzi».

«Lo so, l'ho incrociato nella hall ieri sera».

Cavolo. Speravo che sentendolo nominare, avrebbe cercato una scusa per dileguarsi. E invece rimase esattamente dov'era, prestando attenzione alla mia ospite. «Tu devi essere Tanya, la studentessa straniera che Natalie sta ospitando. Mia figlia mi ha parlato molto di te».

«Ciao, Rachel», bofonchiò Tanya. Percepivo un filo di astio tra di loro. Rachel, come Paige, non sembrava per niente il suo tipo.

Palesemente a disagio, Rachel ricambiò il saluto e tirò la

manica della madre. «Andiamo. Faccio tardi alla lezione di snowboard».

«Rilassati, Raye».

Nonostante il broncio della figlia, Alexa continuò a parlare con me. «Perdonami, *tesovo*, ma devo andare. Ci vediamo dopo, magari? Andiamo alla spa o ci facciamo un giro sulla pista?».

Con il numero minimo di parole possibili, le dissi che poi ci saremmo messe d'accordo. Soddisfatta, Alexa mi salutò e si allontanò con la figlia.

«Dio, a un certo punto ho pensato che non ce ne saremmo più liberate», sbuffò Tanya, alzandosi in piedi.

«Idem. Andiamo a mangiare!».

Cinque minuti dopo eravamo di ritorno al tavolo, con i piatti pieni di uova strapazzate, salmone affumicato, salsicce e frutta fresca. Divorammo tutto, mandando giù il cibo con qualche sorso di latte caldo.

«Natalie», disse Tanya, infilzando una salsiccia. «Avrei un problemino».

Alzai un sopracciglio. «Che succede?»

«Niente di che, ma non riesco a camminare con questi stivali che mi hai prestato».

Le avevo dato un paio di Ugg Adirondacks rosa cipria. Erano appartenuti ad Anabel, ma sembravano nuovi di zecca.

«Sono una trentotto e mezzo, io porto la quarantuno».

«Oh, me ne ero completamente dimenticata». Io e Anabel avevamo lo stesso piedino stretto e affusolato. Paige portava un quaranta, pianta larga.

«Con la bufera in arrivo, vorrei degli stivali comodi». Mandò giù una forchettata di uova. «Dopo colazione, puoi accompagnarmi a comprarli?».

Presi un sorso di latte e feci mente locale.

«Non posso, tesoro. Devo sbrigare qualche faccenda». *Tipo capire cosa farne della pistola prima che Matt scopra che è scomparsa.* «Ma dirò a Paige di accompagnarti. C'è un bellissimo negozietto di sci e snowboard sulla statale, potrai scegliere gli stivali che vuoi. Ci vogliono appena venti minuti per arrivare».

Mi rivolse un sorriso. «Sarebbe fantastico».
Perfetto. Così avrei avuto un po' di tempo da sola per mettere a punto un piano. Adesso, però, dovevo pensare a qualcosa di più urgente. La mia vescica.
«Devo andare un attimo in bagno, tesoro». Guardai l'enorme borsa ai miei piedi. «Ti spiace controllare le mie cose? Io torno subito».
Il sorriso si allargò ancora. «Tranquilla. Le difenderò a costo della vita».

Cinquantasette
Natalie

Quando tornai in camera, Matt per fortuna non era ancora rientrato. Erano quasi le dodici e trenta. Con la batteria al cinquanta per cento, presi il telefono e chiamai Paige per chiederle di accompagnare Tanya a comprare un paio di stivali nuovi al negozio di sci.

«Perché io? Non puoi portarcela tu, mamma?»

«No, devo fare una cosa importante». *Tipo sbarazzarmi della pistola di tuo padre una volta per tutte.* «Ci vorrà solo un'oretta, ma dovreste andare prima che inizi la bufera». Dalla finestra, vedevo che sia il cielo sia il lago erano immersi nell'oscurità e la neve cadeva a raffiche.

«Va bene», rispose con il broncio.

«Usa la tua carta, poi te li ridò».

Prima di riagganciare, le chiesi di Will. «È con vostro padre?»

«No, non è con *nostro* padre». C'era una nota di sarcasmo nella sua voce. «Papà è andato a sciare a Sugarloaf. Will è in camera con me, sta guardando *Harry Potter*».

«Bene». Quindi Matt non sarebbe rientrato prima di qualche ora. Dissi a Paige di stare attenta con la macchina e poi premetti il tasto rosso. Non appena chiusi la chiamata, sentii bussare alla porta. *Matt?*

Andai ad aprire.

«Chi è?», domandai. Meglio essere cauti.

«Thomas, della reception. Ho una busta per lei».

Quando aprii la porta, mi ritrovai davanti un ragazzo che indossava la divisa dell'albergo. Non poteva avere più di vent'anni. Mi consegnò la busta bianca, identica a quella che avevo ricevuto ieri. Il numero della stanza era stato scritto sul dorso con un pennarello nero.

«Grazie, Thomas». La presi. «Per caso sai chi l'ha lasciata alla reception?»

«No, mi dispiace. Ho appena iniziato il turno».

Lo ringraziai di nuovo e chiusi la porta a chiave. Senza sprecare tempo, strappai la busta e tirai fuori il foglio che era all'interno. Le lettere rosse e maiuscole dicevano:

"LA VENDETTA È UN PIATTO CHE SI GUSTA MEGLIO FREDDO".

Una delle battute preferite di Matt, di origini antiche ma resa celebre da Marlon Brando nel *Padrino.* Matt la ripeteva spesso, imitando l'accento marcato di Don Vito Corleone. Mi parve quasi di sentirlo nella mia testa. Prima lo trovavo divertente, adesso non più.

Accartocciando il foglio, lo buttai nel cestino e tornai alla finestra. I fiocchi di neve si erano fatti più grossi, più veloci e avevano già ricoperto il terreno con uno strato spesso e fresco. Nel giro di un'ora, avremmo avuto una vera e propria tormenta. Ero un po' preoccupata per Paige e Tanya, speravo che riuscissero a tornare in albergo prima che le strade diventassero impraticabili.

Per quanto preoccupata, trovavo i vortici di neve ipnotici e meravigliosi. Una squisita danza della natura. L'indomani ogni cosa sarebbe stata avvolta da un nuovo manto candido e spesso, con cumuli che avrebbero superato i due metri. Adoravo uscire fuori dopo una grossa nevicata. Affondare in quel tappetto bianco e morbido, con il sole scintillante che faceva brillare le punte gelate degli alberi come candelabri di Swarovski.

L'immagine di una radura innevata prese forma nella mia mente, come per magia. E la fantasia prese a correre.

Avrei convinto Matt ad andare insieme a Big Bear. A fare snowboard, io e lui e da soli, nella foresta silenziosa e bianca. Era una cosa che ci piaceva fare. E sarebbe stata l'occasione giusta per "parlare". La speranza di una riconciliazione, ecco il pretesto.

Avremmo scelto un tragitto diverso, come al solito, lontano dagli altri. Avrei lasciato che fosse lui a stare davanti. E mentre non guardava, avrei preso la pistola e gli avrei sparato alle spalle. A bruciapelo. Il rumore dei passi sulla neve avrebbe coperto il suono del grilletto. *Bang!*

Nessuno mi avrebbe sentito, e anche nel caso avrebbe pensato a un cacciatore. E mentre Matt barcollava a terra, ignaro di cosa lo avesse colpito, gli avrei sparato di nuovo. Con i guanti alle mani, avrei ricoperto il suo corpo di neve. Nessuno lo avrebbe più visto. E me ne sarei andata, aspettando il tramonto per denunciarne la scomparsa alle autorità. Nel panico avrei detto che io e mio marito ci eravamo separati nella foresta. Era buio, e avevo paura per lui. Avrei detto che l'avevo cercato ovunque, urlando il suo nome, ma forse un orso lo aveva aggredito. Mi sarei fatta venire le lacrime agli occhi.

Di una cosa ero certa: ero un'ottima attrice. Recitavo da tutta la vita. Fingevo di essere chi non ero. Quello sarebbe stato soltanto l'ennesimo ruolo da interpretare: la moglie impaurita, presto la vedova in lutto. Quando sarebbero riusciti a trovare il corpo, almeno due giorni dopo la scomparsa, vista le ulteriori tempeste di neve previste, si sarebbero trovati per le mani un cadavere congelato. Spaventoso come Jack Nicholson in *Shining*.

La polizia avrebbe visto la ferita d'arma da fuoco, ma non sarebbe mai potuta risalire a me. Senza impronte per via della neve fresca e dei guanti, senza capelli per via del berretto da sci, non avrebbero avuto prove. Inoltre mi sarei sbarazzata delle pistola di Matt prima di tornare all'albergo: l'avrei lanciata nel lago di Big Bear, dove nessuno poteva trovarla.

E poi lo sapevano tutti che la zona era piena di gente strana. Uomini e donne che si erano allontanati dalla società per una ragione o per l'altra e ora vivevano reclusi nelle baite di legno, armati fino ai denti. Di tanto in tanto capitava qualche omicidio.

Meglio così.

Vero, la vendetta è un piatto che si gusta meglio freddo.

Lo squillo del telefono mise fine alla mia stupenda e malevola fantasia, riportandomi di colpo alla realtà. Probabilmente Paige chiamava per avvertirmi che lei e Tanya erano tornate.

Corsi al comodino dove il cellulare era ancora in carica. Vidi il nome scritto sullo schermo. Numero sconosciuto. *Adesso basta!*

Doveva trattarsi del solito molestatore, ma ora non ne potevo più. Impavida e furiosa, presi la chiamata.

«E va bene, Matt. Lo so che sei o tu o quella malata di tua sorella! Fatela finita oppure...».

Ma una voce seria mi zittì di colpo.

«Sono l'agente Axelrod, chiamo dall'ufficio dello sceriffo di Big Bear. Parlo con la signora Natalie Merritt?»

«Sì, sono io», fu la mia risposta tremolante.

«Sono desolato, ma devo informarla che c'è stato un incidente».

Il cuore prese a battere così forte che avevo paura saltasse fuori dal petto. La mia più grande paura! Paige aveva fatto un incidente con l'auto!

«M-mia figlia?»

«No, signora Merritt. Si tratta di suo marito».

Ripresi a respirare. Il cuore decelerò, ma batteva comunque all'impazzata.

«Cos'è successo?»

«Un incidente sulla pista da sci. Si è schiantato contro un albero».

«Sta bene?». Mi sorpresi di scoprire quanto mi tremasse la voce.

«È stato trovato da un altro sciatore e portato con l'elisoccorso al Bear Valley Community Hospital».

«In che condizioni?»

«Critiche. Per i paramedici era in ipotermia e potrebbe avere riportato lesioni spinali. Prima di perdere conoscenza, ha chiesto di lei».

Ha chiesto di me?

La notizia inaspettata mi lasciò senza parole. Non sapevo come rispondere. Né come reagire, dato che si trattava dell'uomo che odiavo così tanto da desiderare di ucciderlo.

Resettai il cervello. Sentivo il petto soffocato come da un corsetto immaginario. Che mi era preso? Che razza di follia mi aveva spinto anche solo a immaginare di ammazzare il padre dei miei figli? L'uomo che un tempo avevo amato e che forse, in piccolissima parte, amavo ancora. L'uomo che mi aveva dato tutto, dopo anni e anni di nulla, di abbandono totale. Mi si riempirono gli occhi di lacrime. Il dolore e il senso di colpa pervasero ogni fibra del mio essere.

Certo, si era trattato solo di una fantasia, di una speranza assurda e malata, ma adesso mi odiavo. Non ero più *quella* persona. Come avevo potuto immaginare di uccidere mio marito?

L'agente riprese a parlare e mi distolse da quei pensieri tristi e addolorati che mi torcevano le budella.

«L'auto di suo marito è ancora qui, a Big Bear. Un carro attrezzi la porterà presso il vostro albergo, il...».

Ero così sconvolta che non mi ricordavo neanche più il nome. Poi finalmente si accese la lampadina.

«Il Lake Arrowhead Resort and Spa».

«Purtroppo non riusciremo a farvela avere oggi, date le condizioni meteo».

«Domani andrà benissimo», balbettai.

«Le lascio il numero dell'ospedale, se vuole mettersi in contatto con loro».

Mi scapicollai a prendere penna e taccuino dal comodino, e annotai alla svelta i numeri.

«Grazie, agente».

«Non c'è di che, signora. Le suggerisco vivamente di non provare a raggiungere l'ospedale con questo tempo. Le strade qui sono già scivolose per via del ghiaccio e le raffiche di neve annullano la visibilità. Resti al sicuro e preghi perché suo marito superi la notte».

Chiudemmo la chiamata. Pian piano tornai in me. E telefonai subito all'ospedale. Matt aveva subito una lesione alla spina dorsale e in quel momento era sotto i ferri. L'infermiera disse che non sapeva quanto sarebbe durata l'operazione e aggiunse che qualcuno mi avrebbe telefonato non appena Matt avesse ripreso i sensi. *Se* avesse ripreso i sensi. Le diedi il mio numero, in caso non l'ospedale non lo avesse già.

Poi telefonai subito ai genitori di Matt. Erano in vacanza

in Italia, ma dovevano sapere. Chiamai Marjorie e sperai che rispondesse, nonostante il numero nuovo e irriconoscibile. Avevo dimenticato di darlo anche a lei. Il telefono squillò a lungo, poi partì la segreteria. «Marjorie, sono Natalie, questo è il mio nuovo contatto. Chiamami non appena senti il messaggio. Matt ha avuto un incidente sulla pista da sci e ora lo stanno operando». Considerato che tra noi e Roma c'erano nove ore di differenza, e che lì adesso era quasi mezzanotte, probabilmente Marjorie avrebbe ascoltato il messaggio al suo risveglio.

Mi misi a camminare avanti e indietro per la stanza. Chi altri dovevo chiamare? Mi morsi nervosamente un labbro. Ovviamente… i ragazzi. Dovevo avvertire anche loro. Mi passò per la mente un fiume di domande. Come dargli la notizia? Come avrebbero reagito? Come avrei fatto a consolarli quando la verità era che stavo divorziando dal loro papà e che non riuscivo a consolarmi neanche io?

Dio, dammi la forza.

Feci un respiro profondo e chiamai Paige. Niente. Partì subito la segreteria, ma non lasciai nessun messaggio e telefonai immediatamente a Will. Lui rispose al primo squillo.

«Ehi, mamma».

«Will, Paige è lì con te?»

«No, ancora non è t…».

«L'hai sentita?»

«No».

L'ansia mi palpitava in petto. Avrebbe dovuto essere in hotel già da mezz'ora. Forse era rimasta imbottigliata nel traffico per via della tempesta. La neve faceva procedere le auto a passo d'uomo.

«Tutto bene, mamma?»

«Devo andare, Will. Chiamami non appena tua sorella torna, okay?»

«Okie-doke».

Pugnalai il tasto rosso con un dito e terminai la chiamata, e di colpo mi tornò in mente che potevo scoprire dove si trovava Paige tramite il localizzatore che avevo installato sul suo telefono. L'app Find Me. Magari era semplicemente nella lobby ad ammazzare il tempo.

Ma prima che potessi aprire l'app, ricevetti un'altra chiamata.

Stazione di polizia di San Bernardino.

Cosa volevano?

Poteva esserci una sola spiegazione.

Comportati normalmente. Non ti agitare.

Cinquantotto
Paige

La neve cadeva a raffiche continue, così forte che i tergicristalli non riuscivano a spazzarla via. *Swoosh. Swoosh.* Tenevo le mani guantate incollate al volante, gli occhi fissi sulla strada e procedevo a passo d'uomo. Per fortuna Tanya non cercava di distrarmi. Se ne stava sul sedile del passeggero con il naso immerso nel telefono e l'onnipresente gomma da masticare in bocca. Probabilmente stava messaggiando con Lance, che era in vacanza a Cabo con la sua famiglia. Prima tornavamo in albergo, meglio sarebbe stato. Speravo solo che si desse una mossa in quel negozio e che non provasse un centinaio di scarpe prima di scegliere quelle giuste.

«Ecco qua», dissi, parcheggiando di fronte alla vetrina. «Entra pure, ti aspetto qui». Senza spegnere il motore, misi una mano in tasca. «Tieni, ecco la mia carta. Fa' in fretta, e vedi di non comprare nient'altro».

Tanya sbuffò e si slacciò la cintura, saltando giù dall'auto. Non appena scomparve oltre la porta del negozio, il cellulare vibrò per una notifica. Google Alert: un link a un articolo del «Desert Sun». Ci cliccai sopra, con il fiato sospeso. Il testo era breve, e di sicuro non da prima pagina.

Un mese dopo il ritrovamento di un cadavere carbonizzato nel Tahquitz Canyon da parte di due adolescenti, il dipartimento di polizia di Palm Springs ha dichiarato che molto probabilmente il corpo appartiene a Billie Rae Perkins, la quindicenne scomparsa dopo il violento assassinio dei genitori avvenuto vent'anni fa in un parcheggio per roulotte di Indio. Sebbene non sia stato possibile ottenere un riscontro dentale, pare che lo stato di decomposizione del corpo combaci con la data della presunta scomparsa della ragazza. All'epoca non furono registrate altre denunce di sparizione in quella zona.

La polizia sta cercando di stabilire se si sia trattato di omicidio e se la morte sia collegata agli altri due assassinii irrisolti. Al momento non ci sono sospettati.

Accantonai l'articolo con l'impressione che il cerchio si fosse chiuso, anche se in maniera inquietante. Povera Billie Rae. Mi vennero i brividi a pensare a tutto quello che doveva avere patito. Se davvero qualcuno l'aveva uccisa per poi bruciarne il corpo, quella persona meritava il peggio dalla vita. E di marcire all'inferno. Stavo per chiamare Will e Mary Burton per aggiornarli, quando con la coda dell'occhio vidi Tanya uscire dal negozio.

Con addosso il nuovo paio di stivali marroni e imbottiti, saltò sul sedile e lanciò la busta con le sue vecchie Dottor Martens sul sedile posteriore. Posò lo zaino a terra, lanciando un'occhiata ai suoi piedi.

«Le volevo rosa, ma me le farò andare bene».

Alzai mentalmente gli occhi al cielo, poi accesi la macchina e mi allontanai dal marciapiede. Ero pronta a tornare in albergo. Mi aveva già stancato. All'incrocio, accesi la freccia per fare inversione.

«Togli la freccia», ordinò Tanya. «Non torniamo ancora in albergo».

«Che significa?». Mi voltai verso di lei e spalancai gli occhi per lo shock.

Mi stava puntando contro una pistola.

«Dio mio, Tanya, cosa stai facendo?»

«A te che sembra, sfigata?». Del finto accento inglese non c'era più traccia. La voce era rauca e severa, la parlata americana. «Ti punto addosso una pistola. E se non continui a guidare, premerò il grilletto. Va' verso nord».

Il battito del cuore mi pulsava nelle orecchie. Paura. Una paura che non avevo mai provato prima. Ma non gliela avrei mostrata. Tolsi la freccia, e tirai dritto verso nord. «Sei fuori di testa!».

«Così dicono». Con la coda dell'occhio, la vidi sorridere.

«Dove hai preso quella pistola?»

«È di tuo padre. L'ha portata per provare il nuovo poligono

di tiro a Big Bear. Ha promesso di portarci anche me. Grazie a lui sono diventata un cecchino. Dovresti vedermi al tiro al bersaglio».

Avevo visto una foto dell'LA Gun Club su Instagram. C'era lei che abbracciava mio padre con in mano la sua pistola, e sotto gli hashtag #hotshot, #gunslinger e #daddysgirl. All'epoca avevo provato più ribrezzo che paura.

Scoppiò a ridere di colpo, una risata maligna. «Indovina un po' chi sarà il mio prossimo bersaglio? Tu! Non ti mancherò, vedrai».

Cominciai a sudare freddo, man mano che elaboravo le sue parole. Voleva sparare a *me?*

Con la gomma ancora in bocca, continuò a blaterare. «Stavo giusto pensando a come prenderla in prestito senza che tuo padre se ne accorgesse, quando ho scoperto che ci aveva già pensato tua madre».

«Che significa?»

«Stamattina a colazione mi ha chiesto di guardarle la borsa mentre andava in bagno. Mentre non c'era, ho frugato in cerca di contanti e, non ci crederai mai, ma la pistola era proprio lì».

Ero sconvolta. Perché la mamma aveva in borsa la pistola di mio padre? Odiava quell'arma. Voleva sbarazzarsene da tempo.

Lasciai perdere le congetture e mi concentrai sulla guida. Nevicava sempre più forte, le raffiche erano sempre più fitte. «Dove stiamo andando?».

Tanya gonfiò un'altra delle sue schifosissime bolle con la gomma da masticare. «A Green Valley Lake. Non manca tanto».

Non avevo mai sentito quel posto. «Come lo conosci?»

«Sono cresciuta da quelle parti. Ci sono stata in campeggio con una delle famiglie affidatarie. E non sono *proprio* un tipo da campeggio io, fidati. Voglio dire, guardami: ti sembro una a cui piace sporcarsi le mani di terra?». Sgranò gli occhi, mostrandomi le unghie lunghe fresche di semipermanente. «Comunque l'hanno pagata cara, i pezzenti», disse con un verso sdegnato. «Il karma se l'è presa con il figlio di cinque anni. Il moccioso ha avuto un incidente mentre io badavo a lui… più o meno. È caduto nel lago. E non è che potessi tuffarmi e salvarlo: non so nuotare».

Se non avessi avuto bisogno di entrambe le mani per guidare sulla strada ghiacciata, mi sarei subito coperta la bocca. E invece il verso scioccato che feci rimbombò nell'abitacolo. Aveva lasciato annegare un bambino. Era responsabile per la sua morte. Una nuova e terribile consapevolezza mi travolse.

Ero intrappolata nell'auto con una psicopatica. Un'assassina! E sarei stata la sua prossima vittima.

Le lanciai un'occhiata. Sembrava quasi ringhiare, gli occhi avevano una luce folle. Aveva appoggiato in grembo la pistola, ma la reggeva ancora saldamente. Potevo provare a prenderla? Ma si accorse che la stavo spiando e me la puntò di nuovo alla testa. «Non pensarci nemmeno!».

Con il cuore in gola, incollai di nuovo gli occhi sulla strada. «Manca tanto?»

«Altri dieci minuti. Ti dico io quando girare. Oh, e comunque, la cosa bella del lago è che il campeggio chiude d'inverno. Non c'è anima viva nei paraggi, a parte qualche schizzato».

Nonostante il riscaldamento al massimo, avevo i brividi. Un milione di domande mi passarono per la testa, in raffiche furiose come quelle oltre il parabrezza. Perché stava accadendo una cosa simile? Perché proprio a me? Cosa potevo fare? Mi girava la testa, e di colpo il telefono si mise a squillare. Guardai lo schermo. Era la mamma! Forse avrebbe potuto aiutarmi.

«Tanya, è la mamma. Devo rispondere».

«*No* che non devi! È tutta colpa *sua*. Prenditela con lei!».

Che c'entrava mia madre con questa storia?

Ma prima che potessi chiederglielo, la Jeep iniziò a sobbalzare, scivolando sul ghiaccio.

«Che succede?», domandò la psicopatica mentre io mantenevo saldo il volante per non finire fuori strada.

Dopo qualche istante di tensione, l'auto rallentò e si fermò del tutto. Guardai il quadro degli strumenti.

«Non c'è più benzina».

«Cosa!?». Prese a pugni il cruscotto. Meglio così che con il calcio della pistola. «Macchina di merda!».

I suoi occhi da pazza si posarono su di me. «Lascia il telefono qui e scendi da questa maledetta macchina! Non fare niente di stupido o ti uccido qui, in mezzo alla strada. Oppure ti lascio ai coyote, se lo preferisci».

Obbedii, pur esitante, e scesi dall'auto mentre lei mi seguiva con la pistola ben stretta in mano. L'aria gelida mi sferzò il viso, e per un attimo pensai di mettermi a correre. Ma che senso aveva? La strada era scivolosa, prima o poi sarei caduta e lei avrebbe potuto spararmi alle spalle.

«Cammina davanti a me, dove ti posso vedere», urlò abbastanza forte da farsi sentire sopra gli ululati del vento. Fece il giro della Jeep. «Metti le mani in alto»,

Battevo i denti, ma mi ritrovai a obbedirle di nuovo rimpiangendo di non potermi riparare dal freddo con le braccia. Il vento sferzante faceva crollare la temperatura percepita ben sotto lo zero.

«Dove andiamo?»

«Facciamo una piccola passeggiatina panoramica. Ti porto a vedere il lago dov'è caduto quell'imbranato. E chissà, magari pure a te andrà di farti una nuotatina. Cammina! E non fare mosse stupide».

Ero scossa dai brividi, un misto di freddo e paura, ma andai avanti. Sentivo il rumore dei suoi passi alle mie spalle, la neve fresca che scricchiolava sotto la suola degli stivali nuovi. Magari sarebbe scivolata. Spezzandosi il collo. Salvandomi da quell'incubo.

Mentre mi cullavo in quelle mie illusioni, lei urlò: «Che giornata di merda per te».

Cinquantanove
Natalie

Prima l'incidente di Matt. E ora quest'altra chiamata. Il telefono mi tremava tra le dita, la voce mi tremava in gola.

«P-pronto?»

«Salve, sono il detective Mendez del dipartimento di polizia di San Bernardino. Parlo con la signora Natalie Merritt?»

«S-sì». Avevo la bocca così asciutta che le parole faticavano a uscire. Con ogni nervo del corpo in tensione, mi sembrava di essere un diapason.

La mia vita era finita.

«Conosce una certa Tanya Blackstone?», domandò l'agente.

«Sì». Ero totalmente disorientata. Non era la domanda che mi aspettavo. «Sì. È la studentessa straniera che stiamo ospitando a casa nostra. È arrivata dall'Inghilterra a fine agosto».

«È lì con lei in questo momento?»

«No, è uscita con Paige, mia figlia... Sono andate a comprare degli stivali. Staranno tornando ormai».

«Signora, abbiamo ragione di pensare che la vostra ospite non sia chi dice di essere».

«Cosa intende?»

«Il mese scorso questa sedicente studentessa straniera è rimasta coinvolta in un incidente d'auto, dico bene?»

«Sì, esatto», risposi titubante, e mi sedetti sul bordo del letto aspettando che continuasse.

«Secondo il dipartimento di polizia di Los Angeles, non aveva con sé alcun documento d'identità. Niente passaporto o patente. In questi casi, la prassi vuole che scattiamo una foto della vittima e le preleviamo un campione di DNA...».

«E...?»

«Il nostro sistema è intasato, e il campione è andato perduto, ma abbiamo scoperto tramite la polizia di Los Angeles che la foto e il DNA combaciano entrambi con quelli di una ragazza scomparsa presente nel database. Si tratta di Bree Walker».

«Ma è assurdo! So per certo che viene da una buona famiglia di Londra. Ha l'accento inglese ed è un'ospite perfetta».

«Per caso è mai entrata in contatto con il padre o la madre, signora Merritt?»

«No. La madre è morta e il padre viaggia di continuo. È un diplomatico».

«Capisco. Con qualcun altro?»

«No. È una ragazza molto sola. Non so se abbia altri parenti. Non mi ha mai parlato di nessuno». Ma io non gliel'avevo mai chiesto, aggiunsi tra me e me.

«Ha visto il suo passaporto?»

«No. L'ha perso di recente».

«Signora Merritt, la ragazza che vive con voi non ha un passaporto. Non è mai stata fuori dal Paese».

«Non vi credo. L'ho trovata tramite un valido programma di scambi culturali».

«Capisco che sia dura da digerire per lei, signora Merritt, ma è importante che mi stia a sentire. Le ho appena mandato una foto di Bree Walker. La guardi e mi dica se si tratta della vostra ospite».

«Aspetti in linea, per favore». Cliccai sul messaggio, e restai a guardare la foto con gli occhi sgranati. La ragazza nell'immagine aveva i capelli più corti e scuri, il viso più tondo, ma si trattava inequivocabilmente di lei. Di Tanya. I lineamenti erano gli stessi. Gli occhi allungati, gli zigomi alti, le labbra carnose, la fossetta sul mento. Le inconfondibili sopracciglia d'onice.

Scossa, ripresi la chiamata. «Non so come sia possibile, ma è lei».

«Adesso mi stia sentire, signora Merritt. Ho bisogno che mi ascolti con grande attenzione».

Feci un respiro profondo. Il mio silenzio, il segnale per andare avanti.

«Bree Walker è mentalmente instabile. L'hanno abbandonata da piccola davanti a una chiesa di Palm Springs».

Lo stomaco si contorse, la bile mi risalì la gola comprimendomi il petto. Mi tappai la bocca con la mano sinistra per non interromperlo. E per non vomitare.

«Una suora l'ha trovata lì e da allora è finita in orfanotrofio. È passata da una famiglia affidataria all'altra. Sin da piccola si è mostrata estremamente aggressiva sia nei confronti delle famiglie che l'hanno ospitata sia a scuola: ha pugnalato più volte i genitori affidatari e i fratellastri con coltelli, ha aggredito compagni e insegnanti con forbici, matite e altri oggetti affilati. Ha persino cercato di avvelenare qualcuno. È stata presa in custodia e valutata da uno psichiatra infantile, che le ha diagnosticato una sociopatia con tendenze schizofreniche, e un grave disturbo borderline di personalità».

Mi girava la testa. Avevo la bocca asciutta. Non sarei riuscita a parlare neppure volendo, dunque lo lasciai continuare.

«Considerata un pericolo per la società, l'anno scorso è stata internata nell'ospedale psichiatrico di Redlands. Ma a fine agosto ha gettato del succo d'uva contro un infermiere, l'ha accecato con una forchetta di plastica, gli ha rubato il camice e qualche farmaco ed è scappata. È in fuga da allora, alloggia dove può e si finge qualcun altro. In qualche modo è riuscita ad arrivare a Los Angeles e a intrufolarsi in casa vostra. Perché abbia preso di mira proprio la vostra famiglia non ci è ancora chiaro».

Per me invece era di una chiarezza cristallina, come un calice scintillante in una pubblicità di detersivi per la lavastoviglie.

La voce grave del detective mi riportò al presente. «Crediamo che lei e la sua famiglia siate in serio pericolo, signora Merritt. Senza le sue medicine, la ragazza è soggetta a potenti sbalzi d'umore. Non è da escludere che sia armata e pericolosa. La vostra vita è a rischio. La polizia di Los Angeles sta venendo a casa vostra a prelevarla».

«Non siamo a casa», balbettai. «Siamo in vacanza. Al Lake Arrowhead Resort and Spa».

L'agente restò in silenzio per un attimo, prima di proseguire. «Restate lì. Non fate nulla. Le condizioni meteo dell'area non ci permetteranno di arrivare prima di domani. Nel frattempo, *non* le dica nulla di questa conversazione, per nessuna ragione al mondo. E tenga d'occhio la sua famiglia. Ha capito?»

«S-sì, agente, grazie. Ora devo andare». Chiusi di colpo la chiamata e telefonai immediatamente a Paige.

Il cellulare prese a squillare. Ancora e ancora. A vuoto.

Ti prego, Paige, rispondi! RISPONDI!, urlai dentro di me finché non scattò la segreteria. In preda all'orrore, ascoltai la voce registrata che diceva...

"La casella è piena. Impossibile lasciare altri messaggi. Arrivederci".

Mi portai una mano sul cuore e l'altra sulla bocca. La vita di mia figlia era in pericolo! Ed era tutta colpa mia.

Il cuore mi batteva come un tamburo. Dovevo avvertirla! Trovarla!

Chiamai il negozi di articoli da sci in preda alla disperazione. Grazie a Dio risposero. Descrissi Paige e Tanya alla commessa, che disse di aver visto solo "la ragazza antipatica con la tuta da sci rosa". Chiamai subito Tanya. Qualche squillo, poi la segreteria. Aveva rifiutato la chiamata. Ma se anche avesse risposto, cosa le avrei detto?

"So chi sei...".

Nonostante la disperazione, mi tornò in mente l'app Find Me che avevo installato sul telefono. Ci cliccai sopra sperando – pregando – di vedere l'icona di Paige per strada verso l'albergo o già nei paraggi. Il cuore mi sprofondò nel petto: anziché in avvicinamento all'hotel, il GPS la mostrava via via sempre più lontana. L'unica consolazione era che l'auto si stava muovendo: per fortuna non c'era stato nessun incidente. E non erano dirette all'ospedale dov'era ricoverato Matt. Non avevo saputo ancora nulla sulle sue condizioni, ma al momento era l'ultima delle mie preoccupazioni.

Con in testa un vortice di pensieri, saltai in piedi e cominciai a camminare per la stanza, sentendo il panico crescere a ogni passo. La vita di Paige era in pericolo! Ogni minuto, ogni secondo era fondamentale. Ma io stavo annegando in un mare di timore e disperazione. Di colpe e rimpianti.

Stai pagando per ciò che hai fatto.

A un battito di distanza dall'iperventilazione, presi la borsa e cercai il flacone di Xanax. Ma mi si fermò il cuore. Le pastiglie erano lì. La pistola, invece, era sparita.

E una sola persona poteva averla presa.

O mio Dio! Tanya. L'avevo stupidamente lasciata sola con la mia borsa durante la colazione.

Le parole del detective Mendez mi rimbombarono in testa. "Non è da escludere che sia armata e pericolosa".

Non si trattava più di una possibilità. Tanya era entrambe le cose, ecco la terribile verità.

Sessanta
Natalie

Senza neanche cambiarmi i vestiti, mi fiondai in corridoio e corsi a bussare alla porta di Will e Paige. Non avevo nessun altro a cui rivolgermi se non mio figlio.

«Will, sono la mamma! Apri!». Martellai di nuovo sulla porta, tra i latrati di Orso.

Mio figlio venne alla porta e l'aprì. C'era Orso al suo fianco. Will notò subito il panico che avevo scritto in volto.

«Che succede?»

«È per Paige. È in macchina con Tanya, ed è in grave pericolo!». Inciampando sulle parole, gli raccontai che la nostra ospite non era affatto una studentessa straniera, ma una pericolosa sociopatica. E tralasciai il resto della verità.

Lo sguardo di Will si fece subito allarmato. «Dobbiamo trovarla subito! Cerchiamo papà. Andiamo con la sua macchina».

«Non è ancora rientrato dalla sciata», dissi, senza menzionare il fatto che si trovava tra la vita e la morte.

«E l'autonoleggio?»

«Chiuso per via della bufera». Non potevamo contare neanche su Uber e Lyft, e glielo dissi.

«Ho un'idea, mamma!».

Lo ascoltai attentamente, con lo stomaco attorcigliato, e poi lo abbracciai forte. Era un genio.

«Resta qui, ti aggiorno io!».

«Non se ne parla. Vengo con te!». Senza darmi il tempo di ribattere, infilò il giubbotto da sci. «Portiamo anche Orso. Ha un conto in sospeso con Tanya». Afferrò il guinzaglio di pelle rossa, glielo agganciò al collare e poi corse a recuperare la sciarpa che sua sorella aveva indossato il giorno prima. «E poi

Orso può seguire l'odore di Paige, se è scesa dall'auto». Strinse le dita intorno al guinzaglio e diede una pacca sul dorso del cane. «Andiamo, bello. Tocca a te».

«Will, *no*!», lo supplicai. «È troppo pericoloso. Tanya ha la pistola di tuo padre!».

«Non preoccuparti, mamma. Te l'ho detto, Orso ha un conto in sospeso con Tanya». Scambiò un'occhiata con il cane, che era entusiasta di uscire. «Dico bene, bello?».

Orso lo guardò con i suoi occhioni nocciola e abbaiò per conferma. Prima che potessi fermarli, si fiondarono in corridoio. Sospirai profondamente e li seguii.

Fuori si gelava. Il vento ghiacciato mi sferzava il viso e faceva vorticare fiocchi di neve grandi come palline. In preda ai brividi e con le braccia strette al petto, io e Will ce ne stavamo all'entrata dell'albergo. Il nostro respiro formava nuvolette di vapore. Orso, al contrario, non sembrava affatto turbato dalle condizioni climatiche estreme.

Will individuò un candidato in meno di sessanta freddissimi secondi.

«Mamma, svelta!», urlò.

Mi fiondai verso una signora di mezz'età che era appena scesa dalla sua Highlander, con Will e Orso al seguito. La portiera del conducente era aperta, in attesa che il parcheggiatore la portasse via. Ma io avevo altri piani.

«Signora, mi serve l'auto. È una questione di vita o di morte».

«Come, scusi?». Mi rivolse un'occhiata perplessa. Orso si mise ad abbaiare, ma lei non sembrò affatto intimidita.

«Ha sentito bene», dissi.

«Non si azzardi a sfiorare la mia macchina». Aveva la stessa espressione feroce di Orso mentre mi allontanava dall'auto.

Ma io mi liberai dalla sua presa e la spinsi via con tutta la forza che avevo. La signora cadde con il sedere a terra, emettendo un verso a metà tra un urlo di dolore e di rabbia. Il volto era livido per l'ira, ed estrasse il telefono dalla borsa per scattarmi una foto.

«La segnalerò alla direzione! E la denuncerò per aggressione! E per furto d'auto! Mio marito è un avvocato. Non la passerà liscia!».

Senza perdere neanche un minuto, salimmo tutti e tre a bordo. Will davanti insieme a me, Orso dietro. Allacciai la cintura, aggiustai il sedile e schiacciai l'acceleratore a tavoletta.

«Sei stata fichissima, mamma!», esclamò Will mentre lasciavamo il vialetto. «Sembravi Wonder Woman!».

Lo ringraziai, sfoggiando un sorriso che svanì quasi all'istante. Wonder Woman aveva una missione ben più importante. Salvare la vita di sua figlia! Imboccando la statale, gli passai il mio telefono.

«Aiutami, Will. Apri Find Me, e guarda dov'è tua sorella».

Un attimo dopo: «Dice che sono uscite dalla statale, in direzione di Green Valley Lake».

Con il senno di poi, ero contenta che fosse venuto anche Will: da sola non ce l'avrei mai fatta. Lui era lo yin del mio yang. La mia spalla, come in *Top Gun*. Mentre io tenevo gli occhi puntati sulla strada, lui inseriva la nostra destinazione sul GPS. In condizioni normali avremmo impiegato una mezz'oretta ad arrivare, ma con la bufera e una velocità media di quindici chilometri all'ora ci sarebbe voluto più del doppio. Schiacciai l'acceleratore. Per fortuna il serbatoio era pieno e non rischiavo di restare senza benzina nel bel mezzo del nulla con una tormenta in atto. Mi voltai verso mio figlio, che aveva ancora il telefono in mano.

«Prova a chiamarla, Will».

«Okay».

Di nuovo nessuna risposta, e la segreteria era già piena. Ingoiai la mia disperazione e, con il cuore che ticchettava come una bomba a orologeria, avanzai a tutta velocità nel cuore della tempesta. Eravamo l'unica macchina a solcare le strade ormai innevate e scivolose. Nonostante i tergicristalli, il riscaldamento a tutta e gli abbaglianti accesi, riuscivo a vedere sì e no a un metro di distanza. Davanti a noi era tutto bianco. Una tempesta letale. Pregai che riuscissimo a evitare incidenti. Che l'auto non finisse fuori strada, contro un albero o giù da un dirupo.

E, soprattutto, pregai di trovare Paige in tempo.

«Dov'è ora?»

«Ancora sulla Green Valley Lake Road. Stesso punto. Vicino al lago».

«Quindi non si è mossa, dico bene?»

«Sì. Forse è scappata e il telefono è rimasto lì».

Sentii una scintilla di speranza. E subito arrivò un'ondata di tremenda paura a spegnerla. Al di là che fosse in auto o meno, Paige poteva essere ferita. O, peggio, morta! Oh, cielo. Tanya le aveva già sparato? Sarei arrivata troppo tardi? Avevo già perso una figlia, non avrei sopportato di perderne anche un'altra.

E qualunque cosa le fosse capitata, la colpa sarebbe stata soltanto mia. Ero stata io a portare Tanya nelle nostre vite. Come avrei fatto ad andare avanti? Mi odiai come mai prima d'allora.

Una nausea orribile mi attanagliava lo stomaco. Trattenevo a stento le lacrime. Non volendo perdere la testa proprio di fronte a Will, rinchiusi le mie più profonde e oscure paure in fondo al cuore, e pregai di nuovo. *Per piacere, Signore. Fa' che stia bene!*

Con il cuore che martellava nel petto, uscii dalla statale e imboccai la Green Valley Lake Road. Nel giro di cinque minuti, ci imbattemmo in un veicolo abbandonato in mezzo alla strada. Una Jeep Cherokee coperta da uno strato di neve. Io e Will la vedemmo nello stesso istante. «Guarda, mamma! È la macchina di Paige!».

Fermai l'auto. Da dov'eravamo sembrava vuota. Ma non potevo esserne del tutto sicura: tra i finestrini oscurati e la neve, era difficile vedere dentro.

«Che facciamo, Will?»

«Dobbiamo scendere a controllare».

Rabbrividii. E se avessimo trovato il corpo senza vita di Paige accasciato sul volante? O infilato nel bagagliaio?

«Resta in macchina con Orso, Will. Vado io».

«Non esiste. Vengo con te».

Ormai non aveva senso mettersi a discutere. Scendemmo dal

SUV insieme. In una mano Will stringeva il guinzaglio di Orso, nell'altra la sciarpa di Paige.

Grattando via la neve, sbirciammo dai finestrini della Jeep. Dentro non c'era nessuno. *Grazie a Dio! C'è ancora qualche speranza.* Mi lasciai andare a un sospiro di sollievo, mentre Will provava la portiera del passeggero.

«È aperta». La spalancò senza darmi il tempo di obiettare. «Reggi, Orso», disse, passandomi il guinzaglio e intrufolandosi dentro.

«Lo zaino di Paige è qui. E anche il cellulare».

«Vedi la pistola da qualche parte?».

Lo guardai perlustrare l'abitacolo con il cuore in gola.

«No. Non la trovo».

Serrai la mascella. Quindi ce l'aveva ancora Tanya. «Apri il bagagliaio. Sai come si fa?»

«Sei seria, mamma?». Premette il bottone giusto senza neanche guardare, gli occhi puntati su di me con un'espressione esasperata. Spalancai lo sportello con il fiato sospeso, e poi tornai a respirare. Paige non era nemmeno lì. Ma non c'era neanche la pistola. Corsi da Will, che adesso si era accovacciato sulla strada a esaminare la neve.

«Ci sono delle impronte. Sono fresche».

Me le indicò. In mezzo alla bufera non era facile distinguerle, ma aveva ragione. C'erano due coppie di impronte, una leggermente più ampia. Erano senza dubbio di Paige e Tanya (ancora non riuscivo a pensare a lei come a Bree). Mia figlia avanti, la ragazza con la pistola dietro. Almeno era viva.

Pagherai per quello che hai fatto.

Quelle parole mi turbinavano in testa con la stessa foga delle neve che vorticava intorno a noi. Un momento! Forse Tanya era solo a caccia di soldi! Le avrei offerto qualunque cosa, anche dieci milioni di dollari, se avesse lasciato andare Paige sana e salva. Tanto valeva provare.

Sfilai i guanti, battendo i denti per il freddo, e presi il telefono dal giubbotto. Provai a chiamarla, ma non c'era campo. Forse per via del tempo, forse perché in quel luogo isolato non arrivava segnale, magari per entrambe le ragioni. Eravamo bloccati in una zona in cui il cellulare non funzionava! Una nuova valanga di paura mi travolse: rischiavamo di congelare in quel buco infernale, senza la possibilità di chiamare aiuto!

Ma Will mi riportò al presente. «Sono andate verso il lago, ne sono sicuro. Le impronte vanno avanti in quella direzione, e Orso ha riconosciuto l'odore di Paige: guarda com'è impazzito».

«Che facciamo, *Willikins?*». Non chiamavo il mio bambino con quel nomignolo da secoli, ma in quel momento fu come un balsamo sulla mia lingua.

Mi spiegò in poche parole il piano che aveva in mente.

Ritornai a bordo dell'Highlander insieme a Will e Orso. Un miscuglio di emozioni contrastanti infuriava dentro di me: amore e odio, senso di colpa e dolore, speranza e paura. Misi in moto e sfiorai appena l'acceleratore, procedendo a passo d'uomo. I fiocchi di neve sul parabrezza riscaldato si scioglievano come lacrime.

Non potendo escogitare niente di meglio, dovevo affidarmi al piano geniale di mio figlio.

Era questione di vita o di morte.

Sessantuno
Paige

Green Valley Lake non somigliava per niente a Big Bear o Lake Arrowhead. Era decisamente più piccola, e non c'erano segni di civilizzazione nei paraggi. Solo pini giganteschi, bianchi come spettri, e barchette coperte di neve ormeggiate in riva al lago.

La tempesta ci martellava addosso, il vento sferzava. Io e Tanya eravamo faccia a faccia, in piedi sulla banchina del lungo molo imbiancato che attraversava una parte del lago. L'acqua profonda era semighiacciata. Lei era a meno di un metro da dove mi trovavo io, con le spalle rivolte al lago e la pistola puntata su di me. Una macchia rosa e sgargiante in un mare di bianco. Io ero congelata, intorpidita dalla testa ai piedi, con la mente offuscata dai duemila metri di altitudine. *Concentrati, Paige!* Dovevo guadagnare tempo. Trovare un modo per fermarla. Altrimenti mi avrebbe ucciso. Da quella distanza era impossibile sbagliare il colpo. Mi avrebbe cancellato come nelle foto che avevo trovato in camera sua, ma stavolta in modo indelebile.

«Perché mi stai facendo questo, Tanya?», chiesi battendo i denti, cercando di ignorare il bruciore alle punte di mani e piedi.

«Dovresti chiederlo a tua madre». Continuava a tenermi la pistola puntata addosso. «Sfortunatamente non è possibile».

Il mio respiro disegnava nuvolette di vapore bianco. Le lacrime calde mi rigavano il viso, in parte per il freddo, in parte per la paura, congelandosi prima di arrivare al mento. Stavo per diventare cibo per lupi. Chissà quando mi avrebbero trovato...

Ma poi udii una voce.

«Tanya! Abbassa la pistola! Parliamo».

Mamma!

Mi voltai verso di lei e, mentre mi giravo, Tanya mi prese alle spalle. Un braccio mi stringeva il collo, quasi a strozzarmi. Con l'altro mi appiccicò la pistola gelida alla tempia.

Ero morta.

Sessantadue
Natalie

Paige era viva!

Avrei voluto inginocchiarmi a terra e ringraziare Dio, ma non era il momento. Dovevo stare attenta. Concentrata. Un passo avanti rispetto a Tanya. Avevo a che fare con una sociopatica. Una sociopatica che teneva prigioniera mia figlia e le puntava la pistola di mio marito alla tempia. Un movimento del polpastrello e le avrebbe sparato.

«Tanya», gridai, a cinque metri circa da lei. «Lasciala andare».

«*No!* Prima dille le verità».

L'orribile verità. Le bugie con cui avevo convissuto. Le menzogne che avevo nascosto. Un brivido gelido e feroce mi fece tremare da capo a piedi, mentre Tanya continuava a gridare con tutto l'odio che aveva, l'accento inglese ormai svanito del tutto.

«Dille chi sei *davvero*, Natalie! Dille cos'hai fatto, o le sparo in testa!».

Non volevo *più* essere *lei. Mai più!* Ma Paige era in pericolo, e non mi restava altra scelta.

«Paige…».

Tanya m'interruppe subito. «Vieni più vicino, non ti sentiamo bene. E la tua preziosa Paige non deve perdersi neanche una parola».

Avanzai di una decina di passi incerti. Corti, striminziti, con gli stivali che affondavano nella neve. A un certo punto persi l'equilibrio, ma riuscii a non cadere.

«Più vicino!».

Andai verso di loro, procedendo con circospezione. Ero sul

molo adesso, di fronte a Tanya e a mia figlia. Così vicina che, malgrado la neve, riuscivo a leggere la paura negli occhi di Paige e la follia in quelli della nostra ospite.

«Parla!», abbaiò Tanya.

«Paige...». Incrociai lo sguardo di mia figlia. «Il mio vero nome è Billie Rae Perkins...».

Paige sbatté le palpebre, disorientata. «Non può essere... Billie Rae è morta!».

Tanya scoppiò a ridere. «Non ancora. Diglielo, Natalie!».

«È così, Paige». Mi guardava a bocca aperta. «Ti prego, devi credermi».

Tanya mi fissava con un ghigno. «Bene, adesso dille chi sono *io*».

Tremavo così forte che riuscii a stento a parlare. «T-Tanya è mia figlia, Paige... *l'altra* mia figlia... La primogenita».

Avevo sganciato la bomba. Rivelato l'orribile segreto che avevo mantenuto per tutta la vita.

Uno dei tanti.

Paige mi fissava con gli occhi sgranati. «Cosa? Lo sapevi e non ce l'hai mai detto?»

«No. L'ho appena scoperto».

«Continua!», ruggì Tanya, a cui sembrava non importare come avessi messo insieme i pezzi del puzzle. «Raccontale tutto».

Malgrado il freddo terribile, sentivo il volto in fiamme mentre Paige mi guardava. Avevo la bocca secca, ma mi sforzai di tirare fuori le parole. «L'ho abbandonata poco dopo la nascita. Sui gradini di una chiesa».

Tanya mi sputò addosso la gomma da masticare. «Ed è stato l'errore *più grosso* della tua vita, Billie. E della mia. Hai idea di cosa significhi crescere in orfanotrofio? Passare da una merdosa famiglia affidataria all'altra? E finire rinchiusa in una gabbia di matti perché ti credono pazza, quando invece sei solo arrabbiata? Incazzata perché la gente abusa di te, ti maltratta, se ne frega?».

La risposta era sì. Sapevo benissimo cosa significasse. Avevo patito abusi fisici e mentali per tutta l'infanzia. Quei ricordi mi attraversarono la mente in un flash, come un film mandato avanti veloce. Non sapevo cosa sapesse Tanya del mio passato, a parte quel poco che le avevo raccontato durante l'organizzazione del gala per FAFAK.

«M-mi dispiace. Hai ragione. Ho commesso un grave errore. Ero solo una ragazzina… Non avevo neanche sedici anni… una madre sola senza un centesimo. Stavo soffrendo di depressione post-partum, non ero lucida».

Mi interruppi per un istante e ripensai al giorno in cui tutto era cambiato. Dall'attimo in cui era nata, quella bambina non aveva mai smesso di piangere. Rivedevo chiaramente il suo visino rosso e contratto, i pugnetti stretti, i capelli neri e scurissimi. Era nata dall'oscurità. E aveva ereditato i geni dell'orco che mi aveva stuprata.

No, non avevo commesso un errore.

O forse sì.

Feci un respiro profondo, tremante, e tornai al presente. «Tanya…».

Mi interruppe di nuovo. «Mi chiamo Bree. B-R-E-E. Significa "forza" o "esaltata", meglio che ti ci abitui».

Bree, ripetei tra me e me.

«Come hai capito che ero tua madre, *Bree?*»

«Sono cresciuta in famiglie affidatarie sparse per tutto il deserto. Mi dicevano tutti che somigliavo tanto a una ragazzina scomparsa in quelle zone. Rapita da qualche schizzato. Pure gli insegnanti insistevano: ero identica a Billie Rae Perkins. Così ho fatto qualche ricerca, messo insieme i pezzi e arrivata alla conclusione che era stata Billie ad abbandonarmi in quella chiesa».

Restava comunque una domanda. «E come hai capito che io e Billie Rae eravamo la stessa persona?»

«Pura fortuna. Hai organizzato una raccolta fondi per la Mental Health Organization, e le tue foto – quelle con l'abito blu di Dior – erano su tutti i giornali, su tutte le pareti del manicomio in cui ero rinchiusa. Ho letto che venivi da queste parti e ti ho confrontata con le foto di Billie Rae che avevo io. La povera ragazzina mi somigliava davvero, tutta pelle e ossa, la faccia triste e scavata, i capelli castani, ma non avevo mai avuto nessuna certezza. Poi però ho visto la tua foto, della nuova te biondissima che sorrideva all'obiettivo. Lo spazio tra i denti... è *identico* al mio. E ho ricollegato tutto».

Una caratteristica che avevo ereditato dalla mamma, prima che le spaccassero un incisivo. Una caratteristica per cui Matt andava pazzo, e che quindi non avevo mai corretto.

«Ero certa che fossi mia madre. Abbiamo pure gli stessi piedi, ma scommetto che non te ne sei mai accorta: sei sempre stata al telefono durante le nostre pedicure... Per togliermi ogni dubbio ho fatto analizzare i nostri DNA. Ho preso la tua spazzola e ho inviato un campione di capelli alla Genex Diagnostics. C'era il novantotto percento di possibilità che fossi mia madre. Ah, e comunque ho usato la tua carta».

Ricordavo di avere letto il nome dell'azienda sull'estratto conto. Ma all'epoca avevo pensato che si trattasse di uno degli ambulatori dove il dottor Lefferman mi aveva mandato a fare gli esami del sangue.

«Hai combinato un vero casino, Natalie. Io volevo soltanto una vera famiglia. Una madre e un padre che si prendessero cura di me. Che mi amassero».

Capivo il suo dolore. Capivo cosa aveva passato, ma in quel momento la cosa importante era trovare un modo per fermarla. Per impedirle di nuocere a Paige.

«Tanya... Voglio dire, *Bree*. Dammi la possibilità di rimediare. Ti voglio bene come a una figlia e ti regalerò una vita perfetta. Ti darò qualsiasi cosa tu voglia. Una decappottabile tutta tua, un viaggio alle Hawaii. Tutto! Potrai continuare a stare con noi».

Ma lei scoppiò a ridere. «Cristo santo, Natalie. Secondo te i soldi risolvono sempre ogni cosa, vero? Sei proprio una ricca stronza. È troppo tardi. Non potrai *mai* darmi una vita perfetta. Una famiglia perfetta. Hai mandato tutto all'aria con Matt, pensi davvero che vorrei vivere con voi dopo che divorzierete e vi odierete a vita?».

Incrociai lo sguardo ferito e scioccato di Paige. E mi si spezzò il cuore. Non era così che doveva venire a saperlo.

«A proposito, so tutto dei segretucci di Matt. L'ho beccato con un'altra, il giorno in cui sono andata a trovarlo in ufficio, ma non ho detto niente. Meglio un padre traditore di quei porci delle famiglie affidatarie, che allungavano le mani e mi toccavano. Almeno Matt ha sempre avuto la decenza di non farlo, anche se da come mi guardava scommetto che gli sarebbe piaciuto».

Fu doloroso sentire che aveva subìto abusi di natura sessuale. Ma allo stesso tempo ero sollevata che Matt non ci avesse mai provato con lei. Per un attimo pensai a mio marito, in lotta tra la vita e la morte sul tavolo operatorio. Speravo che ce la facesse. Ma quel pensiero si dissolse subito. Al momento mi premeva salvare la vita di un'altra persona. Una persona che per me era tutto.

Paige.

«Bree, metti giù la pistola. Se spari a Paige, ti condanneranno per omicidio. Passerai il resto della vita in prigione, forse ti daranno addirittura la pena di morte. Io posso farti aiutare».

«Oh, andiamo, *mammina*! Impegnati di più!». Sbuffò. «E comunque non potrai fare un bel niente, da morta».

Processai le sue parole: mi avrebbe sparato!

E pure Paige l'aveva capito. Ma anziché un'espressione di terrore, sul suo viso vidi una feroce determinazione. «Non riuscirai a cavartela, Tanya!».

«Figurati! Io me la cavo sempre. Ti ho preso il saggio per Stanford. Ti ho preso il fidanzato. Ho preso l'affetto di tua madre. E ora mi prendo anche la tua vita...».

«Hai preso pure le chiavi della mia aiuto, ma non ti è andata bene, giusto, Scarface?»

«Sta' zitta», le strillò Tanya, lo sguardo puntato su di me, la pistola contro la sua tempia. «Natalie, di' pure addio a quella stronza di tua...».

Una voce la interruppe all'improvviso. «Orso, attacca!».

Will! Che ci faceva lì? Gli avevo ordinato di restare in macchina. E lui aveva acconsentito.

Mi girava la testa. Lo vedevo a malapena attraverso la tempesta, il mio piccolo e prezioso Will. Era a diversi metri da

Orso che, lasciato libero, stava correndo addosso a Tanya. Sembrava che volasse, i denti scoperti.

Tanya spalancò gli occhi in preda al terrore.

«Fermatelo! Allontanatelo da me!».

Nel panico più totale, lasciò andare mia figlia.

«Scappa, Paige!», strillai io.

Lei prese a correre lungo il molo, nonostante la neve ostacolasse i suoi movimenti.

Tanya urlava e indietreggiava, avvicinandosi sempre di più al punto in cui il molo si interrompeva. Con gli occhi incollati su di lei, non mi ero accorta che Will aveva continuato a rincorrere Orso e si era avvicinato a Tanya.

«Stupido moccioso!», gridò lei. «Anche tu meriti di morire».

Gli puntò la pistola addosso con aria determinata e feroce, e il mio cuore smise del tutto di battere. Mi fiondai davanti a mio figlio, pronta a beccarmi un proiettile al posto suo. *Clic.* Con mia enorme sorpresa, l'arma non sparò. Tanya premette di nuovo il grilletto, ancora e ancora, freneticamente. *Clic.* Niente da fare. Era scarica?

Sempre più innervosita, lo premette un'ultima volta. Invano. «Ma che cazzo…?», mormorò, dimenticandosi per un attimo dei ringhi minacciosi del nostro cane.

«Orso, attacca!», urlò Will.

Accadde tutto in un attimo. Orso le si scagliò addosso come un fulmine, mordendole uno stivale. Affondò i denti nelle pelle di cervo, mordendo e dimenandosi, come alle prese con un nuovo gioco o con un pezzo di stoffa. Ringhiava e abbaiava a più non posso, con aria feroce.

Terrorizzata, Tanya cercava di scrollarselo via dal piede. «Toglietemelo di dosso!», strillava.

Orso sembrava sempre più determinato e aggressivo, Tanya sempre più impotente e disperata. Il berretto rosa le volò via dalla testa, trasportato lontano dal vento burrascoso della notte. I capelli biondi le volarono di fronte agli occhi, mentre il nostro cane – che amava la neve – non mollava la presa nemmeno un istante. Era Tanya il suo giocattolo. Con ultimo grido, la ragazza perse l'equilibrio e cadde all'indietro. Immobile come un cadavere, la guardai finire nell'acqua alta e gelata del lago con il fiato sospeso.

«Aiuto! Aiutatemi!», gridava. «Vi prego! Non so nuotare! *Aiutatemi!*». Un urlo acuto a squarciagola; un lungo lamento che fendette l'aria.

Stretti in un abbraccio, io, Will e Paige la guardammo dimenarsi nell'acqua. Sbatteva le braccia, la testa che finiva sopra e sotto la superficie ghiacciata. In una mano stringeva ancora la pistola. Il vento soffiava forte, la tempesta di neve infuriava. Strinsi ancora più forte i miei bambini. Orso abbaiava come un pazzo alla sua preda, il pelo irto come i denti di una motosega. I suoi latrati sovrastavano le urla disperate di Tanya.

Smise di abbaiare di colpo, come se all'improvviso fosse stufo di quel gioco. Sollevò il muso spolverato di neve e innalzò un ululato soddisfatto al vento selvaggio. *Il richiamo della foresta.* Una volta aveva letto da qualche parte che gli ululati di un cane erano presagio di morte. Tanya stava andando incontro alla sua. Orso aveva ottenuto la sua vendetta.

Paige diceva sempre: "Will-ere è potere". Ed aveva ragione da vendere. La pistola affondò. E così anche Tanya.

Non c'era niente che potessimo fare. Saremmo morti di sicuro assiderati se ci fossimo tuffati a salvarla. Avevo perso già troppi figli, non potevo rischiare ancora.

La vendetta *non* era un piatto che si gustava meglio freddo.

Neanche ghiacciato.

Lasciava l'amaro in bocca.

Fui assalita da una tristezza improvvisa e potente. Per quanto mentalmente instabile, Tanya era mia figlia e molto di più. L'avevo amata con tutto il cuore, e adesso l'avevo persa per sempre. Non avrebbe mai saputo chi era suo padre. Quel segreto sarebbe morto insieme a me.

Abbracciai forte Will e Paige. Dopo la morte di Anabel, mi ero allontanata da loro. In un certo senso avevo perso anche loro, eppure eccoli lì che mi abbracciavano di rimando. I miei amati bambini.

Non ero la madre perfetta, neanche un po', ma in quel momento mi sentivo la madre più fortunata del mondo.

Sessantatré
Paige

Dieci mesi dopo, ottobre

Cara nonna,

adoro il RISD! Sono qui solo da un mese, ma ha già superato tutte le mie aspettative. La facoltà è fantastica e gli studenti non sono da meno. Per la prima volta sento di essere nel posto giusto, tra i miei simili. E anche Providence è fantastica con i suoi negozietti di articoli di seconda mano, le gallerie d'arte e i localini. Una mescolanza eclettica di architettura coloniale e moderna. Grazie davvero, nonna. È il regalo più bello della mia vita!

Sto seguendo un mucchio di corsi, con diverse lezioni di storia dell'arte e tanti laboratori pratici. Secondo il professore sono un talento nato e mi ha già inserito nel corso di scultura avanzata. Lavoro il marmo! Alla fine del primo anno, una delle mie opere verrà selezionata per una mostra al museo dell'università. Spero proprio che verrai a vederla.

E indovina un po'? Ho un nuovo ragazzo. Si chiama Aiden e viene da New York. È cresciuto a West Village (entrambi i genitori sono artisti) ed è davvero in gamba. Pure vegano. Vuole diventare un fotografo di moda e riesce a far sembrare persino me una modella.

Lance (te lo ricordi?) mi ha scritto un mucchio di volte, dicendo che non avremmo dovuto perderci di vista, ma non ho mai risposto. È un capitolo chiuso ormai. Non è riuscito a entrare alla Brown né in nessuna delle sue prime scelte. Frequenta la UC Davis, e mi ha scritto che la detesta. È il karma, amico. Raccogli quello che semini, come dice sempre la mia amica Jordan.

Will mi manca da morire, anche se ci sentiamo tutti i giorni su FaceTime. Se la cava alla grande malgrado il divorzio. Durante la settimana sta con la mamma e passa i weekend da papà. Lui ha cambiato casa, e mamma ha preso a Will un altro cane, sempre dal canile. È adorabile, tutta nera, ed è pazza di Orso. Will l'ha chiamata Pixel. Dice che gli ricorda tanto me perché fa dei salti enormi per prendere la palla. Ah, dimenticavo… ho messo su una squadra di basket femminile!

Altra notizia bomba: il team di Will ha vinto il primo posto alla gara nazionale di robotica! Ah, e poi… Will ha una fidanzata… anche lei è parte della squadra, e ha origini asiatiche. Sono contenta che gli piacciano le ragazze sveglie!

Per ora è tutto. Non vedo l'ora di riabbracciarti e sentire il racconto del tuo viaggio. Ci vediamo per il Ringraziamento!

Ti voglio tanto bene,
Paige

Chiudo la busta con il sorriso sulle labbra. La nonna odia e-mail e messaggi, e trovare la mia lettera scritta a mano al ritorno della crociera la farà più che felice. Dice sempre che è una forma d'arte dimenticata. Butto giù quel che resta del latte macchiato e filo via dalla caffetteria del campus, diretta alla mia lezione preferita. Mi fermo solo per imbucare la lettera.

La lezione si tiene in un gigantesco studio all'interno del Memorial Hall. Siamo solo in dieci, e ogni studente ha a disposizione una postazione di lavoro tutta sua. Oggi il professor Fratianne, che è anche un celebre scultore, ha messo un pezzo di musica classica, *Le quattro stagioni* di Vivaldi, lo stesso brano di quel gala di mia madre che ormai sembra avvenuto secoli fa.

Quante cose sono successe da allora. Seduta alla mia postazione, con lo scalpello in mano e la lastra di marmo davanti, penso alla piega che hanno preso le vite dei miei genitori. L'incidente sulla pista da sci ha lasciato papà paralizzato dal busto in giù, e ora vive in un appartamento di un unico piano in cui se ne va in giro con una sedia a rotelle potentissima. Io e Will siamo felici che sia sopravvissuto, mamma invece sembra più combattuta. Dice che le cose accadono per una ragione. Vive ancora nella nostra vecchia casa, ma forse non sarà più così dopo il divorzio ("differenze inconciliabili", qualunque cosa significhi). Come darle torto, chi vorrebbe vivere in una casa che oramai conserva solo brutti ricordi? Will pensa che papà abbia una nuova ragazza, l'infermiera bionda che sta con lui ventiquattr'ore su ventiquattro. Non mi sorprenderebbe affatto.

A sorprendermi, invece, è stata mia madre. Dopo quanto accaduto, devo dire che se la sta cavando. Sospetto che prenda ancora qualche pasticca di Xanax e beva uno o due bicchieri di vino – forse tutta la bottiglia – a sera, ma se le basta questo per andare avanti, a me va più che bene. La separazione da papà ha lasciato a bocca aperta tutti i loro amici snob. Per giorni non si è parlato d'altro, e così ha smesso di fare volontariato insieme a tutte quelle donne maligne e ha accettato un vero lavoro retribuito come direttrice di sviluppo da Girls Like Us, una no-profit che aiuta le ragazze vittime di abusi a trovare famiglie amorevoli e lavori dignitosi. Anziché organizzare serate di gala, adesso passa tutto il tempo a ideare campagne marketing e a rispondere ai bandi. Sono così orgogliosa di lei.

Non abbiamo più parlato di quanto accaduto a Big Bear. La polizia l'ha bollata come morte accidentale, e gli agenti si sono detti sollevati che nessun altro si fosse fatto male. Noi vogliamo soltanto lasciarci questa storia alle spalle. Solo una volta ne ho parlato con la mamma, chiedendole chi era il padre di Bree. La sua risposta è stata secca: non aveva importanza, tanto era morto. Ogni domanda sulla sua infanzia e sulla morte dei genitori si è scontrata con la stessa reticenza. Senza tradire la minima emozione, mi ha raccontato che la sua è stata un'infanzia piatta, come tante, e che della notte in cui suoi furono assassinati non ricordava niente. «PTSD, Disturbo da stress post-traumatico», ha detto. Non posso neanche immaginare quanto debba essere stato orribile vedere uno schizzato che faceva a pezzi i suoi genitori.

Mio fratello è all'oscuro di tutti questi sordidi dettagli. Del fatto che Tanya è – o forse dovrei dire *era* – la nostra sorellastra. Era troppo lontano per sentire la scioccante confessione della mamma, senza contare i latrati di Orso e gli ululati del vento. Lei preferisce così, vuole che resti "il nostro piccolo segreto" fino a che Will non sarà grande abbastanza. E io, proprio come lei, sono bravissima con i segreti. A volte, però, vorrei potermi confidare con lui, chiedere a Sherlock cosa ne pensa dell'assassino dei suoi genitori, lo stesso uomo che poi l'ha rapita e stuprata. Mettendola incinta. Mi chiedo spesso come abbia fatto a scappare, da sola e con una bambina piccolissima. E non posso fare a meno di pormi una domanda: l'ha ucciso?

La nonna dice che a certi quesiti è meglio non dare risposta. Quindi immagino che non lo saprò mai. La cosa certa è che per mia madre Billie Rae Perkins non esiste più. È morta e sepolta.

Malgrado la vera identità di Tanya-barra-Bree e tutto quel che ha fatto, credo che la mamma l'amasse davvero.

A volte mi chiedo come sarebbe stata se non fosse stata abbandonata e fosse cresciuta insieme a noi, nella nostra casa. Forse sarebbe diventata una ragazza sportiva, tosta e affettuosa. La sorella maggiore che avrei sempre desiderato ma che non ho mai avuto.

Anche se il suo corpo non è mai stato ritrovato, la mamma le ha organizzato un funerale. Una piccola cerimonia a cui abbiamo partecipato solo io e lei. Ha fatto erigere una lapide accanto a quella di Anabel, la sua sorellastra, e su entrambe ha fatto incidere le parole:

Figlia, sorella e amica straordinaria
Let the sunshine in

Mentre posava due mazzi di fiorellini indaco – nontiscordardimé – sulle due tombe gemelle, io le tenevo stretta la mano. Non mi sono mai sentita così vicina a lei come in quel momento.

La scultura di marmo a cui sto lavorando – e che voglio esporre alla mostra – si chiama *Sorelle*. È un'opera astratta. Scura, intricata e complessa.

Dopo la mostra, la regalerò a lei.

Sessantaquattro
Natalie

Il mese seguente: novembre

Il vento del deserto mi sferza il viso mentre scivolo lungo l'autostrada con la cappotta abbassata. Fa un caldo insolito per il mese di novembre, trenta gradi e passa. Neanche l'aria condizionata riesce a smorzare l'afa. Nonostante il sole cocente che batte sulla mia testa, sento un brivido.

È da più di vent'anni che non torno da queste parti. Non è cambiato granché. Il deserto è sempre lo stesso, con le sue distese di sabbia bianca e scintillante, i cespugli di artemisia e i cactus. Intorno a me le San Bernardino Mountains svettano contro il cielo turchese, sporgendosi a baciare le morbide nuvole bianche. Lungo la strada sono parcheggiate diverse roulotte. Chissà quante di queste ospitano assassini e serial killer tra le loro pareti. Uomini spregevoli. Donne spregevoli. E forse anche qualche ragazzo spregevole.

Dopo gli eventi dell'ultimo anno, sono ancora più confusa di prima. Un bambino diventa buono per quello che gli capita e per dove cresce, o alcuni sono destinati al male a prescindere? Il DNA può predisporre una persona ai comportamenti psicopatici e agli atti di violenza, come una sorta di malattia genetica? Anche quando ripenso alla mia vita, alle scelte che ho fatto, a chi sono, non posso fare a meno di chiedermi: natura o cultura?

Accendo la radio per scacciare via quei pensieri destabilizzanti e la sintonizzo su una stazione di musica country. Ironia della sorte, stanno passando *Take Me Home, Country Roads* di John Denver. Anch'io mi sto avvicinando ai luoghi in cui sono cresciuta. Un altro brivido. Sono tentata di fare inversione e andarmene, ma tengo duro. Voglio estirpare le radici del mio male.

Cinque minuti dopo, arrivo al punto preciso e trovo una sorpresa. Il parcheggio per roulotte non c'è più. Al suo posto, nell'appezzamento di terra acre e beige dove sorgeva, c'è un gigantesco Walmart con un parcheggio pieno di auto, SUV e minivan colorati che scintillano come pietre preziose sotto il sole del deserto.

Provo un'ondata di sollievo. Eppure cancellare qualcosa non equivale a dimenticarlo. Un Walmart, per quanto grande, non può eliminare il mio passato. Niente può farlo, quello che è stato resterà con me per sempre. E la verità è che sento di non avere mai completato la muta. Le vecchie versioni di noi stessi ci seguono ovunque andiamo. Dentro sono sempre rimasta *quella* ragazza, i cui peccati porto indelebili su di me.

Qualche chilometro dopo, lascio la strada principale e mi dirigo a Indio. Seguendo le indicazioni del GPS, arrivo a una piccola chiesetta costruita in stile New England. Saint Ignatius. Lascio la macchina in uno dei numerosi posti liberi del parcheggio di ghiaia. È mercoledì, non c'è nessuno in giro. Premo il tasto che chiude la cappotta e sfilo subito la cintura. Un respiro profondo e sono fuori dall'auto, sopraffatta da un caldo opprimente. Dal peso opprimente che mi schiaccia il cuore.

Anche se l'architettura della chiesa non è cambiata molto dall'ultima volta che sono stata qui, vent'anni fa, c'è comunque qualcosa di diverso. Le assicelle grigie e scrostate sono state aggiustate e dipinte di un bianco intenso. Ci sono più piante grasse ad abbellire i dintorni dell'edificio e le siepi sono cresciute. Anche le scale malmesse che portano all'ingresso sono state messe a posto e la ringhiera sembra nuova di zecca. Faccio scivolare lo sguardo sulla croce che si erge sul tetto e poi di nuovo sulle vetrate colorate dell'ingresso. Sono rosse, a loro volta nuovissime.

Salgo con attenzione i tre scalini che mi separano dall'entrata. Ricordo la fatica con cui avevo salito quegli stessi scalini qualche giorno dopo il parto in cui avevo lottato tra la vita e la morte. Ricordo il dolore che provavo a ogni passo, la paura che quei mattoni fatiscenti cedessero e mi facessero cadere. Reggevo una cesta foderata in pelle, un regalo delle deliziose donne di Morongo che mi avevano accolto. La nuovissima vita accucciata all'interno mi guardava da sotto una coperta colorata fatta ai ferri. Mia figlia di due giorni, senza nome. Non riuscivo a guardarla perché mi ricordava troppo *lui*. Un mostro. I suoi stessi capelli scuri, le sopracciglia folte, la fossetta sul mento. Cominciò a piangere. Vagiti acuti, forti, orribili. Grida che parevano dire: "Ti prego, non abbandonarmi". Volevo tapparmi le orecchie con le mani. O tappare la bocca a lei. Ma non feci nessuna delle due cose.

Le posai un bacio sulla fronte grinzosa e rossa, mescolando le mie lacrime alle sue. La bambina smise di piangere e allungò una manina, come per afferrarmi il cuore. Strinse le dita mignon intorno al mio indice. Ricordo ancora quella presa forte, come se non volesse lasciarmi andare.

«Sei forte, piccolina. Insegui i tuoi sogni. Sii migliore di me», mormorai.

Prima che potessi cambiare idea, mi alzai e me ne andai, abbandonando lei… *e* la persona che ero allora.

Senza guardarmi indietro, scesi di corsa gli scalini e mi affrettai verso la stazione degli autobus di Greyhound, il viso rigato dalle lacrime. Con i soldi che avevo trovato sotto il materasso di mia madre avevo comprato un biglietto di sola andata per Los Angeles. La Città degli Angeli. La Città dei Sogni. Seduta da sola in fondo al pullman che attraversava l'autostrada, continuavo a pensare a mia figlia. All'orribile gesto che avevo appena compiuto. Nonostante il padre, era sangue del mio sangue. Pregai tra le lacrime che finisse in una casa amorevole, con una coppia che desiderasse avere figli. Che non patisse mai la fame, che si sentisse sempre amata. Che non fosse come lui.

Adesso so che le mie preghiere non sono state esaudite. E credo che Dio abbia voluto punirmi portandomi via Anabel. Una sorta di crudele occhio per occhio.

Karma.

Il rintocco delle campane mi coglie di sorpresa, trascinandomi di nuovo al presente. Stringo la lucida maniglia d'ottone tra le dita e spingo. La porta è più pesante di quanto immaginassi. La lascio richiudere alle mie spalle con un tonfo leggero mentre vado verso la cappella. Il fresco dell'aria condizionata è un sollievo dopo tutto quel caldo torrido.

Non sono mai stata dentro questa chiesa. La mamma era timorata di Dio e continuava a ripetermi che il Signore mi avrebbe punito se non avessi obbedito e fatto tutte le merdate che lei voleva, ma non mi aveva mai portata a messa la domenica. Lei era troppo sbronza per accompagnarmi. E io non avevo un mezzo di trasporto per arrivare. La conoscevo soltanto perché ci passavamo davanti con la sua Pinto scassata quando doveva comprare sigarette o alcol.

Mi fermo a osservare l'altare, immobile come una statua. È molto diverso da quello della Saint Andrew, la maestosa chiesa che frequento a Los Angeles. Ma c'è della bellezza nella sua semplicità. Lascio vagare gli occhi e osservo il soffitto a volta, le panche di legno che possono ospitare più di duecento parrocchiani e le vetrate colorate che filtrano il sole all'interno. E lo esaltano. Alla mia destra ci sono un paio di suore che pregano e accendono delle candele: sembrano vecchie quanto la chiesa, e mi domando se non sia stata una di loro a trovare la bimba che ho abbandonato. Non glielo chiederò. Non mi notano e quando se ne vanno accendo due candele, una dopo l'altra, e recito una preghiera. *Per loro*.

Un attimo dopo, mi dirigo verso il confessionale. Respiro a fondo, cerco di farmi coraggio ed entro. La struttura di legno è sormontata da una piccola croce dorata. Di fronte alla finestrella del confessionale c'è una sedia.

Mi accomodo, l'ansia mi divora, la sedia è scomoda e dura. Mi tocco la fronte, il petto e le spalle e mormoro: «Nel nome del Padre, del Figlio e dello Spirito Santo… Amen». E poi mi appoggio le mani sul grembo, unite in preghiera. Attraverso il sottile velo rosso che copre la finestrella, vedo l'ombra del sacerdote. Ne scorgo il profilo. Sembra sorprendentemente giovane, forse pure affascinante.

Mi schiarisco la gola e, dopo un attimo di pausa, comincio.

«Perdonami, Padre, perché ho peccato».

«Da quanto non ti confessi, figlia mia?».

La sua voce è profonda, dolce e melodica. Un balsamo lenitivo.

«Chiedo perdono, Padre, perché questa è la prima volta che mi confesso».

Annuisce. «Non c'è nulla da perdonare. C'è sempre una prima volta».

Mi solleva che non si sia dimostrato arrabbiato o critico. Vado avanti. La mia voce si fa più salda.

«Padre, questi sono i miei peccati…».

«Ho ucciso mio padre». *Per autodifesa.*

«Ho ucciso mia madre». *Perché gli permetteva di violentarmi.*

«Ho abbandonato una figlia». *Che mi ricordava troppo lui.*

«E l'ho guardata annegare». *Dandola per spacciata.*

«Ho spinto un'altra figlia giù dalle scale. È morta. Ma è stato un incidente». *Forse no.*

«Ho pensato di uccidere mio marito». *Ma non ne ho mai avuto l'occasione.*

Resto in silenzio. Prendo fiato. «Mi resta solo un'ultima confessione da fare, padre. Dopo avere accoltellato i miei genitori, ho fatto l'autostop e sono salita in macchina con una ragazza di fuori città. Voleva fare l'attrice, era di qualche anno più grande di me. Era diretta a Los Angeles ma prima voleva fermarsi al Tahquitz Canyon e vedere le cascate. Durante l'escursione è scoppiato un incendio, e mentre correvamo via lei è inciampata su una pietra e ha battuto la testa».

Ho la gola secca mentre cerco di mandare giù quel ricordo.

«Nel panico, con l'incendio che si avvicinava, l'ho lasciata lì e ho rubato la sua identità».

Le lacrime mi scendono lungo le guance. Non riesco a fermarle.

Si chiamava Natalie Taylor.

«Di questi peccati, Padre, mi pento amaramente».

E supplico perdono.

Epilogo
Tiffany

Tre mesi prima: agosto

«Sono così felice di essere qui, signora Richmond! È la mia prima volta a Miami».

«Chiamami Catherine, ti prego», dice mentre sfrecciamo tra i veicoli dell'I-19 a bordo della sua Audi decappottabile. «A casa siamo tutti felici di averti come ospite».

Un venticello tropicale mi fa volare i capelli davanti al viso, mentre con una mano tengo il cappello dei Miami Dolphins che ho rubato all'aeroporto. Non le dico che non sono mai salita prima su una decappottabile perché non è vero. Ho imparato che le bugie vanno scelte con cura, come le famiglie.

In forma e abbronzata, la mia nuova ospite si aggiusta un ciuffo di capelli biondi e perfetti dietro l'orecchio. «Ti piacerà qui! C'è così tanto da fare. Aspetta di vedere South Beach. È spettacolare! E ci sono dei negozi belli da morire».

Gente, sto per arrivare, più in forma che mai. «Non vedo l'ora!». Mastico la gomma Trident e faccio scoppiare un palloncino. «Sono davvero fortunata che papà mi abbia permesso di frequentare il college in America. La University of Miami sembra una bomba».

Catherine ride. «Strano ma vero, quella cervellona di mia figlia Quinn invece la odia e vuole andare a Oxford l'anno prossimo».

Ta-ta! Sarà fortunata se arriva viva alla fine di quest'anno.

Per fortuna lei non ha un fratello minore con istinti omicidi. Anzi, ha un fratello maggiore davvero sexy che frequenta la facoltà di legge. Zach, roba da matrimonio. *Tiffany Richmond.*

Suona proprio bene. C'è del metodo nella mia follia, in caso non l'aveste notato.

Cathy la Chiacchierona si insinua nella mia fantasia romantica. «Abbiamo pure una cagnolina, sai? Una barboncina. Si chiama Pouf. P-O-U-F». Lancia un'occhiata allo specchietto retrovisore. «Ti avverto: abbaia sempre e morde le caviglie».

«Non c'è problema». Almeno è piccola. Con un po' di fortuna, Pouf farà *puff* e sparirà magicamente.

La padrona di casa-barra-futura suocera mette la freccia. «Questa è la nostra uscita. Manca pochissimo a casa nostra. Aspetta di vederla: sembra una di quelle ville mediterranee nel Sud della Francia. C'è pure la piscina con il gazebo. Spero ti piaccia nuotare».

Sento una fitta al cuore. Il ricordo di quel lago ghiacciato ancora mi perseguita. Cadere dentro, aggrapparsi a un pezzo di legno e galleggiare miracolosamente fino alla riva: se ci ripenso, tremo. Sono quasi annegata.

Ma non è questo pensiero a spezzarmi il cuore e stringermi la budella… È la vista di mia madre, la mia stessa madre, che non muove un dito per salvarmi e mi lascia lì a morire. Non mi riprenderò mai da questo trauma e forse, dico forse, un giorno pagherà per quello che ha fatto…

Scaccio via quei pensieri e cambio argomento. «Ehi, possiamo mettere un po' di musica?»

«Certo, tesoro. Che genere ascolti?»

«Mi piacciono i vecchi pezzi».

«Anche a me!». Alza il volume della radio. A palla. «Già ti adoro come una figlia!».

Dalle casse infuria la voce di Britney Spears. Come si fa a non amarla dopo tutto quello che ha passato?

Canto insieme a lei.

«*Oops… I did it again*».

Una lettera da Nelle

Caro lettore,

ti ringrazio dal profondo del mio cuore per aver letto *L'ospite perfetta*. Ho in mente di scrivere altri thriller psicologici e se vuoi restare sempre aggiornato sulle mie ultime pubblicazioni, va' al seguente link e iscriviti alla newsletter. Il tuo indirizzo e-mail non verrà mai condiviso con nessuno e sarai libero di cancellare la sottoscrizione in ogni momento.

www.bookouture.com/nelle-lamarr

Spero che il libro ti sia piaciuto e ti sarei immensamente grata se decidessi di lasciare una recensione. Non vedo l'ora di sapere la tua opinione e, a prescindere dalla lunghezza, le recensioni aiutano i libri a essere scoperti da nuovi lettori.

Forse fai parte di gruppi Facebook dedicati ai thriller e ai gialli. Ti sarei più che riconoscente se menzionassi *L'ospite perfetta* in uno di questi gruppi, includendo un link. Io per prima ho scoperto tanti meravigliosi libri grazie a pagine del genere.

E a dirla tutta, nulla funziona più del passaparola! Perciò spargi la voce su Goodreads, in famiglia, nei gruppi di lettura e su tutti i tuoi social. Se vuoi, entra a far parte del mio gruppo di lettori su Facebook, Nelle's Belles, per condividere entusiasmo e idee sui miei libri.

Scrivo anche romanzi rosa sotto lo pseudonimo di Nelle L'Amour. Se ti piacciono suspense e situazioni bollenti, potresti trovare interessanti i seguenti titoli: *Jane Deyre*, *Butterfly*, *Remember Me* e *The Bell Ringer*. Puoi trovare i link a questi e molti altri libri sul mio sito web.

Adoro restare in contatto con i lettori! Puoi scrivermi quando vuoi tramite Facebook, Twitter, Goodreads e anche attraverso il mio sito web. O, se preferisci, mandami un'e-mail a nellelamarr@gmail.com. Ho un debole per le e-mail e rispondo personalmente a tutte quante.

Grazie ancora per aver letto *L'ospite perfetta*. Ne sono davvero onorata e non vedo l'ora di pubblicare tante altre storie emozionanti in futuro.

SMACK!

Nelle

www.nellelamour.com
www.goodreads.com/author/show/40453486.Nelle_Lamarr
facebook.com/groups/1943750875863015
twitter.com/nellelamour1
instagram.com/nellelamourauthor
bookbub.com/authors/nelle-lamarr

Ringraziamenti

Per prima cosa, voglio dire grazie a tutto il team di Bookouture per avermi accolto in questa fantastica "famiglia" e aver dato a *L'ospite perfetta* una meravigliosa casa. Un lungo applauso va alla mia brillante editor, Jess Whitlum-Cooper, che fin dall'inizio ha sostenuto con passione *L'ospite perfetta* e ha lavorato duramente perché questa storia fosse la migliore possibile. Era la prima volta che collaboravo con una editor di una grande casa editrice, e ammetto che la cosa mi spaventava. Ma tutte le mie paure si sono rivelate infondate, perché Jess ha reso l'esperienza divertente e reciprocamente gratificante. Grazie per le lunghe telefonate e tutta l'allegria, ma soprattutto per esserci stata sempre. Ho davvero apprezzato le sfide che mi hai lanciato per rendere il libro più incisivo e accattivante. Non avrei potuto chiedere un editor migliore!

Un grosso grazie collettivo va alla mia copy editor e alla correttrice di bozze dall'occhio di falco, Donna Hillyer e Becca Allen, all'incredibile grafico che ha disegnato la mia copertina, ai fantastici narratori dell'audiolibro e a tutti gli altri instancabili membri del team editoriale e della squadra marketing che hanno contribuito a realizzare questo libro. Desidero anche ringraziare il responsabile dei diritti esteri di Bookouture, Richard King, e Sara Barszczowska di HarperCollins Germany per aver creduto nel mio libro. È stato meraviglioso lavorare con tutti voi e spero di rifarlo presto.

Un sentito ringraziamento va anche ai miei beta reader, che hanno letto la bozza preliminare. Un grazie speciale ai miei cari amici e colleghi autori di Bookouture, Freida "McFab" McFadden e Arianne Richmonde: devo alla loro cruda onestà e al loro incoraggiamento l'idea di ripensare uno dei principali colpi di scena del libro, e di fatto è anche merito loro se questo romanzo ha visto la luce. Voglio poi ringraziare gli autori Lorraine Evanoff e Auden Dar per i suggerimenti sagaci e per tutto l'amore e il supporto, e Marti Jentis, Lisa Saunders, Stephanie Burdette e Judy Zweifel, che hanno corretto le bozze che ho inviato a Bookouture.

Come sempre, sono grata alla mia famiglia, che mi sostiene in tutto e per tutto, e ai miei adorati animaletti, Pepper e Poppy, che mi hanno sopportato mentre scrivevo e correggevo il libro. Un bacio a mio marito, che mi ha aiutato con alcune scene problematiche. Ti devo molto! Più di una cena!

In questo mondo social, non posso non riconoscere il grande lavoro dei blogger, dei Bookstagrammers e i BookTokkers che hanno letto e recensito *L'ospite perfetta*. Siete fantastici! Grazie davvero!

Infine un abbraccio e una copia autografata vanno alla mia bellissima e brillante amica Angela Weltman, che tanti anni fa mi raccontò una serie di aneddoti sulla terribile studentessa straniera ospite della sua famiglia. Certo, non proprio terribile quanto Tanya, ma è stato da lei che ho preso ispirazione. Chi avrebbe mai immaginato all'epoca che le sue macchinazioni avrebbero portato a questo libro!

Ultimo ma non per importanza, un enorme grazie va a tutti i miei lettori e ascoltatori. Siete voi la ragione per cui scrivo.

Indice

Freida McFadden

Nella casa dei segreti

Volume di 288 pagine, euro 9,90

Dopo aver perso il precedente impiego, Millie ringrazia la sua buona stella quando viene assunta senza referenze da Douglas Garrick, un ricco specialista nel settore delle tecnologie, per tenere in ordine lo splendido attico con vista sulla città e preparare invitanti pasti in una modernissima cucina. C'è un'unica condizione: non deve interagire con Wendy, la moglie di Douglas, che è malata, risiede nella camera degli ospiti e non può essere disturbata per nessun motivo. Millie accetta ma ben presto capisce che qualcosa non va in quella casa e che non è tutto oro ciò che luccica: sente Wendy piangere e rinviene strane macchie di sangue sulle sue camicie da notte quando fa il bucato. E così un giorno non può fare a meno di bussare alla porta della stanza degli ospiti.
Quando si apre delicatamente, quello che vede all'interno cambia tutto...

NEWTON COMPTON EDITORI

Katherine Faulkner

Le madri bugiarde

Volume di 384 pagine, euro 9,90

Quando una giovane tata viene trovata morta in circostanze misteriose, il caso attira l'attenzione di Tash, in cerca di una storia per lanciare la sua carriera di giornalista freelance. Ma, oltre che di uno scoop, c'è anche un'altra cosa di cui Tash sente il bisogno: nuovi amici che la aiutino ad affrontare la maternità.
Pensa di poterli trovare tra i genitori dei compagni di suo figlio. In particolare le altre madri. Un gruppo di donne sofisticate che vivono in un quartiere di viali alberati e splendide case. Tutto quello che Tash vorrebbe essere. Quando la accolgono nella loro cerchia, Tash scopre la vita che ha sempre sognato: le eleganti abitazioni a schiera londinesi sono ben lontane dalla sua casetta subissata dalle bollette. E così viene velocemente trascinata nel loro ricco mondo fatto di caffè, cocktail e cene eleganti.
Ma quando è rinvenuto un altro corpo senza vita, in lei cresce il sospetto che, sotto la sfavillante superficie, la comunità nasconda inquietanti segreti. Più Tash indaga, più si ritrova a disagio vicino alle altre madri. Queste donne sono davvero sue amiche? O c'è un'altra ragione più pericolosa per cui è stata accettata così rapidamente nel loro mondo esclusivo? Chi, esattamente, sta indagando su chi?

NEWTON COMPTON EDITORI